KB060148

에피소드로 읽는

베트남전쟁 이야기

김현진
지음

도서출판 청어

에피소드로 읽는

베트남전쟁 이야기

저자의 말

20세기 인류가 치른 4대 전쟁은 1, 2차 세계대전과 한국전쟁, 그리고 베트남전쟁이다. 그런데 우리는 불행하게도 이 4대 전쟁 중 1차 세계대전을 제외한 나머지 3대 전쟁을 직접 겪은, 지구상에 몇 안 되는 비극의 민족으로 아직도 그 아픈 후유증 때문에 많은 사람이 고통받고 있다.

한국전쟁은 이 땅에서 우리 민족끼리 치른 동족상잔이니 그 처참함은 차치하더라도 제2차 세계대전 때 일본군에 끌려가 전사한 수많은 사람의 유족과 종군 위안부의 상처가 그렇고, 베트남전쟁에서 전사하거나 부상당한 수만 명의 우리 젊은이들과 그 유가족, 그리고 고엽제 피해자들이 그렇다.

전쟁은 운동경기가 아니다. 운동경기는 승패가 났더라도 심판의 잘못이나 선수의 부정이 밝혀지면 승패가 뒤집힐 수도 있지만, 전쟁은 그렇지 않다. 일단 발발하면 지켜야 할 규칙도 없고 심판도 없다. 적을 먼저 죽이면 내가 살고, 그렇지 않으면 내가 죽는다. 전쟁에는 오로지 승자만 있을 뿐 2등은 없다. 이긴 자는 살아남아 정의가 되어 역사를 만들지만, 진 자는 죽어서 불의가 되고 영원히 입을 다문다. 따라서 전쟁에 관한 한 정의의 검(劍)은 승자의 몫이다.

이런 전쟁의 정의는 한국전쟁과 베트남전쟁에서도 잘 나타나고 있다. 한국전쟁은 한마디로 무승부의 전쟁이었다. 그래서 정의가 유보된 채

네가 옳니 내가 옳니 하고 서로 정의를 내세우며 70년이 넘도록 입씨름을 되풀이하고 있다. 이에 비해 베트남전쟁은 북베트남의 완전 승리로 끝났다. 그들은 전쟁을 치르는 동안 내내 미국을 비롯한 참전 국가들을 내정간섭이라고 비난했고, 전쟁에서 승리하자 그들의 말은 정의가 되었다. 세계를 한 손에 쥐고 흔들던 미국조차도 이 전쟁의 정의 앞에서는 속수무책으로 자존심을 짓밟히며 창피를 당해야만 했다. 이것이 베트남전쟁이 우리에게 가르쳐 준 교훈이다.

필자는 초대 주월한국군사령관 채명신 장군 회고록 집필을 위한 관련 자료를 정리한 적이 있다. 약 10개월 동안 채 장군과 많은 시간에 걸쳐 인터뷰했고, 채 장군이 초청받은 여러 행사장에 함께 참석해 그의 연설을 들었다. 그리고 그가 보관하고 있는 주월한국군 사령관 시절의 사사로운 문서들과 각종 간행물을 넘겨받아 섭렵하고 정리했으며, 국내 여러 도서관과 국방부 등에서 관련 자료를 수집했다.

이 책은 당시 채명신 장군 인터뷰 내용과 필자가 수집한 각종 자료, 그리고 직접 참전해서 얻은 경험을 편집하고 저술한 것이다. 전쟁 통사(通史) 서술이 아닌, 주제가 각기 다른 짧은 에피소드들로 엮어서 묶었다. 자료 참고는 가급적 해설이나 부언하지 않고 원문을 그대로 인용했다. 보다 객관적이고 실체적으로 전달하기 위해서다.

내용 또한 승자와 패자에 관한 전투 이야기보다는 그 처절한 승패의 갈림길 이면에서 일어나는 인간의 본성에 관한 이야기가 대부분이다. 아름다운 이야기도 있고 추악한 이야기도 있다. 또 대폿집 술자리에서 안줏거리로 오르내릴 수 있는 가벼운 이야기도 있다. 그러나 분명한 것은 전쟁이 아니면 일어날 수 없는 이야기들이라는 것이다.

우리 민족 현대사에 지대한 영향을 끼친 베트남전쟁이 끝난 지도 어언 반세기가 되어간다. 그동안 많은 역사학자에 의해 베트남전쟁의 성격과 의미도 거의 정리 되어가고 있다. 여기 나오는 이야기는 거대한 베트남전쟁 파노라마에서 몇 개의 퍼즐 조각에 불과하다. 하지만, 이 글을 읽고 베트남전쟁의 한 단면을 그려보는 데 조금이라도 도움이 되고, 그래서 전쟁의 악마성을 인식하는 작은 계기가 된다면 그것으로 만족하겠다.

2022년, 단풍이 물들기 시작할 즈음

도들 김현진 적음

CONTENTS

주월한국군사령부

베트남전쟁에 참전하는 한국군을 지휘할 주월한국군사령부는 1965년 6월 29일, 대통령령 제2226호에 의거 서울 필동 합동참모본부에서 창설되었다. 초대 사령관(수도사단장 겸임)에는 채명신 육군 소장이 임명되었다. 그리고 몇 달 뒤 사령부 선발대 16명이 국방부 지령(65. 9. 21)에 따라 월남 사이공으로 출발하였으며, 같은 해 10월 20일 사령부 요원 94명, 수도사단 지휘부 40명, 계 134명이 사이공으로 이동하여 주월한국군사령부 지휘소를 개설하였다. 사령부 초기 지휘병력은 전투부대인 수도사단(맹호부대) 제1연대와 기갑연대, 해병 제2여단(청룡부대), 이동외과병원, 태권도교관단, 건설지원단 및 해상 수송분대 등 총 2만1천여 명이었다. 이후 1966년 4월 16일, 수도사단 보충부대로 보병 26연대가 증파되었고, 동년 9월 5일 전투부대인 제9사단(백마부대)이 추가로 참전하게 됨으로써 주월한국군사령부는 총병력 4만8천여 명을 지휘하게 되었다. (『越南參戰 33年史』 전우신문 1997년 4월 15일 발행)

참전 초기 주월한국군에 관한 기초 현황을 한눈에 알아볼 수 있는 자료가 있다. 바로 주월한국군사령부가 작성하여 국내외 귀빈들이 월남을 방문했을 때 보고했던 브리핑 차트가 바로 그것이다. 이 브리핑 차트는 주월한국군의 정보, 작전, 인사, 군수, 민사, 법무, 통신 등, 모든 분야에 걸쳐 예상되는 질문에 대한 답변서로써, 당시 박정희 대통령은 물론, 김종필 공화당 의장을 비롯한 국방부 장관, 육군참모총장, 고위 장성, 심지어 파월을 반대했던 박순천 야당 대표와 그를 수행했던 김대중, 김상현 의원 등도 이 브리핑을 받았던 것으로 알려져 있다.

독자 여러분도 이 브리핑을 듣고 나면 당시 베트남전쟁과 한국군의 활동상황을 이해하는 데 많은 도움이 될 것 같아 공개한다. 어려운 정보작전 군사용어가 들어간 분야와 한국군과 관련 없는 사항은 생략했다.

주월한국군의 전반적인 현황

1966년 1월 현재

(주월한국군사령부)

Q. 베트콩의 작전방법은 어떠한가?

베트콩의 전술은 모택동 전술(16자 전법)을 기본으로, 적진아퇴(敵進我退 적이 진격하면 우리는 후퇴하고), 적거아우(敵居我優 적이 주둔하면 우리는 소란을 피우고), 적피아타(敵避我打 적이 피하면 우리는 타격하고), 적퇴아추(敵退我追 적이 후퇴하면 우리는 추격한다) 전술과 이에 첨가해 신속, 보안, 기습 기만 등을 강조하고 있으며, 작전은 최신 정보에 의거 모형 작전도를 설치하여 공격(습격), 매복, 암살, 파괴 등 일단 실습 후에 실전을 감행한다. 방어 작전으로는 매복, 습격, 기습 등으로부터 피하는 방법으로서 후방인원이 아군진격을 교란하여 지연시키고, 아군부대 전개를 지연시키기 위하여 부비트랩을 설치하고 포로가 되지 않기 위해서 지방민 속에 숨는다.

(이 내용은 'EP.19'에서 상세히 소개됨. 필자)

Q. 적군 조직은 어떻게 구성되어 있나?

월남에 있는 모든 베트콩은 남월남 중앙연락소(COSVN)의 지휘를 받고 있다. 인민혁명당은 가공적인 것이며, 인민해방전선도 남월남 중앙

연락소의 지령에 의거 활동하고 있고 이들 베트콩은 5개 형태로 구분되고 있다.

첫째, 월맹군 - 월맹으로부터 부대 단위로 투입된 월맹 정규군으로서 100% 무장되어 있다.

둘째, 베트콩 정규군 - 베트콩 중앙훈련소에서 교육을 받은 자로 구성되어 있으며 간부는 월맹에서 파견되고 무장은 80% 정도이다.

셋째, 베트콩 지방군 - 성 단위에서 활동하고 있으며 대부분이 그 성 출신으로 잘 훈련된 간부에 50% 정도 무장 되어있다.

넷째, 게릴라 - 군 단위 또는 그 이하에서 활동하고 있으며, 낮에는 양민으로 가장하고 지령에 의거 게릴라 활동을 한다. 무장은 10% 정도이며 가정생활을 영위하고 있다.

다섯째, 정치공작원 - 인민해방전선에 소속되어 있으며, 주로 선전 또는 태업을 조장하며 말단조직을 담당하고 있다.

Q. 현재 사이공 치안 상황은 어떤가?

현재 사이공 시내에는 대략 200여 명의 베트콩과 700명에서 900명의 보조원 및 수 미상의 동조자 등이 10여 명으로 조직된 세포 단위로 활동하고 있다. 주로 군사시설 및 호텔 인원에 대하여 테러 및 태업 행위를 가하고 있다.

65년도의 중요사건으로는 3월 30일 미국 대사관, 6월 25일 미군이 주로 출입하는 미칸 레스토랑, 8월 16일 사이공 시 경찰국, 12월 4일 미군 사병 숙소인 메트로폴 호텔 폭파 등 3, 4개월 간격으로 사건이 발생하고 있다.

이와 같은 대 폭파 사건은 주로 차량에 폭발물을 적재하여 감행하고 있으며, 그들이 공격 목표로 일단 선정하면 수단과 방법을 가리지 않고 거의 성공하였고, 이와 같은 사건은 계속 증가하고 있다.

Q. 우리 군인의 월북 방지를 위한 조치는 어떻게 하고 있나?

파월 장병을 선발할 때 이러한 문제를 고려하여 엄선하였고, 사기가 좋아 월북자가 발생하지는 않겠지만 만약의 경우를 대비하여 다음과 같은 조치를 하고 있다.

1. 고국과의 유대강화 (서신, 위문품) — 애국심 및 가족 간의 우애
2. 전우끼리 조 편성 (3인) — 고립감 해소
3. 월남을 원조한다는 긍지
4. 미군과의 동등한 대우
5. 적개심 및 반공사상의 완성
6. 방송을 통한 사상 고취
7. 계속적인 신상 파악

Q. 포로 취급 및 노획 장비 처리는 어떻게 하나?

포로는 전투에 필요한 정보만을 수집한 다음 가능한 단시일 내에 월남군에게 이첩하며, 노획 장비는 협정서에 뚜렷이 규정한 조항은 없지만, 월남군으로 역시 이송되어야 할 것으로 본다. 그러나 노획 장비는 자대에서 그대로 확보하고 있고, 이는 현지 부대 및 파월 교체 인원의 교육 재료로 필요할 것으로 보기 때문이다.

Q. 중공과 북괴의 개입문제는?

현재 월맹에 의한 단독전쟁은 도저히 불가능하다. 따라서 중공의 지원을 받고 있으며 현재 월맹 내의 군사시설 및 월맹군의 교육훈련은 중공에 의해 지도되고 있으며 무기의 지원도 전적으로 중공이 담당하고 있다.

현재 남월남 내에 침투된 월맹 정규군과 더불어 중공군의 고문관이 들어온 것은 확인되고 있으나 중공의 전투 병력이 침투된 징후는 없다.

자유 우방 군의 병력증강과 더불어 베트콩은 점차 근거지를 상실하고 있기 때문에 남월남 내에서 자체 병력증강은 그 한계에 달한 이상 앞으로의 베트콩 병력증강 또는 보충은 월맹군 투입 이외에는 다른 방법이 없어 계속 월맹군을 투입할 것이 확실하다. 그러나 중공 전투 병력이 투입될 단계는 아니며, 중공은 계속 현재와 같은 규모 및 방법으로 월맹을 지원할 것이며, 북괴도 현 단계에서는 전투병력 지원은 하지 않을 것이나 부분적인 무기 및 기타의 전쟁물자는 지원할 것으로 판단하고 있다.

Q. 한국군 작전 지역은 미군의 작전 지역보다 불리한가? 유리한가?

수도사단(맹호사단) - 퀴논 항을 포함하여 보급과 교통이 편리한 해안지대로서 지형적으로나 적정 면으로나 미 제1 공중기갑사단 지역에 비해 많이 유리하다.

해병여단 - 캄란 항을 끼고 있어 보급과 교통이 편리하고 해안지대로서 지역적으로 유리하며, 적정은 거의 없을 정도이다. 현 투이호아 지역 제외)

미군은 한국군보다 넓은 작전지역을 담당하며, 지형상으로도 불리하고 적정이 비교적 많은 지역을 담당하고 있다.

Q. 현지 제대자에 대한 대책은 어떻게 하고 있는가?

현지 제대 희망자 수는 현재 파악하는 중이며, 가능하면 많은 현지 제대자를 배출하여 월남에 정착시키도록 노력하고 있다. 그런데 현지 제대 후 월남에 정착시킬 국가 간의 협정이 없어 국방부에 국가 간의 협정을 체결토록 건의하였다.

Q. 군사우편 배달 방법은?

군사우편물은 미군 항공기를 이용하고 있으며 본국과 사이공 간은 매일 1회씩 왕복하며, 중간에 동경을 경유하는 관계로 통상 2일 내지 3일이 소요된다.

월남 내의 사이공과 각 부대 간(붕타우, 캄란, 퀴논)은 매일 1회씩 왕래하고 있으며 예하 각 부대의 우편물은 본국에서 사령부를 거치지 않고 직접 체송되고 있다.

Q. 장병들 휴가 및 휴양은 어떻게 실시하는가?

가. 휴가

원칙적으로 본국 휴가 제도는 없으나 직계존속과 배우자 사망 시에 한하여 14일간의 청원 휴가를 실시하고 있으며, 2월 15일 현재 4/5명에게 청원 휴가를 실시했다. 앞으로의 계획은 유공 장병에 한하여 사령관이 특별히 지명하는 장병에게 영현 봉송 임무로 본국에 출장을 보냄으로써 장병의 사기 고취는 물론, 보다 의미 있는 영현 봉송이 되도록 할 계획이다.

나. 휴양

⑴ 월남 국내 휴양

휴양은 월남 국내 휴양과 국외 휴양의 두 가지 구분이 있는데 월남 국내 휴양은 월남 도착 이후 3개월부터 실시하도록 계획하였으며, 대상 인원은 유공 장병 및 신체 허약자에게 우선적으로 실시하도록 방침을 세워 현재 제1차적으로 각 연대에 1개소씩 설치하여 운영하고 있다.

⑵ 국외 휴양

현재 미군은 국외 휴양지로서 홍콩, 마닐라, 동경, 방콕, 대북 등 5개

지역에 휴양을 실시하고 있는데, 한국군도 해당 지역까지 미군수송 계획에 포함하도록 되어있으나 본 휴양을 위해서는 최소한 175$의 자비부담을 해야 하는 조건이기 때문에 실시를 보류하고 있음.

Q. 장병들의 성 문제는 어떻게 해결하는가?

현재까지는 이 문제에 대하여 생각해 볼 여유도 없었거니와 장병들도 사실상 이질적인 풍토와 판이한 환경, 그 외 정신적인 긴장으로 생각할 겨를도 없었으나 이제는 다소 안정된 상태이고 보니 앞으로는 이 문제가 심각히 다루어져야 할 문제라고 생각된다.

Q. 본국 위문품은 장병들에게 어떠한 도움이 되고 있는가?

고국에서 온 겨레가 정성껏 보내주는 위문편지 및 위문품은 지속적으로 전투에 시달린 장병들에게 유일한 위안과 오락의 여건을 충분히 부여하고 있다.

그 예로서 장기, 바둑, 화투, 하모니카, 기타, 전축과 레코드판, 라디오, 농악 기구 등의 각종 오락기구는 휴무시간을 이용하여 전투에서 시달린 피로를 덜어주고, 공백에서 오는 잡념을 흥겨움으로 메울 수 있으며, 또한 고국의 여학생들로부터 보내온 위문편지는 그들 가족으로부터 보내온 편지 이상으로 반가운 마음에서 전우들을 모아놓고 한번 읽고 두 번 읽고 다시 또 읽어가며 편지 내용 전부를 암독하면서 반가움이 넘쳐흐르는 장병들이 대다수다.

이렇게 고국에서 보내주는 위문편지 및 위문품은 장병들의 사기를 뒷받침하는 데 필요 불가결의 유일한 무형의 무기로 활용되고 있다.

Q. 피엑스 운영은 어떻게 하고 있는가?

가. 판매소 설치

한미 군사 실무 협정서 제10장 "다"항에 의하면 125명 이상의 병력이 집단으로 위치하는 지역에는 피엑스 판매소를 설치 운영케 되어있다. 그러나 예하 각 부대에서는 전투 및 기타 특정 임무 수행상 불편을 초래하는 고로 현재 대대 단위까지 설치 운영하고 있으며 멀리 떨어져 있어 장병 복지 혜택이 미흡한 곳에는 이동 피엑스를 운영하고 있다.

나. 판매금 청산

예하 부대로부터 매월 말일 현재 판매된 실적 보고서와 판매현금을 익월 10일까지 받아 판매 현금(청산)은 삼창회사 사이공 지점에 입금 조치하고, 중앙경리단을 통하여 한국은행 외환부 삼창 계좌로 송금하고 있으며, 월간 판매 실적 보고는 매월 국방부에 제출하고 있음.

다. 판매가격 및 이익금 처리

판매가격은 납품 가격에 10%를 가산한 한도 내에서 삼창 사이공 지점과 협조하여 주월한국군 사령관이 사정 하달하고 있으며, 이익금은 장병 복지 사업에 사용되고 그중 30%를 초과하지 않는 범위 내에서 피엑스 경상비로 운용되고 있다.

Q. 개인 위생보급품 지급은 어떻게 하고 있나?

100명당 1일 기준량

담배 100갑, 치약 4개, 칫솔 2개, 안전면도기 1, 안전면도날 10갑, 비누 24개 등.

Q. 방송국 건립계획은?

가. 퀴논, 캄란, 사이공의 각 지역에 콘셋으로 2동씩 건립.

나. 퀴논, 캄란지역은 3월 1일 개소 예정으로 현 공사 진도는 80%임.

다. 사이공 지역은 안테나 설치대지 물색 중임.

Q. 월남에서 대민 지원과 심리전 활동의 중요성은?

월남에서의 전쟁 목표는 전국의 촌락을 재건하여 정부의 통치하에 두는 것이다. 이 전쟁은 1,500만 월남 국민이 그들의 공화국 정부를 지지하도록 하는 궁극적인 심리전 목표를 승리의 목표로 삼고, 무기와 이념으로 싸우고 있다. 작전지역 내의 베트콩 소탕 작전과 소탕된 지역에 재차 감염을 방지하는 방호 작전은 매우 중요다. 주월한국군은 작전과 더불어 주민의 복지와 사회 경제 발전을 위한 활발한 대민지원을 하고 있다. 대민지원은 현 정부에 협조하고 베트콩을 배척하도록 하는 심리전 활동으로서 한국군의 파월 목적에 부합할 뿐만 아니라 월남 정부의 전쟁 목표를 지원하는 데도 중요한 역할을 하고 있다.

Q. 한국군이 대민지원 및 심리전 활동에 있어 유리한 점은 무엇인가?

한국군은 대민지원 및 심리전 활동을 하는 데 있어 타국 군보다 유리한 입장이다. 유리한 예를 들면,

1. 조상을 숭배하고 노인을 존경하는 정신은 한국인 몸에 젖어 있으며,
2. 인종, 언어, 풍습, 생활양식에 있어 공통점이 많아 상호 이해가 빠르며,
3. 농경에 익숙한 농촌 출신 장병이 많기 때문에 농경 지도는 어느 지역에서나 할 수 있다.

상기의 특징을 이용하여 대민지원 및 심리전 활동을 하고 있으며 이와 같은 점이 좋은 성과를 올렸다고 믿어진다.

Q. 한국군이 준공한 건물의 이름이 한국말로 되어있는데 월남인의 반응은 어떤가?

다리에 비둘기교, 대한교, 아리랑교의 명칭 부여에 대하여는 당초 월남 공병감실에 문의한바 한국적인 명칭을 부여하여도 가하다는 사전 합의에 따라 명칭을 정하고 교량 준공 시 한글 및 월남어로 된 교량 명칭을 돌에 새기어 설치하였다.

이에 대하여 현지 여러 월남인의 의견을 종합해 본 결과 교량을 호칭하는데 발음이 제대로 되지 않고 명칭을 이해하기에 곤란을 느끼지만 별다른 반대는 없다.

그러나 앞으로는 현 월남 전쟁의 중요한 부분인 심리전 효과를 고려하여 공사 준공식마다 지방유지 또는 기관장이 명칭을 건의케 하여 그 명칭을 부여하고 한국군의 실적임을 영구히 남기기 위하여 한글로 명칭을 하단에 준공 부대 이름만 새겨 두도록 할 예정이다.

Q. 대민지원 사업에 한국산 농기구 이용 전망은?

수도사단에서는 농경 시범 반을 편성 우리나라에서 실시하는 방법을 시범하고 있다. 원시적 농경을 하는 월남인에게 한국군에 의한 농경 시범은 대단히 좋은 성과를 내고 있으나, 탈곡기 등 한국산 농기구가 없어 애로를 느끼고 있다. 한국산 농기구의 보급을 위해 우선 국내로부터 농기구를 기증받아 이를 사용, 농경 지도를 하고 월남인이 한국산 농기구를 애용하게 하여 이를 월남에서 수입하도록 하는 계기를 만들게 함으로써 우리나라 경제발전에 이바지하고자 한다.

Q. 대민지원 및 심리전 활동 효과는 어떤가?

주월한국군의 대민지원 활동은 심리전 활동과 통합되어있으며 월남 주민과 한국군의 상호 이해 증대, 친밀감 조성에 크게 이바지하였다. 작전 임무 수행에 있어 부대의 안전과 정보의 획득 그리고 주민들로부터 많은 협력을 얻게 하였다.

한국군은 파월 이래 132명의 베트콩 귀순자와 6,615명의 베트콩 지역으로부터 민간인 전향자를 낸 사실은 단시일 내에 거두어진 상과로서는 전례에 드문 숫자이다. 또한, 66년 1월 30일, 수도사단에서 실시한 경로회 석상에서 한 노인은 자기 평생에 월남인과, 미국인 그리고 불란서인한테서 받지 못하였든 친절을 지금에 와서 처음으로 한국군으로부터 받았다고 감명 어린 목소리로 이야기한 바 있으며, 1월 10일에는 한국군의 노고에 보답하기 위하여 현 주민들이 야자수, 바나나, 손수건 등의 선물을 가지고 각 부대를 방문 전달한 사실이 있다.

상기 사실 등을 볼 때 현재까지 실시한 대민지원 및 심리전 활동의 결실이라고 믿어진다.

Q. 적의 심리전 활동은 어떤가?

적은 월남에서 잘 조직된 우수한 심리전 기관을 가지고 있다. 또한, 그들은 월남인의 모든 조직체에 침투되어 있어 그들의 공작원에 의한 가장 효과적인 개개인에 대한 설득 방법을 취하고 있으며 방송 및 전단도 사용하고 있다.

제3국에 대하여는 공작원에 의한 설득이 불가능하므로 방송을 최대한으로 이용하고 있으며 이 같은 방송은 하노이를 위시하여 소련, 중공, 북괴 방송을 이용하여 대대적인 선전을 하고 있다.

기타 전단도 살포하고 있으나 그들의 능력 제한으로 전단 살포의 방법은 그다지 큰 효과가 없는 것으로 판단된다.

(이 분야는 EP.3에 상세히 소개됨. 필자)

Q. 주월한국군 작전 지역의 인구 분포는 어떤가?

월남의 총인구는 약 1,500만 명으로 추산하고 있다. 이중 한국군 작전 지역 내의 인구는,

수도사단 작전 지역 / 414,000명

해병여단 작전 지역 / 6,470명

수도 사이공 인구 / 약 200만 명

건설지원단 지구 / 47,000명으로서

총 246만 7천여 명이다.

Q. 주월한국군 작전 지역의 피난민 수는 얼마나 되나?

피난민 수는 대체로 유동적이다. 수도사단이 위치한 퀴논 지역은 77,350여 명이며, 해병여단이 위치한 캄란 지역은 15,000여 명, 그리고 사령부가 위치한 사이공 지역은 2개의 피난민 수용소에 1,700여 명이 수용되어 있다.

Q. 본국과의 통신은 잘 되고 있는가?

사령부로서는 다음과 같은 통신 수단을 이용함으로써 별다른 애로를 느끼고 있지 않음.

즉 첫째 66년 1월 7일부터 당 사령부와 본국 합참 간에 직통 TT 망이 개통되어 모든 통신을 이에 의존하고 있고,

두 번째 미군과 동일한 기준으로 미군 시설을 이용하여 본국과 전화를 할 수 있으며 또한 대사관 시설을 이용하여서도 전화를 할 수 있다.

특히 대사관 시설로서는 장병과 서울에 거주하는 가족 간에도 직접 통화의 편의를 제공하여 사기 앙양을 도모하고 있다.

Q. 방송국을 개국하면 어떠한 방법으로 운용할 것인가?

주월한국군사령부에 방송 문관이 18명 인가되어 그 가운데 2명은 작년 11월부터 현지에 와서 방송국 개국을 위한 업무를 추진해 왔으며, 나머지 16명은 2월 말까지는 현지에 도착할 예정이다. 이 18명의 방송 문관은 사이공에 8명, 맹호, 청룡부대에 각각 5명씩 배치되어 방송 업무에 종사할 것이며, 방송 프로는 국방부 방송실에서 KBS를 비롯하여 국내 각 민간 방송국과 협조하여 제작한 테이프로 방송할 예정이다.

최초는 1일 3시간(아침, 점심, 저녁)의 1시간씩 방송하고 년 내 방송시간을 1일 10시간으로 연장할 계획이다.

Q. 주월한국군에 대한 군법회의는 어떻게 운영하고 있는가?

주월한국군에 대한 군법회의는 국인법 820-2924호(65. 10. 30) 제목: 주월 부대의 군법회의 설치 및 보류와 군법회의 법 제6조 3항에 의거 주월한국군사령부 안에 설치한 주월한국군사령부 보통 군법회의가 65.12.1일을 기하여 사령부 예하 각 부대의 군법회의 재판 관할을 행사하게 되었으며, 이는 주월한국군 사령관의 강력한 지휘권 확립, 법해석 적용의 통일, 공소심을 국방부 고등군법회의로 통합 한다는 것, 양형 통일을 기함으로써 인권 옹호 및 무질서한 항소의 방지, 부족한 군법무관의 유효 적절한 인적 활용, 그리고 군 사법운영의 지휘 감독권의 확립 등을 고려하여 취한 필요 불가결한 조치이다.

따라서 주월한국군 제1부, 수도사단에는 제2부, 해병 제2 여단은 제3부 그리고 건설지원단에는 제4부가 있다.

각 부대에서 발생하는 사건은 그 해당 재판부로 하여금 현지에서 군법회의를 실시하도록 하였다.

Q. 현재 파월된 군법무관으로 군법회의 운영에 지장이 없는가?

파월된 법무장교 인원수는 대령급 1명을 포함하여 계 10명을 보유하고 있으며, 사령부는 3명, 수도사단 4명, 해병 제2여단에 2명 그리고 건설지원단에는 1명이 각각 배치되어 있고, 현재 인원으로서 군법회의 재판 업무 수행에는 지장이 없다.

Q. 현지 군법회의에서는 전시 사변의 특례를 적용하는가?

전시 사변 시에 관한 특례는 군법회의법 제525조의 규정인바 현지 군법회의에서는 적용할 수 없다. 그 이유로서는 첫째, 법적으로 현지 월남 사태를 우리 대한민국의 전시 또는 사변으로 볼 수 없다는 것과 둘째, 대한민국에서 선포하는 계엄 역시 월남에는 적용될 수 없다. 따라서 주월한국군사령부 보통 군법회의에 의한 단심 재판은 법률의 개정 없이는 불가능하다.

이 문제는 전투 작전 수행상 현지 전투부대 지휘관의 강력한 지휘권 및 전투 작전에 필요한 엄정한 군기 유지에 크나큰 애로가 되어 1965. 12. 11일 관계 법률의 개정을 건의한 바 있음.

Q. 적전 비행에 대하여 가중 처벌을 하는가?

군 형법상에는 적전 및 전시 조항이 규정되어있으므로 실제 사항이 부합되는 사건에 대해서는 가중형을 선고하고 있다.

현재 미군 군법회의에서도 평시 군법회의를 운영하고 있으나 사건에 따라서 전시 가중형벌을 적용하고 있다.

Q. 파월 이후 군법회의 사건 처리는 어떠한가?
전시 강간 하극상 등의 중요사건이 발생하였는가?

기간 중 주월한국군사령부 보통 군법회의 각부 검찰 총 접수 건수 73건 중 공소 39건, 불기소 28건, 이송 1건이며 검찰 미결은 16건 있다(이는 전투 작전으로 출동한 부대 불구속 사건임)

심판부에서는 공소 39건 중 재판 필 31건, 항소는 14건, 확정이 17건으로서 재판 미결은 8건이다.

중요사건으로는 강간 2건 4명(청룡부대), 상관 살해미수 1건 1명(맹호부대) 그리고 영관급 장교 사건으로서 군용물 횡령 1건 1명(건설지원단)이 있었다.

Q. 한 미 월 군인 현지 급여 현황 대비는 어떠한가?

한미월 3개국 군인의 현지에서 받는 급여를 대비하여보면 본국 급여와 현지 급여를 합하여

한미 10년 근무 대위급이 931$: 207$로 4:1

일등병이 313$: 31.10$로 10:1

이며 특히 한월간 사병에 있어서도 일등병이 62$: 32.10$으로 2:1의 비율을 보이고 있다. 그러나 현재 이것이 사기에는 별 영향이 없으나 같이 전투를 하는 미군이 현지에서 1인당 전투수당 65$, 별거수당 30$을 받는데 비추어 장차 우리도 재고되어야 할 것이며, 이미 이 문제는 본국에서 적절히 배려되고 있는 줄로 알고 있다.

Q. 현지 장병의 본국 송금 현황은 어떠한가?

65년 10월에 전투부대가 도착한 이후 월 통상 수당 지급액은 950,000$이며, 월평균 송금액은 약 650,000$로서 60%를 상회하고 있음.

1965년 2월부터 1966년 1월까지 수당 총 지급액은 4,015,500$이며

가족에게 송금한 실적이 2,509,800$로서 62%를 보내고 있음.

Q. 파월 한국군의 예산지원 현황은 어떠한가?

미국 측으로부터는 1965년 12월 15일 한미 현지 군 사령부 간에 체결한 경리 실무 약정에 따라 현지 월남 화폐로 65년 4/4분기에 7,400,000 피아스타, 금년 1/4분기에 9,700,000 피아스타 예산으로 대민 활동비, 영현 처리비, 기타 미군이 현물 지원을 할 수 없는 비목을 지원받고 있으며, 이는 미국의 회계법규에 따라 미군이 회계처리를 하고 있다.

또한, 미국으로부터 지원받지 못하는 대외 활동비, 부대 운영비는 본국으로부터 매월 34,400$ (판공비, 정보비)을 수령, 부대 규모에 따라 사용하고 있다.

그러나 4월부터는 정부에서 재정 형편에 따라 이 중 10,000$를 삭감 운영토록 지시를 받아 그 절약 방도를 연구하고 있다.

－이상－

에피소드를 시작하며

베트남전쟁은 베트남 민족이 프랑스에 빼앗긴 자유를 찾기 위한 투쟁에서부터 시작되었다. 우리가 일본에 빼앗긴 자유와 민족자결을 되찾기 위해 36간 독립운동으로 전투를 했던 것처럼, 베트남 민족도 그들의 자유와 민족자결권을 되찾기 위해 프랑스를 상대로 100년이 넘는 긴 세월 동안 독립투쟁을 벌이고 있었다. 그렇게 해서 겨우 프랑스를 물리치고 독립을 쟁취하려는 순간, 미국이 무력으로 프랑스를 도우며 베트남전쟁에 끼어들었다. 인도지나 반도의 공산화 도미노 현상을 막는다는 명분이었다.

우리나라를 강점하고 자유와 민족정기를 말살하려는 일본을 상대로 강탈당한 조국과 자유를 되찾기 위해 우리가 목숨을 걸고 싸우고 있는데, 미국 같은 강대국이 일본 편을 들며 우리의 독립운동을 무력으로 진압하려 한다면, 과연 우리는 어떻게 했을까?

일본도 버거운데 미국 같은 강대국까지 상대해 싸운다는 것은 어리석은 짓이라며 미리 겁을 먹고 독립운동을 포기했을까? 만약 그런 일이 있었다면, 모르긴 해도 우리는 설령 미국보다 더 센 강대국일지라도 굴하지 않고 오늘 이 순간까지도 독립운동을 계속하고 있으리라 믿어 의심치 않는다. 우리 민족혼은 그 어떤 나라보다도 독립성이 강하니까!

EP. 01

본 스틸 대장과 채명신 중장의 한판 대결

- 탄피 목장의 결투

그 당시, 본 스틸 대장은 주한유엔군 사령관이었고, 채명신 중장은 주월한국군사령관이었다. 이 두 사령관 사이에 본의 아니게 한판 대결이 붙었다. 무엇 때문이었을까?

베트남전쟁에 참전한 한국군이 한창 전과를 올리고 있던 1968년 말경이었다.

"월남에 있는 채 장군이 탄피를 밀수해서 번 돈을 모 기업에 넣어놓고 축재를 하고 있다. 한미간에 이미 외교 문제가 된 일로 더 확대되기 전에 어서 직위 해제하고 주월한국군 사령관을 노00 장군으로 교체해야 한다."

이런 말이 군 요로에 공공연히 나돌기 시작했다. 실제로 그 당시 채 사령관은 어마어마한 양의 탄피를 국내에 밀반입하고 있었고, 이 문제를 처음 한국 정부에 제기(고발)한 사람이 본 스틸 당시 주한 유엔군 사령관이었기 때문에 그 파장은 대단했다. 박 대통령의 입장이 곤란해지고, 후임 사령관 이야기까지 오르내릴 정도로 심각했던 이 탄피밀수사건의 진실은 무엇이며, 채 사령관은 이 위기에서 어떻게 벗어났을까?

채 사령관이 본 스틸 대장에게 보낸 장문의 영문 항의편지와 그가 필자에게 직접 밝힌 이야기를 종합해 본 당시 탄피밀수사건의 전말은 이렇다.

– 내가 탄피를 밀수입한 것은 맞다. 나는 100 군수사령부 뒤 숲속에 용광로까지 만들어놓고 신주 포탄 탄피를 녹였다. 탄피 한 트럭이 용광로를 거쳐 나오면 조그마한 책상 하나 크기로 변했다. 그런 신주 덩어리를 배에 가득 실어 국내로 들여보냈다. 그때만 해도 산업에 꼭 필요한 신주가 매우 귀한 때라 신주는 국내에서 값이 상당히 나갔다.

– 용광로 작업은 야간에만 했다. 낮에 하면 연기 때문에 미군에게 들킬 염려가 있었기 때문이었다. 하지만 나는 탄피를 수집해서 보내는 데까지만 알지, 그것이 국내에 들어와 어디에 무슨 용도로 쓰이는지는 알 수 없었다. 그 문제는 중앙정보부와 보안사 소관이었다.

– 전투병들도 소총 탄피를 주워 모아놨다가 귀국 때 가져오면 제법 목돈을 쥘 수 있었다. 물론 이런 건 모두 위법이었다. 그러나 나는 헌병들에게 귀국 박스에 손대지 말고 가지고 가게 놔두라고 지시했다. 본국에 가지고 가면 국가는 국가대로 좋고, 병사는 병사대로 팔아서 공부하는 학생은 학자금에 보태 쓰고, 농사짓는 사람은 송아지라도 한 마리 장만할 수 있기 때문이었다.

– 그런데 68년 말쯤 문제가 생겼다. 당시 주한 유엔군 사령관이던 본스틸 대장이 이런 사실을 알고 우리 정부에 항의한 것이다. 내가 사이공에서 본 스틸 사령관한테 해명 서한을 보냈지만 쉽게 가라앉지 않고 외교 문제로 비화 될 조짐까지 보였다. 69년 초 내가 업무보고 차 일시 귀국했더니 탄피 문제로 온통 야단들이었다. 박 대통령도 나를 보자마자 탄피 이야길 꺼냈다.

"야, 야! 채 장군! 그 탄피 이제 고만 보내! 미국 놈들한테 들통나서 지금 본 스틸 대장이 지랄하고 있어!"

"그래서 각하께서도 시인하셨습니까?"

"아니야. 조사해 보겠다고 했어."

"잘하셨습니다. 절대 시인하시면 안 됩니다."

"아무튼, 이제 고만해, 그만하면 충분하니까!"

"아닙니다. 저는 앞으로 계속 보내겠습니다. 대신 각하께서는 절대 시인하지 마십시오. 조사해 보겠다고만 하십시오. 미국 입장에서는 법규위반이 될지 모르지만, 우리 입장에서는 떳떳합니다. 저도 떳떳하니까 하지 명분 없는 일이면 제가 왜 하겠습니까? 저한테 맡겨주십시오"

그러고는 김성은 국방부 장관실에 들렀다. 국방부 장관은 대통령보다 더 걱정하고 있었다.

"외교 문제로 크게 비화 될 것 같은데 어쩌면 좋겠소?"

"그 문제는 너무 걱정하지 마십시오. 제가 알아서 처리하겠습니다."

일단 나는 장관을 안심시킨 후, 본 스틸 사령관에게 전화를 걸어 만날 것을 약속한 뒤 다음날 10시에 용산으로 찾아갔다.

본 스틸 사령관은 뜻밖에 의장대까지 준비해 놓고 나를 환영했다. 나는 그럴 기분이 아니었지만 준비된 행사라 어쩔 수 없이 사열을 받았다. 행사가 끝나고 사무실에 들어가자마자 나는 다른 사람들을 다 내보내게 한 뒤 단도직입적으로 본론을 꺼냈다.

"당신이 우리 국방부 장관한테 탄피 문제로 보낸 항의서한 나도 읽어 보았다. 서명을 보니 당신이 보낸 게 분명했다. 당사자인 내 말도 들어 보지 않고 그럴 수 있느냐?"

"그 문제라면 주월한국군이 우리나라 법을 위반한 것이라 어쩔 수 없다."

"그래, 좋다. 그 건으로 나는 국방부 장관과 대통령에게 불려가 야단을 맞았다. 당신은 항의문에서 주월한국군이 G.A.O 법률을 어겨 양국 간에 심각한 문제를 야기했다고 지적했던데, 나도 그 법률에 대해서는 잘 안다. 미국 전쟁물자를 전쟁 지역 밖으로 가지고 나가지 못한다는 것을 규정한 법 아니냐? 탄피도 전쟁물자로 취급되기 때문에 우리가 그걸 어겼다고 했다. 물론 그 점에 대해서는 부정하지 않겠다. 그러나 나는 당신에게 먼저 묻지 않을 수 없다. 월남에서 탄피라는 게 도대체 어떤 성질의 것인지, 그 의미를 당신 아느냐?"

"무슨 말인지 잘 모르겠다. 당신의 생각을 말해 달라."

"월남에서 탄피를 버리면 이적행위가 된다! 왜냐하면, 베트콩들이 탄피를 주워 캄보디아에 있는 비밀공장에서 탄알로 만들어서 미군이나 우리 한국군을 쏴 죽이는 데 이용되기 때문이다. 그래서 나는 포 탄피를 철저하게 회수할 것을 엄히 지시했다. 심지어 당신들이 규정하지도 않은 소총 탄피까지도 절대로 적의 손에 들어가지 못하게 하고 있다. 당신들이 탄피를 회수하는 이유는 법을 지키기 위해서라고 하지만 내가 우리 장병들에게 탄피회수를 철저히 시키는 것은 바로 이 이적행위를 막기 위해서다. 다시 말해 미군과 우리 한국군은 물론 모든 연합군의 생명과 직결되기 때문이다."

이적행위라는 내 설명에 본 스틸 대장은 얼굴색이 변했다. 나는 준비해 갔던 자료를 내놓고 계속 몰아붙였다.

"당신은 반납해야 할 탄피를 국내로 반입했다고 말했는데, 우리가 반납하지 않은 것이 결코 아니다. 자, 봐라. 이것은 한국군과 미군이 지난 68년 1년 동안 사용한 포탄 탄피 반납 비교표다. 우선 105mm 탄피만 보더라도 미군 7개 사단 21개 105mm HOW BN에서 사용한 총포탄 수 8,906,010발 중 반납 탄피는 철 탄피 4,809,245발과 신주 탄피

335,190발로 모두 5,144,435발이다. 이는 총소모량의 57.7%이다. 이에 비해 우리 한국군은 같은 기간 2개 사단 6개 105mm HOW BN에서 총 1,229,703발의 포탄을 사용했고, 이 중 철 탄피 813,968발과 신주 탄피 83,361발, 모두 897,229발을 반납해서 총소모량의 73%를 반납했다. 우리가 너희 미군보다 15% 포인터 이상 더 많이 반납했다. 월남군은 반납률이 우리의 1/4밖에 안 된다. (이 통계는 채 사령관이 본 스틸 대장한테 보낸 영문항의서한에 나와 있다.) 이건 뭘 뜻하나? 바로 내가 조금 전에 말한 대로 미국군과 월남군이 이적행위를 우리보다 많이 하고 있다는 뜻이다. 이뿐이 아니다. 사진에서 보다시피 우리는 탄피로 전신주도 세우고, 관망대 기둥이나 차고 기둥, 포진지 옹벽 버팀목 등, 여러 곳에 탄피를 사용하여 폐자재를 군수품 대체 활용에 적극적으로 나서고 있다. 이는 곧 당신들의 전쟁비용을 절약시키는 일로 연합군 중 아무도 하지 않는 일이다. 포탄 탄피 하나 회수하는 일이 쉬운 게 아니다. 작열하는 햇볕에 한두 시간만 놔두면 탄피는 불덩어리처럼 뜨거워진다. 맨손으로는 만지지도 못한다. 그렇지만 우리 아이들은 온갖 도구를 다 만들어 힘들게 운반하고 반납한다. 미군 반납률이 우리 보다 떨어지는 이유는 그런 힘들고 어려운 일을 당신들은 안 하려 하기 때문이다."

나는 탁자 위에 있는 물을 한 모금 마신 뒤 계속 말했다.

"또 하나, 내가 지금 하는 일은 우리 정부와는 아무 상관이 없다는 것이다. 내가 대통령에게 이 일을 말씀드리면 법규위반인 줄 아시는데 승낙하실 턱이 없다. 국방부 장관도 마찬가지다. 이건 순전히 현지 사령관인 내가 우리 장병들 복지를 위해 내 임의대로 한 일이다. 당신도 우리 전방에 가보아서 알고 있겠지만 지금 우리 전방에 근무하는 장교나 하사관들의 환경은 열악하기 짝이 없다. 거처할 숙소가 마땅찮은 것은 물론이고 아이들 교육은 꿈도 꾸지 못한다. 그래서 대부분이 가족들을

서울이나 멀리 떨어진 후방 도시에 두고 혼자 근무를 하고 있다. 나는 이런 점이 우리 군 전력을 크게 약화시키는 것으로 보고 있다. 나는 이런 우리 장병들의 근무조건을 조금이라도 개선해서 전력을 높여보려고 이 일을 추진하게 된 것이다. 단언컨대 당신이 나였더라도 아마 틀림없이 그렇게 했을 것이다."

내 말에 본 스틸 대장은 얼굴이 상기된 채 아무 말을 못 했다. 나는 내친김에 하고 싶은 말을 다 하기로 결심했다.

"물론 당신의 입장에서 보면 민감한 문제일 수도 있다. 당신 나라의 국법과 관련된 일이기 때문이다. 하지만 나는 떳떳하다. 왜냐면 전장에서 이적행위를 그냥 보고만 있을 수 없었기 때문이다. 그리고 당신도 군복을 입은 군인이기 때문에 부하를 배려하고 조국의 안녕을 염려하는 점은 나와 별반 다르지 않으리라 짐작한다. 따라서 같은 군인으로 주재국 정부에다 함부로 서신을 보내 국가 간의 문제로 비화시킨 점은 아무리 생각해도 당신이 경솔했다는 생각이 든다. 내가 장관이나 대통령께 꾸중을 듣는 것은 상관없다. 그리고 모든 것을 책임질 준비도 되어있다. 하지만, 당사자인 나에게 하등의 의견도 알아보지 않고 곧바로 우리 정부에다 따지고 든 행동은 정말 이해하기 힘들다. 나는 이 문제를 웨스티(웨스트 모어랜드 장군의 애칭)와도 의논하지 않았고, 보고도 하지 않았다. 그러나 나는 웨스티가 이 문제를 모르고 있다고는 생각하지 않는다. 그는 모든 것을 알고 있을 것이다. 그런데도 일언반구 말하지 않고 있다. 왜 그럴까? 우리는 서로를 믿고 이해하기 때문이다. 나는 이런 이해와 믿음의 관계가 당신과도 이루어지길 기대한다."

내 말이 끝나자 본 스틸 대장이 고개를 몇 번 끄떡이더니 손을 내밀었다.

"잘 알겠다. 그런 내막인 줄은 몰랐다. 더 이상 문제 삼지 않겠다. 좋은 이야길 해줘서 고맙다."

이렇게 해서 자칫 한미 외교 문제로 비화 될 뻔했던 탄피 밀수사건은 채명신 사령관의 KO승으로 끝났다. 본 스틸 대장은 2차대전 당시 한국 38선을 그은 장본인으로 알려져 있다. 또 6·25 전쟁에도 참전한 뒤, 주한 미8군 사령관까지 된 한국과 인연이 매우 깊은 사람이었다.

EP. 02

누구 헬리콥터 살 사람 없습니까?

– 상상을 초월하는 부정부패

부패는 망국으로 가는 지름길이다. 정치 경제적으로 아무리 튼튼한 나라라도 부정부패를 방치하면 금방 추락하고 만다. 브라질, 아르헨티나 등이 선진국 문턱에서 주저앉은 이유도 경제정책 실패도 있었지만, 바로 이 정치권과 관련된 부정부패를 조기에 척결하지 못했기 때문이다.

우리가 참전했던 월남은 건국에서부터 패망 때까지 부패의 연속이었다. 심지어 전쟁을 치르는 과정에서도 부패는 끊이지 않았고, 그 주인공들도 최고 지도자에서부터 저 시골 마을 촌장에 이르기까지 부패와 관련되지 않은 사람이 없었다.

오늘은 월남 공직자의 부패 중 굵직한 사건 몇 가지를 소개한다.

국가 경찰권까지 팔아먹은 지도자

월남의 부패는 상상을 초월한다. 자질구레한 좀도둑은 물론 국가 경찰권까지 팔아먹은 거대한 부패도 있었다.

먼저 국가 경찰권을 팔아먹은 이야기부터 해보자. 이 이야기는 영국 기자 데니스 워너의『印支 風雲 三十年』(백우근 역. 태양문화사)이라는 책에 나와 있는 이야기다.

국가의 경찰권을 팔아먹은 사람은 그 부패 덩치에 걸맞게 바오다이 월남 초대 국가 원수였다.

디엔비엔푸 전투에서 패한 프랑스는 1949년 3월 8일 파리협정에 따라 그해 6월, 왕위를 포기하고 프랑스에서 망명 생활을 하고 있던 바오다이를 월남 국가원수로 다시 돌려보냈다. 그는 이미 월맹 호찌민 군사재판이 사형선고를 내려놓은 인물이기도 했다.

바오다이는 1954년 6월 미국 케네디 대통령의 지원을 받고 등장한 고 딘 디엠에게 정권을 넘겨주는데, 정권을 인계하기 직전 국가 경찰권을 레 반 비엔이라는 갱단 두목에게 넘기는 문서에 서명했다. 그 대가로 그가 받은 뇌물은 4천만 피아스타(당시 환율로 미화 1백 14만 달러)였다.

경찰권을 돈을 주고 산 갱단 두목 레 반 비엔은 그의 수하인 빈 수엔이 이끄는 정당으로하여금 경찰권을 수행하게 해놓고 본인은 마약과 매춘 사업을 공공연히 했다.

비엔은 촐롱가에 있는 제일 큰 도박장, 사이공 시내에서 제일 큰 백화점과 1백여 개의 상점, 아시아에서 제일 크다는 매음굴인 〈거울의 집〉을 소유하고 있는 거대한 범죄조직의 우두머리였다.

그가 운영하는 매음굴 〈거울의 집〉은 사면을 거울로 장식한 수백 개의 방에 1천2백여 명의 창녀들이 24시간 영업을 했다고 한다.

창녀 1천2백 명의 매음굴

비엔이 사는 집도 갱단 두목답게 위엄을 갖추고 있었다. 숙소 앞에는 직경 20여 미터 되는 연못이 가로놓여 있었고, 그의 숙소로 들어가려면 반드시 이 연못에 놓인 난간도 없는 좁은 나무다리를 통과해야만 했다. 다리 밑 연못에는 굶주린 두 마리의 악어가 먹이 떨어지기를 기다리고 있었고, 침실 입구에는 잘 길들어진 큰 표범이 날카로운 이빨과 발톱을 드러내 놓은 채 매서운 눈으로 방문자를 감시했다.

미국 케네디 대통령의 전폭적인 지지를 받고 월남 수상이 된 고 딘 디엠은 비엔이 하는 짓 하나하나가 모두 눈엣가시였다. 디엠은 먼저 경찰권부터 확보하기 위해 경찰권을 행사하고 있던 빈 수엔의 정당을 해체해버렸다. 그러자 오른팔을 잃은 비엔이 노골적으로 반 디엠 운동을 선언하고 나섰다. 그때부터 현직 수상인 디엠과 거대 갱단 두목인 비엔 간에 전투를 방불케 하는 공방이 시작되었다. 사이공 시내가 아수라장이 될 정도로 사흘 동안 밀고 당기던 공방은 결국 사단 병력과 탱크, 로켓포까지 동원한 정부군의 승리로 끝났다.

비엔은 메콩강 삼각주 밀림으로 도망쳤고 그를 지키던 악어와 표범은 군인에 의해 사살되었다.

공개총살로도 못 막은 부패

이번에는 구엔 카오 키의 회고록『Twenty years and Twenty days』(월남 20년 패망 20일. 연희출판사. 홍인근 역)에 나타난 월남의 부정부패 이야기를 보자.

구엔 카오 키는 월남 군정 시절 수상을 지냈고 민정 때 부통령을 하다가 월남이 패망하면서 미국으로 망명한 월남 최후의 지도자 중 한 사람이다. 그가 미국에서 발간한 회고록에는 자기 자랑을 많이 늘어놓았는데, 그래도 재직 중 부정부패에 대해서는 나름대로 척결 의지를 갖고 있었던 것으로 보인다. 왜냐면 그의 회고록 중 상당 부분이 부패를 성토하는 이야기로 기록돼 있기 때문이다.

그는 1965년 겨울, 당시 철강업계의 대부라고 할 만한 중국계 거상 타

빈을 사이공 중앙시장 한복판에서 공개총살을 시켰다. 군사법정에서 사형선고가 내려지고 만 하루도 지나기 전이었다. 타빈이 사형선고를 받은 죄명은 철강 암거래였다. 그가 재판을 받는 동안 정계 고위직 간부를 비롯해 재계의 수많은 사람이 구명 손길을 키에게 뻗쳤다. 하지만 그는 법정에서 사형선고가 떨어지자마자 바로 사람들이 많이 보는 시장통에서 공개총살을 시켜버렸다. 그의 강력한 부패 척결 의지를 읽을 수 있는 부분이다.

다음으로 그가 손을 댄 곳은 쌀 암거래시장이었다. 쌀 시장 역시 중국계 상인 열서너 명이 손에 쥐고 있었는데 이들의 농간으로 쌀값이 미친 년 널뛰듯 오르락내리락했다. 값이 폭등해 원성이 높아지면 조금 내려줘서 인심을 진정시키고 그러다 잠잠해지면 또 큰 폭으로 올려 돈을 버는 수법이었다.

그런데 월남은 원래 쌀이 그렇게 많이 부족한 나라가 아니었다. 비록 전쟁 중이라고는 하지만 미국에서 원조로 들어오는 쌀의 양이 엄청난데다 2모작이 가능한 나라기 때문에 수급조절만 잘 되면 어느 정도 민생안정이 가능한 상태였다. 그런데도 쌀값이 천정부지로 올라 국민 원성이 그치지 않자 키 수상이 직접 뒷조사를 해봤다. 그러자 놀랍게도 상인들이 쌀 공급이 늘어나면 밤에 몰래 쌀을 사이공 강에다 갖다 내버려 양을 줄인다는 게 확인되었다.

다음날, 키 수상은 상인들을 모두 불러다 집합시켜 놓고 보는 데서 종이쪽지에 이름을 하나하나 써서 모자에 담았다. 그러고는 말했다.

"내일 당장 쌀을 충분히 시장에 풀어 값을 안정시키지 않으면 여기 쪽지 중에서 아무나 하나 집어서 해당자를 공개총살 하겠다!"

철강 상인을 공개적으로 총살한 사실을 잘 아는 쌀 상인들은 그날 밤 바로 자신들이 갖고 있던 쌀을 풀어 값을 안정시켰다. 하지만 이런 방법도 그리 오래 가지 않았다고 그는 실토하고 있다. 교묘한 농간에 폭등하는 쌀값은 끝까지 정부와 농민을 괴롭히는 부패의 하나였다.

탱크와 헬리콥터도 밀매 가능

광 둑 스님 분신자살 사진으로 퓰리처상을 받은 AP 통신 기자 말콤 브라운(Malcom Browne)이 쓴『이것이 월남전이다』(심재훈 역. 정향사 간)라는 책을 보면 월남 현역군인 간부들의 부정부패도 둘째가라면 서러울 정도였다는 것을 알 수 있다. 이들의 부정부패는 곧바로 정부의 신뢰를 떨어트려 국민이 베트콩 편을 들게 하는 결정적 요인이 되었다.

월남의 지방행정은 보통 대위나 소령이 책임지고 있었는데 정부가 국민에게 주는 혜택을 대부분 이들이 중간에서 가로채 갔다.

월남 군인이 싸움터에서 전사하면 정부에서는 그 유가족에게 조건 없이 1년 치 봉급(대략 400달러 정도)을 지급했다. 그런데 이 지급액이 그대로 유가족에게 지불 되는 일은 거의 없었다. 공짜로 지급되는 관도 비싼 값을 받고, 장례비다, 행정수수료다, 기타 인건비다, 하면서 갖은 명목을 다 붙여 돈을 착취했다. 그 결과 유가족한테는 겨우 30% 정도만 지급되었다. 그래도 가족은 어디 항의 한번 할 수가 없었었다. 이들에게 밉보이면 베트콩으로 몰아 감옥에 처넣든지 아니면 총살을 해버리기 때문이었다.

월남의 부패 중에 규모가 크기로는 단연 군수품 빼돌리기였다. 미국 군수물자가 부두에 하역되는 순간부터 신출귀몰한 방법으로 빠져나갔다. 맥주, 티브이, 오토바이, 타자기 등은 기본이고, 1967년 경우 한 해 동안 쌀이 50만 톤이 사라졌는가 하면, 시멘트 68 트럭 분 중에서 42 트럭 분이 한꺼번에 도난당하기도 했다.

어떤 운전사는 간도 크게 컴퓨터 등 장물 250만 달러 치를 대형 트럭에 싣고 사이공 시내를 유유히 돌아다니며 팔려다가 끝내 살 사람을 못 찾자 도로 제 자리에 갖다 놓았다는 이야기도 있다. 하긴 필자가 근무할 때도 퀴논 시내에 나가면 수류탄 소총 크레모아 등 무기류도 손쉽게 구할 수 있었다. 그러다 보니 한국군 중에서도 이런 시중에 나도는 무기를 사다가 적한테서 노획한 무기라고 속여 훈장을 받으려는 병사들이 더러 있었다.

미국이 원조하는 비료 부정사건도 유명한 이야기다.

1974년 4월 미 상원에서 조사해 6월 말에 발표한 보고서에 따르면, 월남에 원조하는 비료의 70%는 도착하자마자 어디론가 사라졌다가 몇 달 뒤 값이 서너 배 올라 농촌 지역에 띄엄띄엄 나타나는 것으로 조사됐다. 그런데 놀랍게도 이런 짓을 하는 조직의 실권자가 현직에 있는 티우 대통령이었다는 것이다.

이렇듯 월남의 군수품 부정거래는 여자들 향수나 수류탄 같은 작은 물품에서부터 크게는 탱크나 헬리콥터까지 수요자를 찾아 나설 정도로 암거래가 성행했다고 하니 가히 부정부패의 양과 질을 짐작하고도 남는다.

한국군의 부정부패

그렇다면 한국군의 부정부패는 어떠했을까? 이 부분에 대해서 채명신 사령관은 어떤 범죄보다도 철저히 단속했던 모양이다. 그가 가지고 있는 자료에서 필자가 확인한 바에 의하면 사소한 부정도 용서치 않고 영창을 보낸 뒤 귀국 조치했거나 군법에 회부하여 엄하게 처벌한 것을 알 수 있었다. 지면 관계상 주요지휘관급 부정부패 사례만 몇 가지 소개한다.

먼저 9사단 29연대 *대대장 박0화 중령이 66. 9월 파월된 이후 12월까지 4개월 동안 매월 지급되는 기밀비 중에 11불씩을 개인 착복했는가 하면, 노무자 임금 중에서 11월분과 12월분 2회에 걸쳐 33,000 피아스타를 횡령 착복하다가 징계처분을 받고 귀국 조치 됐다.

또 100 군수사령부 참모장 이** 대령이 참모 주0유 중령 등과 결탁해 66년 10월부터 67년 1월까지 군수사령부에 하달되는 세탁비 및 영현비 중에서 1,928,750 피아스타와 1,030불을 횡령하여 분배 착복했다가 군법에 회부됐고, 수도사단 26연대 통신대 병장 정수웅(가명)은 67.1.19. 통신용 배터리 2상자(384개)를 월남인에게 팔아먹으려다가 잡혀 영창에 가기도 했다.

그런가 하면 수도사단 0연대 2대대장 중령 김동성(가명)은 67년 피엑스 조달품인 맥주 320상자, 콜라 100상자, 담배 50상자, 위스키 18상자를 몰래 빼돌려 월남 상인한테 팔아 1,829불을 착복한 혐의로 군법에 회부 됐다.

수신제가(修身齊家)에 철저했던 채명신

채명신 사령관은 그 당시 이미 세계적 영웅이었다. 국내 TV나 신문에서는 연일 그의 기사가 톱뉴스로 보도되었고, 외신들도 그의 월남전 공적을 대대적으로 보도했다. 그러다 보니 채 사령관뿐만 아니라 그의 가족들도 국민적 관심의 대상이었다. 따라서 서울 사령관의 집에는 명절 때마다 각계로부터 격려 차원의 많은 선물이 답지했다.

필자는 채 사령관이 보관하고 있는 자료에서 그때 받은 선물 리스트도 볼 수 있었다. 사령관 부인 문정인 여사가 꼼꼼하게 기록한 그 리스트는 1967년 추석 때 받은 선물 내용으로 편지지 석 장 분량이었다.

편지지에는 보낸 사람 이름과 직위, 물품 종류와 수량이 꼼꼼하게 기록되어 있었다. 물품은 대부분 참기름, 설탕, 멸치, 과일, 등 가정에서 흔히 먹는 식료품이 대부분이었는데 간혹 인삼, 녹용, 양장옷감, 양복기지 등 당시로는 제법 값나가는 물품도 있었다.

선물을 보낸 인사도 각계각층이었다. 지금도 이름만 대면 알 수 있는 정치인, 경제인이 수두룩했고, 군부대 지휘관 이름도 더러 눈에 띄었다. 그런데 필자는 이런 물품을 어떻게 처리하는 지가 궁금했다. 채 사령관 혼자 다 먹고 쓰기에는 아무래도 양이 많아 보였기 때문이었다. 필자의 질문에 채 사령관의 대답은 간단했다.

"집사람이 그렇게 리스트를 만들어 내게 보내주면 내가 보고 너무 비싸다 싶은 건 되돌려주게 하고 그렇지 않은 건 교회를 통해 고아원이나 양로원에 보냈지."

"전부 다 말입니까?"

"하하, 밀가루나 설탕 같은 건 조금 놔뒀다가 빵 구워 먹었어!"

노무현 정부 때 베트남 농 득 마잉 서기장이 한국을 방문해 대통령과 정상회담을 했다. 그가 한국에 머무는 동안 재계 총수들은 마잉 서기장과 대면하기 위해 치열한 경쟁을 벌였다. 성대한 환영 만찬도 베풀어주었다. 이유는 베트남이 중국과 맞먹는 투자대상국이기 때문이었다. 월남전에 참전했던 필자로서는 지금도 그때를 떠올리면 감회가 새로워진다. 도대체 무엇 때문에 나는 베트남 전쟁터에서 싸웠던 것일까?

EP. 03

월맹이 조작해 낸 사기꾼 전쟁영웅

– 재봉틀 신(神)이 된 「반 뻬」이야기

전쟁이 터지면 피아간 치열한 공방을 벌이는 것은 야전에서의 전투뿐만이 아니다. 심리전 역시 전투 못지않게 쌍방 간에 불꽃 튀는 경쟁을 벌인다. 각종 무기를 사용해 필드에서 공개적으로 벌이는 전투가 하드웨어 전이라면, 보이지 않는 은밀한 곳에서 계획되어 적진을 교란하고 선동하는 심리전은 소프트웨어 전이라 할 수 있다. 따라서 현대에 올수록 하드웨어 전보다 이 소프트웨어 전이 더 중요시되고 그 의미와 영향력도 더 광범위해졌다.

심리전을 예전에는 일반적으로 선무공작이라고 불렀다. 선무공작의 사전적 의미는'점령지역이나 전쟁 상대국의 민중에게 정책이나 방침을 선전하여 점령군을 지지하고 협력하도록 민심을 선동하고 다스리는 활동'이다. 하지만 실제로는 이런 것 말고도 적군의 사기를 떨어트리는 제반 활동을 비롯해 아군의 사기진작이나 자국민의 응전의지 결집을 위해 벌이는 사회적 정치적 활동 일체를 다 선무공작이라고 본다.

역사적으로 가장 성공한 심리전, 즉 선무공작의 예를 든다면 아무래도 우리에게 고사성어로 잘 알려진 사면초가(四面楚歌)가 아닐까 싶다. 사면초가는 중국의 사기(史記) 항우본기(項羽本紀)에 나오는 말로 오늘날엔 '무원고립 상태'로 쓰이는데 그 유래는 대강 이렇다.

심리전의 걸작 사면초가(四面楚歌)

한나라 유방과 초나라 항우의 싸움에서 유방의 참모 장량(張良)이 포로로 잡은 초나라 병사들로 하여금 한밤에 항우 군대 옆에서 초나라 노래를 부르게 했는데, 전쟁에 지친 초나라 병사들이 그 노랫소리를 듣고는 향수를 못 이겨 무기를 버리고 뿔뿔이 흩어져 도망쳐버렸다는 데서 유래되었다. 적군의 심리를 이용한 장량의 선무공작이 전쟁을 멋지게 승리로 이끈 것이다.

그렇다면 우리가 참전했던 베트남전쟁에서의 심리전, 즉 선무공작은 어땠을까? 월맹이 대내외적으로 전개한 선무공작에 대해 한 두어 가지 소개하겠다.

월맹이 선무공작의 한 방법으로 라디오를 통해 자주 방송한 것 중에 '전사 아내의 비가'라는 노래가 있었다. 이 노래는 베트남 민족 시인으로 유명한 응웬 빈 키엠의 시에 곡을 붙인 것인데, 가사와 곡조가 한결같이 애절해 듣는 이로 하여금 자기도 모르게 슬픔에 잠기게 했다. 그 노랫말은 이렇다.

땅과 하늘 사이로 먼지 폭풍 일어날 때 / 한 여인이 걸어가야 할 길은 얼마나 힘에 겹고 험한가! / 영웅의 피를 이어받은 사랑하는 임이시여 / 임은 붓을 꺾고 무기를 들었습니다! / 임을 전송하는 저는 / 땅에서 임의 말(馬)이 되지 못함을 애달파합니다. / 강에서 임의 배(船)가 되지 못함을 애달파합니다.

이 얼마나 애틋한 시구(詩句)인가? 이 시는 원래 키엠이 외세 프랑스에 저항해 투쟁하는 전사들을 위해 지은 시였기 때문에 북쪽 하노이나 남쪽 사이공 할 것 없이 웬만한 지식인들은 다 알고 있었다. 그런 까닭에 비록 적국 월맹의 방송이었지만 남쪽 사람들에게도 아무 부담 없이 와 닿았다. 월맹은 이 노래를 계속 방송함으로써 베트콩의 사기를 진작시키는 것은 물론, 남쪽 사람들의 하노이 정부에 대한 적대감을 누그러뜨리는 데 큰 성과를 거두었고, 사이공 정부는 오늘날 우리가 흔히 말하는 안보의식 해이라는 큰 피해를 보았다.

월맹은 또 자국민의 단결과 전투력향상을 위해 전개한 선무공작이 많이 있는데 그중 유명한 것이 '구엔 반 빼 영웅 만들기'이다. 이 이야기는 앞서 말한 데니스 워너의 『인지 풍운 삼십 년(印支 風雲 三十 年)』에 잘 소개되어 있다. 데니스 워너는 인도지나 분쟁 초기부터 월남이 패망할 때까지 거의 반평생을 베트남에서 보낸 미국의 저널리스트다.

그의 책에 의하면 구엔 반 빼 라는 청년 영웅 만들기는 1966년 하반기에 본격적으로 시작되었다. 이때 월맹은 군사력 증대를 위해 대대적으로 모병(募兵)을 하고 있을 때인데 국민의 자발적 참여를 고취하기 위해 이 공작을 벌였다고 생각된다. 그럼 먼저 월맹 정부가 말하는 빼의 공적부터 살펴보고 또 그것을 가지고 어떻게 한 청년을 영웅으로 둔갑시켜 가는지 알아보자. 데니스 워너의 책에 기록된 내용을 토대로 필자가 재구성해보겠다.

최면술사가 된 영웅의 혼

– 1966년 5월, 우리의 용감한 전사 구엔 반 빼는 메콩강 델타 지역에

서 부근 베트콩에게 나누어줄 무기를 수송하던 중, 월남 괴뢰 정부군에 들켜 교전을 벌이다 동료들은 다 죽고 혼자 포로로 잡혔다. 그는 모진 고문과 구타를 당하고 군도(郡都) 미안에 있는 부대로 끌려갔다. 그곳에서 미군들이 뻬에게 노획한 무기 사용법을 물었고, 뻬는 설명하는 척하면서 폭탄에 기폭장치를 작동한 후 그것을 들고 재빨리 바깥으로 뛰어나가 미군 장갑차 위에 올라서서 힘껏 외쳤다.

"미 제국주의 타도! 민족해방전선 만세!"

뻬의 행동에 놀란 미군들이 우왕좌왕하며 도망을 쳤지만 때는 늦었다. 뻬는 들고 있던 폭탄을 서슴없이 터뜨렸고 요란한 폭발과 함께 수십 명의 미군이 그 자리에서 즉사했다. 뻬가 터뜨린 폭탄은 옆에 산더미처럼 쌓여 있던 다른 폭발물을 연쇄적으로 폭발시켜 하늘이 무너지는 듯한 굉음과 함께 괴뢰군부대를 초토화시켰다. 당시 폭발이 얼마나 요란했던지 부근에 있던 괴뢰군 제9사단이 당황하여 자기편에 총질을 해댔고, 미안에는 계엄령이 선포되고 일반인에게 소문이 나지 않도록 군인들에게 함구령이 내려졌다.

결국, 뻬는 자신을 희생해서 혼자 장갑차 2대를 파괴하고 미군과 괴뢰군을 합쳐 69명을 처치하는 위대한 업적을 달성하였다.

이 같은 자료를 가지고 월맹은 뻬의 영웅 만들기 작업에 나섰다. 하노이의 주요 일간지 「난 단」과 「티엔 퐁」은 매일 같이 뻬의 무용담을 전면기사로 다루었다. 시인과 작곡가는 물론 모든 예술인이 다 동원되어 뻬를 찬양하는 노래와 글을 썼고, 석공들은 앞다투어 전국 곳곳에 뻬의 입상을 만들어 세웠다. 새로 지은 비료공장의 이름을 「뻬 비료공장」으로 명명하는가 하면, 「구엔 반 뻬」라는 상표의 재봉틀도 나왔다. 학생은 물론 젊은이들과 군인들은 뻬의 전기를 외울 때까지 공부하고 또 공부했다. 당 간부들도 하루 8시간씩 빼의 전기를 놓고 토론을 벌였다. 일간지 「티엔 퐁」은 이틀이 멀다 하고 사설을 통해 국민을 선동했다.

– 모든 청년동맹 지부는 구엔 반 빼의 전기를 독회와 좌담회를 통해 충분히 익히고 조직화해서 4백만 전 동맹원이 구엔 반 빼 정신을 본받아 미 침략자에 저항하고 조국과 혁명을 위하여 자신의 몸을 기꺼이 희생하는 굳은 결의를 해야 할 것이다.

이렇게 해서 월맹의 모든 젊은이들은 빼의 최면에 걸려 월남 판 가미가제(神風)가 되기를 맹세하고 있었다.

빼의 혼에 무너진 사이공

그렇다면 월맹이 이토록 영웅이라고 칭송해대는 빼는 과연 어떤 사람일까? 그에게서 굳이 영웅의 기질을 찾는다면, 그가 영웅의 고장으로 유명한 메콩강 델타지역에서 태어났다는 것과 16살에 베트콩에 지원해 19살에 인민혁명당 청년운동원이 되었다는 것뿐이었다. 그리고 구엔 반 빼는 무기를 운반하다 잡힌 뒤 폭탄을 터뜨리지도 않았고 죽지도 않았다. 그는 월맹이 한창 영웅 만들기 열을 올리고 있을 당시에 월남 사이공 근교 미토 형무소에서 착실하게 수감생활을 하고 있었다. 월맹의 선전 삐라를 주워본 빼 담당 간수가 놀라 상부에 보고함으로써 빼의 정체가 세상에 드러났다.

감옥에 있던 빼는 자신의 글과 사진이 담긴 선전 삐라를 보고 몸서리를 쳤다. 그가 삐라를 보고 내뱉은 첫마디는 이랬다.

"도대체 이들이 왜 나에게 이런 미친 짓을 하지요?"

그러나 주위 사람들은 그에게 아무런 대답도 해주지 못했다.

월맹의 빼 영웅 만들기 선무공작은 미국의 심리전 공작 책임자 도날드 로클렌에 의해 서방에 폭로되었다. 그러나 하노이 당국은 처음 얼마간은 자신들의 주장을 굽히지 않고 계속해서 허세를 부렸다. 그들은 로클렌이 헐리우드 식 배우 흉내를 내고 있다고 생떼를 썼다. 그러면서 인민들 사이에 소문이 나지 않게 입단속을 철저히 시켰다. 하지만 남쪽에서 베트콩 연대 정치위원으로 있던 빼의 사촌 구엔 반 빠는 하노이가 벌이는 선전의 허구성을 알고는 분개해 월남 정부에 귀순했다. 그는 귀순해서 이렇게 말했다.

“사이공 정부는 내 조카 빼를 이용한 하노이의 선전이 뭘 뜻하는지도 모르는 바보들이다. 선무공작도 모르는 사이공 정부를 나는 경멸한다. 승리를 결정하는 중요한 요소는 병사의 정신이다! 사람의 혼이 사람으로 하여금 신념을 위해 목숨을 버려야 한다는 것을 받아들이게 하는 것이다! 사이공 정부는 이것을 농담으로 알고 있다!”

그렇다. 전쟁에서 신념은 승리의 첫째 조건이다. 월맹이 험악한 산악의 밀림을 뚫고 남으로, 남으로, 내려보낸 것은 바로 신념으로 똘똘 뭉친 빼의 혼이었다. 이 혼 앞에 쾌락에 물들고 느슨해질 대로 느슨해진 사이공의 천민자본주의 정신이 어찌 견딜 수 있었겠는가? 비록 가공된 빼의 혼이었지만 그 혼은 사이공을 무너뜨리고도 남을 만큼 큰 힘을 지니고 있었다. 선무공작의 무서움을 극단적으로 보여 준 예라 하겠다.

EP. 04

전쟁과 섹스, 그 빛과 그림자(1)

- 저 빨간 모자 아가씨 어떻게 좀 안 되겠소?

전쟁터 군인들의 섹스 이야기를 한번 해볼까 한다. 이야기가 이야기인 만큼 다소 질펀한 표현이 있더라도 이해하시길.

심리학자 마들린 그레이는 「정상지향의 여자」라는 책에서 섹스를 이렇게 말하고 있다.

- 성이란 세 개의 P로 요약할 수 있다. Procreation(생식), Pleasure(쾌락), 그리고 Pride(긍지)이다. 이 중 생식이 특히 중요하다. 쾌락인 오르가슴은 단순히 성적인 결합에 따르는 신경의 흥분에 불과하다. 자연의 관점에서 본다면 차라리 사치이다. 그것은 곡물 궤짝에 붙어오는 일종의 경품권과 같은 것이다. 당첨되면 더 좋고, 안 된다 해도 곡물은 그 자체로 가치가 있고 영양이 있다.

하지만, 이런 마들린의 주장은 어디까지나 동물적 관점에서 본 이야기이다. 인간의 섹스는 생식 못지않게 쾌락을 중요시한다. 더구나 전쟁터 군인들이 갈구하는 섹스는 온전히 쾌락(Pleasure)만을 위한 것이다. 언제 죽을지 모르는 전쟁터 병사들에게 생식이나 긍지 따위는 애초부터 흥미도 없을 뿐만 아니라 그럴 여유도 없다. 오로지 본능적 충동과 죽음의 공포로부터 탈출하고픈 심리에서 섹스를 추구한다. 섹스의 쾌감이야말로 한순간에 모든 것을 잊게 해주고, 또 최고조의 해방감을 맛보게 해주는 쾌락 중의 쾌락이기 때문이다.

그렇다면 베트남전쟁에 참전했던 우리 병사들은 섹스를 어떻게 해결했을까? 필자가 본 당시의 실정과 몇몇 전우들의 이야기를 중심으로 한번 살펴보자.

필자는 맹호기갑연대 인사과에서 서무계 일을 봤다. 필자처럼 연대급 사무실에서 근무하는 행정병들은 그래도 외출이 다소 쉬운 편이기 때문에 맘만 먹으면 어렵잖게 섹스를 할 수 있었다. 연대본부 앞을 지나는 19번 국도변에 마을은 늘려있었고 마을에는 대개 매춘으로 연명하는 여자들이 있었으니까. 그래서 필자는 누가 외출증을 끊으러 오면 당연히 섹스하는 것으로 믿고 콘돔을 한 개씩 얹어주었다. 위병소 헌병도 콘돔을 갖지 않은 병사는 내보내 주지 않았다. 장병들 성병 예방을 위한 조치였다. 그렇다 보니 콘돔 소요는 엄청났고, 필자 캐비닛에는 항상 콘돔이 몇 박스 쌓여있었다.

당시 창녀촌에서 섹스 한번 하는데 1불(우리 돈 500원)이었는데, 1불의 위력은 대단했다. 먼저 아가씨를 고르고 방에 들어가면 커다란 물통에 받아놓은 물로 전신을 깨끗하게 씻겨주었고, 일이 끝나고 나면 다시 몸을 씻겨준 뒤 시원한 깡 맥주까지 한 통 덤으로 주었다. 단 1불이었지만 서비스는 이렇게 좋았다. 오죽했으면 병사들 사이에 한국 창녀들을 죄다 데려다가 서비스 교육 좀 받게 했으면 좋겠다는 말들이 나돌았을까! 하지만 행정병이라고 해서 섹스가 다 이렇게 쉽고 순조로운 것만은 아니었다. 불나방처럼 무턱대고 여자한테 덤비다 베트콩에게 목이 잘리는 사건도 심심찮게 일어났다. 내가 아는 허 병장도 여자 때문에 지옥 문턱까지 갔다 온 사람이었다.

성기 잘릴 뻔한 허 병장

맹호기갑연대 군수과 2.4종 계에서 일하는 허갑수(가명) 병장. 그는 군수품 보급을 위해 거의 매일 같이 대대본부를 방문했다. 그렇다 보니 자연히 창녀촌에(마을 이름은 기억나지 않는다) 자주 들리게 되었고, 거기서 한 아가씨를 만나 단골이 되었다. 허 병장은 그 단골 창녀에게 '아리'라는 애칭을 붙여주었다. '아리랑'에서 딴 이름이라고 했다. 그는 필자만 만나면 이 '아리' 자랑을 침이 마르도록 했다. 예쁘고 상냥하고 순진할 뿐만 아니라 특히 그녀의 그 맛이 낙지처럼 졸깃졸깃해서 사람을 환장하게 만든다고 했다. 또 한글로 '무운장구 아리'라고 예쁘게 수를 놓은 손수건과 가락지를 선물로 받았다며 자랑했다. 필자도 그 '아리'라는 아가씨를 딱 한 번 본 적이 있다.

그런 허 병장이 어느 날 심각한 얼굴로 필자를 찾아왔다. 그는 다짜고짜 나를 데리고 언덕 중턱에 있는 2.4종 창고로 갔다. 깡 맥주 한 통을 따서 필자에게 건네주며 툭 내뱉었다.

– 씨팔, 오늘 까딱했으면 좆 짤릴 뻔했다!

필자는 그때까지만 해도 무슨 말인지 얼른 못 알아들었다.

– 아따, 아리 고년 썽나니까 되게 무섭대! 내 좆을 잡고는 사정없이 정글도를 탁 갖다 대는데, 등골이 오싹해지며 아이고 이제 죽었구나, 싶더라니까!"

그때야 필자는 내막을 알고 웃음을 터뜨렸다. 좋아하던 창녀한테 성기를 잘릴 뻔했다니, 어찌 우습지 않겠는가! 계속해 허 병장이 들려준 이야기는 이랬다.

한 6개월쯤 지나자 허 병장은 아리한테 싫증이 났다. 그래서 하루는 아리가 아닌 다른 여자를 찾아갔다. 오랜만에 딴 여자를 접하니 아리보다 더 좋은 것 같았다. 그래서 그때부터 그 여자만 찾았다. 그런데 그걸 아리가 계속 지켜보고 있었다.

일주일쯤 지난 뒤, 아무것도 모르는 허 병장은 여느 때와 마찬가지로 보급 차를 타고 그 마을에 들어섰다. 그런데 난데없이 네댓 명의 아가씨가 나타나 조약돌을 마구 집어 던지며 차를 막아섰다. 운전병이 어쩔 수 없이 차를 세우자 아가씨들이 몰려들어 허 병장을 끌어내렸다. 허 병장과 운전병은 총을 휴대하고 있었지만, 비무장 아가씨를 향해 총을 쏠 수가 없었다.

두 사람이 어물쩍거리고 있는 사이 허 병장은 아가씨들에 의해 길가 허름한 집으로 끌려 들어갔다. 그때까지만 해도 허 병장은 손님 없는 창녀들이 강제로 매춘을 하려고 그러는 줄 알고 싱글벙글했다. 그런데 방안에는 뜻밖에 아리가 버티고 있었다. 허 병장은 자기도 모르게 움찔했다. 아리가 다가와 사정없이 허 병장의 뺨따귀를 후려쳤다. 얼마나 세게 때렸던지 허 병장은 한동안 귓속이 멍멍했다.

화가 난 허 병장이 잡힌 손을 뿌리치고 나오려 하는데 갑자기 옆에 있던 아가씨가 날이 시퍼런 정글도를 목에 착 갖다 댔다. 깜짝 놀란 허 병장은 그때서야 사태가 심각함을 깨닫고 공포를 느꼈다.

아리의 눈짓에 한 아가씨가 허 병장의 아랫도리를 벗겼다. 허 병장은 목을 겨누고 있는 칼날 때문에 반항 한번 못했다. 공포로 잔뜩 움츠러든 허 병장의 성기를 아리가 잡고는 죽 잡아당긴 뒤 정글도를 턱 갖다 대며 서툰 한국말로 소리쳤다.

"배시해서니, 자라버릴, 거야!"

자기를 '배신했으니 잘라 버리겠다.'는 말이었다. 허 병장은 등골이 오싹해지며 전신에 소름이 쫙 돋았다. 자기도 모르게 두 손을 싹싹 비비며 용서를 빌었다. 자존심 따위를 생각할 겨를이 없었다. 그는 눈물 콧물까지 섞어가며 손이 발이 되도록 빌었다. 그러자 아리가 옛정이 있어 봐준다며 성기를 놔주었다. 대신 닷새 안으로 자기가 준 손수건과 반지를 돌려달라고 했다. 안 그러면 부대로 찾아가 자신을 강간했다고 신고해 영창에 보내겠다고 했다. 허 병장은 무릎을 꿇고 이마를 땅바닥에 쿵쿵 박으며 꼭 돌려주겠다고 약속하고는 간신히 아리의 손아귀에서 벗어났다.

하지만 허 병장은 그 손수건과 반지를 쉽게 돌려줄 수가 없었다. 선물받은 뒤 얼마 안 돼 가락지와 손수건을 길가에 내버렸기 때문이었다. 손수건에서 나는 향수 냄새가 맘에 안 들었다고 했다.

그날 뒤로 허 병장은 트럭 앞자리에 앉지 못하고 적재함에 숨어서 보급품을 운반했다. 그러면서 손수건 내버린 지점을 지날 때마다 차를 세우고 내려서 손수건과 반지를 찾았다. 그러나 쉽게 찾을 수가 없었다. 손수건 내버린 지점을 정확하게 알 수도 없었고 베트콩 기습 때문에 길가에 차를 오래 세워둘 수가 없었기 때문이었다. 그래도 허 병장은 사흘을 부지런히 뒤져서 겨우 손수건을 찾았다. 다행히 반지도 손수건 속에 그대로 들어있었다. 손수건은 이미 곰팡이가 끼고 색깔이 변질돼 형편없이 더러워져 있었다. 허 병장은 비누로 몇 번을 비비고 빨아서 깨끗이 다림질까지 한 뒤 아리에게 갖다 주고 사건을 매듭지었다.

저 빨간 모자 아가씨 어떻게 좀 안 되겠소?

이에 비해 전투병들 이야기는 좀 다르다. 한마디로 섹스의 기회가 거의 없다. 고립된 지역에 주둔하면서 작전 나갈 때를 제외하고는 부대 밖 출입이 일체 불허되기 때문이다. 산꼭대기에 있는 OP 근무자는 더욱 힘들다. 먹을 음식은 물론 고향에서 오는 편지도 헬기로 전달받는 형편이다. 따라서 한번 배치되면 몸이 아파 후송되기 전에는 귀국 때가 돼야 산에서 내려오기 때문에 치마 두른 사람은 구경조차 할 수 없다. 하지만 재수가 좋으면 본국에서 온 위문공연단이 헬기를 타고 OP까지 오는 경우가 있는데 그때는 여자를 구경하게 된다.

본국에서 오는 위문공연은 대개 20여 명 내외가 한 팀이 되어 온다. 그중에 이름이 알려진 가수는 두세 명에 불과하고 나머지는 거의 다 야간업소에서 모집해 온다.

공연단이 오면 먼저 연대본부에 있는 번개극장에서 2회 정도 공연을 한 다음 한 조에 대여섯 명씩 3, 4개 조를 짜서 헬기를 타고 OP 위문을 간다. 필자도 OP 위문 조를 인솔해서 공연 다니곤 했다. 유명 가수들은 대체로 OP 위문대에는 참가하지 않았다.

OP에서의 위문공연 모습은 필자의 장편소설 『엽흔葉痕』에 사실적으로 묘사해놓았다. 참고해보자.

– 헬기가 유도 병의 안내를 받아 무사히 착륙하자 벙커에 있던 병사들이 우르르 몰려나왔다. 이곳 도라지 OP는 2개 분대가 주둔하고 있는 비교적 작은 관측소인데, 여기 있는 병사들도 여느 OP와 마찬가지로 감옥 아닌 감옥 생활을 하고 있었다.

OP에서는 식량과 식수는 물론 고향에서 오는 편지까지 모든 걸 헬기로 보급받고 있었다. 그래서 한 번 OP에 올라오면 귀국 특명이 나야만 산에서 내려갈 수 있었다. 병사들은 그때야 비로소 마을도 구경하고 민간인도 만나게 되며, 또 술도 마시고 필요한 물건도 살 수 있는 자유를 잠깐이나마 누릴 수가 있었다. 이들에게 가장 참기 어려운 것은 섹스문제였다. 1년 내내 산꼭대기에 갇혀 있는 생활이다 보니 너나없이 수음으로 그걸 해결해야만 했다.

OP에서의 위문 활동은 병사들과 어울려 그저 노래 부르고 춤추며 노는 것이 전부였다. 산꼭대기에 초목을 말끔히 제거하고 달랑 벙커 한두 개로 만들어놓은 관측소이기 때문에 어울려 놀만한 마땅한 장소도 없었다. 그래서 이들은 방금 헬기가 내렸던, 관측소에서 가장 넓은 공터에 비좁게 둘러앉았다. 책임자인 중사가 나와 몇 가지 주의 사항을 이야기하고는 바로 놀이에 들어갔다.

한 아가씨가 기타 줄을 고르며 음을 조정하고 있는데 강아지 한 마리가 다가왔다. 이곳에서 동무 삼아 기르고 있는 수캉아지였다. 기타 줄을 고르던 아가씨가 한 손으로 강아지를 들어 안았다.

"어머 귀여워라! 이런 데도 강아지가 다 있네!"

아가씨는 정말로 강아지가 귀여운지 잡고 있던 기타마저 옆으로 밀쳐놓고는 두 손으로 강아지를 가슴에 껴안았다. 그런데 정작 강아지는 놀란 나머지 '깨갱!'하며 그 아가씨의 손등에 오줌을 찍 싸버렸다. 아가씨가 깜짝 놀라 소리를 지르며 강아지를 풀쩍 내던졌다.

고참 병장이 히죽히죽 웃으며 아가씨를 놀렸다.

"앗따, 조것이 시방 본께 조루증이 있었고마니라이! 암꺼 냄새만 맡았는디 금새 팍 싸부리잖여!"

걸쭉한 그의 사투리에 병사들이 한꺼번에 웃음을 터뜨렸다. 아가씨들까지도 손뼉을 마구 치며 깔깔거리고 웃었다. 오줌 세례를 받은 아가씨만 두 손을 치켜든 채 어쩔 줄을 몰라 쩔쩔매고 있었다. 한 병사가 뛰어가 물이 담긴 대야를 들고 왔다. 아가씨가 대야에 담긴 물을 보고 눈을 동그랗게 떴다. 밥풀떼기가 둥둥 뜬 설거지한 물이었기 때문이었다.

"손 씻고 버리지 마셔요. 걸레 빨 거니까!"

"…?"

"산꼭대기라 물이 귀해요. 우리도 설거지 한 물에 세수하고, 그 물로 걸레를 빨아 청소하니까!"

아가씨가 슬그머니 두 손을 구정물에 담갔다. 중사가 다시 나서서 분위기를 일깨웠다.

"자, 자! 뭣들 해, 임마! 이러다 님도 뽕도 다 놓치겠다, 자식들아! 신나게 한 번 놀아 봐!"

중사의 독려에 아가씨가 다시 기타를 잡고 '향수'를 치기 시작했다. 일시에 손뼉이 맞춰졌고, 노랫소리는 산골짝을 울리며 퍼져나갔다. 흥이 점차 무르익어 가자 기타 반주가 빠른 트위스트 곡으로 바뀌었고, 병사들은 기다렸다는 듯이 자리에서 일어나 몸을 흔들어대기 시작했다.

아가씨 하나가 외쳤다.

"제일 나중까지 춤추는 오빠한테 상을 드릴게요!"

병사들의 시선이 일제히 그 아가씨에게로 향했다. 그러자 아가씨가 스스럼없이 스커트를 홀랑 걷어 올리며 외쳤다.

"제 팬티를 드리겠어요!"

병사들의 입에서 일시에 '와!'하고 함성이 터졌다.

여자의 내의, 그것도 체액이 묻은 속옷을 몸에 지니고 있으면 전투에서 총알이 비켜 간다는 우스개 같은 속설을 믿고 있는 병사들로서는, 그것 하나 갖는 것이 절박한 소망이기도 했다. 그래서 병사들은 더욱더 심하게 몸을 흔들어대기 시작했다.

누군가가 그 아가씨를 자리 한가운데로 끌어들였다. 병사들이 그 아가씨를 둘러싸고 경쟁적으로 춤을 추었다. – (장편소설『엽흔』1권 P.169)

1972년 초였던 것 같다. 필자가 아가씨 대여섯 명을 데리고 도라지 OP에 위문을 갔을 때의 일이다. 앞에서처럼 헬기에서 내려 한창 춤판이 벌어졌을 때였다. 한 병사가 필자 곁으로 다가와 소매를 슬며시 잡아당겼다. 그가 필자를 데리고 간 곳은 으슥한 벙커 안이었다. 그곳에는 다른 병사 두 명이 있었다. 그들은 필자에게 춤추고 있는 빨간 모자 쓴 아가씨를 손가락으로 가리키며 수고비를 톡톡히 줄 테니 섹스를 할 수 있게 어떻게 좀 안 해주겠냐고 했다. 필자는 처음엔 너무 어이가 없어 화가 났다. 하지만 곧 이들이 얼마나 외로웠으면 이러겠냐 싶어 도와주고 싶은 생각이 들었다. 그래서 수고비 같은 소리는 집어치우고 대신 아가씨를 불러내 줄 테니 알아서 직접 의사를 타진해보라고 했다. 그리고 그 아가씨를 한쪽으로 불러내 그들을 만나게 해주었다.

한 10여 분 남짓 후, 아가씨가 돌아와 춤판에 다시 어울렸다. 짧은 시간으로 보아 협상이 실패했다고 생각했다. 그래서 위문공연이 끝나고 돌아올 때쯤 그 병사에게 왜 잘 안됐냐고 물어보았다. 그런데 대답은 뜻밖에도 목적을 잘 달성했다는 것이었다. 필자가 웃으며 어떻게 그렇게 짧은 시간에 합의를 보고 목적을 달성했냐고 묻자, 한 사람당 10불씩 총 30불을 주겠다고 하자 바로 승낙했다고 했다. 나는 깜짝 놀랐다. 30불이면 굉장히 큰돈이었다. 사병 한 달 치 봉급과 비슷한 금액이었다. 그것도 10여 분 만에 다 끝냈으니 한 사람당 3분 남짓 섹스를 한 셈이었다. 앞서도 말했지만 산 밑에서 월남 창녀와 섹스 한번 하는데 고작 1불인 걸 생각하면 병사들은 엄청 비싼 섹스를 했고, 반면에 아가씨는 단 10여 분 만에 큰돈을 번 셈이었다. 그래도 그 세 병사는 운수 대통했다며 싱글벙글했다. 필자에게 비상식량인 C 레이션을 까주며 눈감아 줘서 고맙다는 말을 연신 했다. 필자는 엉겁결에 반 뚜쟁이 노릇을 한 셈이었지만 어쩐지 기분은 나쁘지 않았다.

전투병들의 섹스문제가 이렇게 어렵다 보니 간혹 민간인이나 여자 포로를 상대로 불미스러운 일이 벌어지기도 했다.

EP. 05

바보를 잡는 덫, 베트콩의 부비트랩

– 현대무기를 압도하는 원시적인 속임수

본국에서 파병된 신병은 사단 사령부에서 연대 배치를 받고, 연대에 배치된 신병은 각 연대 수용대에서 일주일간 머물며 전투이론과 실전 적응훈련을 받은 뒤 일선 중대에 배치된다. 월남 빈딩성 빈케에 자리 잡은 맹호사단 기갑연대에 전입된 신병은 수용대에서 5·6분 거리에 있는 번개극장에서 훈련을 받았다. 극장이라고는 하지만 벽은 없고 지붕과 무대만 있는 넓은 공간이다. 수용대에서 5·6분의 짧은 거리라 해도 구보로 이동하기 때문에 전투복은 금방 땀으로 흠뻑 젖어버린다. 필자도 생전 처음 경험하는 밤낮없는 땀투성이에 곤욕을 치렀다.

교육은 주로 부비트랩과 정글 수색에 관한 내용이었다. 수용대에서 받는 교육 내용을 잠깐 소개한다. 이 내용은 필자의 장편소설 『엽흔』 1권에 소개되어 있다.

최신 무기 M16과 원시적인 부비트랩의 전쟁

교육 첫날, 한두 시간에 걸친 간단한 월남전 소개가 끝나자 바로 부비트랩 교육에 들어갔다.

조교가 장내 정리를 마치자 대위 계급장을 단 장교가 단상으로 올라왔다. 철모를 한껏 눌러 쓴 탓에 이마는 보이지 않고 코끝과 입 턱만 보였다.

대위가 짤막한 나무 지휘봉으로 교탁을 몇 번 탁탁 쳤다. 병사들의 웅성거림이 순식간에 그치며 물을 끼얹은 듯 조용해졌다. 대위는 무대 끄트머리까지 걸어 나와 지휘봉 양 끝을 두 손으로 쥐며 입을 열었다.

"본관은 전술 교육을 맡은 대위 박병규다. 앞으로 3일간, 하루 두 시간씩 여러분들과 이곳 월남전에서의 전술에 관한 공부를 하고 실습하게 될 것이다!"

대위의 목소리는 매우 또렷또렷하게 교육장을 울렸다. 마이크 없이 하는 육성임에도 불구하고 극장 바닥에 줄지어 앉은 250여 명의 병사들한테 똑똑히 전달되었다.

"먼저 우리는 우리의 적에 대해 확실히 알지 않으면 안 된다. 이곳에서 우리가 상대해 싸울 적은 한마디로 말해 공산 월맹군이다. 하지만 여러분은 앞으로 작전을 나가더라도 이 월맹 정규군과의 전투보다는 부이씨(V.C)라고 하는 베트콩들과 싸움을 더 많이 할 것이다!"

"베트콩이란, 여러분들도 다 잘 알고 있듯이 월맹군의 지원을 받는 월남 민족 해방 전선의 게릴라나 그 부대원들을 말하는데, 여러분들은 이들의 기습 공격을 방어하고, 은신처를 수색하여 섬멸하는 작전을 더 많이 치르게 된다는 것이다!"

"이들은 너나없이 공산 게릴라 전술을 철저히 교육받고 몸에 익힌 자들로, 위장과 도피 그리고 부비트랩 설치 등에서 가히 우리의 상상을 초월한다! 특히, 이 부비트랩은 아군이 가장 많이 피해를 입는 적의 전술이므로 제군들은 이 점을 명심해야 할 것이다! 그러면 여기서 본격적인 실습을 하기 전에 부비트랩이 어떤 것인지 잠깐 맛배기를 보여 주겠다!"

말을 끝낸 대위가 앞줄에 앉은 사병 한 명을 무대 위로 불러올렸다. 지목당한 병사가 무대 위로 올라가 씩씩하게 경례를 붙이며 큰소리로 외쳤다.

"일병, 박 창 석!"

밑에서 박수가 터졌다. 군기가 땡땡하게 들었다고 이죽거리는 소리도 나왔다.

대위가 이번에는 무대 뒤를 향해 '조교!'하고 불렀다. 그러자 무대 뒤에서 허름한 옷차림을 한 젊은 아가씨가 문을 열고 나왔다. 머리에 수건을 쓰고, 입술연지에다 가슴에 풍선까지 넣어 그런대로 여자처럼 꾸미긴 했지만, 치마 밑으로 드러난 전투복 바지와 군화를 보고 병사들이 일시에 폭소를 터뜨렸다. 대위가 지휘봉으로 손바닥을 탁탁 치며 말했다.

"조용히 해라! 지금은 못생겼다고 웃고 있지만 앞으로 얼마 안 있어 선녀처럼 예뻐 보일 때가 올 것이다. 그때 가서 군침 흘리며 전우끼리 다투는 일 없기 바란다!"

교관의 말에 다시 여기저기서 웃음이 터졌다. 이번에는 대위도 가만히 서서 웃음이 그치기를 기다렸다. 이윽고 장내에 웃음이 가라앉자 대위가 단상에 올라온 병사를 보고 말했다.

"저 아가씨는 평범한 동네 아가씨 같지만, 실제는 여자 베트콩이다. 네가 섹스에 굶주려 있다는 것을 알고 너를 유혹해 집안으로 데려가려고 한다. 너는 이게 웬 떡이냐, 하고 따라간다. 내가 신호를 하면 두 사람은 함께 행동한다. 자, 실시!"

아가씨가 병사를 향해 은근슬쩍 손짓하고는 조금 전에 들어왔던 문을 열고 사라졌다. 그리고 이쪽에 섰던 병사가 무대를 가로질러 가서 여자가 사라진 문을 열었다. 그 순간, 갑자기 권투 글러브가 달린 막대가 툭 튀어나와 병사의 얼굴을 콱 쥐어박았다. 깜짝 놀란 병사가 뒤로 벌렁

자빠졌고, 달아났던 여자는 반대쪽 문으로 다시 나타났다. 바닥에 있던 병사들이 한꺼번에 웃음을 까르르 터뜨렸다.

대위가 지휘봉으로 교탁을 탁탁 두드렸다, 웃음이 멎고, 장내가 다시 조용해졌다. 대위는 아직도 놀란 얼굴로 엉거주춤 서 있는 그 병사를 내려보내고 다른 병사를 불러올렸다. 그런 뒤, 교탁을 들어서 한쪽으로 옮겼다. 교탁이 있던 자리에는 맥주 깡통이 하나 세워져 있었다. 대위가 그 깡통을 가리키며 말했다.

"여러분이 행군하다 보면 길가에 아무렇게나 버려진 저런 맥주 깡통을 쉽게 발견하게 될 것이다. 그리고 너희들 중 어느 한 녀석은 반드시 그걸 군홧발로 걷어차게 될 것이다. 자, 그럼 어떻게 될까?"

대위는 두 번째 올라온 병사를 보고 맥주 깡통을 차게 했다. 지시를 받은 병사가 조금 전 보았던 사실 때문인지 조심스럽게 다가가 군홧발로 깡통을 툭 찼다. 깡통이 저만큼 날아가 떨어졌다. 그렇지만 아무 일도 일어나지 않았다.

잔뜩 긴장해 있던 병사가 씩 웃으며 돌아서서 무대를 막 내려오려는 순간, 펑! 소리가 나며 깡통이 있던 자리에서 연기가 치솟아 올랐다. 깜짝 놀란 병사가 무대에서 훌쩍 뛰어내렸고, 장내에서는 다시 웃음소리가 크게 터졌다.

무대의 연막이 사라지기를 기다렸다가 대위가 입을 열었다.

"여러분은 지금 두 종류의 모의 부비트랩을 실습했다. 실습 도중 여러분은 계속 웃음을 터뜨렸지만, 만약 권투 글러브가 아니고, 그것이 도끼나 낫이었다면 그 병사는 그 자리에서 즉사했을 것이다. 그리고 연막탄이 아니라 수류탄이었다면 그 병사는 지나쳐서 무사했을지 모르지만, 뒤따라가던 동료 몇몇은 처참하게 죽었을 것이다. 명심해라! 베트콩은 절대로 우리를 놀라게 하는 것만으로 만족하지 않는다! 권투 글러브나 연막탄 같은 것으로 장난하지 않는다는 말이다!"

병사들 사이에서는 숨소리 하나 들리지 않았다. 중천으로 올라온 태양이 이글거리며 열기를 뿜어 댔지만, 누구 하나 몸을 움직이거나 땀을 닦는 이도 없었다. 교관 말은 병사들로 하여금 후덥지근한 더위 속에서도 소름이 이는 듯한 으스스함을 느끼게 했다. 교관이 다시 근엄하게 말했다.

"앞으로 계속해서 여러 종류의 부비트랩을 실습하겠지만, 최선의 방법은 조심 또 조심하는 것밖에 없다! 아무리 여자가 아쉬워도 함부로 따라가지 마라! 상대방이 금방 지나간 자리라고 안심하지 마라! 다시 한번 강조하지만, 엉뚱한 호기심과 사소한 부주의로 하나뿐인 목숨을 헛되이 버리는 바보짓을 해서는 안 될 것이다! 부비트랩이 뭐냐? B.O.O.B.Y. T.R.A.P! 바로 바보 얼간이를 잡는 덫이라는 말이다!"

알면서도 속는 기상천외한 트랩들

베트콩이 사용하는 부비트랩은 상상을 초월한다.

오솔길 옆 대나무를 한껏 휘어 그 끝에 커다란 돌멩이를 매달아 놓았다가 우리 병사들이 지나가는 순간 묶어 놓은 줄을 탁 끊으면 대나무가 휙 날아와 병사의 뒤통수를 후려쳐버린다. 병사는 죽지는 않지만 부상을 입게 되고 그 부대는 사기가 크게 떨어진다. 이뿐 아니다. 우리 병사들이 다닐만한 길 가운데 구덩이를 파고 물소 똥을 묻힌 뾰족한 대창을 꽂고 감쪽같이 덮어놓는다. 그러면 누군가는 빠지게 되어있고, 대창은 사정없이 발등까지 뚫어버린다. 물소 똥독은 무섭다. 곧바로 치료 안 하면 파상풍을 일으켜 살을 썩게 만든다. '그런 어리석은 수법에 누가 당해?'하겠지만, 판판이 우리는 당했다. 시골 평범한 상점에 들렀다가 물건 파는 아가씨 유혹에 넘어가 따라갔다가 목이 잘리고, 무심결에 걷어찬 길거리 돌멩이 하나에 숨겨진 수류탄이 터져 소대원이 희생당하는 일이 빈번히 일어났다.

베트콩들의 부비트랩은 이렇게 사소한 것만 있는 것이 아니었다. 아스팔트 도로에 구멍을 뚫어 폭약을 묻고, 그 위에 쇠똥을 떠다가 얹어 놓은 뒤 자전거 타이어 조각으로 눌러서 금방 자전거가 지나간 것처럼 꾸며놓는다. 그러면 아군 터럭이나 전차는 별 의심 없이 지나가게 되고, 그 결과는 처참해진다. 심지어 아스팔트 길을 가로질러 흙만 죽 부어놔도 아군 터럭은 지나가지 못한다. 흙 밑에 뭐가 묻혔는지 모르기 때문이다. 멀리서 갈퀴를 던져 확인해보거나 금속탐지기로 일일이 수색한 뒤에야 지나간다. 그러면 그만큼 시간이 지체되고, 작전은 차질을 빚게 된다. 또 멈춰 있는 동안 적의 기습 공격을 받는 경우도 허다했다.

심지어 헬리콥터도 적의 부비트랩에 많이 당했다. 미군이나 한국군은 베트콩이 숨어 있을 만한 밀림 지역에 수색을 자주 나가는데, 그때는 수색조를 헬기로 수송해 목적지에 내려놓는다. 그런데 베트콩이 먼저 헬기가 내릴 만한 지점에 미리 부비트랩을 설치해놓아 크게 당하는 경우가 있었다. 수류탄 안전핀에 명주실처럼 가느다란 철사를 연결해서 공터 주위 나뭇가지 여기저기 묶어 놓으면 착륙하는 헬기가 철사를 건드려 수류탄이 터지는 것이다.

콜린 파월 전 미 국무장관도 당한 부비트랩

콜린 파월 미 국무장관은 두 차례 베트남전쟁에 참전했다. 1차 참전은 1962년 12월 25일부터 1963년 11월 22일까지 참전했는데, 당시 보직은 베트남군 1사단 3보병연대 2대대 고문이었다. 그때 부비트랩에 당한 고통을 그의 자서전에 이렇게 기록해놓았다.

– 어느 날 아침 늦게, 개천 바닥을 따라 행군해 가고 있었다. 태양은 머리 위에서 똑바로 내리쬐고 있었고 나는 대열 앞쪽으로 이동해 와 있었다. 갑자기 오른쪽 다리가 아래로 푹 꺼지더니 심한 통증이 느껴졌다. 1피트 깊이쯤 되는 작은 구덩이에서 나는 발을 끄집어냈다. 나는 푼지 덫에 걸렸고 송곳이 신을 뚫고 발까지 들어와 있었다. 어리석음을 한탄하며 두어 시간 더 남아있는 캠프를 향해 절룩거리며 계속 걸어갔다. 고통보다는 당황스러웠던 터라 나는 베트남 사람들이 무슨 일이 일어났는지 알게 하고 싶지 않았다.

그러나 20분도 채 지나기 전에 고통이 격심해졌다. 그래도 나뭇가지로 목발을 한 채 계속 걸음을 떼었다. 마지막 1마일은 비틀거리며 겨우 움직였다. 캠프에서 미군 위생병은 내 신을 풀려 하지도 않고 잘라냈다. 그는 상처를 한번 보더니 헬기를 불렀다. 죽창이 발바닥에서 발등 위까지 관통했던 것이다. 내 발은 심하게 부어올라 있었고, 똥독이 퍼지면서 자주색으로 변해있었다. 그는 상처를 싸매었고 곧 나는 후에로 공수되었다.

의사가 기억에 남을 만한 방법으로 상처를 씻어 주었다. 요오드포름 가제라 불리는 약품 처리된 천을 발등 상처 구멍에서 아래로 집어넣고 위로 당기더니 구두를 닦듯이 내 발을 관통하며 아래위로 움직였다. 통증으로 기절할 것 같았다. 나는 빠르게 회복했으나 야전 고문으로서의 일은 끝이 났다. (콜린 파월 자서전. 샘터. 170페이지)

EP. 06

사냥감을 노리는 크레모아 포수

– 한국군의 매복작전

베트콩이 주로 부비트랩으로 우리를 괴롭혔다면, 우리는 매복작전으로 그들을 일망타진하곤 했다. 매복작전은 입수한 정보를 바탕으로 적이 이동할만한 길목에 은밀히 잠입해서 잠복하고 있다가 적이 나타나면 기습해서 소탕하는 전투 형태다. 따라서 사전 입수한 정보의 정확성 여부가 그날 매복의 승패를 좌우한다. 필자는 행정병이라 매복작전에 직접 참가한 적은 없지만, 일선 전투중대원들의 경험담과 취재를 통해 얻은 전황을 토대로 매복작전 상황을 소설작품에 다음과 같이 서술한 적이 있다.

매복작전 출동

– 우리 중대는 어제 오후 두 시에 부대를 출발해서 안쭝 마을 뒷산을 수색했다.

우리는 부대를 나서면서부터 어디선가 줄곧 우리의 행동을 감시하고 있을 적의 눈을 의식해야 했고, 그래서 우리는 산속에 도착하자마자 뿔뿔이 흩어져서 수색에 임했다. 그리고 해가 채 지기 전에 사방이 훤히 트인 19번 도로로 나왔다. 그리고 올 때와는 달리 적의 눈을 어지럽히기 위해 아무렇게나 흩어져 띄엄띄엄 귀대했다. 그래서 적은 우리 중대 병력이 모두 다 부대로 돌아갔다고 판단했을 테지만, 사실은 선임하사가 이끄는 1개 분대가 특수 매복 임무를 띠고 밀림 속에 남아있었다.

우리는 날이 어두워져 깜깜할 때까지 한곳에서 꼼짝하지 않고 숨어 있었다. 혹시 모를 적의 관찰을 피하기 위해서였다. 그러다 20시쯤 돼서 CP로부터 가매복(假埋伏) 지점으로 이동 명령을 받았고 그곳으로 옮긴 우리는 다시 한 시간 정도 머물면서 모든 작전 계획을 하달받았다. 그리고 소총, 크레모아 뇌관, 격발기, 수류탄, 조명탄, 무전기, 등 모든 무기와 장비를 최종 점검한 뒤 최종매복 지점인 이곳 '거미 계곡'으로 들어왔다. '거미 계곡'은 오늘 밤 작전명령 상에 붙여진 이름으로 이 산 일대에 잠적해 있는 V.C들이 안쭝 마을에 드나드는 유일한 길목이었다. 그런데 오늘 밤 이들이 안쭝 마을에서 식량 약탈이 있을 것이라는 정보를 우리 군에서 입수한 것이다. (필자의 단편소설 『유리 상자』 중에서)

매복작전 전개

– 베트남 푸캇 서북쪽, 속칭 '나비 계곡' 입구.

비는 쉽게 그칠 것 같지 않았다. K 병장은 크레모아 격발기가 젖지 않도록 판초 우의 자락으로 참호 앞부분을 가렸다. 그리고 손이 잘 닿는 곳에 빼두었던 수류탄도 다시 몸에다 지녔다. 그때 옆 참호와 연결된 줄이 강하게 세 번 당겨졌다. 부스럭거리지 말고 조용히 하라는 신호였다. 그는 다시 몸을 참호 속에 깊숙이 감추고 전방을 주시했다. 초저녁에 그토록 극성을 부리던 모기떼도 비가 내리기 시작하자 조금 주춤해졌다.

K 병장은 이번에 처음으로 매복작전에 참가했다. 수용대에서 중대에 배치된 지 보름 만이었다. 그의 중대에 작전명령이 하달된 것은 그저께

점심때였다. 출동 병력은 2개 소대, 기간은 삼일간으로 자원자 우선이라고 했다.

"감기 걸린 자는 사양한다! 알레르기 기침 환자도 안 된다!"

자원자 반, 차출 반으로 해서 즉각 출동 병력이 결정되었다. K 병장은 자원했다.

그날 저녁에 소지품 인계인수를 했다. 만약을 대비해 출동 병력이 잔류병한테 개인 소지품을 인계하는 일이었다. 그래야 전사를 했을 때 유품을 차질 없이 챙겨 유족에게 보내줄 수 있기 때문이었다. 이때는 자기의 모든 것을 인계하게 되어있었다. 부모님이나 친구로부터 받은 편지는 물론, 애인에 관한 이야기, 금전의 대차 관계, 피우다 남은 담뱃갑, 쓰다 남은 동전 몇 개, 못 부친 편지 등, 개인의 모든 것을 주고받았다. 어떤 이는 긴 글로 유언을 남기기도 했다. K 병장은 부산이 고향이라는 조 병장에게 소지품을 인계하고 나왔다.

시계는 04시 10분을 지나고 있었다. 비는 멎었고, 구름에 비켜난 동녘은 벌써 희붐하게 날이 새고 있었다.

K 병장이 판초 우의를 막 걷으려고 하는데 옆 참호로부터 '적 출현!'이라는 긴급한 연락이 왔다. 지체 않고 그도 다음 참호로 연결된 줄을 바짝 당겼다가는 다시 두 번을 탁탁 당긴 후 놓았다. 오늘 밤 매복조 사이에 약속된 적 출현 신호였다.

신호가 오른쪽에서 왔으니까 예상대로 마을에서 올라오는 적이었다. K 병장은 자기가 오른쪽에서 세 번째라는 것을 재빨리 떠올렸다. 그리고 이제 곧 자기 앞에도 적이 나타날 것이라는 생각을 했다. 그러자 숨소리마저 멈추어야 한다는 긴장감이 엄습해 왔다. 지금까지 가만히 있던 전방의 나무들이 갑자기 사람 같은 형상으로 변하며 움직이기 시작했다.

K 병장은 하늘을 향해 눈을 몇 번 깜박거려 정신을 차린 후, 다시 전방을 찬찬히 살폈다. 그리고 곧바로 자기 앞을 막 통과하고 있는 적을 발견했다. 크레모아 격발기를 만지고 있는 손바닥에 땀이 배기 시작했다.

언제쯤 사격 명령이 떨어질까. 이제 막 두 번째 놈이 지나갔으니까 아직 한참을 기다려야 할 것 같았다. 첫 번째 놈은 첨병이라 살려주는 한이 있어도 본대가 매복조의 중심부에 걸려들어야 사격 명령이 떨어질 것이기 때문이었다. K 병장은 입이 바짝바짝 마르기 시작했다.

일곱 번째 놈이 막 지나갔을 때, 이윽고 사격 신호가 오고 곧바로 클레이모 터지는 소리가 골짝을 진동시켰다. K 병장도 무의식중에 쥐고 있던 클레이모 격발기를 꽉 눌렀다. 붉은 화염이 흙먼지를 일으키며 '꽝'하고 폭발하는 모습이 시야에 들어왔다.

한꺼번에 터뜨려지는 수십 발의 클레이모 소리가 적막하던 새벽 골짝을 무너뜨릴 듯 훑고 지나가자, 뒤를 이어 조명탄이 하늘로 치솟아 주위를 대낮처럼 밝혔다. 그리고 일제히 뿜어내는 소총 사격 소리로 다시 한번 골짜기가 몸살을 앓았다. 적을 보고 쏘는 것이 아니었다. 적이 숨어 있을 만한 어둠 속의 지형지물을 향해, 사력을 다해 막 쏘아대는 것이었다. 적은 일체 움직임이 없었다. 하다못해 소총 한 방도 응사하지 않았다. 모두 그 자리에서 즉사한 것 같았다.

얼마나 시간이 지났을까, 사격 중지 명령이 내려졌다. 다시 골짜기는 숨죽인 듯 적막 속에 빠져들었다. 이미 하늘을 완전히 내보인 여명은 이제 산골짝을 덮고 있는 숲속의 어둠을 서서히 걷어내고 있었다. K 병장도 명령에 따라 주위 경계를 철저히 하며 날이 완전히 밝기를 기다렸다.

06시 30분이 되어서야 수색 명령이 떨어졌다. 모두 참호에서 나와 현장을 수색하여 시체를 확인하고, 무기와 기타 적이 소지했던 물품을 노획하여 전과를 평가하는 일이었다.

K 병장도 M16 소총에 새 탄창을 끼운 뒤 군장을 챙기고 참호에서 나왔다. 그리고 적이 지나가던 소로로 조심해서 다가갔다. 그의 눈에 제일 먼저 띈 건, 크레모아에 만신창이가 된 시체 한 구였다. 크레모아를 정면에서 맞은 듯, 시체의 하반신은 완전히 허물어져 물에 젖은 신문지처럼 옷가지만 축 늘어져 있었다. 땅을 시커멓게 적시며 흘러내리고 있는 피는 역겨운 비린내를 사방으로 풍겨댔다. K 병장은 계속 구역질을 했다. 그는 시체가 자신의 크레모아에 맞은 게 아니라고 애써 생각하며 고개를 옆으로 돌렸다. 그러자 아직 숨이 채 덜 끊어진 베트콩 하나가 AK 소총 개머리판을 배에 대고 자기를 쳐다보고 있는 모습이 눈에 들어왔다. 그는 한쪽 팔이 날아 가버린 채 피투성이가 되어 바위에 기대 앉아 있었다. (장편소설『엽흔』1권 25페이지)

매복작전은 매우 위험한 작전이었다. 자칫하면 적에게 정보가 누설되어 역 매복을 당할 수도 있기 때문이었다. 실제로 한국군이 야간 매복작전을 나갔다가 적에게 역 매복 당해 매복조 전원이 몰살당하는 경우가 더러 있었다. 아래 보고서는 매복 나갔던 소대 병력이 정보가 누설되는 바람에 적의 기습을 받아 거의 전멸한 경우이다. 보고자가 정보부대라서 그런지 무전병이 소지하고 있던 비밀문서 음어를 빼앗긴 사실을 지적하고 있다.

제목: 적의 기습으로 인한 비밀문건 피탈 사건 보고

1. 일시 및 장소: 67. 12. 24. 13:30 기갑연대 6중대

지역: CR 025514

2. **피습 경위:** 기갑연대 6중대 1소대장 중위 서00 외 29명이 전기 지점에서 매복 근무중 적으로부터 기습을 받아 중위 외 14명이 전사하고, 15명이 부상당했음.

3. **비밀문건 탈취:** 전사자 중 통신병 상병 마00 외 3명의 작업복이 적에게 피탈, 통신병이 갖고 있던 승공 음어 및 FM 주파수 등 비밀문건을 탈취 당하였음.

4. **참고사항:** 당시 출동하였든 병력 전원이 전사 또는 부상을 당한 관계로 상세내용 확인 불가능함. 끝.

미군들의 전술에는 야간 매복작전이 없었다. 너무 위험하다는 것이었다. 그러나 한국군의 전과 대부분은 이 매복작전에서 올렸다. 베트콩의 부비트랩과 한국군의 매복작전은 적어도 베트남전쟁에서는 우월을 가리기 어려울 정도로 쌍벽을 이루는 전술이었다.

EP. 07

전쟁터 양민학살의 본질

- 건설적 학살과 사악한 학살의 실체

'전쟁은 복수심으로 계속되고 그 강약이 살육의 범위를 좌우한다.'

전쟁에 관한 필자의 생각이다. 인간은 태생적으로 사람을 쉽게 총으로 쏘아 죽이지 못한다. 비록 적이라고 해도 마찬가지다. 같은 종족이라는 동질성과 유대감 때문이다. 그러나 옆에 있던 동료 전우가 상대의 총을 맞고 쓰러지면 동질성과 유대감은 일시에 복수심으로 돌변한다. 그때부터는 같은 종족이 아니라 잡아먹고 잡아먹히는 먹이사슬 체계로 확 바뀌어버린다.

필자는 작전을 수시로 나가는 중대 전투병들한테서 수색 중에 혼자서 적을 발견하게 되면 못 본 체하고 서로가 슬쩍 피해버린다는 이야기를 많이 들었다. 이는 사람을 죽일 수 없다는 무의식적인 인간애와 스스로 위험을 회피하는 생존본능 때문에 적극적인 교전을 하지 않는 것이라고 본다. 그러나 옆 전우가 총을 맞아 죽는 것을 목격하게 되면 그렇지 않다는 것이다. 불같은 복수심이 치솟으며 자신도 모르게 적을 향해 총을 갈기고 돌진하게 된다는 것이다. 위험한 짓이라는 것은 한참 뒤에나 깨닫게 된다고 했다.

파병 초기에 참전했던 한 지인의 이야기는 충격적이었다. 그는 해병 1진으로 월남에 갔다 온 전우였다. 월남에 가서 담력훈련을 받을 때라고 했다. 생포한 베트콩을 나무에 묶어 놓고 총검으로 찌르는 훈련인데, 처음에는 아무도 찌르지 못했다는 것이다. 선임하사 명령에 따라 10여 미터 밖에서 총검을 움켜쥐고 달려가지만, 막상 포로 앞에 다다르면 우뚝 멈춰버린다는 것이다. 공포에 질린 포로의 눈을 보니 절대 못 찌르겠더라는 것이다. 나중에는 선임하사가 안 찌르면 총살하겠다고 엄포를 놓아도 소용이 없었다고 했다. 그런데 선임하사가 신병 손을 잡아 끌고 가서 강제로 한두 번 쿡쿡 찔러 피를 흘리게 하고 나니 그때부터는 마구 찌르게 되더라는 것이다. 그렇게 생사람을 대검으로 찔러 죽이는 훈련을 받고 나니 나중에는 적이 사람으로 보이지 않았다고 했다.

우리는 '눈에 살기가 뻗쳤다'라는 말을 한다. 살기(殺氣)는 '사람을 죽이려는 기운이고 기세'다. 필자는 이런 살기를 가진 병사의 눈을 많이 보았다. 정말 감당하기 쉽지 않았다.

인사과 사무실 책상에 앉아 일하다가 문득 이마가 저릿해져서 고개를 들어보면 앞에 서서 나를 내려다보고 있는 전투복 차림의 병사 눈과 마주칠 때가 있다. 그럴 때면 나는 나도 모르게 움찔하고 놀란다. 병사의 눈에서 뿜어나오는 눈빛은 예리하다 못해 광기마저 느껴졌고, 그 광기가 금방이라도 바늘처럼 내 이마를 파고들 것 같았기 때문이었다. 나는 그때 그 눈빛이 살기라는 것을 깨달았고, 전투에 많이 나가 적을 많이 죽인 사람한테서 공통으로 느낄 수 있었다.

전쟁터에서의 양민학살, 어쩌면 인간 내면에 잠재하는 악마 본성과 천사 본성의 대결이 아닌가 생각한다. 천사의 본성에 의해 유지되는 평상시와 달리 전장에서는 악마 본성이 두각을 나타낸다. 전장에서 악마 본성은 복수의 피를 먹고 천국을 누리지만 반대로 천사 본성은 설 자리를 잃고 무기력하게 지옥을 헤맨다. 하지만 이 천사 본성과 악마 본성도 전쟁을 수행하는 몇몇 정치 지도자에 의해 길들어진다는 것을 우리는 잊고 있다.

학살의 정치학 – 자비로운 학살과 사악한 학살

『학살의 정치학 GENOCIDE』(노암 촘스키 외. 박종일 옮김. 2011년 인간사랑)이라는 책에 『반혁명의 폭력 –대학살의 실상과 선전』이라는 다른 책 이야기가 나온다. 이 책은 1970년대 초, 노암 촘스키가 당시 미국이 베트남에서 저지르고 있던 범죄행위를 중심으로 대량 살상에 관해 연구한 결과를 발표한 내용이다. 내용을 한번 따라가 보자. 기가 막힌다.

여기서 노암 촘스키는 전쟁 학살을 '건설적인 학살' '자비로운 학살' '사악한 학살' '가공의 학살'이라는 네 가지 유형으로 분류했다. 미국 자신이 자행하거나 미국의 주요 이익에 도움이 되는 학살은 '건설적인 학살'이고, 미국의 동맹이나 종속국이 수행한 학살은 '자비로운 학살'이며, 미국의 적대국이 저지른 것은 '사악한 학살' 또는 '가공의 학살'이라는 것이다. 자연히 희생자에 대한 인격도 천지 차이다. '건설적인 학살'이나 '자비로운 학살'의 희생자는 부도덕하고 악인 취급을 받지만, '사악한 학살'이나 '가공의 학살' 희생자는 가련 불쌍하고 선의의 피해자가 되어 보호 대상자로 선전한다. 똑같은 전쟁 희생자일지라도 미국이 죽인 사람은 악한이 되고, 미국의 적대국이 죽인 사람은 선량한 사람이 되는 것이다. 미국의 정치인들뿐만 아니라 모든 매스컴이나 미디어들도 그렇게 여론을 몰아가고, 미국의 우방국들은 한결같이 이에 동조한다. 그래서 『바보들의 십자군 전쟁』 저자 다이애나 존스턴(Diana johnstone)은 이렇게 말했다.

“우리 편이 저지른 ‘가혹 행위’가 무죄라면 적이 저지른 ‘학살’도 무죄이다. 적의 ‘학살이’ 유죄라면 우리 편의 ‘부수적인 손실’도 유죄이다.”

또 『우리를 죽음으로 내모는 대통령과 전문가들』을 쓴 노먼 솔로몬(Norman Solomon)은 이렇게 비판했다.

“인권에 관한 선택적인 기준이 아니라 하나의 기준을 적용할 때 ‘가혹 행위’와 ‘학살’은 동일한 행위이다.”

그렇다면 미국을 비롯한 우방국들의 미디어들이 베트남전쟁을 바라보는 시각은 어떤지, 구체적인 책 내용 일부를 인용한다.

– 미디어를 포함한 기득권 근력 집단은 미국의 베트남 침공을 침략이라고 부른 적이 없을 뿐만 아니라, 그 과정에서 일련의 거대한 학살과 살육이 있었던 사실을 부인해 왔다. 그러나 실상은 300만 명 이상의 사람이 목숨을 잃었고, 그보다 더 많은 사람이 폭격과 화학전으로 불구가 되거나 다쳤고 토양도 황폐해졌다. 미국과 연관된 학살이 언급된 경우라고 한다면 미국이 철수하면 미국 점령군의 협력자들이 ‘학살’의 위험에 노출될 것이라고 경고한 경우뿐이다. (『학살의 정치학』 28페이지)

자비로운 학살의 예

책에서는 자비로운 학살의 예로 이스라엘을 들고 있다.

– 미국의 중요 하수인이자 대외 원조의 수혜자로 개의 머리를 흔드는

꼬리라고 불릴 만큼 미국의 중동 정책의 비상한 영향력을 가진 이스라엘은 타국의 영토를 침범하거나 학살에서도 미국으로부터 야단을 맞거나 정책적인 견제도 받지 않을 정도로 국제관계에서 자유를 누리고 있다. 사실상 이스라엘이 저지르는 침략과 불법은 항상 미국의 행정부와 입법부에서부터 뉴스 미디어의 이르기까지 주류집단의 주요 부분으로부터 부분적으로 재정지원을 받거나 외교적인 보호를 받는다.

– **미국이** 대규모 잔혹 범죄를 저지르면 그 잔혹 행위는 **건설적**인 것이 되고, 그 희생자들은 우리가 분노하고 관심을 기울일 만한 **가치가 없는** 대상이며, 그래서 우리는 학살과 무관하게 된다. 그런 사례가 지난 20년 동안 엄청난 수의 희생자를 낸 이라크의 **하등 인간**이다. 그러나 대규모 **잔혹 범죄의 가해자**가 미국의 적이거나 무너뜨려야 할 대상 국가라면 정반대가 된다. 이때 잔혹 행위는 **사악한 것**이 되고 희생자는 우리가 주목하고 동정하여 대중적 연대감을 보여 줄 **가치가 있는** 대상이 된다. 그래서 우리는 조사와 처벌을 요구한다. 사악한 잔혹 행위에는 걸맞은 이름이 준비되어있는데, 행위가 일어난 장소를 따라 이름을 붙이는 게 표준이다. 그런 이름을 다 들려면 숨이 찰 정도이다. (『학살의 정치학』 208페이지)

이상의 주장을 뒷받침하는 사건이 바로 미국이 베트남전쟁에서 저지른 미라이 학살사건이다.

악마 본성이 저지른 킬링필드 – '미라이' 학살사건

베트남전쟁 중에 미군이 저지른 '미라이 양민학살 사건'은 베트남판 킬링필드였다. 세계인이 경악했고 미국의 도덕성을 시궁창에 처넣어버린, 한마디로 악마들의 피의 복수였다. 그러나 이 사건은 앞서 말한 **건설적 학살** 논리에 따라 흐지부지 덮여버리고 말았다. 위키백과에 수록된 '미라이 사건' 관련 내용을 정리해보면 다음과 같다.

사건 요지

사건 발생 위치: 베트남공화국 손텐 지구, 손미 마을과 미케 마을
좌표 북위 15° 10′ 42″ 동경 108° 52′ 10″

사건발생일: 1968년 3월 16일

보복 대상: 미라이 4개 마을과 미케 4개 마을주민

사건 종류: 학살 보복 수단 – 총살

사망자: 미군 보고 : 347명 사망(미케 마을 사망자 불포함)

베트남 정부: 504명 사망(미라이, 미케 마을 전체)

피해자 수: 마을주민 347~504명

공격자(가해자: 윌리엄 켈리 소위 (3년 복역)

학살 동기: 구정 대공세에 따른 베트콩에 대한 미군의 보복

사건 전개 과정

1968년 3월 16일,

미 보병 23사단 11여단 20보병 연대 1대대 찰리 중대원 105명이 미라이 4개 마을에 대대적인 베트콩 수색에 나섰다. 지휘관은 머디나 대위와 윌리엄 켈리 중위였다.

수복 대상에는 손미의 미라이 마을이 포함돼 있었으며, (작전 당시 암호

명은 핑크 빌 Pink ville 빨갱이).

그러나 미군이 마을에 도착했을 때는 베트콩은 없었고 민간인만 있었다. 그런데도 미군은 4시간 동안 미라이 마을 민간인을 상대로 무차별 학살을 자행하였다. 이날 미군에 의해 347명에서 504명으로 추정되는 민간인인 희생되었다. 모두가 비무장이었으며 상당수는 여성과 아동이었다. 학살당한 이들 중 17명이 임산부와 173명의 어린이, 그리고 5개월 미만의 유아 56명이었다고 한다. 몇몇 희생자는 성폭력이나 고문을 당하기도 했고 시체 중 일부는 절단된 채 발견되었다. 이 사건에는 미군 26명이 가담하였으나 입대한 지 4개월 2주밖에 되지 않은 윌리엄 켈리 소위만이 유죄 판결을 받았다.

사건 처리 결과

미라이 학살이 미국 사회에 큰 문제로 대두된 것은 학살이 일어난 지 1년 뒤인 1969년이었다. 1969년 11월 12일 시모어 허시는 미라이 학살에 대해 특종 보도를 하였고, 이로 인해 미라이 학살은 베트남전쟁을 일으킨 미국의 이미지는 더욱 안 좋아졌다. 이렇게 되자 미국 정부는 미라이 학살에 대한 진상규명에 나섰고, 이 학살에 가담했던 이들이 재판에 회부됐다. 재판에서 총 26명의 군인이 이 학살에 관여한 것으로 판명됐다. 그러나 법적으로 유죄 판결을 받은 이는 켈리 중위뿐이었다. 상급 명령권자인 영관급 장교들은 어떠한 처벌도 받지 않았다. 또한, 재판에서 종신형을 선고받은 켈리 중위도 두 차례의 감형을 받았으며, 3년 반 동안 가택연금 상태로 지낸 이후 사면됐다. 이와는 별개로 수천 명의 미국인이 켈리 중위를 옹호했으며, 어떤 이들은 "공산주의자들"에 맞선 정당한 행동으로 평가하기도 했다.

이렇듯 미국이 저지른 학살행위가 가볍게 처벌된 배경에는 '미국이 저지른 잔혹 행위는 건설적인 것이 되고, 그 희생자들은 우리가 분노하고 관심을 기울일 만한 가치가 없는 대상'이라는 노암 촘스키의 말이 그대로 적용된 것이라 볼 수 있다.

콜린 파월의 견해

미국의 치욕, 미라이 사건에 대한 콜린 파월의 분노는 이 비극적 사건에만 그치지 않고 베트남전쟁 전반에 걸친 미국의 국방정책에 신랄한 비판을 가하고 있다. 그의 회고록에 드러난 미라이 사건 관련 부분을 보자.

– 1968년 3월 16일 발생한 일에 대해서는 어느 것도 변명이 될 수 없다. 내가 베트남에 부임하기 3개월 전의 이날 11여단 소속 부대가 남중국해에 있는 손 미 마을에 들어갔다. 윌리엄 켈리(William Calley) 중위가 이끄는 소대가 수백 명의 노인과 여자, 어린이, 심지어 아기들까지 미라이의 작은 마을에서 도랑으로 끌고 가 사살해 버렸다. 계속된 조사에 의해 켈리와 부하들이 347명을 죽였다는 사실이 드러났다. 내가 일지에서 발견했던 128명의 적 '사살'은 전체 중의 일부였다. 군법회의에서 켈리는 모살죄 유죄 판결을 받아 종신형을 선고받았다. 그러나 리처드 닉슨 대통령의 중재로 편안한 가택연금 형태의 3년짜리로 형이 줄어들었다. 어니스트 메디나 대위 역시 약 100명의 베트남 사람을 죽게 방치했다, 하여 살인 및 고살(故殺) 혐의로 재판을 받았으나 풀려났다. 그 과묵하던 조사관이 그날 오후 나를 심문했던 것은 미라이 대학살에 관한 것이었다.

– 미라이는 베트남에서 잘못됐던 많은 일 가운데 끔찍한 한 가지 예였다. 전쟁이 너무나 오래 질질 끌려가던 터라 장교로 임명된 이들 모두가 정말 자아 교감이었던 것은 아니었다. 직업 하사관 병력이 사상자 때문에 줄어들고 있는 것 역시 마찬가지로 심각했다. 직업 하사관들은 어떤 부대에서든 중심을 이루고 그들을 배출해 내는 데는 여러 해에 걸친 전문적인 군 생활이 요구된다. 예비군을 소집하지 않고 전쟁을 하였기 때문에 군은 인스턴트 하사관들을 만들어 내고 있었다. 우리는 그들을 '흔들어 구운' 하사관이라고 불렀다. 이등병을 데려다가 약간의 훈련을 시키고 한두 번 흔든 뒤에 하사관이라고 이름 붙였던 것이다. 나이와 경험을 훨씬 뛰어넘는 임무를 부여받고도 그 풋내기들 중 일부는 영웅적으로 일을 수행해 나를 놀라게 했다. 그러나 준비되지 않은 장교와 하사관이 너무 많아짐으로써 병사들이 끝도 없고 분별도 없는 학살 같은 것에 무감각해짐에 따라 단결심과 군율과 직업적 판단이 무너지게 되었다. 미라이 같은 끔찍한 사건에 이르기까지. (콜린 파월 자서전. 227페이지)

한국군의 양민학살

한국군의 양민학살로 법정 판결까지 난 사건은 '김종수 소위 민간인 학살 사건'이 유명하다. 김종수 소위는 야간 매복작전에서 월남 민간인 6명을 살해한 혐의로, 1심인 주월한국군 보통군사 법정에서 사형선고를 받았다. 그러나 후에 15년으로 감형되었고, 지금은 사면복권 되어 목회자로 활동하고 있다.

김종수 소위는 1990년대 초반 출소한 뒤 경상남도 산청군 신등면 상법리 만암교회에서 개척교회 목사를 했다. 당시 충현신문 편집국장이던 필자는 직접 그 교회를 찾아 본인으로부터 장시간에 걸쳐 사건 내막을 상세히 들을 수 있었다. 하지만 그의 주장이 후속 취재에서 드러난 소대원 진술과 많은 차이가 있어 보도는 하지 않았다. 그리고 최근 당시 김종수 소위와 함께 근무했던 소대원 취재를 통해 김종수 소위가 살해한 6명은 민간인이 아니고 당시 합동작전을 하기로 했던 월남군 민병대(우리나라 예비군)였다는 이야기를 들었다. 이것이 사실이라면, 김종수 소위는 월남군 민병대로 가장한 베트콩으로 오인하고 사살했을 수도 있다.

김종수 사건과 관련해 유의미한 기사가 있어 소개한다. 동아일보 이수형 기자가 2000년 7월 16일, '김종수 소위 민간인 사살사건' 1심 군사재판 관할관이었던 당시 주월한국군 사령관 채명신 장군과 가진 인터뷰 내용이다. (요약)

–전반부 생략–

베트남전쟁 당시 파월 한국군 총사령관을 지낸 채명신(蔡命新·74·예비역 중장)씨를 만났다. 채 씨는 68년 7월 작전 수행 중 베트남 민간인 6명을 사살하도록 지휘한 혐의로 사형(1심)과 무기징역(2,3심)을 선고받았던 김종수(金鍾水·59)씨 사건의 관할관으로 최종 서명을 했다.

관할관 확인제도는 군사재판 판결 직후 군사령관이 직권으로 형량을 깎아줄 수 있는 제도. 군은 이를 활용해 김 씨를 구제해줄 수 있었지만, 판결 결과를 그대로 집행하도록 했다.

– 김종수 씨는 사고 발생 열흘만인 68년 7월 26일 보통군법회의에서 사형선고를 받았다. 그 후 국방부 고등군법회의와 대법원에서 무기징역이 선고됐다. 너무 가혹했던 것 아닌가.

"군 기강을 엄정히 하기 위해 불가피한 조치였다. 당시 베트남전에서의 한국군의 지상명령은 '100명의 베트콩을 놓치더라도 1명의 무고한 양민을 사살하는 일이 없도록 하라'는 것이었다. 따라서 민간인을 사살하는 것은 용서할 수 없는 범죄로 이를 위반한 부하에게 중형을 선고하는 것은 당연했다."

– 김 씨는 베트남 현지 주민 여론 무마용으로 자신이 희생됐다고 주장한다. 당시 사살되지 않고 도주한 베트남인들이 사고 내용을 주민들에게 전하자 베트남 주민들 사이에서 대대적인 한국군 규탄 시위가 벌어졌다고 한다. 군이 이를 무마하기 위해 자신에게 극형을 선고했다고 주장하는데….

"그렇지 않은 것으로 알고 있다. 당시 사건 내용을 전해 듣고 철저한 조사를 명령했고 조사결과를 다 보고받았다. 부하 1명이 얼마나 소중한데 무고하게 희생시키겠느냐. 김 씨 사건은 조작되지 않았다. 당시 베트남 주민들의 항의나 시위가 심각하게 이뤄지지는 않았다."

– 김 씨에 대한 처벌은 미국의 '밀라이(My Lai) 학살사건' 처리 결과와 비교해 볼 때도 형평을 잃은 것 아닌가? (밀라이 사건은 베트남 민간인 504명을 집단 사살한 사건으로 미국의 1심 군사법원은 71년 주범 윌리엄 캘리 중위에게 사형선고 대신 종신형을 택했다. 캘리 중위는 그 후 3일 만에 석방돼 가택연금됐고 74년 10년형으로 감형됐으며 같은 해 사면됐다).

"당시 전쟁을 수행하는 미국과 한국의 기본입장이 달랐다. 나는 총사령관으로 민간인을 강간하거나 사살하는 일이 절대로 없도록 했다. 그것은 내가 인도주의자 또는 박애주의자라서 그런 것이 아니었다. 전략과 전술이었다. 당시 베트콩은 중국 마오쩌둥(毛澤東)의 '인민은 물이요 게릴라는 물고기'라는 이론에 따라 베트남 인민에게 깊숙이 침투해 있었다. 우리 작전의 요체는 그 '물과 물고기'를 분리하는 것이었다. 그래서 베트남 민간인에게 어떤 피해도 입히지 말라고 명령했고 이를 위반

할 경우 엄정하게 처벌하도록 했다."

– 김 씨 사건 외에 민간인 사살사건이 또 있었는가.

"김 씨 외에 10여 명이 더 있다. 사건마다 엄정히 처리했다. 전쟁의 규모와 기간 등에 비춰보면 국군에 의한 베트남 민간인 피해는 아주 적은 편이다. 일부 언론에서 '수천 명의 양민학살' 운운하며 보도하는 것은 사실과 전혀 다르다."

채 씨는 또 "베트남전쟁을 논하려면 전쟁이 무엇인지, 베트남전쟁이 어떤 전쟁이었는지 알아야 한다"며 "베트남전쟁이 부도덕한 전쟁이었다는 데 대해서는 나도 부분적으로 공감한다"라고 말했다. 그러나 그는 "그 전쟁은 우리가 살기 위해 선택한 불가피한 전쟁이었다"라고 덧붙였다. 당시 미국이 주한미군을 베트남에 파병하려는 상황에서 주한미군 철수를 막기 위해 어쩔 수 없이 파병했다는 것. 그는 "우리가 참전하지 않고 그 대신 주한미군이 참전했다면 제2의 6·25가 발생했을 것"이라고 말했다.

EP. 08

민족해방전선(베트콩) 탄생 비화

- 사이공 명문 귀공자가 베트콩이 되기까지

월맹(북베트남)이라는 하찮은 약소국가가 어떻게 초강대국 미국을 상대로 싸워 승리할 수 있었을까? 그 승전의 밑바탕에는 베트남 민족해방전선이라는 또 다른 조직의 역할이 크게 자리 잡고 있다. 민족해방전선 무장게릴라(일명 베트콩)들은 적대국인 미국군과 월남군은 물론, 우방국으로 참전한 한국군, 필리핀군, 호주군 등을 상대로 끈질긴 게릴라 전을 펼쳐 큰 피해를 안겼을 뿐 아니라, 주력군의 발목을 잡아놓음으로써 월맹 정규군의 전투력을 배가시켜 주는 데 혁혁한 공을 세웠다. 그런데 대부분의 사람은 이 민족해방전선이라는 조직이 그냥 단순한 게릴라 조직인 것으로만 알고 있다. 하지만 이 민족해방전선은 공산권 국가들로부터 승인까지 받은 엄연한 한 국가이다. 국기(國旗)와 국가(國歌)도 있고, 행정 수반과 외국에 대사까지 둔 여타국가와 똑같은 나라였다. 단지 망명정부라는 것만 다를 뿐.

그렇다면 이 '민족해방전선'은 어떤 조직이고 또 어떤 과정을 거쳐 태어났을까? 베트남 민족해방전선의 정체를 알기 위해서는 먼저 '튜옹 뉴탕'이라는 인물에 대해 알아둘 필요가 있다. 우선 자세한 이야기를 하기에 앞서, 그가 파리로 망명해 쓴 회고록 『베트콩 해방전선』(김평옥 역. 사사연. 1987)이라는 책 표지에 소개된 그의 경력을 보자.

– 사이공 명문가 출신. 하노이 대학을 거쳐 프랑스에 유학, 파리대학에서 1951년 법학박사 학위 취득. 귀국 후 국영 설탕 공사 총재 등의 요직은 거치면서 민족해방전선 설립 발기인으로 지하 활동에 투신, 67년까지 두 번 투옥 된 후 정글로 들어가 민족해방전선 중앙위원, 임시 혁명정부 법무상으로 활약. 월남패망 후 하노이의 정책에 환멸을 느끼고 통일 정부와 단절을 결심, 보트 피플로 국외로 탈출해 파리로 망명했다.

민족의식에 눈을 뜨다

민족해방전선의 탄생과 소멸 과정을 가장 잘 설명해 주는 책이 바로 앞서 언급한 『베트콩 해방전선』(A Vietcong Memoir)이라는 책이다. 저자 소개에서도 알 수 있듯이 튜옹 뉴 탕은 말단 조직원에서부터 혁명정부(민족해방전선) 법무상까지 역임한 민족해방전선의 산증인이다. 그의 저서를 중심으로 베트남 민족해방전선에 대해 알아보자. 독자의 이해를 돕기 위해 튜옹 뉴 탕을 소환해 그의 저서 내용을 가상 인터뷰로 엮는다.

백여 년에 걸친 프랑스 식민시대에 지칠 대로 지친 베트남국민 앞에 일본이 갑자기 새로운 지배자로 등장했다. 갑작스러운 일본의 등장도 놀라웠지만, 그런 일본을 대하는 프랑스의 연약한 태도를 보고 베트남국민은 어리둥절했다. 자신들을 묶고 있는 식민지 사슬을 절대 벗어날 수 없는 강자로만 알았던 프랑스가 일본의 말 한마디에 순순히 무릎을 꿇는 모습을 보고 베트남국민들은 민족의식에 눈을 뜨게 되었다.

– 지하 활동을 하게 된 배경은?

– 일본이 물러나고 17도 선을 경계로 남북으로 나라가 갈리자 외세에 대한 저항은 더욱 가열해졌다. 지난 100년에 걸친 치욕적인 시대는 격렬한 힘을 사용한 끝에 종결지어졌고, 이제 바야흐로 우리의 눈앞에 새로운 국가형성의 시기가 착착 진행되고 있을 때라고 인식하였다. 하지만 지금의 국가형태는 묵인할 수 없다는 것이 우리들의 일치된 의견이었다. 정부 안에서 발언할 수 없는 것이라면 우리로서는 정부 밖에서라도 강력히 발언할 수밖에 없다고 굳게 마음먹었다.

1951년 나는 학업을 수료하고 정치학 석사의 칭호를 받아서 파리대학에서 법률가 개업의 자격을 얻게 되었다. 한편, 1948년에 이르러 소련은 베트민 (호찌민이 세운 북베트남 전신) 투쟁에 적극인 관심을 보이기 시작했다. 또 1949년 중국공산당이 장개석과의 내전에서 승리를 거둔 결과 호찌민이 이끄는 부대에 화기를 수송하는 직접 루트가 열리게 되었다. 우리가 매우 두려워하고 있던 것은 경찰의 동향이었다. 우리들의 활동은 정치 토론을 좋아하는 베트남국민 공통의 도락에 도취하고 있는, 말 많은 청년들의 모임이라고 해도 조금도 이상할 것이 없을 정도로 위장했다. 실제로 우리는 그때까지 아무 일도 노골적으로 한 것이 없었다.

– 본격적인 활동은 언제부터 시작되었나?

– 1959년 가을이 되자 우리의 조직은 꽤 비대해졌다, 처음으로 대규모의 총회를 개최할 준비가 시작되어 이제까지와는 달리 정식 절차를 밟고 또 치안에 유의하는 방법으로 전환해야 할 시기가 왔다.

그래서 우리는 증가 일로에 있던 멤버를 3인이나 4인, 또는 5인 정도의 소작업조(小作業組)로 나누었다. 이와 같은 세포조직은 공산주의자의 발상에서 나온 것이라고 흔히 말하지만, 특정인밖에 모르는 사회를 오랫동안 유지해 온 베트남인에 있어서 그러한 조직을 만드는 능력은 제2의 천성이라 할만했다. 여러 가지 아이디어가 나올 수 있도록 각 세포는 여러 계층과 배경의 사람들로 편성토록 하고 있었다.

– 조직의 목적은 무엇이며 그 큰 조직은 어떻게 운영되었나?

– 조직의 지도부는 논점이 좁혀진 의견을 전체의 의사로 멤버에게 전달할 준비를 완료하였다. 일반적 합의에 이른 조직의 여러 가지 목적은 다음과 같은 것이었다.

1. 남(南)에 있어서 각기 다른 계층의 국민에게 그 사회에서의 지위 또는 그 정치적, 종교적 견해가 어떤 것이든 간에 국민으로서의 일체감을 함양한다.
2. 디엠 정권을 타도한다.
3. 미국인 고문단을 철수시키고, 월남인의 자결권에 대한 미국의 간섭에 종지부를 찍는다.
4. 민주주의적 자유와 사유재산권의 존중을 포함한 베트남 시민의 권리를 옹호한다.
5. '농지는 경작자에게'의 정책을 실시한다.
6. 자유경제를 확립한다.
7. 베트남의 전통과 문화를 옹호하는 교육제도를 확립한다.
8. 비동맹, 중립을 견지한다. 복수 정당으로 된 민족주의에 입각한 정부를 확립한다.
9. 상호 이익에 기초를 두고 전쟁수단에 의해서가 아니라 교섭에 의해 남북의 통일을 달성한다.

- 본격적인 정부를 세우기로 한 과정은 어땠나?

– 우리는 제1회 총회의 개최를 잠정적으로 이듬해 12월 19, 20일 이틀 사이에 하기로 결정하였다. 우리는 또한 우리의 운동을 "월남 민족해방전선"이라 호칭하고, 국기(후에 베트콩의 깃발로써 널리 세상에 알려지게 됨)와 "월남을 해방하자!"라는 국가(國歌)를 제정하였다. 그와 동시에 휴를 재차 하노이에 파견하여 우리가 선언한 강령에 대해 "호찌민"의 지도를 받기로 하였다. 1959년 말, 우리는 이런 일반적 원칙을 "선언"과 정식의 정치계획으로 마무리 짓는 작업을 끝마쳤다.

국기의 빨강과 파랑은 국민의 절반 절반을 뜻하고 깃발의 중앙에 배치된 별은 그 아래 국민이 하나의 목적을 향해 단결하고 있는 것을 상징한다고 말했다. "월남을 해방시키자."라는 국가는 남부 사람들의 호소를 충실하고 소리높이 표현하는 것이었다.

– 디엠 정권의 삼엄한 감시 속에서 총회라는 큰 행사를 어떻게 개최할 수 있었나?

– 행사장으로 가는 길은 멀고 험했다. 1960년 12월 17일, 아침 일찍 나는 집을 나와 사이공의 버스 터미널로 나갔다. 거기서 내 작업조의 멤버 '레 반 폰'이 기다리기로 되어있었다. 몇 분쯤 지나자 한 여성이 다가왔고, 폰이 나를 그녀에게 소개해 주었는데 '바 스엔'(다수의 여성의 세 번째)이라 부른다고 했다. 나는 그녀와 함께 사이공에서 112km 떨어진 카오다이 교의 본산이 있는 타이닝 행 버스표를 샀다. 버스에 오르자 스엔이 나에게 엄중한 지시를 내렸다. '치안 관계자가 말을 걸면 제게 맡겨주세요. 당신이 대답해야 할 경우엔,'우린 칸에 있는 티 엠 아저씨를 찾아가는 길이라고 대답하세요.'라고. 하지만 도중에 아무 일도 없었다. 우리는 캄보디아 국경에서 약 16킬로에 정부군 전초기지인 칸단행 삼륜차로 바꿔 탔다. 전초 지점에서 스엔은 근무 중인 병 사와 두세

마디 이야기를 나누면서 병사의 윗주머니에 뭔가를 넣어주었다. 다시 삼륜차를 타고 그녀는 정글을 향해 비포장도로를 달리도록 운전수에게 지시했다. 14km를 달린 끝에 조그만 부락에 도착했는데 그곳에 우리가 만나기로 한 '아저씨'의 집이 있었다. 여기서 하차하여 스엔은 나를 어느 집으로 안내해 주었는데 그곳에 낯익은 '키엠'이 기다리고 있었다. 나를 별채로 안내해 주고 스엔은 사라졌다. 거기에서 나는 다음 지점까지 나를 데려다줄 안내인을 기다리기로 되어있었다. 그로부터 얼마쯤 시간이 지난 후, 검정 파자마로 갈아입게 했다. 그리고 출입구를 보니 역시 검정 옷을 입은 청년이 서 있었다. 다음 지점까지 나를 태워 주기 위해 자전거로 왔다는 것이었다. 자전거 뒷바퀴 위에 좌석을 만들어 저녁 어스름 속에 힘이 약해 보이는 사탕수수와 양배추 밭을 자전거로 달렸다. 약 1시간가량 지나서 우리는 깊은 정글 속에 있는 오두막에 다다랐다. 오두막 안에는 그을음이 피는 오일 램프를 둘러싸고 지방 게릴라 세 사람이 앉아 차를 마시는 중이었다. 차를 따라 주었기 때문에 나랑 그들과 함께 앉아 여독을 풀고 있었다. 그런데 얼마 되지 않아 자전거에 탄 사나이가 나타나 나를 다음 지점으로 데려다준다는 것이었다. 빈틈없는 계획이 짜여있을 것으로 믿어졌다. 나를 태운 청년은 어두운 정글 속으로 페달을 밟으며 깊숙이 들어갔다. 길은 국경지대 산기슭의 잘 보이지 않는 작은 길로 이어졌다. 한밤중이 지나도록 이렇게 하여 자전거로 전진하였는데, 그 사이 약 1시간마다 게릴라가 있는 오두막에 들러 차를 마시고는 잠깐씩 쉬었다. 아직 동이 트기 전에 조그만 집들이 많이 있는 곳에 달았는데 바로 그기가 회의가 개최되는 장소였다. 자전거 뒷자리에 오랫동안 쪼그리고 앉아 있었기 때문에 몹시 지쳐 있긴 했지만, 무엇보다 놀란 것은 자전거를 몬 그 청년의 인내력이었다.

– 회의 장소는 어땠으면 참석 인원은 몇 명이나 되었나?

– 드디어 그날이 왔다. 12월 19일 나는 홀에 안내되었는데 홀은 그 전날 밤과는 다른 장식이 되어있었다. 입구에는 "환영, 월남 민족해방전선 창립총회"라고 쓰인 빨간색과 흰색의 현수막이 게양되어 있었다. 현수막의 양단에는 황색별이 한가운데 그려진 적색과 청색의 기가 배치되어 있었는데, 이 기는 전년에 개최된 준비 회의에서 우리가 고안한 것이었다. 간밤에 스테이지로 사용한 계단식의 좌석에는 우리들의 지도자인 파트. 휴 그리고 키엠 이외에 웅 곡 키, 훈 반 쿤 박사, 거기에 내가 모르는 사람이 몇 사람 있었다. 나중에 이 사람들이 여러 단체의 대표라는 것을 알게 되었는데 이들은 청년대표의 판 스안 타이, 농민대표의 구엔 후 테, 노동자대표의 구엔 코 탐, 그리고 여성대표의 구엔 티 딘(阮氏延), 나는 홀 한쪽에 커튼으로 가려져 있는 박스로 안내되었다. 그곳은 비밀대원이 앉는 자리였다. 대의원은 일반 대의원과 비밀대의원으로 나누어져 있었는데, 일반 대의원은 조직에서 혁명가로 신분을 밝히고 있는 대의원으로 정글에 정주하고 있는 사람들이며, 비밀대의원이란 나처럼 정부의 지배지역에 살며 민족해방전선과의 관계를 숨겨야만 하는 사람들이었다. 회장에 모인 사람은 커튼 뒤에 몸을 숨기고 있는 약 20명을 포함해서 모두가 60명쯤 될 것 같았다. 사회자가 의제를 읽어감에 따라 우리에게 거는 기대감이 큰 것을 느꼈다. 의제 발표 뒤에 치안부대의 대표가 실시 중인 안전대책을 설명하면서 경계태세에 들어가거나 공습이나 지상공격이 있을 때 취해야 할 조치에 대해 지시를 하였다. 그리고 쿤 박사가 등단하여 개회를 선언하고, 우리들의 위대한 사업이 성공을 거두도록 빈다고 말하고 짧은 개회사를 맺었다. 그 뒤 키엠이 월남 정정에 대해 보고했고 다음에 휴가 민족해방전선의 선언과 정치계획을 제안했다.

– 회의 진행은 어떻게 진행했나? 민주적이었나?

– 모든 의사결정은 투표로 결정했다. 거의 만장일치였고 반대하는 사람은 없었다. 마지막에 핀 탄 파트가 등단하여 민족해방전선의 설립을 선언하였고, 베트남뿐 아니라 세계를 향해 민족해방전선의 선언문과 계획을 공부하게 될 잠정 위원회에 명단이 오는 사람들을 승인하도록 우리에게 동의를 구했다. 위원회는 또한 국민의 생각을 개선하기 위한 우리의 노력을 명확히 하고 규정 정규에 중앙위원회와 민족해방전선의 조직을 정하는 차기 총회에 준비를 실행하기로 하였다. 또한, 이 위원회는 사이공, 쇼롱과 지아딘에 특히 배려하면서 남부에서 우리의 조직 기반을 지속적으로 구축해 나가기로 하였다. 파트의 제한이 채택되었는데 이번에도 이유 없이 만장일치였다. 쿤 박사가 잠정 위원회 위원장으로 선출되고 휴가 총서기를 맡기로 되었다. 12월 20일 새벽 회의는 산회하였다. 이튿날 아침, 민족해방전선의 설립과 월맹 정부와 노동당의 축하를 알리는 하노이 방송의 특별 발표가 월남 곳곳에서 청취 되었다. 그것은 가장 숭고한 희망을 마음속에 키워주는 출발점을 걷는 것이었다.

EP. 09

전쟁과 섹스, 그 빛과 그림자(2)

– 5명과 2,580회에 1,290시간 섹스

오래전, 시사주간지 〈한겨레21〉에서 흥미 있는 기사를 읽은 적이 있다.

보통 사람들은 평생 몇 사람과 섹스를 할까? 그리고 대충 몇 번의 섹스를 하며 그 섹스에 걸리는 시간은 어림잡아 몇 시간이나 될까?

위 잡지 기사에 실린 외국 사례를 보면, 한 사람이 일생 동안 섹스로 상대하는 사람은 평균 5명이며, 섹스의 횟수는 2,580회, 그리고 섹스에 걸리는 시간은 1,290시간이라고 했다. 시간 산출은 섹스 1회에 전희를 포함해 평균 30분을 잡았다고 했다. 정말 굉장히 많은 시간을 섹스로 보낸다는 말이 된다. 시간도 시간이지만 2,580회라는 섹스횟수도 대단한 숫자다. 20살부터 쳐도 70살까지 50년 동안 주 1회씩 한 번도 안 거르고 꼬박꼬박 섹스해야 나오는 수치다. 시간을 보나 횟수를 보나 섹스를 즐기는 동물은 인간뿐이라는 말이 실감 난다.

전쟁과 종군 위안부

그런데 전쟁은 인간에게 이런 섹스를 할 기회를 박탈한다. 남성 위주의 군인들끼리 치르는 전쟁터에는 섹스의 대상인 여자가 없기 때문이다. 따라서 군인들은 그 지역의 민간여성들을 상대로 섹스 할 수밖에 없다. 이런 경우 대개는 강제로 범하게 되는데, 발각되면 군법에 회부되어 엄한 처벌을 받는다. 하지만 인간의 본능을 법으로 다스린다고 해결되지 않는다. 그래서 고심 끝에 내놓은 방책이 성적 욕망을 채워주는 종군 위안부다.

종군 위안부 하면 우리는 먼저 2차대전 때 일본이 저지른 만행이 떠오른다. 아직도 그 상처가 생생한 정신대가 바로 그것이다. 일본이 저지른 종군 위안부 만행을 세계가 규탄하는 이유는 자국 여성이 아닌 남의 나라 여성들을 강제로 끌어다 자국 군인들의 노리갯감으로 만들었다는 데 있다.

자국 여성들을 자원 받아서 종군 위안부로 삼았다면 그것은 어디까지나 자신들의 통치행위로 치부돼 여성 인권 차원에서는 비난받을지 모르지만, 지금처럼 국제적 비난의 대상은 안 되었을 것이다. 왜냐, 하면 전쟁이 터지면 섹스의 대상인 여성이 제일 먼저 피해를 보게 되는데, 그 피해를 줄이기 위해 암암리에 공창을 용인하고 있는 게 국제적 관행이기 때문이다. 우리나라도 얼마 전까지 주한미군을 상대로 하는 업소들이 버젓이 존재했다.

그 당시 군부대에 위안부를 공식적으로 둔 예는 대만(당시 자유중국)을 들 수 있다. 대만에는 우리의 휴전선 지대에 해당하는 양안(兩岸) 사이에 금문도가 있다. 이곳은 일 년 내내 우리 삼팔선 못지않게 긴장이 흐르는 곳이다. 채명신 사령관이 재임 시절 장개석 총통을 예방한 적이 있는데, 그때 금문도를 시찰했고, 당시 채 사령관을 수행했던 공보참모가 작성한 보고서에 보면 이렇게 기록되어 있다.

– (전략) 금문도 방위시설 시찰

금문도 방위사령관 육군상장 윤준의 안내로 1967. 5. 24. 11:00 금문도를 시찰했다.

〈지휘부 시설〉

작전 지휘부는 순 암석으로 된 동굴 내에 마련되어 있었고 2 1/2톤 트럭이 2대가 왕래할 통로로 되어있었다. 금문도와 대치하고 있는 적은 중공군 3군단으로서 246,000명, 254척의 선박, 1,089대의 항공기, 11,027개의 포진지를 가지고 있다 한다.

1958년에는 일일 100발 정도의 사격을 해 왔는데, 근래는 기수 일에만 서로 사격하고 우수 일은 휴전이라고 했다. 이곳에서 동굴 극장을 시찰 했는데 길이 60미터 높이 28미터 폭이 30미터며, 1,000명을 수용할 수 있는 근대식 시설이었다. 이 공사에는 1,000명으로 100일이 소요되었다고 했다.

〈구락부 시설〉

금문도에는 수십 개소의 위안소가 있었다. 미혼인 장교와 사병이 위안소 출입이 허가된다. 장교 20원(50센트), 하사관 15원, 사병 10원으로 휴양할 수 있었다. 위안소는 각 방으로 구분되어 있고 내부는 침대와 의자 2~3개가 놓여있었다. 방문 앞에는 "이우실" "기공실" 등의 간판이 붙어있었다.

시설과 환경이 깨끗하고 좋았으며 병사들도 만족해한다고 했다. 금문도에는 총 250명의 위안부가 있다고 했다. 그런데 특별한 점은 위안부들이 이곳에서 2~3년만 근무하면 평생 편안히 먹고 사는 돈을 마련한다고 하는 점이었다.

잘 알려지지 않은 사실이지만, 우리 한국군도 처음 베트남전쟁 참전이 확정될 당시 정치권 일각에서 위안부를 모집해 데리고 가는 것을 논의한 적이 있었다. 한국군에 의한 현지 월남 여성들의 피해를 사전 예방하기 위한 대책이었다. 그러나 당시 초대 사령관으로 임명된 채명신 장군이 그 소식을 듣고 천부당만부당한 소리라며 펄쩍 뛰어서 무산되었다. 채명신 사령관은 그때를 회상하며 필자에게 이렇게 말한 적이 있다.

"이봐, 김 작가. 만약 그때 내가 적극 반대를 해서 막지 않았다면 지금 우리가 일본에 대해 정신대 문제를 입에 올릴 수 있겠나? 일본 놈들이 대번에 우리도 똑같은 사람이라고 되받아칠 텐데!"

인기 많았던 월남군 장교 부인

전쟁 국가인 월남은 전 장교가 영내에서 거주했다. 따라서 그들의 아내는 혼자 집에 있으면서 생활비 마련을 위해 각종 부업을 했다. 그런데 그중 젊은 여자들은 돈도 벌고 성적 욕망도 채울 겸 두세 명씩 어울려 가정집에서 창녀 노릇을 하는 경우가 더러 있었는데 이런 여자들은 요샛말로 인기 짱이었다.

그녀들이 인기 짱인 이유는 우선 장소가 창녀촌에 비해 안전한 민가이고 남편이 있는 유부녀라 대체로 몸이 깨끗하기 때문이었다. 창녀들과 달리 콘돔을 쓰지 않아도 성병 걱정이 없었다.

이런 장교 부인 창녀들의 주 고객은 외출이 자유로운 행정부서에 근무하는 사병들이었다. 마찬가지로 장교 부인들도 비교적 옷차림이 단정하고 팁이 후한 이런 한국군 사병들을 좋아했다. 하지만 전쟁터에서는 어떤 여자의 품속도 마냥 안전한 것만은 아니었다.

필자와 같이 근무중대에 근무하던 병기대 최용구(가명) 상병이 들려준 이야기는 아찔하다 못해 등에 식은땀이 날 정도였다. 평소 알고 지내던 월남 장교부인과 섹스를 하다가 남편과 맞닥뜨리는 바람에 하마터면 총에 맞아 죽을 뻔했다고 했다는 것이었다. 그의 이야기는 이랬다.

최 상병은 병기류 점검 관계로 사단이나 예하 부대에 출장을 자주 나가는 편이었다. 한번은 새로 전입해 온 신병을 데리고 사단에 갔다 오는 길에 평소 자주 들리던 월남 장교 부인을 찾아갔다. 딴에는 신병한테 선심 한번 쓰고 싶었던 게다.

신병을 옆방으로 보내고 최 상병은 여느 때처럼 샤워를 했다. 그리고 알몸으로 침대에 누워 여자의 뜨거운 애무를 받았다. 당시에는 창녀촌에서 옷을 절대로 다 벗지 않는 것이 불문율로 되어있었다. 베트콩이 언제 기습할지 모르기 때문에 대개가 워커 끈도 풀지 않고 방탄복과 철모를 그대로 착용한 채 총을 바로 옆에 두고 허리춤만 내리고 섹스를 했다. 그러나 최 상병은 창녀촌과 달리 안전한 민가라는 것만 믿고 무장을 해제한 채 맘 놓고 섹스를 즐겼다.

최 상병이 한참 섹스를 즐기고 있는데 갑자기 오토바이 소리가 부르릉 들리더니 바로 방 앞마당에서 급정거하는 소리가 끼익 났다. 그 소리에 여자가 몸을 일으켜 문구멍으로 밖을 내다보고는 질급을 하며 소리쳤다. 바로 자기 남편이라는 것이었다. 최 상병도 깜짝 놀라 얼른 문틈으로 내다봤다. 월남군 장교 복장을 한 사내가 권총을 빼 들고 방 쪽으로 걸어오고 있었다. 그의 표정은 이미 방 안 사정을 훤히 알고 있는 듯했다. 하기야 집 앞에 세워둔 한국군 쓰리 쿼터만 보고도 벌써 짐작하고도 남았을 터였다.

최 상병은 후닥닥 일어나 옷을 주섬주섬 주워 입으며 옆방을 향해 “철수! 철수!” 하고 소리쳤다. 방문 앞 가까이 다가온 사내가 권총 노리쇠를 당겨 실탄을 장전했다. 최 상병은 더 이상 머뭇거릴 틈이 없었다. 거리가 가까워지면 누구 한쪽은 총을 맞아 죽어야 할 상황이었다. 그는 워커 끈도 매지 않은 채 방문을 박차고 뛰어나가며 사내의 발밑에다 대고 소총을 마구 갈겼다. 그 위력에 사내가 뒤로 주춤주춤 물러났다. 최 상병은 계속 위협 사격을 가하며 신병더러 어서 자동차의 시동을 걸라고 외쳤다. 놀라 팬티차림으로 뛰쳐나온 신병이 그때야 상황을 눈치채고 들고 있던 옷과 워커를 적재함에 던져놓고는 운전석에 뛰어올라 차 시동을 걸었다. 최 상병도 계속 소총을 발사하며 간신히 차에 올랐다. 그리고 전속력으로 그 집을 빠져나왔다. 뒤에서 사내가 마구 쏘아대는 권총 소리가 한참 동안 들렸다.

최 상병의 이야기를 듣고 필자가 웃으며 다음에는 나도 한번 데려가 달라고 하자 그는 이렇게 말했다.

"야, 야! 차라리 핸드플레이나 쳐라! 내 두 번 다시 그런 데 가면 성을 간다!"

아래 수시 보고서는 헌병참모가 채명신 사령관에게 육필 메모로 보고한 간이 보고서로, 전쟁터 군인들이 섹스에 얼마나 굶주려 있고 또 얼마나 충동적으로 무모한 행동을 저지를 수 있는지를 보여주는 사례라 하겠다. 피의자 이름만 숨겼다.

수시 보고

1969. 3. 12.

수신: 사령관

건명: 집단윤간 사건 인지 보고

일시: 69.3.11. 21:00 (인지일시)

장소: 9사단 28연대 MIG 포로 심문소

피의자: 1) 제9사단 28연대 3대대 1중대 병장 11764815 서O태 (23) 교육계 (구속)

2) 소속 상동, 일병 11860298 이0용 (24) 소총수 (구속)

3) 소속 상동, 상병 11729217 박0신 (23) 소총수 (구속)

피해자: 휴엔성 호이안면 삭마촌

소속: 투이호 부이씨 1군 병원 성명: 래피 순 원 (18세. 여) 간호원

내용 1. 상기 피의자들은 69. 3. 2-3. 8 (6일간) 준마작전을 전개중 동년 3. 4. 12:20경 휴엔성 휴성군 호아촌면 흥능 계곡 (씨큐 144280)에서 피의자 소 속대 소대장 중위 임0수 외 26명이 작전 중 전시 피해자를 부이씨 용의자로 생포하여 피해자를 인근 평탄지로 옮겨놓고 전시 1). 2). 3). 피의자 등에 의해 감시 경계케 하였던바,

2. 피의자 등은 욕정을 느낀 나머지 2) 피의자가 소지 중이든 판초 우의를 지면에 깔고 정면으로 피해자를 눕힌 다음 피의자1)이 피해자의를 탈의 시킨 후 엠-79 유탄으로 피해자의 음부에 삽입 15회 가량 회전시켜 음부 파열상을 입혀 피멍 출혈시킨 후,

3. 계속하여 1)피의자는 피해자의 음부에 음경을 삽입 정사 후, 2). 3). 피의자 공히 간음 윤간한 사실임.

인지 경위: 69. 3. 4. 13:00경 연대본부에 후송된 피해자를 28연대 군정대 대위 윤석봉이가 심문 도중 피해자가 윤간당한 사실 등에 대해 숨겨오다가 69. 3. 11. 21:00경 비로서 윤간당한 사실을 진술함으로써 인지하였음.

조치 및 의견: 본건 피해자는 28연대 의무중대에서 응급 가료 후 28 연대 포로수집 소에 수용 중이며, 1) 2) 3) 피의자는 구속조사 의법처리 위계임.

헌병참모 대령 강상희

사이공이 떠들썩했던 강간 사건

1969년 1월, 한 한국인 노무자의 강간 사건을 보도한 사이공 포스트지의 기사로 사이공 시내가 들썩거렸다. 기사 내용은 이랬다.

– 한국 노무자 월남인 하녀 강간 (사이공발)

한국인 노무자 주만돈(32살. 가명. 차량 정비공)이 지난 1월 29일 자신의 집에서 파출부로 일하는 판 티 엘 (19세. 쭈민장 거주)양을 강간해 검찰에 체포됐다.

판 티 엘의 진술에 의하면, 자신은 직업소개소 알선으로 피의자 집에 파출부로 일하게 되었고, 아침 일찍 세탁물을 가지러 갔더니 주인 주씨가 침대에 앉아 안마를 해달라고 요청했다고 했다. 이에 판 양은 주인의 부탁이라 거절 못 하고 응하여 안마를 해주었는데, 주인이 갑자기 자신을 침대에 눕히고 입을 틀어막은 채 강간을 하였다는 것이다. 주씨는 자신의 야욕을 만족시킨 후 월남 돈 28,000 피아스타를 주겠다고 하였으나 판 양은 거절하고 즉시 당국에 고소하였고, 강간죄가 인정되어 체포되었다. 현재 주씨는 돈을 판 양에게 지불하였다고 주장하고 있다. –

이 기사는 자칫하면 전체 한국인에 대한 반감을 불러일으킬 만큼 여론을 악화시켰다. 채명신 사령관은 즉시 헌병참모에게 어떻게 된 사건인지 조사해 보고하라고 명령했다. 당시 채명신 사령관은 한국군뿐만 아니라 월남에 진출해 있던 각 회사 직원들을 비롯해 한국인 모두에 대해 안전을 책임지고 있었다. 따라서 민간인들의 사건 사고도 모두 파악하고 있어야만 했다. 다음날 바로 헌병대 조사보고서가 올라왔다. 보고서를 필자가 각색하지 않고 원문 그대로 옮긴다.

– 신문 보도 강간 사건 진상조사 보고

1. 일시 및 장소 ; 1969. 1. 29. 07:00. 사이공시 쭈민키 265번지

2. 피의자 인적사항 ; 소속: 현대건설 차량 정비공. 성명: 주 만 돈(가명)(32살)

3. 피해자 인적사항 ; 주소: 쭈민장 거주. 성명 : 판 티 엘 (19)

4. 당 헌병대 조사내용 ; 피의자 주만돈은 서울 용산구 용산동 2가 00번지에 사는 사람으로서, 1966. 12. 16. 미국 비넬회사 차량 정비공으로 파월되어 종사타가 68.10.1. 동회사 감원으로 파면되어 동월 현 소속회사에 차량 정비공으로 취업해 있고, 피해자는 69. 1. 27부터 월 고용비(식모) 7,000 피아스타를 받기로 하고 피의자 숙소 식모 직에 취업한 자로서, 사고 당일인 69. 1. 29. 06:00 경에 피해자가 피의자 숙소에 출근하여 피의자에게 자진 안마를 해 주겠다고 하므로 피의자는 이에 응하여 피해자가 피의자 몸에 안마를 하는 순간 욕정이 발작, 피해자에게 성교할 것을 요구하자 피해자는 그럼 월화 50,000 피아스타를 주면 응하겠다고 하여 피의자는 현재 소지하고 있는 금액 28,000 피아스타를 주기로 하고 동일 07:00 경 성교를 하였음. 그런데 성교가 끝난 뒤 피해자가 22,000 피아스타를 더 줄 것을 요구하므로 전시 약속한 바와 같이 후일에 주겠다고 하자 그럼 경찰에 가서 고발하겠다고 하자 피의자는 마음대로 하라고 하여 사이공 빈딩가 소재 경찰서에 허위로 강간당했다고 신고함으로써 피의자는 동일 15:00경 동 빈딩가 경찰서에 연행된 후 검사 지휘로 구속되었으며,

69. 1. 31. 16:00 경 취급 경찰관 입회하에 피의자 피해자 및 동 여인

의 언니 등이 합석, 성교 전에 지불한 28,000 피아스타 외에 100,000 피아스타를 더 지불키로 합의, 곧 석방한다고 함. 끝.

당시 채명신 사령관의 역할은 한국군 지휘에 끝나는 게 아니었다. 전쟁을 치르는 나라인지라 대사의 역할보다 오히려 채 사령관의 역할이 더 크고 많았다. 그가 가지고 있는 자료에는 한국 기업의 외화획득에 관련된 각종 통계와 현황은 물론 민간인 사건 사고 처리 결과가 상세하게 나타나 있다. 이것은 채명신 장군이 주월한국군사령관으로 재임하면서 군작전 못지않게 우리에게 실질적으로 도움이 되는 경제 작전에도 심혈을 기울였다는 것을 의미한다. 이런 그의 노력이 없었다면 우리 경제의 기틀을 이룩한 월남전 특수도 없었을 것이라는 게 필자의 생각이다.

EP. 10

전쟁 포로, 그 살아남기 위한 몸부림

– 동작동 국립묘지에서 부활해 온 유종철 일병

'전쟁 포로 이야기' 하면 우선 떠오르는 것이 미국의 헐리 우드 영화다. 영화 속의 포로는 한결같이 영웅으로 묘사된다. 모진 고문과 회유에도 꿋꿋이 버티며 자신의 조국을 위해 비밀을 끝까지 지킨다. 그리고 그 고통은 언제나 뜨거운 전우애에 의해 위로받는다.

베트남전쟁을 소재로 한 영화 『지옥의 7인』(원제 Uncommon Valor)을 본 사람이라면 주인공 진 해크만이 베트콩한테 포로로 잡힌 아들을 구출하기 위해 직접 용병을 고용해서 적진에 뛰어드는 부성애에 감동하고, 아들 대신 전우의 아들을 구해내는 것으로 만족해하는 장면에서는 한 번쯤 눈시울을 붉혔으리라.

전쟁포로 이야기가 영화예술 장르에서 인기가 높은 이유는 현실적으로 전쟁포로의 운명이 매우 서스펜스하기 때문이다. 전쟁터에서 일단 포로로 잡히면 운명은 자신의 손에서 떠난다. 비록 제네바협정이 있다고는 하지만 자의적 판단에 따라 얼마든지 탈출시도 따위를 빙자해 포로를 사살해버릴 수 있기 때문이다. 그래서 특수임무를 띤 일부 장교를 제외한 대부분의 포로들은 살아남기 위해 어떤 비굴함도 감수하게 되는데, 그 목숨연장을 위한 비굴함은 천태만상이다.

『한국의 초상(Korean Vignettes–Spaces of war)』이라는 책은 한국전쟁에 참전했던 미군 병사들의 수기를 모아 엮어 놓은 책이다. 이 책에 보면 6·25가 한창이던 1951년 2월, 중공군의 포로가 됐던 미 육군 제1 기병사단 5연대 L 중대의 캐롤 에버리스트(아이오와 주 출신) 중사 이야기가 나온다. 그는 여우처럼 교활한 연기로 죽음을 모면했다. 그가 부린 연기는 미친 척하는 것이었다. 음식을 받고도 히죽히죽 웃고 뺨을 때려도 히죽히죽 웃었다. 심지어 동료 포로를 총으로 쏴 줄일 때도 히죽히죽 웃었다. 그러자 중공군들이 미친 녀석 재수 없다며 발길로 차 논두렁에 처박아버리고 그냥 갔다. 그렇게 해서 그는 함께 있던 포로들 중 유일하게 살아났고, 살아남았기에 그때의 참상을 고발할 수 있다고 자신의 비굴한 연기를 떳떳이 소개하고 있다.

심리전에 이용당한 우리 해병대 포로

베트남전쟁에서도 포로는 있었다. 우리 한국군도 수많은 베트콩을 포로로 잡아 월남 정부군에 인계했다. 그런 와중에 우리 병사들도 더러는 적에게 포로로 잡혔다가 탈출하기도 하고 적 수중에서 살아남기 위해 거짓 행동을 하기도 했다.

아래에 소개하는 편지는 우리 청룡부대 한 해병이 적에게 포로로 잡혀 있으면서 자신의 부대장인 청룡부대 여단장에게 보낸 편지다. 이 편지는 매복 중이던 (매복지점 BT 176625) 청룡부대 5대대 대원이 사살한 적 휴대품에서 노획한 것으로 되어있다. 병사의 이름만 필자가 가명으로 바꾸었다.

청룡부대장님 귀하

존경하는 여단장님!

소병은 지난 1월 30일 해방군이 호이안시를 공격할 때에 포로가 된 청룡 군사 정보대에 근무하고 있던 병장 강철욱(가명)입니다. 그동안 여단장님을 비롯하여 여러 장병님들과 동료 여러분에게 안부를 물어보며 저의 건강함을 전해 드립니다. 그날 차 밑에 쓰러졌던 양철수(가명) 상병이 무척 걱정되는군요. 저는 팔에 중상을 입고 포로가 되었습니다.

그때 나는 '이젠 죽었구나!' 하고 생각했었습니다.

그러나 해방군은 나의 어깨를 두들기며 안심하라는 듯이 미소를 짓더군요. 그들에게 호송되어 지금은 어느 이름 모를 수용소에서 건강한 몸으로 생활하고 있습니다. 부락을 지날 때마다 주민들은 토마토며 찐 고구마를 갖다 주고 담배를 권하더군요.

수용소에서는 치약, 칫솔, 비누도 내주고 옷과 신발도 주었습니다. 매일 정성껏 치료해준 덕분으로 팔도 나아가고 있습니다. 이들은 식사가 맞지 않나, 배탈이 안 났나, 춥지 않나, 물어가며 나의 생활의 세부분에 이르기까지 구체적으로 보살펴주고 있습니다. 그리고 때가 되면 부대에 돌려보내 준답니다. 싸울 때는 원수였지만 일단 포로가 되면 이렇게 환대를 해주는 인도주의 사상을 지닌 이 고마운 사람들 앞에서 내 어찌 고개를 쳐들 수 있겠습니까. 더구나 우리 부대가 또 얼마만한 백성들을 학살했다고 말할 때는 얼굴이 빨개져서 어디에 숨고 싶은 심정입니다. 그들은 심각한 표정을 지으며 말합니다. "우리는 예로부터 조선 민족을 침략한 일이 한 번도 없으며 조선사람 머리칼 하나 건드린 적이 없었는데…"

참말이지 우리는 그들과 무슨 원한이 있기에 그들에게 총을 겨누어야 하며 그들을 마구 죽여야 합니까? 무엇 때문에 서로 원수가 될 수 없는 피부색이 같은 아세아 인끼리 싸워야 합니까? 나는 여기 와서 많은 것을 생각해 봅니다. 이들은 잘 먹고 잘 입으면서 싸우는 것이 아닙니다. 그렇다고 보수나 명예를 바라고 싸우는 것도 아닙니다. 이들은 오직 외세를 몰아내고 자주자립해서 살기 위해서 외세로부터 민족을 해방시키겠다는 일편단심 애국심 하나를 무기로 생각하고 목숨을 아끼지 않습니다.

여단장님! 소병은 진정 눈물로 호소합니다. 고향에 계신 우리 처자식과 같은 월남 민간인들에 대한 잔인한 학살을 중지시켜 주십시오. 그것은 인피를 뒤집어쓰고는 도저히 할 수 없는 짓입니다. 그것은 월남인들로 하여금 우리 부대를 집중공격하게끔 충동할 불같은 적개심을 불러일으키게 할 뿐입니다. 그렇게 된다면 또 얼마나 많은 우리 동료들이 죽을 것입니까.

대원들을 안전하게 귀국시키기 위해서도 민간인학살을 당장 중지해야 할 것이며 해방군의 反美救國투쟁을 방해하지 말고 중립을 지켜야 할 줄로 압니다.

끝으로 여단장님 이하 여러 장병님들의 안녕을 기원합니다.

1968년 3월 25일 소병 철욱 드림

아군의 사기를 극도로 떨어트릴 수 있는 이런 편지를 쓴 강 상병에 대해 우리는 과연 어떻게 생각해야 할까? 영화 속 영웅처럼 끝까지 저항하지 못하고 대한민국 해병의 명예를 더럽혔다고 욕을 해야 할까, 아니면 적의 총구 앞에서 살기 위해 어쩔 수 없이 펜을 든 것이라고 이해해야 할까? 필자 생각으로는 아무래도 해병대 정신을 들먹이며 강 상병을 일방적으로 나무랄 수만은 없다고 본다.

확인하게 "귀를 잘라 보내라!"

아래 보고서는 조금 다른 내용이지만 역시 전쟁터에서만 겪을 수 있는 처절한 상황이 아닐 수 없다. 포로가 되지 않으려고 귀가 잘리는 아픔을 견디며 죽은 척했던 베트콩의 처절한 적개심에 전율이 인다.

보고내용: 1. 9사단 O연대 11중대 3소대에서는 67. 8. 24, 홍길동 3-2호 작전 중 귀가 잘린 베트콩 1명을 생포하여 102 후송병원에 후송하였는데,

2. 포로에 대한 군사 정보대 심문관들의 심문방법 미숙으로 포로의 귀가 한국군에 의해 잘렸음이 함께 입원하고 있는 다른 포로들에게 알려져 포로환자들 사이에 한국군의 잔인성이 여론화되고 있음.

3. 포로의 귀 절단 경위를 보면, 홍길동 3-2호 작전 중 11중대 3소대 1개 분대가 67. 8. 23. 17:00경 베트콩 동굴수색 중 1명의 베트콩을 발견 사살 후 중대장에게 보고한바, 중대장 윤OO 대위는 동 사살을 확인하기 위해 귀를 잘라 보내라고 부중대장 우OO 중위에게 지시함으로써 부 중대장은 다시 3소대에 지시, 사살된 베트콩의 귀를 잘라보낸 바 있는데, 그 익일 09:15경 11중대 3소대가 해당 동굴을 재 수색한 바, 베트콩 1명이 있음으로 밖으로 끌고 나와 본즉 귀가 잘려있는 걸 보고 작일 3소대에서 죽은 줄 알고 귀를 자른 베트콩이었음이 확인되었다는 것임.

4. 이와 같은 비인도적 행위가 외부에 전파될 경우 한국군에 대한 적의 악선전 자료가 될 것은 물론 한국군은 잔인하다는 평을 받게 되어 월남인들의 감정을 사게 될 것으로 상부의 철저한 단속이 요망되고 있음. 끝.

이 보고를 받은 사령관은 불같이 화를 냈다. 관련자를 당장 구속해서 처벌하고 다시는 이와 같은 일이 발생하지 않도록 철저히 교육하라고

명령했다.

오늘날의 대한민국 장교라면 어떤 상황에서도 '귀를 잘라 보내라.'라고 명령할 장교는 없다고 본다. 당시 주월한국군의 장교 학력을 보면 약 30%가 고졸 이하였다. 심지어 중졸 장교도 3%나 되었다. 비교적 우수한 자질의 장교들로 구성된 주월한국군이 이럴진대 당시 전체 한국군의 장교 학력이나 자질은 이보다 훨씬 좋지 못했을 것으로 보인다. 참고로 1966년 1월 1일 기준 주월한국군의 학력분포는 다음과 같다. (주월한국군 사령부 통계자료)

장교 (총 1,494명) 대학 중퇴 이상 1,001명(71%) 고졸 466명(26%) 중졸 27명(3%)

사병 (총 18,671명) 대학 중퇴 이상 1,201명(6%) 고졸 6,606명(35%) 중졸 5,716명(31%) 국졸 4,485명(24%) 국 중퇴 490명(3%) 무학 173명(1%)

한국군 포로 문제

베트남전쟁 중 발생한 한국군 포로가 국민한테 상세히 알려지게 된 것은 2005년 3월 29일 발행된 〈시사저널〉 805호에 실린 '한국군 포로 문제'기사에 의해서다. 이 기사는, 우리 정부가 얼마나 베트남전쟁 국군 포로를 부정하고 외면했는지, 그리고 생존해 있는 포로를 파악한 뒤에도 포로송환에 얼마나 무성의했는지, 분노를 느끼게 한다.

기사 내용을 따라 가보자.

우선 〈시사저널〉이 처음 입수해 보도한 국방부와 외교부 문서 〈베트남전쟁 포로 및 실종자 송환〉(CA0006682)에 의하면, 베트남전쟁 종전

무렵 군인 7명, 민간인 8명, 계 15명으로 파악하고 있었던 것으로 확인됐다.

– 정부가 파악한 한국인 실종자 15명의 명단은 다음과 같다. 먼저 군인으로는, 박성열 병장·김인식 대위·정준택 하사·안학수 하사·조준범 중위·안상이 상병·이용선 병장(이상 7명). 민간인으로는 김성모 김흥삼 민경윤 이기영 김수근 이창훈 신창화 채교상(이상 8명).

민간인 8명 중 김성모씨와 김흥삼씨는 한양건설 직원들로서 1968년 베트남에 파견되었다가 도로 공사 중 실종되었다. 이 민간인 실종자들의 유해는 미국 정부가 종전 후 한국인 사망자로 분류해 보존해둔 것으로 나중에 밝혀졌다. 그러나 우리 정부는 1965년부터 파월 장병 중 포로와 실종자가 발생했지만, 국방부와 주월한국군사령부는 이들에 대한 아무런 조처도 취하지 않았다.

– 1969년 8월 20일 국방부는 달랑 3명의 실종자 명단을 보냈다.

1965년 11월 3일 정찰을 나갔다가 실종된 박성열 병장(맹호부대)과 1966년 9월 9일 외출했다가 실종된 육군 건설지원단 소속 안학수 하사, 그리고 1967년 12월 2일 타고 있던 헬기와 함께 실종된 박우섭 대위였다. 특이 사항란에는 안학수 하사가 실종된 후 1967년 3월 3일 평양방송에 나와서 생존이 확인되었다고 적었다. 국방부는 당시 외무부에 보낸 전문에서 이들 실종자 3명에 대해'포로로 확인되지는 않았지만, 포로로 간주한다.'는 주석을 달았다.

안 하사와 박성열 병장은 평양방송에 출연해 생존이 확인되었고, 박우섭 대위는 2001년 8월, 미군 유해발굴단이 베트남에서 유해를 찾아내 유족에게 인계했다. 그 덕에 박 대위는 실종 35년 만에 대전 국립묘지에 묻혔다.

– 1972년 12월 18일, 국방부가 외무부에 보낸 2급 비밀문서에는 평양방송에 등장해 생존이 확인된 박상열 병장과 안학수 하사 외 나머지 정준택 하사, 안상이 상병, 이용선 병장, 김인식 대위, 조준범 중위 등 5명은 무단 이탈자로 분류했다. 또 그 문서에는 국방부가 작성한 베트남전쟁 전사자, 실종, 부상자, 등 비밀 통계자료도 담겼는데, 이 자료에 따르면 1972년 9월 30일 기준, 3천7백22명이 전사했고, 9백35명이 순직한 것으로 되어있다. 포로는 단 한 명도 없었다.

국립묘지에서 부활해 온 유종철 일병

1973년, 베트남전쟁 종전을 코앞에 두고도 우리 정부는 '한국군 포로는 없다'는 공식 입장을 고수하며 철수 준비를 하고 있었다. 그런데, 돌연 월맹이 날벼락 같은 성명을 발표했다. 3월 25일, 베트콩 측이 한국군 포로 1명을 석방한다고 미국 측에 일방적으로 통보했기 때문이었다. '한국군 포로는 없다'고 주장하던 한국은 이 소식에 크게 당황했다. 당시의 상황을 전하는 〈시사저널 기사〉 원문을 보자.

– 이때부터 1주일간 국방부·외무부·주월 한국대사관 사이에 숨 가쁘게 오간 '석방 포로 맞이 비밀문서'들은 정부가 이 문제에 얼마나 당황하고 우왕좌왕했는지를 드러낸다.

국방부에는 아예 포로 관련 자료가 없으므로 돌아올 포로에 대한 신원 파악은 현지 대사관 몫이었다. 처음에는 포로 이름이 인정철 준위라고 한국에 보고되었다. 포로를 사이공에서 맞을지 필리핀 클라크 공군

기지에서 맞을 것인지, 어떻게 귀국시킬지도 혼선이었다. 3월 25일, 신병을 인수한 뒤에야 송환 포로 신상은 월남 주재 한국대사관에 의해 본인 입으로 확인되었다.

'맹호기갑연대 2대대 8중대 1소대 유종철 일병. 부산 영도가 고향인 유 일병은 72년 4월 19일 유명한 안케 패스 행군 작전 중 베트콩 기습으로 포로가 되었다.'

7월 25일 이런 내용의 긴급 전문이 한국으로 날아왔다.

국방부는 곤혹스러울 수밖에 없었다. 유 일병을 시신도 없는 상태에서 전사자로 둔갑시켜 국립묘지에 안장했기 때문이다. 국방부는 그를 전사 처리함과 동시에 1972년 5월 11일 인헌무공훈장까지 추서했다. 그 직후 유족에게 전사통지서와 함께 유품이라며 관물 24점을 전달했고, 장례비 100만 원을 주어 장례도 치른 뒤였다.

그로부터 채 1년도 지나지 않은 1973년 3월 27일 밤 9시, 국방부가 '죽인' 유종철 일병은 대한항공 편으로 김포공항을 통해 들어와 가족 품에 안겼다. 사망 처리되었던 그의 호적에는 '부활'이라는 단어가 적혔다.-

EP. 11

하늘이 내린 형벌 고엽제(枯葉劑)
– Agent Orange와 다이옥신

베트남전쟁에서 미국이 세계로부터 비난받은 것 중 하나가 고엽제라는 화학약품을 무작위로 사용한 것이다. 고엽제(枯葉劑)는 말 그대로 잎을 말려 나무를 고사시키는 제초제를 말한다.

베트남전쟁 때 사용한 고엽제를 통상 'Agent orange'라고 부른다. 원료 혼합 과정에서 다이옥신이라는 인체에 위험한 독성물질이 생성되는데, 다른 고엽제와 구분하기 위해 용기에 오렌지 색 띠를 둘러놓은 데서 붙여진 이름이다. 제초제에 포함되어있는 다이옥신이라는 독극물은 1mg으로 2백 명의 사람을 죽일 수 있는 맹독으로 알려져 있다. 이런 맹독성 제초제는 미국 정부의 요청으로 Dow chemical company를 중심으로 Monsanto company 등, 7개 회사에서 제조해 미국 국방성에 공급했다.

베트남에서 고엽제가 처음 뿌려진 것은 1961년 12월 4일 실시된 ranch hand(목동 작전) 작전 때였다. 당시 사용 목적은 두 가지로, 첫째는 작전 수행의 시야를 넓히기 위하여 밀림을 제거하고, 둘째는 적이 필요로 하는 농작물을 말려 죽이는 것이었다. 그러나 그 뒤로 제초제의 활용도가 넓어져 두 가지 목적 외에도 우군의 화력지원과 통신망 보호, 군사시설 외곽 시계 칭소, 적의 군사 기지 노출 및 적 침투로 차단 등,

다방면에 걸쳐 전투 수행용으로 제초제를 사용하게 되었다.

초기에는 좁은 지역에 수동펌프로 뿌리던 것이 전쟁이 점점 확대되면서 마치 너른 들녘에 농약을 뿌리듯 거대한 밀림 지대에 비행기로 살포했다. 고엽제는 한국군이 참전하기 훨씬 이전인 미 군사 고문단 파견 때부터 사용했다. 당시 고엽제 살포 실태는 전 미 국무장관이었던 콜린 파월 자서전(샘터사 2008년 류진 옮김)에 잘 나타나 있다. 그의 자서전에 나오는 고엽제 관련 부분을 읽어보자.

– 1963년 2월 18일, 우리는 버려진 몬타냐드 마을을 발견했다. 접근하자 몸을 움직이지 못하는 나이 든 여자 한 명만 빼놓고 모두 달아났다. '론슨'과 '지포' 담배 라이터로 불을 붙여 초가집들을 전소시켰다. 베트남 군인들은 밭에 들어가 단검으로 옥수수와 양파와 몬타냐드 인들의 녹말 원료인 카사바를 베어 버렸다. 작물 중 일부는 우리가 쓰려고 남겨놓았다. 나중에는 파괴 방법이 더 세련되었다. 고엽제의 선구자격인 55갤런 드럼통의 화학 제초제를 헬기가 실어다 주었다. 드럼통에서 우리는 2.5갤런의 양을 수동 펌프식 허드슨 분무기에 채워 넣었는데 마치 화염방사기 같았다. 제초제를 살포한 후 몇 분도 안 되어 식물은 갈색으로 바뀌어 시들기 시작했다.

우리는 왜 집을 태우고 작물을 파괴하고 있는가? 호찌민은 인민은 바다와 같으며, 게릴라들이 그곳에서 수영하고 있다고 말했었다. 우리의 문제는 베트콩에 우호적이거나, 적어도 중립적인 물고기를 어떻게 해서 베트콩이 수영하는 바다로부터 소멸시키느냐 하는 것이었다. 바다 전체를 서식이 불가능하게 만듦으로써 우리는 문제를 해결하려 하였다. 냉정한 전쟁의 논리로 볼 때, 적을 쏘아 죽이는 것과 굶겨 죽이는 것에 무슨 차이가 있는가? 중간에 끼인 불쌍한 몬타냐드 사람들의 경우, 작물과 집이 파괴되면 어쩔 수 없이 식량을 위해 남베트남에 의존해야만 했다. (중략) 나는 우리가 하는 일에 가책을 느끼지 않았다. 최첨단의 게릴라전이었다. 농부들의 작물을 파괴해 자유와 공산 진영 간의 세계적 투쟁 속에서 우리의 불구대천의 적인 모스크바와 북경이 지원해주는, 북베트남 사람들에 의해 지원받는 베트콩에게 식량이 가는 것을 막아라. 그 당시에는 그러한 모든 것들이 말이 되었다. (책 155페이지)

'Ranch hand' 작전 이후로 1971년까지 10여 년 동안 약 9,100만㎏의 제초제가 170만㏊에 뿌려졌다.

필자가 참전했던 1971년 6월부터 1972년 6월 시기는 이미 고엽제 살포가 금지된 후였기 때문에 고엽제를 직접 살포한 경험이나 살포 장면을 목격한 적은 없다. 하지만 헬기에서 내려다보면 산악지대 군데군데 마치 거대한 화전을 일구어 놓은 것처럼 수목이 고엽제로 인해 사라져버린 밀림의 상처 흔적을 어렵잖게 볼 수 있었다.

다이옥신 피해

베트남전쟁이 끝나고 시간이 흐르면서 미국에서 베트남전쟁 참전자들을 중심으로 신체에 이상 증상이 발생하기 시작했고, 그 원인이 전쟁터에서 피폭된 에이전트오렌지 때문이라는 주장이 대두되었다. 이상 증상은 어느 한 특정 부위에서만 발생하는 것이 아니고 순환기계통, 호흡기계통, 소화기계통, 신경계 등, 신체 전반에 걸쳐 발생했다.

그러던 중 1978년 환자 한 사람이 뉴욕 카운티 주 지방법원에 고엽제 제조 회사를 상대로 책임을 묻는 소송을 냈고, 이 사건이 미연방법원으로 이관되면서 고엽제 피해소송이 처음으로 제기되었다. 이때부터 미국

전역에서 600여 건의 소송이 쏟아지자 1983년 12월, Weinstein 판사가 단체소송(class action)으로 인정하기에 이른다. 단체소송이란, 같은 내용의 소송을 많은 사람이 냈을 경우 대표소송인을 정해 재판을 진행하고 그 결과가 모든 소송인에게 적용되는 것을 말한다.

법원은 미국은 물론 호주와 뉴질랜드 군인들까지 베트남전쟁 참전 고엽제 피해자 2만 명(가족들 포함)의 원고 측과 피고 측(7개 고엽제 제조회사)을 단체소송으로 인정했다.

원고 측과 피고 측이 협상을 벌인 끝에 피고 측이 피해자 구제를 위한 기금조성에 1억8,000만 달러를 내놓는 것에 합의, 1985년 1월 7일 수석재판관 Jack B.Weinstein의 승인을 받았다. 그 후 3년 6개월이 지난 1988년 7월 5일에 법원이 고엽제 제조회사가 내놓은 기금 최종 분배계획을 발표했다. 총 기금은 그동안 이자가 불어나 2억4,000만 달러가 되어있었다. 당시 법원이 정한 각국 분배 금액은 다음과 같다.

1) 미국 고엽제 참전용사 지급 – 1억7천만 달러
2) 미국 고엽제 단체 지원 – 5천2백만 달러
3) 호주 참전군인 기금조성 – 4백5십만 달러
4) 뉴질랜드 참전군인 기금조성 – 5십만 달러
5) 원고 측 변호사비 – 1천3백만 달러
총계 2억4천만 달러

분노한 한국 고엽제 환자들

이 소식이 한국에 전해지자 국내 고엽제 환자 단체에서 난리가 났다.

미국 다음으로 많은 전투병을 파견한 한국인데 왜 우리만 빠졌냐는 것이었다. 뒤늦게 미국 법원에 찾아가 한국 참전 피해자한테도 기금을 배분해 달라고 요청했지만, 미국 법원은 한국은 단체소송에 참여하지 않았다며 거절했다. 그러자 한국 고엽제 단체는 우리 한국에 있는 고엽제 제조회사 재산을 압류하기 위해 소송을 냈지만 실패했고, 다시 우리 정부를 향해 극렬한 투쟁을 벌였다. 급기야 한국 정부가 미국에서 벌어진 보상 재판을 환자들한테 일부러 숨겼다고 분노했다.

국내 고엽제 환자들의 질병은 신경계 질환과 피부병이 특히 심했다. 팔다리가 마비되거나 물고기 비늘처럼 딱지가 전신에 일어나고 딸기처럼 빨갛게 돋아났다. 참을 수 없는 가려움은 밤새 살이 찢기도록 긁고 또 긁어도 그치지 않았다. 옷과 이불이 핏물에 벌겋게 젖는 게 일상이었고, 심한 경우 상처가 괴저로 변해 손가락 발가락이 뭉툭 떨어져 나가기도 했다.

이런 고통과 흉측한 증상에 아내들도 더 견디지 못하고 떠나버리는 일이 허다했다. 그래서 중증 고엽제 환자 대부분은 생활고에 가정까지 파탄 나 지옥 같은 삶을 살아야만 했다. 그래도 정부는 무관심했다. 전두환 노태우 두 대통령은 자신들이 베트남전쟁에 참전했으면서도 이 같은 전우들의 고통을 철저히 외면했다. 정부 지원을 요구하며 데모를 하고, 고속도로를 점거하는 등 환자들의 항의가 점점 극렬해지는데도 정부는 대화를 통한 대책을 세우기는커녕 강경 진압으로 일관했다.

당시 충현신문(忠顯新聞) 편집국장이던 필자는 1992년 대통령 선거 후보인 김영삼 김대중 정주영 후보들을 차례로 만나 고엽제 특별법 제정 공약을 받아내기도 했다. 그리고 대통령으로 당선된 김영삼 문민정부가 들어서면서부터 약속대로 고엽제 지원 관련법이 제정되기 시작했다.

그렇지만 미국 정부가 시행한 고엽제 피해보상 혜택을 받지 못한 국내 고엽제 환자들의 불만은 이만 전만 아니었다. 나중에는 채명신 사령관에 대해 원성을 쏟아놓기 시작했다. 그동안 미국에서 벌어진 고엽제 보상 관련 국제재판을 채 사령관은 누구보다 잘 알고 있었을 텐데 나 몰라라 했다는 것이었다. 그렇다 보니 이런 불만을 악용해 미국 정부로부터 피해 보상금을 받아 주겠다며 금전을 요구하는 사기 사건도 여기저기서 생겨났다.

누가 채명신 사령관 입국을 막았는가?

필자는 그즈음, 전우신문사를 방문한 채명신 주월한국군 초대 사령관한테 긴급 인터뷰를 요청하고 고엽제 문제에 대해 그동안 전우들이 갖고 있던 불만을 노골적으로 물어봤다. (당시 필자는 전우신문 논설위원으로 재직 중이었다.)

다음 글은 2003년 7월 27일 전우신문사 사장실에서 진행된 채명신 장군과의 인터뷰 중 고엽제에 관련된 부분이다.

김현진 논설위원 – 미국과 호주 등에 있는 베트남전쟁 고엽제 후유증 환자들은 미국 정부를 상대로 피해소송을 내 보상을 받았습니다. 당시 이런 사실을 다른 사람은 몰라도 사령관님은 알고 있었을 터인데 사령관님이 무관심해서 우리만 보상에서 제외되었다고 원망하는 전우들이 많이 있는데, 이 점에 대해 하실 말씀은 없는지요?

채명신 전 사령관 – 고엽제 문제에 대해서는 누구의 잘잘못을 떠나 참으로 안타까운 일입니다. 이 기회에 우리 전우들도 내막을 좀 상세히 알았으면 좋겠어요. 미국에서 고엽제 문제가 처음 대두된 것은 1984년 '플래니움'이라는 한 지방지에 기사가 실리면서 비롯됐어요. 그 뒤 김 위원 말대로 18,000명 피해자들이 고엽제를 만든 제약회사를 상대로 소송을 제기해 1억8천만 달러를 받기로 하고 소를 취하한 일이 있었지요. 그 당시 나는 미국 하버드대학 교환교수로 있으면서 정치 및 군사전략을 연구하고 있었습니다. 그래서 함께 있던 전 미국방부 장관 브라운에게 고엽제에 대해 당신은 알고 있느냐고 물어봤더니 그는 자신도 잘 모른다고 하더군요. 그렇지만 나는 미군이 피해를 입었다면 당연히 우리 아이들도 피해를 입었을 것이라는 생각을 하고는 귀국해서 이 문제를 해결하려고 했습니다. 그런데 그보다 조금 앞서 무슨 일이 있었느냐 하면 서울에서 '이철희 장영자' 사건이 터졌어요. 당시 대통령 친인척이 구속되기도 한 이 사건은 대형 권력형 비리 사건으로 국내는 물론 미국 조야에서도 사람들의 입에 오르내린 큰 사건이었어요. 그때 나는 보스턴에서 한국기자들과 인터뷰를 한 적이 있었습니다. 전두환 대통령이 월남전에 참전했고, 내가 한국군 사령관을 지냈다는 걸 잘 아는 우리 기자들이 많은 것을 물어왔기 때문입니다. 그런데 이런 사실이 알려지면서 미국의 방송기자, 신문기자, 학자, 등, 각계각층의 사람들이 몰려와 그 사건과 관련해 인터뷰를 요청했어요. 하지만 나는 '국내 문제를 외국에서 이러니저러니 하는 것은 옳지 않다고 생각한다. 할 말이 있어도 한국에 가서 말하지 여기서는 말할 수 없다'라고 하며 인터뷰를 일체 하지 않았습니다. 아무튼, 이런 일련의 일들이 있었지만 나는 이런 걸 모두 잊어버린 채 귀국을 준비하고 있는데 뜻밖에 서울에서 모 인사가 나를 찾아왔어요. 그는 옛날 내가 데리고 있던 참모로 내가 매우 아끼는 사람이었습니다. 그는 날 만나자마자 굳은 표정으로 '사령관님, 좀 천천히 들어오십시오.'라고 하길래 내가 '무슨 소리냐? 왜 천천히 가? 나는 어서 가서 우리 아이들 고엽제 문제를 해결해야 한다.' 고 하자 '사령관님, 지금은 곤란합니다. 책이라도 좀 더 보시고 여행도 다니시다 천천히 들어오십시오. 괜히 충돌하실 필요가 없지 않습니까?' 하면서 돈 1만 달러를 내놓았어요. 나는 그 순간 속에서 화가 치밀어 올라 돈을 그 사람 앞에 집어던지며 '그래 이놈아! 이 돈으로 날 매수하러 왔어? 당장 돈 가지고 내 앞에서 꺼져!' 하고 소리를 질러 내쫓아 버렸습니다."

김현진 논설위원 – *그 사람이 누구인지 밝힐 수 없습니까? 전우들이 이 사실을 알면 사령관님에 대한 오해가 어느 정도 풀릴 수 있을 텐데요.*

채명신 전 사령관 – 그건 아직은 좀 곤란해요. 참 강직하고 좋은 사람인데. 얼마 전에 그 사람 자식이 갑자기 죽어서 빈소까지 갔다 왔습니다. 아무튼, 그 사람이 돌아가고 난 뒤 나는 곰곰 생각해봤어요. '내가 국내에 못 들어가고 바깥에서 떠돈 지가 어디 한두 해냐? 들어가면 반드시 충돌은 일어난다. 충돌이 무서워 못 들어갈 건 없다. 충돌도 해야 한다면 해야 한다. 그러나 충돌해서 과연 우리 전우들이 얻을 수 있는 게 무엇이겠는가? 고엽제는 정부가 해결해야 할 문제이고 정부의 의지 없이는 단 하나도 해결할 수 없다. 공연한 충돌은 전우들에게 득은 없고 실만 안겨 줄 뿐이다.' 이렇게 해서 나는 전두환 정권이 끝나고 노태우 정권이 들어설 무렵에 귀국하게 됐습니다. 그렇게 들어와서 사정을 알아보니 황문길이라는 사람이 전우회 회장을 맡고 있는데 친목 단체로는 몰라도 고엽제 같은 문제를 해결하기 위해서는 조직이 너무 허약했어요. 다시 말해 정부에 영향을 미칠 만한 인물이 조직에 한 사람도 없었다는 말입니다. 하지만 알아볼 데라곤 황문길 회장밖에 없어서 그에게 고엽제 현황부터 물어봤지요. 그런데 전국적으로 잘 파악돼 있다던 말과는 달리 자료가 아무것도 없었어요. 그래도 나는 그에게 '나는 회장이고 뭐고 하는 그런 자리 욕심이 있어서 나온 게 아니다. 고엽제 문제를 해결하기 위해서 나왔다. 그 일이라면 나는 네 가방을 들고 다니는 비서 노릇도 마다하지 않겠다.'라고 내 충정을 말했지요. 그러나 그 뒤로도 계속 고엽제 대책은 거들떠보지도 않은 채 감투싸움만 벌이고 있어 안타깝기 그지없었습니다. 그런 데다 전우를 상대로 그린벨트를 풀어 아파트를 지어 주겠다며 계약금을 받아 가로채는 사기 사건이 신문 방송에 오르내리는 등, 국민의 신뢰를 떨어트리는 일이 심심찮게 일어나곤 했어요. 그래서 이렇게 마냥 기다리기만 하다가는 시간만 허비할 뿐 아무것도 되지 않겠다 싶어 조직의 일원화를 기하기 위해 '해외참전 전우회'를 만들고 당시 군부정권의 실세였던 박세직 씨를 회장에 추대했던 것입니다. 그러고는 바로 고엽제 현황파악과 자료 수집을 거쳐 국회의원과 장관, 그리고 국무총리까지 서명을 받아 정부 대 정부 차원에서 미국과 협상을 하려고 하는데 이것마저 이수만 씨를 비롯한 몇몇 사람들이 자신들이 지금 재판을 하고 있는데 왜 나서서 그러냐고 온갖 비방과 중상모략을 해대는 바람에 그만 중도에서 포기하고 말았습니다. 그렇지만 고엽제에 관한 법률이 제정되고 후유증 및 후유의증 환자들에 대한 국가적 배려가 지금만큼이라도 시행되기까지에는 그래도 나와 박세직 씨의 노력 때문이었다는 것은 아무도 부인하지 못할 것입니다. 그 과정 순간순간에 얽힌 사연은 그동안 언론 보도를 통해 여러분이 대충은 알고 있을 테니 여기서는 말하지 않겠습니다."

이렇듯, 정권의 정통성 취약으로 미국에 대해 한껏 저자세일 수밖에 없었던 전두환 군부독재 정권은 국내 수많은 고엽제 환자의 고통을 외면했을 뿐만 아니라, 채명신 장군의 귀국마저 협박으로 방해했다.

당시 필자는 '서석庶石'이라는 필명으로 고엽제 환자들의 고통과 국가에 대한 울분을 담은 '아, 나는 이 땅의 사람이 아닌가 보다!'라는 한 편의 시를 발표했는데, 고엽제 전우 행사장에서 이 시가 낭송될 때마다 환자들은 고개를 숙이고 눈물을 훔쳤다. 시 작품은 『월남전과 고엽제』(전우신문사 간. 97년 4월 15일.)상권 360P에 수록되어 있다.

아, 나는 이 땅의 사람이 아닌가 보다!

– 고엽제 환자에게 바치는 시

庶石

내 몸에 붙어있으면서도
내 것이 아니 되어버린
다리 몽둥이 하나 절름거리며
오늘도 감나무에 기대앉아 하늘을 본다

눈이 시리도록 파란 하늘
옛날과 다름없이 거기 있고
잎사귀 사이로 내려앉는 무지갯빛 햇살이
서럽도록 아름답긴 오늘도 마찬가진데

부지깽이처럼 비틀어져 가는
이놈의 팔다리가
정말로 예전의 내 육신이란 말인가,
꼬집어보려 해도 손가락이 말을 듣지 않는구나!

언제부턴가 못난 아비 되어버린 탓에
자식 눈총 피해 고개 돌리면
머리 숙여 설움 삼키는 아내 모습이
바늘처럼 아프게 심장을 찔러온다

내 못 난 탓이 아니라고
고함도 질러보고
목 피 터지도록 외쳐도 보건만
희멀겋게 쳐다만 보고 있는 저 사람들 저 사람들
아, 나는 이 땅의 사람이 아닌가 보구나!

앨범 속에 갇혀버린
늠름한 군복 모습 그리워하며
밤새 꿰매보는 아픈 세월의 조각들이여
아, 허망한 훈장의 영광이여

조국이여, 사랑하는 내 조국이여,
이놈의 몸뚱이를 지켜주소서!
제발 나와 내 가족을 버리지 말아 주소서!

EP. 12

인간 존엄성 제로 지대

– 전쟁터에서 죽은 병사들의 마지막 모습

필자가 직접 경험한 베트남전쟁 안케패스 전투는 생지옥 바로 그 자체였다. 비록 총을 들고 전투에 참전은 안 했지만, 전투 지휘소에 인사상황병으로 나가 전투 과정을 모두 지켜봤기에 어느 전투병들보다도 더없이 잔혹한 전쟁의 참상을 눈으로 보고 몸으로 느꼈다. 더구나 직접 전사자 신원확인을 했던 필자로서는 인간의 존엄이 전쟁 앞에 얼마나 하찮은 것인지 뼈저리게 느꼈다. 당시의 참상과 인간 존엄성 훼손을 필자는 장편소설 『엽흔(Leaf scar)』에 사실적으로 묘사해놓았다. 한번 보자.

– 4월 들어서면서 맹호기갑연대는 1년에 한 번 하기로 되어있는 연대급 작전을 나가기 위해 준비하고 있었다. 안케패스와는 다른 방향이었다. 그런데 작전 예비 기동을 하루 앞두고 긴급한 첩보가 연대본부에 날아들었다. 안케패스 부근에 월맹 정규군 1개 사단 병력이 집결해서 맹호사단 깃발을 부러뜨리고, 이 지역의 군사 요충지인 19번 도로를 장악할 계획이라는 첩보였다. 참으로 허무맹랑한, 도저히 믿어지지 않는 첩보였다. 왜냐하면, 안케패스라는 지역은 글자 그대로 안케를 지나는 길이라는 뜻으로, 남부 베트남 중부 해안 도시 퀴논(Qui Nhon)에서 19번 도로를 따라 북서쪽으로 약 55㎞ 떨어진 안케 지역에 있는 638고지를 넘어가는, 마치 우리나라 대관령 같은 고갯길이다.

19번 도로는 미군 공병대가 닦은 도로로 월남 정규군 여단 병력이 주둔하고 있는 캄보디아 국경도시 플레이코까지 이어지는 군사적으로 매우 중요한 도로였다. 필자가 근무한 맹호기갑연대 본부도 이 19번 도로 변에 있었다. 만약 19번 도로가 적의 수중에 들어가면 기갑연대 작전이 치명상을 입을 뿐만 아니라, 곡창지대인 고보이 평야를 비롯해 베트남 중부지역 전체가 적의 통제하에 들어가는 것이나 마찬가지였다. 이런 중요성 때문에 맹호기갑연대는 1대대 1중대 병력을 오직 이 지역 방어만을 위해 고정 배치해 놓고 주야로 물샐 틈 없는 경계를 하고 있었다. 그런데 여기에 월맹군 정규사단이 몰래 들어와 진을 치고 있다니! 정말 믿기지 않는 첩보였다.

하지만 첩보는 첩보였다. 아무리 긴가민가해도 확인은 해봐야 했다. 그래서 다른 곳으로 향하려던 예비 기동을 일단 멈추고, 기갑연대 수색중대 1개 소대를 그곳에 투입하여 확인 수색을 하도록 명령했다. 하지만 결과는 생각 밖이었다. 병력이 헬기로 이동해서 목표 지점에 랜딩하자마자 분대장을 비롯해 병력 대부분이 적에게 당해버린 것이었다. 그리고 그때 무전기를 빼앗긴 것이 이후 작전에서 내내 많은 피해를 내는 계기가 되기도 했다.

연대 CP가 발칵 뒤집혔다. 곧바로 수색중대가 투입되고 전투지원중대가 추가로 투입되었지만 피해는 마찬가지였다. 1대대 병력이 투입되고, 연이어 2, 3대대 병력이 모두 투입되었다. 연대 지휘부가 1대대 CP로 옮겨졌다. 본격적인 연대 작전이 시작된 것이었다. 하지만 계속되는 악전고투에 통제부대가 연대급에서 맹호부대 사단급으로 상향 조정되었다. 병력도 추가로 제1연대 수색중대와 8중대, 제26연대 제2중대, 공병 제1, 제3중대, 사단 장갑중대가 배속되었다. 그리고 제61, 제628 포병대대, 미 제7 전술공군, 미 제129, 제180 헬기 중대, 미 제21 환자후송 중대가

지원부대로 참가했다. 작전 지휘소에 정득만 맹호사단장이 상주하다시피 했고, 이세호 주월한국군 사령관도 수시로 지휘소에 나와 전투를 독려했다. 안케패스 전투는 한국군 파병 이후 가장 길고 치열했던 전투로, 전사자를 비롯한 부상자 등, 아군 피해가 가장 컸던 전투였다. –

– 적들은 안케패스의 638고지에 지하벙커를 단단히 구축하고 대규모 공격력과 방어력을 갖추고 있었다. 진지의 규모도 하루 이틀에 구축한 요새가 아니었지만, 병력 또한 단기간에 집결한 숫자가 아니었다. 왜냐하면, 적들은 우리처럼 한낮에, 그것도 무더기로 떼를 지어 이동할 수 없었기 때문이었다. 무기 수송도 노출을 피해 밤을 틈타 조금씩 조금씩 옮겨왔을 것이 분명했다. 그러나 월맹군 12연대, 제95 B연대, 제450 특공대대, VC E–210대대 등, 대규모 병력이 이미 오래전부터 638고지 지하에 벙커를 구축하고 있었던 것으로 밝혀졌다. 그래서 연대 지휘본부는 작전하면서도 이 지역 방위 책임자들에 대한 문책도 함께 했다. 이미 몇 개월 전에 귀국한 몇몇 장교들이 이곳에 근무할 때 임무를 충실히 수행하지 못했다는 이유로 뒤늦게 군법에 회부가 되었다는 소문이 연대에 나돌았다.

작전은 날이 갈수록 치열해졌다. 미군 팬텀기의 공중 폭격도 밤낮을 가리지 않고 계속되었다. 열대 정글로 울창하던 안케패스 일대의 고지들이 며칠이 못 되어 풀 한 포기 없는 민둥산으로 변해버렸다. 그렇지만 지하 깊숙이 땅굴을 파고 들어앉은 적들에게는 그토록 맹렬한 폭격도 결코 치명타는 못 되었다. 오히려 지상에 배치된 우리 병력만 적 앞에 빤히 노출되는 상황이 되어 작전을 더욱 어렵게 만들고 말았다. 그러자 헬기가 드럼통을 공수해 주었고 우리 병사들은 그 드럼통을 엄폐물 삼아 굴리며 공격했다.–

– 전투가 D+8일째로 접어드는 날, 필자는 연대 인사 주임을 따라 1대대 본부에 있는 작전 CP로 근무를 나가게 되었다. 그날 밤도 적은 CP가 있는 1대대 내의 포대를 맹렬히 포격했다. 우리 포병들은 한 번 응사하고 나서 재빨리 포신을 다른 곳으로 옮겨놓느라 밤새 고생해야만 했다. 한 지점에서 두 번만 사격해도 어떻게 된 노릇인지 적은 아군의 포 위치를 정확하게 포착해 내고 공격해 왔기 때문이었다.

적의 포탄은 밤새도록 연병장에 날아들었다. 땅을 울리는 폭음과 함께 화염은 계속 치솟았고, 벙커 지붕에 파편 떨어지는 소리가 우두둑 우두둑 쉬지 않고 들려왔다. 그리고 아침에 일어나 보면 폭발 때의 고열로 날카롭게 찢긴 포탄 파편들이 무지갯빛으로 반짝이며 연병장에 즐비하게 늘려있는 걸 볼 수 있었다.

우리 쪽의 전사자들도 자꾸만 늘어갔다. 어떤 중대는 중대장을 위시해 병력 대부분이 전사함으로써 중대로서의 작전 능력을 잃어버려 부대 재편성을 위해 철수해야만 했다. 그럴 때면 병사들은 대부분 임자 잃은 소총을 한두 정씩 더 어깨에 걸치고 왔다. 그리고 철수 헬기에서 내리자마자 죽은 전우들의 이름을 부르며 철모로 땅을 치며 통곡을 해댔다.

적들의 저항과 공격으로 우리 병력에 대한 병기 보급도 어려웠다. 보급품을 싣고 간 헬기가 적의 대공망에 걸려 추락당하는가 하면, 고지로 향해 돌진하던 APC 장갑차들이 적의 B-40 로켓포를 맞고 마치 성냥갑처럼 계곡으로 굴러떨어지는 모습이 연병장에서 망원경으로 훤히 보이기도 했다. 자연히 물자 보급이 며칠씩 지연되기도 하고 어떤 지역엔 아예 보급 자체가 불가능해지는 경우도 생겨났다. 따라서 부상자나 전사자의 시체도 그때그때 후송시키지 못해 사기가 더욱 저하되었다.

이렇게 되자, 작전 상황을 지켜보고 있던 지휘관이 무전기를 들고 뭐라 명령을 내릴라치면, 일선에 배치된 전투병들의 울분에 찬 화풀이성 욕설이 기다렸다는 듯이 한꺼번에 무전기를 통해 왕왕거리며 쏟아져 들어왔다.

"조까튼 소리하지 마라! 총알도 다 떨어졌는데 뭘로 싸우노, 씨팔새끼들아! 대검이라도 갖다 줘야 육박전이라도 할 거 아냐!"

"오, 맙소사! 이대로 총 한 방 못 쏴보고 죽는구나!"

"왜 실탄 안 갖다 주냐? 부상자 후송할 헬기는 어떻게 됐냐? 악! 또 당했다, 니기미 씨발 꺼!"

그러고는 어린아이처럼 엉엉 울어댔다. 병사들의 이런 욕지거리와 통곡에, 제발 진정하라며 달래는 것 외엔 CP에서도 속수무책이었다. –

– 벙커 바깥은 땅거미가 내리고 저녁놀이 아름답게 번져나고 있었다. 지축을 울리며 들려오는 포성만 없다면 치열한 전쟁터라고는 믿어지지 않을 만큼 평화로운 모습이었다. –

이상이 안케패스 전투를 참관한 필자의 소회다.

사흘 만에 필자는 연대본부로 돌아왔다. 돌아오자마자 전사자 신원확인 업무가 기다리고 있었다. 그동안 인사과에서는 사병계와 서무계가 안케패스전투에서 전사한 장병들의 신원확인과 전사자처리에 따른 행정 업무로 매일 같이 밤샘 작업을 하고 있었다.

전사자 행정처리는 몹시 까다로웠다. 먼저 전사자 신원확인이 끝나면 가족에게 전사 통보를 해야 한다. 전사 통보는 사병기록카드에 붙은 사진을 떼어내 확대해서 첨부하고 어디서 어떻게 전사했다는 사유를 기록해서 72시간 이내에 가족한테 통보해야 한다. 그런데 부모가 자식의 전사 통보를 받은 뒤에 자식의 편지를 받는 경우가 더러 있었다. 이유는 월남에서 부친 편지가 대개 1주일 넘어 도착하기 때문이었다. 작전 나가기 전에 부친 편지가 전사 통보보다 늦게 도착했다는 말이다. 그러면 부모는 자식이 아직 살아있다고 믿게 되고, 전사 통보가 잘못되었다며 국방부에 진상조사를 요구한다. 그러면 그 난리 통에 국방부 진상조사에 대처해야 하는 또 다른 업무가 가중되기도 했다.

차마 눈 뜨고 볼 수 없는 전우 모습

전장(戰場)에서 인간 존엄성을 이야기한다는 것은 어불성설이고 허무맹랑한 이야기일까? 하지만 언제 어디서든 이유 여하를 막론하고 태어나 죽을 때까지 천부인권에 기초해 존엄한 대우를 받아야 하는 것이 인간 존엄의 본질일 것이다. 그러나 필자가 경험한 안케패스 전투에서의 인간은 존엄한 존재이기는커녕 걸레 조각보다도 못한 목불인견 그 이하도 이상도 아니었다. 필자의 장편소설『엽흔』에 묘사한 전사자 신원확인 장면을 그대로 옮겨 본다.

– 바람은 간혹 사무실 쪽으로 불 때도 있었다. 그때마다 풍기는 악취는 모두 코를 잡게 했다. 이 병장(주인공)은 낡은 작업복으로 갈아입은 뒤, 마스크와 면장갑 한 켤레씩만 착용한 채 인사기록카드 파일을 안고 밖으로 나왔다.

연병장에는 헬기가 떨어트려 놓고 간 영현백이 들녘 거름 무더기처럼 쌓여있었다. 찬진은 이미 나와 기다리고 있는 군의관과 의무병 옆으로 가 인사기록카드를 꺼내 놓고 준비를 했다. 곧이어 작업병들이 도착했고 최종 확인을 할 부연대장도 나왔다.

먼저 부연대장의 지시에 따라 작업병들이 영현백을 일렬로 늘어놓기 시작했다. 영현백은 건드릴 때마다 하나같이 참기 어려운 악취를 풍겼다. 그리고 안에 들어있는 살점이 상해서 생긴 듯한 뇌리끼리한 추깃물이 자크 틈 구멍으로 질금질금 새 나왔고, 뒷간의 오곡충보다 더 실하게 생긴 구더기들이 덕지덕지 붙어 꾸물거리고 있었다.

스무 구가 넘는 영현백을 두 줄로 반듯하게 다 늘어놓은 작업병들이 옆에서 대기하고 있던 물차에서 호스를 뽑아 들고 익숙한 솜씨로 영현백에 붙어있는 구더기들을 물로 털어냈다.

모든 준비가 끝나자 전사자 신원확인이 시작되었다. 먼저 팔꿈치까지 오는 고무장갑과 두 겹 세 겹의 마스크로 무장한 위생병이 첫 번째 영현백의 자크를 죽 열었다. 그러자 속에 고여 있던 썩은 물과 구더기들이 질퍽하게 쏟아졌고, 위생병이 '욱!'하는 신음소리를 내며 옆으로 펄쩍 뛰어나갔다. 위생병뿐만 아니라 모두가 다 고개를 돌리며 왝왝거렸다.

백 속에는 하반신이 없는 반 토막의 시신이 피범벅이 된 전투복에 흐물흐물 싸인 채 들어있었다. 얼마간 맞바람을 쐬며 숨을 고른 위생병이 영현백의 시체를 더듬기 시작했다. 신원을 확인할 만한 물품을 찾기 위해서였다. 하지만 첫 번째 시신에서는 군번 인식표도, 수첩도, 신상을 확인할 수 있는 그 어떤 물건도 발견할 수가 없었다. 할 수 없이 미확인으로 남겨 놓고 다음으로 넘어갔다.

두 번째 영현백에서는 시신이 대체로 온전했다. 그래서 신원도 쉽게 확인되었다. 상의가 검붉은 피로 얼룩져 있는 것으로 봐서 가슴에 총을 맞아 죽은 것으로 보였다.

위생병이 전사자의 목에서 군번 인식표를 벗겨 들고 줄줄 읽어나갔다. 이 병장은 위생병이 읽어 주는 군번을 머릿속으로 되뇌며 재빨리 파일을 뒤져서 전사자의 기록카드를 찾아냈다. 그리고 마스크를 내리고 해당자의 신원 사항을 소속, 계급, 군번, 성명, 본적, 주소순으로 소리쳤다. 그러자 군의관이 영현백을 흘깃 쳐다본 뒤, '전사!'하고 외쳤다. 마스크를 쓴 채 지른 소리라 찬진한테는 '뎐사!'하고 외친 것처럼 들렸다.

군의관의 전사 판정이 내려지자, 군수과에서 나온 영현 담당 노 상병이 들고 있던 하얀 천 조각에다 매직으로 이 병장이 불러준 인적사항을 적어 영현백 귀퉁이에 질끈 묶었다. 그것으로 한 구의 전사자 신원확인이 끝났다.

일곱 번째 영현백에서는 다리 하나와 팔 하나만 붙은 시신이 나왔다. 머리도 어디로 떨어져 나가버리고 없었다. 이 병장이 마스크를 벗어 던지며 소리쳤다.

"뭐, 이렇게 시첼 거뒀어! 정성 좀 들이지 않고!"

시체를 뒤적이고 있던 위생병이 이 병장을 힐끗 쳐다보며 나무랐다.

"임마, 전투가 어디 안방 구들목에서 하는 나이롱뽕인 줄 알어? 총알과 포탄이 쏟아지는데 언제 갑을병 따지고 일이삼 따지며 주워 담냐? 이렇게라도 담겨오면 행운이지! 좆도 모르면서 짜식이 불알 보고 탱자탱자 하고 있어!"

"아무리 그래도 그렇죠! 이래가지고 어떻게 신원확인을 해요?"

"이 자식 봐라? 임마, 그래도 제 구멍 찾아서 국립묘지에 탁 묻힐 테니 걱정마! 이런 전투에서 전사한 사람 치고 제 이름에 제 몸 가지고 국립묘지 가는 사람이 몇이나 된다고 그래? 우리 육이오 때는 더 했어, 임마! 지금 벌겋게 살아있는 우리 아저씨도 국립묘지에 가보면 전사자가 돼서 묘비까지 딱 서 있다고!"

이 병장은 아무 말 못 하고 입을 다물고 말았다. 자신이 경험했던 그 작은 매복전투에서도 상황이 붙으면 정신을 못 차리는데 하물며 지금과 같은 대규모 전투에서야 오죽하겠냐 싶은 생각이 들었기 때문이었다.

세 시간 가까이 걸린 확인 작업에도 불구하고 여섯 구의 시신은 신원확인이 불가능했다. 그들은 전투가 끝나 모든 병력이 부대로 복귀한 뒤, 전체적인 전사자와 실종자 수가 파악된 후에라야 대충이나마 신원 파악을 할 수 있었다.

이 병장은 벗어두었던 옷을 가지고 샤워장으로 갔다. 그리고 입고 있던 옷은 모두 벗어 비닐봉지에 담아 옆에 있는 소각장에 던져버렸다.

이 병장은 몸 씻는 일을 서둘지 않았다. 서둔다고 될 일도 아니었다. 한두 번의 샤워로 냄새가 없어지는 게 아니라는 걸 그는 이미 경험으로 알고 있었다. 한 번 몸에 밴 냄새를 없애려면, 몇 시간 동안 몸을 물에 불려가며 수없이 비누로 씻어내야 하고, 그러고도 한 이삼일은 지나야 했다. 하지만 이 병장은 자기 맘 같아서는 단 한 차례의 샤워도 하고 싶지 않았다.

냄새를 역겨워하며 돌로 박박 문지르면서까지 몸에서 씻어내려고 하는 것이 왠지 죽은 자들에게 미안했기 때문이었다. 이런 마음은 그가 처음 전사자 신원확인을 했던 날도 마찬가지였다. 그날도 그는 처참하게 죽어간 전우들의 시신을 보고 말짱하게 살아있는 자신이 자꾸만 미안하게 느껴졌다. 그리고 자신처럼 살아있는 자들이 죽은 자들의 냄새를 역겨워한다는 것은 죽은 자들에 대한 모독이라는 생각마저 들었다. 하지만 내무반 친구들은 그렇게 생각하지 않았다. 그의 몸에서 냄새가 난다며 강제로 샤워장으로 끌고 가서는 돌멩이로 살갗이 벗겨질 정도로 박박 문질러 댔다. (책 1권 319페이지)

안케패스 전투에서 받은 충격으로 필자는 깊은 내상을 입었고, 이 내상은 7년 후, 불안 성 신경쇠약이라는 트라우마가 되어 내 인생 40대를 통째로 고통 속으로 몰아넣었다.

EP. 13

전쟁영웅의 기약 없는 출국

– 박정희의 채명신 쫓아내기

사그라지지 않는 불신의 씨앗

베트남전쟁은 채명신 장군을 일약 세계적인 전쟁영웅으로 만들었다. 세계 유수 언론에서 매일같이 베트남전쟁을 다루었고, 그때마다 채명신 사령관과 그가 지휘하는 한국군 기사가 빠지지 않았기 때문에 대한민국 대통령 이름은 몰라도 주월한국군 사령관 채명신 장군은 알 정도였다. 그렇다 보니 자연히 한국 내 정계와 군 내부에서 그를 질투하고 시기하는 사람들이 생겨났다. 특히 군 내부에서 심했다. 사령관 재임 중일 때부터 온갖 유언비어가 그를 괴롭혔다. 부정한 방법으로 굉장한 부를 축적했다, 외국 어디 은행에 비밀 계좌가 있다, 국내 무슨 건설회사에 막대한 자금을 투자해 놓았다, 등 주로 부정축재설이 꼬리를 물고 나돌았다. 또 주월한국군 사령관을 마치고 2군 사령관을 할 때는 대구지역 ROTC들을 통해 학생들을 선동한다는 엉뚱한 소문까지 떠돌았다. 자연히 박정희 대통령과의 사이도 떨떠름해졌다.

채 장군의 이런 국내외 명성이 박정희 대통령으로서도 부담스럽지 않을 수 없었다. 중앙정보부와 보안대가 동원되어 채명신 장군은 물론, 처가 쪽 사돈의 8촌까지 샅샅이 훑었다. 이 같은 사실은 박정희 대통령이 먼저 채명신 장군한테 털어놓았다. 채 장군 말이다.

1972년 초 대구에 내려왔던 박 대통령이 채 사령관을 불러놓고 탁탁 끊어지는 그 특유의 어투로 툭 던졌다.

"채 장군, 미안해! 짜식들이 시키잖은 일을 해갖고는 말이야!"

"무슨 말씀입니까? 각하!"

"짜식들이 말이야, 장군 뒤를 캐봤다잖아!"

"그래서 뭐가 나왔다고 했습니까?"

"아니, 다 헛소문이라고 했어! 미안해!"

사실 이런 일이 있기 전에 박 대통령은 채명신 장군한테 정치적인 속내를 내비친 적이 적이 있었다. 단둘이 만난 자리에서 3선에 관한 이야기로 채명신 장군의 의중을 떠본 것이었다. 그때 채명신 장군은 야멸차게 반대했다.

"안 됩니다! 국민과 약속은 무슨 일이 있어도 지켜야 합니다! 깨끗이 물러났다가 몇 년 쉰 뒤 다시 출마하시더라도 하셔야지 이번에 약속을 어기시고 연장하면 각하의 정치생명은 바로 끝납니다!"

그런 일이 있고 얼마 안 되어 다시 만난 자리에서 박 대통령은 자신의 결단을 최후통첩했다.

"안 되겠어! 내가 십자가를 져야겠어! 김대중 같은 사람한테 나라를 맡길 수는 없으니까!"

"각하! 십자가를 지시겠다는, 그런 말 함부로 하시면 안 됩니다!"

"그래? 알았어! 채 장군이 기독교인이라는 걸 몰랐군!"

채명신 장군은 그때 박정희 대통령의 표정을 오래도록 잊을 수가 없었다고 했다. 그리고 그때부터 자신의 앞날을 어렴풋이 짐작했다고 했다. 바로 그해 1972년 5월은 자신의 중장 계급정년이 되는 달이었다. 5월 안에 진급하지 못하면 자동으로 예편되게 되어있었다.

채 장군의 예견은 적중했다. 5월 30일, 날이 밝아도 아무 소식이 없었다. 그런데 오후 5시가 다 되어갈 무렵, 유재흥 국방부 장관의 전화가 왔다. 자기 방으로 좀 오라는 것이었다.

대구 2군사령부에서 헬기를 타고 용산 미8군 헬기장에 내리자 장관이 보낸 승용차가 기다리고 있었다. 한참 동안 머뭇거리던 유재흥 국방부 장관이 책상에서 서류를 꺼내 채 사령관한테 건넸다. '난 전혀 몰랐어!' 하는 변명과 함께. 서류에는 박정희 대통령의 특이한 글씨체가 친필로 적혀있었다.

채명신 중장 예비역 편입.
노재현 중장 대장 승진. 임 육군참모총장.
본인에게 통보는 오후 5시 이후에 할 것.

1972년 5월 30일. 대통령 박정희

채명신 장군은 그렇게 군복을 벗었다. 육군사관학교 제5기로 졸업한 뒤 1948년 4월 소위 임관에서부터 1972년 5월 30일 예편되기까지, 6·25와 베트남전쟁을 거치며 한국 전쟁역사의 영웅이자 산증인으로 자리매김 되는 순간이었다.

자택 주변 골목골목 감시 초소

그러나 그 이후에도 채명신 장군은 철저한 감시 대상이었고, 결국 박정희 대통령에 의해 자의 반 타의 반, 스웨덴 대사라는 신분으로 첫 외유길에 오른 후 그리스 브라질 미국 등지로 전전하며 긴 세월 동안 나라 바깥에서 머물러야 했다. 그는 박정희 정권이 끝나고 전두환 정권이 들어서서도 들어오지 못했다. 노태우 정권이 시작되고서야 비로소 귀국할 수 있었다. 채명신 장군이 외유를 끝내고 귀국했을 때, 한남동 자택을 찾아간 필자한테(당시 필자는 월남전 참전 전우단체 일을 보고 있었다) 예편 직후에 감시당하던 사실을 이렇게 들려주었다.

"서울역에서 한남동 쪽으로 올라오다 보면 남산에서 용산고등학교 쪽으로 내려가는 큰길과 만나지? 그 길에서 우리 집으로 들어오는 골목 있잖아? 그 골목 입구와 골목 들어와서 또 갈리는 골목 삼거리에 24시간 감시자가 있었어. 골목 어귀에는 보안대 직원이 과일 가게 주인으로 위장해 감시했고, 골목 중간 갈림길에 있는 방범초소에는 중앙정보부 요원이 방범대원으로 위장해 우리 집에 출입하는 사람들을 일일이 사찰했다고."

"내가 예편되자 같이 근무했던 참모들과 후배들이 인사차 많이 찾아왔는데, 내가 그들한테 그랬어. 이렇게 날 찾아오면 니들한테 좋을 거 하나도 없다! 그러니 다시는 날 찾아오지 말라! 하지만, 존경하는 선배님 찾아뵙고 인사드리는 게 무슨 잘못이냐며 막무가내 찾아오는 거야. 나중엔 우리 집사람까지 나서서 걱정된다며 그 사람들을 오지 말라고 말렸다구!"

당시 박정희 대통령은 채명신 장군을 예편시켜 놓고도 자신의 영향권이 미치지 않는 자유인으로 두는 것이 못내 불안했던 모양이었다. 그래서 자신의 영향권 하에 두려고 무던히도 애썼다. 그 방법은 채명신 장군을 정부 관료로 임명해 자신이 통제하는 것이었다. 그러기 위해 협박과 회유를 계속했다.

그러면 여기서, 채명신 장군이 어떻게 처음 외유길에 오르게 되었는지, 그의 녹취를 통해 알아보자. 대화는 2005년 1월 24일 오전, 동부이촌동에 있는 엘지 자이 아파트 채명신 장군 자택 서재에서 이루어졌다.

"대사로 나가는 거, 그건 꿈도 안 꿨는데, 스웨덴 전임 대사 방 모 장군이, 그 장군이 우리 선배였는데, 아들 병력 문제 때문에 말썽이 돼가지고 사표를 냈다고. 청와대다가. 그런데 그 이전에 내가 2군 사령관을 그만두고 집에서 쉬고 있었거든. 그런데 대통령이 거의 매일 같이 전화를 해서는 뭐이든지 하라는 거야. 대통령이 할 수 있는 거는 다 해주겠다. 국무총리 시켜달라면 국무총리 시켜 주고, 장관을 시켜달라면 장관 시켜 주겠다, 말이야. 그래 나는 그런 거 다 싫고 나는 직업군인으로 끝났으니까 딴 거 안 하겠다고. … (중간중간 필자가 하는 말은 생략) … 그 유신체제가 그 72년도에 넘어가지 않았어? 내가 그만둔 게 5월 달에 그만뒀거든. 그러니까 내가 스웨덴으로 출발하자말자 계엄령 선포하고 유신체제로 넘어갔다고! 5월에 예편해가지고 집에 몇 달 동안, 암튼 매일… 근데, 나는 나갈 생각도 안 했다고. 그런데 그때 CIA 책임자가 미국의 리차드 선이라고(이름 발음이 분명하지 않음) 해병대 대령이었어. 한국 책임자가 말이야. 그때 미국 CIA 책임자가 쿠시겐이라고, 그 사람 월남에서 해병대 상륙군 사령관을 했다고! 나하고 개인적으로 친한 친구였다고. 그 사람이 리차드한테 시켜서 나더러 미국으로 오라고 말이야, 빨리 오는 게 좋겠다고, 말이야! 그래 나는 좀 쉬어야겠다고 했는데, 그래도 빨리 오는 게 좋겠다며, 어서 오라고 말이야! 대학에 연구관으로 초청해주겠다고, 그래서 책이나 보고 그러라고…. 9월에 들어갔더니…, 미국 정부가 책임지겠다, 생활비고 뭐고, 하여튼 일체를…, 그러던 차에 방 장군이 사표를 냈다고. 그런데 그날 우리 친구들하고 한양 컨트리라고 있어. 경기도에. 9월 초쯤 될 거야. 그런데 집으로 청와대에서 전화가 온 거야. 그래 이리 뛰고 저리 뛰고 해서 나한테 연락이 온 거야. 청와대서 긴급 전화가 왔다고. 아니, 청와대서 나한테 긴급 전화가 올 이유가 하나도 없잖느냐? 그래도 몇 번이 오는 거야. 그래서 골프 끝나고 내가 전화를 걸었지. 김정렴 실장이 각하가 아까부터 찾고 있다. 그래서 아니 날 왜 찾나, 그랬더니 긴급히 청와대로 들어오시는 게 좋겠다고. 아니, 나 지금 복장이 안 좋아 못 들어가겠다고. 아이, 복장 관계 없다고. 아니, 그렇지 않다고. 어떻게 청와대를 골프 복장으로 들어가냐. 나 그렇게 못한다고. 이따 옷이나 갈아입고 갔으면 갔지 이대론 못 간다고. 그래도 상관없으니까 들어오라는 거야. 나는 국가원수에 대한 예의가 아니라며 이런 복장으로는 못 들어간다 했지. 그런데도 끝까지 들어오라고 해서 내가 그랬지. 그럼 정문으로는 못 들어가고 뒷문으로 들어가 실장님만 보고 나오겠다고. 그렇지 않으면 전 못 들어간다고. 그랬더니 아, 그렇게 하시라고. 그래 갔더니, 김 실장이 기다리고 있더라고. 무슨 일이냐고 물었더니 그러는 거야. 방 대사가 사표를 냈는데 채 장군이 머리도 식힐 겸 나갈 수 없겠느냐, 채 장군 의사를 빨리 타진해보라고 해서 찾았다고 하는 거야. 그래서 나는 그런 일 경험도 없고, 나는 자신 없는 일 안 한다. 머 자신 있고 없고가 어딨냐고, 스웨덴은 조용한 데고 가서 쉬는 셈 치고 있으면 요 다음은 미국이든지 일본이든지 영국이든지 채 장군이 원하는 데는 어디든지 보내드릴 테니 우선 가셔서 좀 쉬고 있으면 안 되겠습니까. 그래서 내가 이거 나 혼자 결정할 일도 아니고 집에 가서 의논도 좀. 참, 그때는 말이야 우리 집사람하고 아무래도 주위 사정도 그렇고 미국에서도 그러고 하니 어디 잠시 피해있는 게 좋지 않겠나, 이런 이야기를 하고 있던 중이었거든. 그래 집에 와서 우리 집사람한테 이야기했더니 같이 있던 아이들이, 우리 큰딸이 이화여고 3학년인가 2학년인가 그랬고, 둘째 딸이 중 3학년, 아들 경덕이가 중 1학년이었는데, 아, 이 녀석들이 먼저 좋아서 난리인 거야! 학교 시험도 봐야 하고, 이런 게 힘드니까 아, 이거 잘됐다며 가자고 막 그러는 거야. 그걸 보고 우리 집사람도 아이들 위해서도 피해가자고. 그래서 그렇게 하자고 했지. 다음날 재촉 전화가 왔어. 어떻게 결심하셨냐고. 그래서 내가 그랬지. 스웨덴에도 나가면 복잡한 일도 많을 테고 이것저것 좀 생각 중에 있다고 했더니, 오늘 중으로 결심하라며 계속 독촉하는 거야. 그래서 결국 오케이를 한 거라구. 그런데 이게 아그레망이 나오기 전에는 발표할 수 없는 거라고. 아그레망은 제깍 나왔는데 그 뒤에 문제가 생겼어. 뭐냐면 스웨덴이 서방국가지만 월남전에서 유일하게 월맹 편을 든 나라야. 스웨덴만이 월맹 편에 가담하고 지지했다고. 거기다 스톡홀름에 있는 북한대사가 스웨덴주재외교관단장이야!

이후에도 채 사령관과의 대화는 두 시간 넘게 계속되었지만, 베트남 전쟁과는 무관한 내용이라 생략한다.

EP. 14

전쟁터에 희망을 밝힌 천사들

– 단 박사와 로즈메리 양 이야기

전쟁이 터지면 제일 먼저 위험에 노출되는 사람이 여자와 어린아이들이다. 특히 어린아이들은 부모를 잃으면 혼자 힘으로는 생존하기 불가능했기 때문에 누군가의 보호가 절대적으로 필요하다. 하지만 국가의 존망을 걸고 전쟁을 하는 정부는 그런 일에 일일이 신경을 쓰지 못한다. 또 거기에 필요한 비용도 있을 턱이 없다. 그래서 그들은 더욱 상처받고 희생도 클 수밖에 없다. 그러나 아무리 전쟁터라고 해도 이들을 도울 천사는 나타나기 마련이다. 베트남전쟁에서도 예외는 아니었다. 전쟁 난민의 아버지라고 할 수 있는 판 쾅 단 박사와 베트남 전쟁고아의 어머니로 불리는 로즈메리 테일러 양이 바로 베트남전쟁 터에 희망을 밝힌 천사들이었다. 오늘은 데니스 워너 기자가 쓴『越南敗亡 秘史』에 실린 이 두 사람의 행적을 따라가면서 베트남전쟁에서 버려진 어린이들을 살펴보겠다.

베트남전쟁 난민의 아버지 판 쾅 단 박사

단 박사는 엄격히 말해 사회사업가가 아니었다. 유명 정치인이었다. 그는 소르본 대학과 하버드대학에서 의학박사 학위를 받은 엘리트였다. 단 박사는 디엠 수상의 사회복지부 장관 제의를 민주적인 정권이 아니라는 이유로 거절하고 빈민가에 개업의 간판을 걸고 전쟁에서 상처 입은 가난한 사람들을 치료했다.

그의 진료소 밖은 치료받으러 몰려든 사람들로 언제나 북적댔다. 누런 이빨과 땋아 올린 머리가 특징인 통킹만의 가난한 부녀자들과 아이들, 그리고 부상병들이 빽빽이 모여 앉아 차례를 기다렸다. 그리고 그들과 함께 야채와 과일, 꽥꽥거리는 돼지, 날개를 퍼덕이는 오리, 닭 등이 뒤엉켜 시장바닥처럼 시끌벅적했다. 모두 치료받으러 온 사람들이 단 박사에게 치료비 대신 주기 위해 가져온 선물들이었다. 하지만 디엠 수상은 단 박사의 이런 힘이 정치 세력화되는 것을 두려워한 나머지 1956년 4월 그를 구속해버렸다. 죄명은 우습게도 선거법을 비판한다는 것이었다.

구속에서 풀려난 단 박사는 1958년 사이공 시에서 국회의원 선거에 출마했다. 디엠은 그의 선거구에 8천여 명의 군인을 투입해 여당 후보 당선을 도왔지만 단 박사는 3만 5천 표를 얻어 겨우 5천 표에 그친 여당 후보를 크게 이기고 당선됐다. 하지만 이번에도 디엠은 단 박사를 그냥 두지 않았다. 미국 대사관의 강력한 항의에도 불구하고 국회 첫 출근길에 오른 단 박사를 중간에서 잡아가 감옥에 가두어버렸다. 이번에는 환자들을 무료로 치료했다는 것이 구속 이유였다.

정치박해로 감옥에 갇히기도

계속되는 혁명으로 혼란을 거듭하던 베트남이 1967년 9월 실시한 선거에서 응웬 반 티우가 대통령에, 응웬 까오 키가 부통령에 동반 당선

되면서부터 정치가 조금씩 안정되기 시작했다. 이들은 전임 혁명정부 때와 달리 합리적 의회민주주의를 추구했고, 단 박사에게도 호의적으로 대했다. 그래서 단 박사도 이들의 정권을 도와 난민정착 사업을 책임지게 되었다.

1972년에 접어들면서 단 박사는 "미국은 곧 떠난다. 우리 힘으로 빨리 대지의 품에 안기자"라는 슬로건을 내걸고 난민들을 정착시키는 일에 착수했다. 당시 난민수용소는 타락과 부패의 온상이었다. 수용인원이 얼마나 되는지 믿을만한 통계도 없었다. 수천수만 명의 난민들이 엉터리로 배급을 타 먹고 있었다. 단 박사가 인수했을 때에 다낭수용소에만도 4만 명의 유령인구가 있었다고 한다.

단 박사가 바라는 이상적인 난민 해결 방법은 난민들이 자기 땅 자기 집으로 돌아가게 하는 것이었다. 그러나 많은 부락이 불안상태에 있는 탓에 돌아가 봐야 비참한 생활을 할 수밖에 없었다. 따라서 가기를 원치 않는 농민을 억지로 돌려보낼 수는 없었다.

단 박사는 우선 수용소에 있는 난민들을 엄격히 조사하여 유령인구를 추려냈다. 그러자 수용소에는 61만 천 4백여 명의 부활절공세난민이 남았다. 그중 1973년 10월 중순까지 50만 5천 5백 54명을 자기 고향으로 돌려보내거나 새 땅에 정착을 시켰고, 3개월 후에는 모든 수용소가 완전히 비었다.

고향이 안정되어 돌아가는 사람들의 처리는 비교적 쉬웠다. 그러나 돌아갈 데가 없는 수많은 남녀와 어린이를 몇백 마일 떨어진 처녀지로 이주시키는 일은 그렇지 않았다. 거기다 공산분자들이 도중의 교량을 폭파해서 이주를 방해했다.

정착촌에는 임시수용소를 지어야 했고 식량과 물을 준비해야 했다. 조금만 계획이 지연되어도 결과는 중대했다. 우기에는 농사가 중지되고 건조기에는 작물이 말라 죽었다.

단 박사는 난민들에게 "스스로 돕지 않으면 아무도 도와주지 않는다."고 일일이 격려하며 자조의 길을 열어주는데 전력을 기울였다. 촌락 사무실마다 영농지도서를 비치하고 토양분석과 기상도로 작물 선정 지도도 했다. 단 박사가 배포한 지도서에는 집 짓는 법과 우물 파는 법, 변소와 수조 만드는 법까지 간단하고 실용적으로 설명되어 있었다.

촌락마다 시장을 세웠고, 학교와 진료소까지 만들었다. 도끼와 호미와 톱 등 공구를 군수공장에서 만들어서 배급했다. 각자가 받게 될 쌀이나 종목이나 지붕 함석이나 재목의 양을 미리 주지시켰고, 촌락사무소 앞의 큰 게시판에 큰 글씨로 공고하게 해서 공평성을 기했다.

불도저를 동원해 택지를 조성하여 난민에게 소유권을 주었고, 도로도 닦았다. 공동우물도 파고 촌락사무소도 지었다. 그다음부터는 주민 자치에 맡겼다. 개중에는 끝도 없이 원조만 바라고 불평만 해대는 사람들도 있었지만 단 박사는 싫은 얼굴 한번 보이지 않고 일일이 그 불평불만을 다 받아 줌으로써 그들을 승복시켰다.

패전 몇 주일 전 티우 대통령과의 불화로 자리에서 물러날 때까지 단 박사는 약 1백만 명에게 재활의 길을 열어주었다. 그리고 물러나는 그 순간에도 그의 책상 서랍에는 피난민과 극빈자와 실업자 등으로부터 받은 1백 50만 건의 난민정착신청서가 들어있었다.

단 박사는 월남에 희귀한 희망의 씨를 뿌렸던 사람이다. 1-2년만 더 시간적 여유가 있었다면 피난민의 물결로 생긴 빈민굴을 일소해 보려는 그의 웅대한 계획이 월남의 도시나 농촌 생활을 크게 변화시켰을지 모른다. 그러나 패전과 함께 그의 꿈은 허사가 되고 말았다.

고아들의 천사 로즈메리 테일러

로즈메리 테일러 양은 오스트레일리아 태생의 미혼 사회사업가였다. 그녀는 톡톡 튀는 행동으로 말썽을 많이 일으키기는 했으나 뛰어난 인도주의자였다. 팔다리가 잘리고 집 없고 부모 없는 아이들을 위한 봉사로 그녀의 이름은 사이공의 외교계에서는 모르는 사람이 없었다.

1968년 초 그녀는 당시 유일한 월남 고아 해외입양기관이었던 〈테르 데스 홈메〉의 사이공 대표로 있었다. 적의 구정공세로 7일간 통행금지에 걸려 지방에 있는 고아원으로 갈 수가 없다가 통금이 해제되자마자 미국대사관에 가서 해병경비원에게 고아원까지 호송을 요청했다. 그러나 그들은 그 청을 거절했다. 그녀가 가겠다는 지방은 아직도 위험했기 때문이었다. 그러자 테일러는 좌절감으로 대성통곡을 하면서 텅 빈 거리를 걸어서 성 바울 수녀원까지 가서 차와 운전수를 구해 길을 떠났다.

사이공과 그 주변에는 아직도 공산군이 남아있었으나 그녀는 일분도 지체하지 않았다. 처음 간 곳은 메콩강 델타의 격전지 한복판에 이는 빈롱이었다. 시가지는 거의 파괴되었고 고아원도 총탄 흔적 투성이었다. 유아들은 우유 부족과 전투소리에 놀라 많이 죽어 있었다. 고아원 직원 중에는 도망간 자도 있었고, 원장은 이미 결연된 유아를 일각이라도 빨리 내보내려고 안절부절못했다.

테일러는 삼륜차를 구해 와서 유아들을 실을 수 있는 대로 싣고 공항으로 갔다. 그리고 사이공 쪽으로 가는 비행기를 아무거나 잡아탄 뒤 도중에 다시 딴 것을 타고 해서 겨우 사이공에 도착했다. 그리고는 즉시 되돌아가서 같은 방법을 되풀이했다. 비행기가 없으면 자동차로, 길이 막히면 헬리콥터나 운하의 경비정 등 닥치는 대로 잡아탔다.

델타지대 중심부의 세데크 성에 있던 섭리고앙원은 수용아동이 넘치고 있었고 외부와의 연락이 완전히 두절 상태였다. 베트콩이 모든 도로를 차단하고 있었던 것이다. 그런데도 로즈메리는 롱빈과 세테크 사이를 해군경비정으로 왕래하면서 스웨덴과 독일에 결연된 아이들을 빼내는 모험을 서슴없이 해냈다.

로즈메리 테일러 양에게는 월남 내에 너무 멀거나 너무 위험한 곳이라고는 없었다. 한번은 멀리 캄보디아 접경의 외딴 고아원까지 가서 밤중에 어린 고아들을 업고 메고 사이공으로 돌아왔는데 아이들을 재울 곳이 없었다. 그래서 평소 친밀하게 지내던 영국대사관 부관을 찾아가 아이들을 그의 방은 물론, 옷장이나 책상 서랍 등에 재우기도 했다.

화염 속에 사라진 천사의 꿈

로즈메리 테일러 양의 고아 돌보기 사업은 1972년 월맹의 부활절 공세 때 그 진가가 발휘되었다. 고아들이 홍수처럼 수용소를 메웠고 거기다 홍역까지 발생해 어려움이 겹쳤다. 하지만 그녀의 헌신은 멈추지 않았다. 테일러 고아원들이 초만원이 돼서 받을 수가 없게 되자 그녀는 누구든 믿을 수 있을 만한 사람이면 부탁하고 맡겼다. 사이공 시내 여기저기에 로즈메리 테일러 고아원 분원이 생겼다. 시간과 장소를 제공할 수 있는 사람들이 자원해서 협조했다.

영국의 브루크스 리차드 대사 부부는 4명의 아기를 받아들였고, 대사관 직원 중 21세 난 총각도 한 아기를 맡았다. 이 총각은 9남매의 맏이로 여덟 동생을 기른 경험이 있다며 기꺼이 나서서 아이를 맡은 것이다. 그리고 나중에는 세 아이를 더 맡았고, 로즈메리 테일러 양을 도와주던 영국 처녀와 결혼까지 했다.

오스트레일리아 대사관의 젊은 비서 아가씨는 생후 10일 된 환자를 맡아서 건강을 회복시켰고, 존 호지킨슨이라는 안과의사는 테일러의 부탁으로 네 고아를 맡았는데, 가끔 그의 만찬에 초대된 손님들은 그가 간호원의 도움도 없이 고아를 안고는 만찬 식탁에서 아이들에게 음식을 먹이는 광경을 볼 수 있었다.

영국대사관 관저는 로즈메리 테일러의 반영구적 별관처럼 되었다. 부활절 공세가 지난 지 1년쯤 되자 대사는 자기가 돌보고 있는 고아가 몇 명이나 되는지도 모를 정도였다.

테일러 양의 월남에서의 눈부신 활동은 영광의 날을 맞는 듯했으나 결국 비참한 결과로 끝나고 말았다. 1975년 4월 4일 미 공군 수송기 은하수 호가 사이공에서 고아 2백 43명을 싣고 미국을 향해 이륙했다가 기관 고장으로 35분 만에 사이공으로 되돌아와 착륙하는 순간 폭발하고 만 것이다.

이 사고로 고아의 반 이상이 사망했다. 또 오랫동안 월남에서 테일러 양의 일을 돕던 마가레트 모지스 양도 사망했다. 그녀는 미국까지 고아들 호송을 자원했던 것이다.

은하수 호의 폭발을 목격한 사람 중에는 모지스 양의 모친도 있었다. 그녀는 영국공군 헤라클레스 수송기로 시드니로 갈 고아 2백 12명을 탑승시키고 있을 때 폭발음을 들었는데, 온 공항을 뒤흔들면서 연기가 하늘에 수천 피트나 치솟았다고 전했다.

로즈메리 테일러 양은 평소 이런 말을 자주 했다고 한다.

"우리는 종종 런던타임스지 항공 판을 접어서 임시 요를 만들어 썼어요. 좋은 요라고는 할 수 없지만 아픈 아이들을 조금은 편안하게 재울 수 있으니 타임스지는 적어도 존경할 만한 신문 아닌가요?"

그녀의 이런 언행을 안 좋게 생각하는 사람들도 있었으나 단 박사 같은 사람은 적극 지지했다.

우리 6·25 전쟁 때도 이들처럼 전쟁고아를 돌봐준 고마운 사람들이 있었다. 전쟁고아와 미망인들을 도운 공로로 태극무공훈장을 받은 해롤드 베렌과 우리에게 입양과 홀트복지회로 잘 알려진 해리 홀트 부부가 그들이다.

EP. 15

얼렁뚱땅 훑어보는 베트남전쟁사

베트남, 프랑스 식민지가 되다

베트남과 프랑스의 인연은 1624년 Alexandre de Rhodes 신부가 선교활동을 시작하면서부터이다. 이후 알렉산더 신부는 천주교 탄압으로 끝내 추방되었지만, 그가 교리 문답용으로 만든 베트남 말의 로마자 표기문자가 오늘날의 베트남 문자가 되었다. 그 뒤 응웬 푹 아인이 새 왕조를 건설할 때 프랑스 신부 아드란(Adran) 주교의 도움을 많이 받았는데, 바로 이때의 인연이 프랑스와 베트남 사이에 벌어진 약 100년간의 식민지배와 항쟁이라는 처절한 역사의 끄나풀이 된다.

처음 응웬 왕조는 프랑스에 매우 우호적이었다. 그러나 천주교 신자가 늘어가면서 종교적 문화적 차이에서 오는 이질적인 대립으로 사회기강이 혼란해지자 응웬 왕조는 더 이상 방관할 수 없어 천주교를 탄압하기 시작했다. 이에 반발한 프랑스는 1858년 9월 1일, 군대를 동원하여 다낭을 무력으로 점령했다. 조선에서 대원군이 선교사를 탄압한다고 군함으로 강화도를 무력침략했던 병인양요가 일어나기 8년 전의 일이었다.

프랑스는 여기에 그치지 않고 1860년 수십 척의 군함을 이끌고 사이공 강을 거슬러 올라가 미토와 비엔호아 일대를 점령하고는 응웬 왕조를 압박하여 1862년 6월 제1차 사이공조약을 체결해 베트남 남부지역의 3개 성을 분할 받았다. 그리고 1873년 11월에는 무력으로 하노이마저 점령했다.

그 뒤, 베트남의 요청으로 북에서 진격해온 청나라를 텐진조약을 통해 스스로 물러가게 하고는 베트남을 실질적인 프랑스의 식민지로 삼았다.

새로운 침략자 일본

1940년 6월, 동남아시아 지역에서 위용을 떨치던 일본이 베트남에 눈독을 들이고 프랑스 인도차이나 총통에게 자신들의 상륙을 허용하라는 통첩을 보냈다. 무기력한 프랑스 비시정부는 이를 순순히 받아들여 군대 주둔은 물론, 3곳의 비행장 사용도 허락했다. 이런 프랑스의 나약한 모습은 베트남 사람들의 독립투쟁에 막대한 영향을 미쳤다. 지금까지 프랑스를 상대로 독립투쟁을 한다는 것은 거의 불가능한 것으로 여겼던 민중에게 "프랑스도 별것 아니다. 우리도 해볼 만하다. 이길 수 있다!"라는 희망을 품게 했다. 그리고 이런 민중의 심리는 이듬해인 1941년 5월 호치민(胡志明)이 베트남 북부 국경 지역에서 공산당 제8차 중앙회를 개최하고 "베트남 독립동맹(월맹越盟)"을 결성하는 데 결정적인 영향을 끼쳤다.

그러나 이에 상관없이 베트남에서 군사 활동을 점차 확충해 나가던 일본은 급기야 프랑스군을 무장해제 시키고 응웬 왕조의 바오다이(Ba-oDai) 황제를 내세워 통일된 괴뢰정부를 수립, 자신들의 대동아공영권에 포함했다.

제1차 베트남전쟁 (항불전쟁 抗佛戰爭)

제1차 베트남전쟁은 프랑스와 베트남의 전쟁이었다.

1945년 8월 15일, 일본이 연합군에 무조건 항복하자 호치민은 다음날 바로 각계대표 60여 명으로 인민회의를 구성, 베트민의 무장 세력을 해방군으로 명명하고 그 군사력으로 하노이를 완전히 장악하였다. 그리고 바오다이 일본 괴뢰정권을 밀어내고 9월 2일, 베트남 민주공화국(The Democratic Republic of Vietnam)을 수립, 선포했다. 그러나 이미 연합군 측 미 영 소 3국 정상들은 독일 포츠담에서 전후 처리 문제를 논의하면서 베트남을 점령하고 있던 일본군의 무장해제를 위해 16도 선을 기준으로 북부에는 중국이, 남부에는 영국이 관장하기로 합의해 놓고 있었다.

베트남 지배 미련 못 버린 프랑스

이에 따라 중국은 18만 명의 중국군을 9월 9일 북부 하노이에, 그리고 영국은 9월 12일 7,500명을 남부 사이공에 진주시켰다. 이때 프랑스는 남부에 진주하는 영국군에 자국 군대 1개 중대를 배속시켰다. 어떻게 해서든 베트남에서의 기득권을 유지하기 위해 술수를 부린 것이다.

프랑스의 베트남 지배에 대한 야욕은 그 후 계속되었다. 1946년 중국과 협상을 벌여 쿤밍(昆明)의 철도운영권을 포기하는 대신 중국군이 북베트남에서 철수하는 데 합의를 보게 되었다. 그리고 얼마 안 되어 영국군도 철수하게 됨으로써 베트남은 다시 프랑스가 지배하게 되었다. 그런데 북부 월남에 이미 독립을 선언하고 합법 정부임을 자처하는 호치민 정권이 하나의 장애세력으로 대두되자 프랑스는 압력을 가하여 무장해제를 하려고 했으나 완강하게 저항하였다. 결국, 프랑스는 타협을 포기하고 망명 중인 바오다이 황제를 옹립하고 나섰다. 이리하여 프랑스와 호치민 정권과의 관계가 극도로 나빠졌다. 그러다 1946년 12월 하이퐁지역에서 월남인과 프랑스 주둔군과의 충돌사건이 발생하자 이를 도

화선으로 호치민은 프랑스와 전쟁을 결심하고, 보 응웬 지압(Vo Nguyen Giap)을 국방상에 임명한 뒤 '항불 인민해방전쟁'(약칭 '항불전쟁')을 선언했다. 이로써 8년간에 걸친 처절한 인도지나 제1차 전쟁이 시작되었다.

무장충돌이 야기되자 프랑스는 이를 국제 공산주의에 대한 반공전이라고 선포하고 전 지역에 걸친 전투를 본격화하였는데 초기에는 병력과 장비의 우세로 보였다. 그러나 국민 대중에게 신망이 없는 바우다이 황제를 옹립한 것이 비공산계인 미나족 세력의 지지를 받지 못하는 요인으로 작용, 전쟁 수행에 많은 곤란을 겪게 되었다. 이와 반대로 호치민은 전쟁 중에 공산주의의 본색을 감추고 그들의 선전과 공작활동을 유보하는 대신 전통적인 민족주의를 내세우면서 미나족과 중간계층의 서민 대중에게 영합하는 활동을 벌임으로써 이들을 자기편으로 끌어들이는 데 성공하였다. 거기다가 1949년 10월 1일 중국에 마오쩌둥(毛澤東) 정부가 들어서고 이듬해 1월, 소련과 함께 호치민 정부를 인정하자 미국은 호치민 정부를 공산 정권으로 규정하고 대신 프랑스가 지원하던 바오다이 정부를 인정함으로써 지금까지 프랑스와 베트남 간의 식민지 전쟁이 동서진영이 대립하는 이념전쟁으로 변하게 되었다.

한편 중공의 지원과 원조에 힘입은 호치민 군은 다음 해부터 공세를 보다 강화할 수 있는 여건을 갖추게 되었다. 이같이 전쟁의 양상이 급속하게 확대되고 월맹에 대한 지원세력으로 중공이 새롭게 등장함에 따라 프랑스군이 약세에 몰리기 시작했다. 그러자 미국이 프랑스를 돕게 되고, 자연히 미국은 프랑스를 대신하여 남부 월남에 대한 후견자 입장에 서게 되었다.

인도지나반도 전역이 공산주의자들의 수중에 들어가는 것을 크게 우려한 미국은 남부 월남에 대한 간접적으로 경제 및 군사원조를 제공함과 아울러 프랑스군에 대한 원조를 개시하였다. 그러나 상황이 날로 불리하게 전개되자 미국은 직접적인 군사개입까지 고려하였으나 그렇게 되면 중공군의 개입을 초래해 세계대전으로 발전하기 쉽다는 영국의 반대로 직접개입을 하지 않았다.

전멸당한 프랑스군

중공의 지원으로 전력을 증강한 월맹군은 점차 전쟁 주도권을 잡고 프랑스군을 압박하여 54년 3월 13일부터 북부 라오스 국경 부근의 요충인 디엔비엔푸에 대한 전면공격을 개시하였다. 한편에서는 제네바 회담이 열려 쌍방 간의 협상이 진행되고 있는 과정에 월맹군은 5월 7일에 디엔비엔푸 전투에서 프랑스군을 거의 전멸시키는 대승을 거두었다. 한마디로 프랑스군을 재기불능 상태로 만들어버린 것이다. 이를 계기로 7월 21일 제네바에서 열린 평화회의에서,

- 베트남을 17도 선을 따라 남북으로 분할, 북은 호치민 정부가 통치하고 남은 바오다이 정부가 통치하되, 1956년 7월까지 남북 총선거를 통해 통일 정부를 수립한다. -

라는 내용을 주요 골자로 하는 휴전협정이 조인됨으로써 통칭 항불전쟁(抗佛戰爭)으로 일컬어지는 제1차 베트남전쟁은 8년 만에 끝났다. 월맹의 실질적인 승리였다.

그러나 남쪽의 바오다이 정부는 제네바협정체결 직전인 1954년 7월

7일, 미국에 있던 젊은 개혁가 고 딘 디엠(Ngo Dinh Diem)을 수상에 임명하고 새로운 내각을 구성했다. 미국의 각별한 배려와 지지를 받고 있던 디엠은 이듬해인 1955년 10월 23일, 바오다이의 군주제와 자신의 공화제를 국민투표에 부쳐 압승하고 10월 26일, 베트남공화국(Republic of Vietnam)을 수립하고 대통령에 취임했다. 우리나라는 다음 날 바로 디엠 정부를 승인했다.

대통령에 취임한 디엠은 1956년, "제네바협정에 따라 총선거를 하자"는 호치민의 요구를 "우리 베트남공화국은 협정에 조인한 적이 없어 협정을 지킬 의무가 없다"라는 이유를 들어 거절하고 사회개혁과 함께 공산주의자들을 체포하기 시작했다.

제2차 베트남전쟁(항미전쟁 抗美戰爭)

제2차 베트남전쟁은 미국과 베트남의 전쟁이었다.

1954년 7월 21일 제네바협정이 체결됨에 따라 북위 17도 선을 경계로 프랑스군은 그 이남으로, 월맹군은 그 이북으로 각각 철수하였는데, 이때부터 월맹은 월남 전 지역을 적화할 계획을 치밀하게 준비했다. 즉 월맹군은 북부로 철수할 때 공산 정예분자 수천 명을 비밀 공작원으로 남부에 잔류시켰는데, 이는 호치민 정권이 장차 실시하게 될 남북 총선거에 대비하여 전위적인 복병으로 남겨둔 것이었다. 그뿐 아니었다. 호치민 정권은 철수하는 월맹군을 따라 북부로 이동한 남부인들을 재교육시킨 뒤 다시 남부로 침투시켜 이미 잔류하고 있던 비밀 공작원들과 협력하도록 했다. 이들은 반미, 반정부세력까지 포섭하여 광범한 지하조직을 구축하였다. 이 지하조직은 월맹과는 관계없이 남부 월남인의 자발적인 정당한 활동이라고 선전했다. 그리고 이들이 주축이 되어 1960

년 12월 20일 '남부 월남 민족해방전선'을 결성하였다.

이같이 월맹 및 남부 월남의 공산주의자들이 점차로 전국적인 조직망을 확대하고 있을 무렵, 제네바협정이 조인되기 직전에 민주 정부를 수립한 남쪽의 고딘 디 엠 정권은 반공을 통한 안보 유지에 어느 정도 실효를 거두고 있었다. 그러나 시간이 흐를수록 독재와 족벌정치, 정적 제거와 불교 탄압 등으로 국민의 불신이 커져만 갔다. 이런 정치환경은 민족해방전선의 활동 범위를 넓히는 결과를 초래했다.(EP.08 민족해방전선 탄생 비화 참조)

미국이 조작한 통킹만 사건

한편, 미국은 과거의 간접지원에서 직접지원으로 전환하여 군사원조를 개시함으로써 고딘 디 엠 정권의 반공 투쟁에 힘을 보탰다. 그러나 불리한 정황은 쉽게 개선되지 않고 오히려 더 불리하게 돌아갔다. 정권 불신은 갈수록 깊어졌고, 사회 갈등은 하루가 다르게 격렬해졌다. 이에 미국은 군사 고문단을 파견하여 월남 국민의 대정부 신뢰도와 공산주의에 대한 경각심을 높이려 했지만, 효과는 미미했다.

미국은 1961년 5월부터 군사 고문단을 대폭 증원하였고, 미 군사원조 사령부를 설치함으로써 직접 전쟁에 참전하는 상황으로 발전하였다. 그러나 고딘 디 엠 정권의 족벌 독재와 부패를 반대하는 군사혁명이 발생, 1963년 11월 2일 고딘 디 엠이 처형되는 급변사태가 발생했다. 이후에도 수차례 연이은 군사 쿠데타로 정국은 걷잡을 수 없이 혼미해졌고, 이 틈을 노린 월맹은 본격적인 무력행사에 나섰다.

월맹은 통칭 '호치민루트'라고 불리는 라오스와 캄보디아 국경 산악지대를 통해 각종 무기를 비밀리에 남쪽으로 내려보냈고, 이 무기를 인수한 남쪽 베트콩들의 도발은 점점 거칠고 대담해졌다. 심지어 월맹 정규군까지 침공에 가세하는 징후가 보이자 미국은 급기야 7함대를 월남 해안에 급파하여 월맹의 지원을 차단하고 공산세력의 기를 꺾으려 했다.

미국은 1964년 4월 25일, 웨스트모어랜드(William C. Westmoreland) 대장이 하긴스 대장 후임으로 베트남 미군 사령관에 임명되었는데, 일주일 뒤인 5월 2일, 사이공에 정박 중이던 미국 수송선이 베트콩에 의해 침몰 되었다. 또 사이공 시내 미군 숙소가 공격을 받아 많은 사상자가 발생했는가 하면 8월 2일에는 통킹만 공해상에서 미국 구축함 Maddox 호에 대하여 월맹의 PT정 3척이 어뢰 공격과 포격을 가한, 이른바 '통킹만 사건'이 일어났다. 이 사건을 계기로 미 행정부는 의회의 압도적인 찬성으로 지상군 투입을 승인받게 되었고, 1965년 3월부터 미국은 월남에 지상군을 증파하기 시작, 1965년 말 현재 미 지상군이 18만 4천 명으로 증가됨으로서 전쟁은 급속히 확대되었다. 우리나라도 이 시점에 전투사단을 파견함으로써 본격적으로 참전하게 된다. 그러나 이후 10년에 걸쳐 수백만 명의 인명 살상을 불러온 제2차 베트남전쟁에 불을 붙인 이른바 '통킹만 사건'은 미국이 월남에 지상군을 투입하기 위해 스스로 꾸며낸 자해 사건이었음이 훗날 해제된 비밀문서에서 밝혀져 세계의 빈축을 샀다.

세계 비난 여론에 무릎 꿇은 미국

꽝 덕 스님 분신 이후 급속히 번지기 시작한 반전운동으로 인해 월남 민심은 정부로부터 더욱 멀어졌다. 공산주의가 무엇인지도 모르는 사람들조차 점점 민족해방전선(NLF) 쪽으로 넘어가기 시작했다. 이렇게 되자 군부에서 1963년 11월 1일, 구테타를 일으켜 디엠 일족을 처단하고 군사평의회를 설치, 등 반 민(Duong Van Minh)을 의장으로 선출했다. 그러나 곧이어 일어난 케네디 암살 사건과 맞물려 월남 정국은 한 치 앞을 내다볼 수 없을 정도로 혼미를 거듭했다. 디엠 정권이 무너진 이후부터 1967년 9월 응웬 반 티우 대통령이 취임할 때까지 4년 동안 무려 열 차례의 권력 쟁탈전이 일어났다.

사실 따지고 보면, 꽝 덕 스님 분신은 미국이 베트남전쟁에서 물러나게 되는 결정적인 계기가 된 셈이다. 그 사건 이후 부도덕한 전쟁이라는 비난이 높아지며 미국 국내는 물론 세계 여론이 급속히 반전운동으로 번지기 시작했기 때문이다. 미국행정부는 전쟁 외에도 국내 여론과 세계의 비난과도 싸워야만 했다. 하지만 시간이 흐를수록 미국은 궁지에 몰렸다. 결국, 미국 닉슨 대통령은 1970년 '미국의 국력에도 한계가 있다'라는 선언과 함께 베트남에서 물러나는 계획을 세웠고, 1973년 1월 27일, 굴욕적인 파리 휴전협정을 주선해놓고 20년 가까운 베트남에서의 영욕을 뒤로하고 야반도주하듯 떠났다. 당시 사이공 대사관 옥상에서 헬기를 타고 탈출하려는 사람들을 떨어트려 놓고 하늘로 날아오르는 헬기 사진은 패전국 미국의 비참한 모습 그 자체였다. 그 무렵 국제정세와 미국의 참담한 최후를 우리나라 역사학자 이영희 교수는 그의 저서『베트남전쟁』(두레. 1985년)에서 이렇게 정리했다.

–지상 병력이 67년 11월 마침내 한국전쟁 당시 미국의 최고 수준인 47만 2800명을 넘어 54만 9천 명에 달하자 전쟁은 베트남에 국경을 넘어 라오스와 캄보디아로 확대됐다. 전쟁은 진정 제2차 '인도차이나' 전쟁이 되었다. 통킹만 사건 직후, 미국의 강력한 요청으로 한국, 필리핀, 호주 뉴질랜드가 병력을 파견하고, 1970년 캄보디아 정변으로 미국의 뒷받침을 받은 우파 권력과 좌파세력이 민족상잔을 전개하게 되면서부

터 인도차이나 대륙은 국경 없는 하나의 전쟁터가 되었다. 미국의 압도적인 물량과 과학 무기에도 불구하고 오히려 물질적 위력이 강해지면 질수록 인도차이나 민족의 민족해방 세력은 강해져만 갔다. 인도차이나 전역에 비치사성(非致死性) 독가스와 식물 고사 화학무기가 광범위하게 사용됨으로써, 인도차이나 전쟁은 생태학적 대량 파괴의 문제를 인류에게 제시했다. 쌍방 전쟁 방법의 잔인성은 세계의 양심과 국제여론을 자극하여 미국에 날로 불리한 국제적 조건으로 굳어갔다. 미국 내에 국론 분열과 반전 세력은 내부에서 국가적 일체성을 파괴하는 작용을 하여… 생략 … 세계 최강의 군사력으로 무장한 거인은 만신창이가 되어 일개 후진 약소민족과 협정을 맺고 73년 2월, 마침내 파란 많은 땅에서 물러나기로 약속했다. – (앞 책 77쪽)

프랑스 조언 무시한 케네디 대통령

그런데, 아이러니하게도 이보다 훨씬 이전에 미국의 베트남 참전 결과를 미리 꿰뚫어 보고 강력히 만류한 사람이 있었다. 바로 월남에 발을 들였다가 패전의 경험을 먼저 맛본 프랑스 대통령 드골이었다. 그가 자문을 구하는 미국 케네디 대통령에게 한 말은 천금 같은 이야기였다.

– 미국은 프랑스가 떠난 뒤 고딘 디 엠 정권을 뒷받침하면서 경제원조를 한다는 표면적 간판 아래, 미국의 원정군 제1진을 베트남에 들여놓기 시작했다. 케네디는 나에게 미국의 목적은 그곳에 소련 포위용 기지를 건설하려는 것임을 이해해 달라고 요청했다. 나는 그가 요청하는 승인과 동의 대신에 (케네디 대통령에게) 그가 잘못된 길을 택하고 있다고 말했다. 나는 그에게 다음과 같이 말해 주었다. 이 지역에 한번 발을 들

여놓으면 당신은 끝없는 미로에 빠져들 것이다. 민족이라는 것이 한 번 눈을 뜨고 궐기한 다음에는 아무리 강대한 외부적 세력도 그 의사를 강요할 수 없다. 당신은 스스로 이 사실을 깨닫게 될 것이다. 일부의 현지 지도자들이 순전히 이기적인 이유와 목적에서 당신을 섬길 생각이라 하더라도 민중은 그대를 따르지 않을 것이며 더구나 당신을 원치도 않을 것이다. 당신이 내세우는 이데올로기는 그들에게 아무런 관심도 불러일으킬 수 없을 것이다. 오히려 인도차이나의 민중은 당신이 말하는 이데올로기를 당신의 지배력과 동일시 할 것이다. 당신이 그곳에서 반공주의를 내세워 깊이 개입하면 할수록 그곳 민중에게는 공산주의야말로 그들의 민족적 독립의 기수로 보이게 되리라는 것이 바로 이 때문이다. 그러면 그럴수록 민중은 공산주의자들을 더욱 따르고 지지하게 될 것이다. 당신은 지금 우리 프랑스가 떠난 그 지점에 들어서려 하고 있고, 우리가 끝맺은 전쟁을 다시 되살리려 하고 있다. 한마디로 당신의 미국인들은 인도차이나에서 과거에 프랑스의 자리를 차지하고 있다. 우리는 싫토록 그것을 경험했다. 당신에게 한 마디 더 충고하고 싶은데 그것은 아무리 돈과 인원을 인도차이나에 쏟아부어도, 오히려 그럴수록 당신들은 그곳에서 밑 없는 군사적 정치적 늪 속으로 몸을 가눌 수 없게끔 한 발 한 발 빠져들어 갈 것이라는 분명한 사실이다. 불행한 아시아와 아시아의 민족들을 위해서 당신이나 우리나라 그리고 딴 사람들이 해야 할 일은 그들 민족이나 국가의 살림살이를 우리가 떠맡는 일이 아니고, 그곳에서뿐만 아니라 세계 어디에서나 진행되고 억압적인 정권을 낳게 하는 원인인 인간적 고통과 욕된 상태에서 그들이 빠져나올 수 있게끔 도와주는 일이다. ― (앞 책 79쪽)

돌이켜 보면, 당시 케네디가 이 충고를 금과옥조로 생각하고 드골의 말을 들었더라면 베트남에서 미국은 그 같은 세기적 창피는 당하지 않았을 것 같다.

그렇다면 닉슨 대통령 밑에서 국무장관을 지낸 키신저는 어떻게 생각하고 있을까?

키신저는 동아일보가 1985년 4월 8일 독점 게재한 칼럼 '세계는 월남전을 잊지 않는다'에서 월남전의 성격을 재미나게 규정하고 있다.

– 월남전은 적의 정규군이 명확히 구획된 경계선을 넘어 침략해 오지 않았는데 미군이 개입한 최초의 전쟁이었다. 월남전은 어떤 군사적 결과물을 얻지 못한 채 협상에 임한 최초의 전쟁이었다. 미국의 안방에서 목격된 최초의 전쟁이었다. 저명한 미국인들이 적의 수도를 공개리에 방문해 자국의 정책을 비난한 최초의 전쟁이었다.

– 생략.

– 미국은 역사적으로 방대한 자원을 이용해서 소모전 전략을 추구해 왔다. 그렇지만 일정한 영토를 방위하는 것도 아니고 전투 시기를 마음대로 선택할 수 있는 게릴라들에게는 소모전략이 먹혀들지 않았다. 미국은 또 점진적 확전을 통해 적으로 하여금 전투를 멈추고 협상테이블에 나오도록 한다는 전형적인 이론에 따라 싸우고 있었지만 실제로는 이런 전략은 하노이로 하여금 미국의 결의가 부족한 것으로 믿도록 만들었다.

– 닉슨은 놀랄만한 재주를 구사, 미국의 명예를 되찾는 방법을 취했다. 즉, 닉슨은 반전론자들을 회유하기 위해 단계적으로 철군을 하면서 비밀협상을 지탱했고, 월맹에는 산발적인 압력을 가하면서 월남을 도왔다. 모든 장애 요인에도 불구하고 성공에 접근해갔다. 72년 말, 닉슨 행

정부는 절대로 양보할 수 없는 두 가지 상황을 하노이 측이 수락하도록 압력을 가했다. 즉, 미국은 동맹국 정부를 전복시키면서까지 전쟁을 끝내지는 않을 것이다. 또한, 미국의 편에 서서 분투해온 국민들을 도울 권리를 포기하지 않을 것이다. 이러한 기대가 무산된 것은 73년 파리협정이 조인된 후 닉슨 행정부의 권위가 워터게이트 사건으로 붕괴되었기 때문이었다.

EP. 16

미국은 왜 베트남전쟁에서 패했을까? (1)

올해로 월남이라는 나라가 패망한 지 47년이 되었다. 베트남전쟁에 참전했던 우리로서는 감회 깊은 날이 아닐 수 없다. 만약 월남이 패망하지 않고 지금까지 존속하고 있다면…, 하는 미련을 떨쳐버릴 수 없기 때문이다. 하지만 역사에 가정이란 없다. 미국은 전쟁에서 패했고 월남은 망했다.

– 베트남전쟁은 미국 역사상 가장 긴 11년 1개월이라는 장기간의 전쟁이었고, 또 참가 병력도 가장 많았을 때는 54만 3000명이었다. 거기다가 65년부터 71년까지 월남전에서 사용한 미국의 폭탄과 포탄의 총량은 1,200만 톤인데, 이것은 2차 세계대전 당시에 전 세계에서 사용한 총량의 배에 해당하는 것이었다. 58,000여 명의 전사자와 35만 명의 부상자를 내고, 4,900대의 헬기, 3,800대의 항공기를 잃어버리는 등, 1,500억 달러의 전비를 투입하면서 미국은 자기가 가지고 있는 엄청난 장비와 무기, 물량과 돈과 인력을 투입했다. 월남전에서 상대적으로 보잘것없는 베트콩과 월맹을 상대로 패배했다는, 미국 사람들로서는 도저히 납득할 수 없는 전쟁이 바로 월남전이었다. 그뿐만 아니라, 그들은 해외 참전에서는 빛나는 승리의 기록만이 있었는데, 월남에서 패배는 참을 수 없는 굴욕이고 또 좌절일 수밖에 없었다.

(월남참전학술세미나 96.10.24) 채명신 기조연설문 중에서

실상은 이렇지만, 우리는 미국을 베트남전쟁의 패전국이라는 말을 잘 하지 않는다. 미국이 베트남에서 물러난 것은 전쟁에 패해서가 아니라 파리평화협정에 의해서라고 인식하기 때문이다. 또 월남이라는 나라가 패망한 이유에 대해서도 월남 국민들의 안보의식 부족과 지도자들의 부정부패를 첫손가락으로 꼽는다. 물론 이런 이야기들이 근거 없는 말은 아니다. 미국이 베트남에서 물러난 것도, 월남이라는 나라가 패망한 것도, 모두 표면적으로는 파리평화협정과 부정부패 때문인 것처럼 보인다. 하지만 이것은 실제 진실과는 거리가 멀다. 파리평화협정은 자국 내의 반전여론에 몰린 미국이 베트남에서 빠져나가기 위해 월맹 측에 구걸하다시피 해서 체결한 협정이었고, 월남이라는 나라가 망한 보다 근본적인 이유도 국민의 안보의식 부족이나 지도자들의 부정부패 때문이라기보다는 미국이라는 버팀목이 사라져버렸기 때문이다. 애초부터 월남은 미국에 의해 만들어지고 지탱되던 국가였기 때문에 미국이 손을 떼는 순간 스스로 무너지게 되어 있었다. 둑이 무너지면 고였던 물이 순식간에 흘러나가 사라져 버리듯이.

패배를 인정하는 미국국민들

우리의 이런 인식과 달리 미국국민은 베트남전쟁을 자신들이 가장 비참하게 패배한 전쟁이라고 스스로 인정한다. 그들도 파리평화협정을 알고 자존심이 있는 사람들이다. 그런데도 스스로 패배를 인정할 수밖에 없는 것은 미국은 우리와 달리 전쟁의 주체였기 때문이다. 비록 월남 땅에서 전쟁이 벌어지고 있었지만, 월남은 처음부터 전쟁의 주체가 아니었다. 한국을 비롯한 여타 참전국들도 지원국에 불과했다. 따라서 전쟁의 승패와는 관련이 없다. 그러기 때문에 우리는 월남전에 참전하여 이기고 돌아왔다고 말해도 아무런 논리적 모순이 없다. 우리는 우리가 맡은 전술 지역 내에서 맡은 역할을 확실히 성공적으로 수행했기 때문이다. 이점은 세계가 인정한다. 그러나 미국은 다르다. 처음부터 베트남전쟁의 주도권은 물론 적과 아군의 분리도 그들이 했고, 공격 목표도 그들이 설정했다. 그리고 그에 따른 전쟁계획도, 모든 전략 전술도 그들에 의해 세워지고 전개됐다. 그래서 전쟁의 패배는 곧 미국의 패배라고 할 수밖에 없고, 이점을 미국국민들은 당당하게 인정하는 것이다.

그렇다면 미국은 왜 압도적인 무력을 갖고도 베트남전쟁에서 패했을까? 그 이유를 알기 위해서는 먼저 해리 섬머스(Harry G. Summers)가 지은『미국의 월남전 전략(On Strategy: The Vietnam War in Context.』(민평식 역. 병학사 간)이라는 책을 눈여겨볼 필요가 있다. 이 책은 뉴스위크지 수석 편집위원 짐 밀러(Jim Miller)가 1983년 10월 3일 자 뉴스위크지 서평란을 통해 "지금까지 나온 여러 책들 중 미국이 월남전에서 패한 원인을 가장 예리하게 분석한 책으로써, 미국 군사(軍史)에 일대 변혁을 일으키고 있다. 현재 미 육군대학원에서 교재로 쓰고 있는 이 책은 지휘관들의 필독 고전으로 평가받고 있다."라고 서평을 쓸 정도로 미국의 월남전 패전 분석서로는 유명한 책이다.

해리 서머스는 이 책에서 베트남전쟁에 대해, 제1부 작전환경, 제2부 전투, 두 분야로 나누고, 제1부 작전환경에서는 다시 국가의 의지, 관료체제와의 마찰, 위험에 대한 마찰, 교리에 대한 마찰, 도그마에 대한 마찰 등, 주로 전투를 하는데 필요한 지원과 국가 환경에 관해 분석했다. 제2부 전투에서는 전술과 전략, 목표, 공세, 집중, 지휘통솔 등, 주로 전투현장에서 지휘관에 의해 발생하는 제반 사항에 대해 분석했다. 먼저 제1부 작전환경에 대해, 특히 국가 의지에 대해 그가 어떻게 분석하고 평가했는지 알아보겠다.

선전포고가 없었던 전쟁

그는 작전환경을 분석하면서 제일 먼저 "존슨 대통령이 의회의 승인을 거쳐 월맹에 대해 선전포고를 하지 않았기 때문에 미 육군과 대부분의 국민 사이를 갈라놓았다."라고 국가 의지와 국민의 관계에 대해 지적하면서 "선전포고는 모든 국민의 관심을 적에 대해 집중시켜주는 최초의 국민적 의지를 명백하게 드러내는 일종의 성명서다. 따라서 월남전에서의 미국의 전략적 실패의 가장 중요한 원인은 선전포고 없이 전쟁을 시작함으로써 적에 대해 미국국민의 관심이 집중되지 않았고, 또 군사력을 사용해 달성하려는 정치적 목적에 대해서도 국민의 관심을 집중시키지 못했다."라고 비판했다.

그의 글에 보면 미국은 월남전 초기 두 번의 선전포고를 할 기회가 있었다. 처음은 통킹만 사건이 일어났을 때이다. 그때 존슨은 미 의회에 선전포고는 요청하지 않은 채 단순히 "월맹의 무장공격을 격퇴하고, 그 이상 침략행위를 하지 못하게 하는 데 필요한 모든 대책을 취할 수 있는 권한을 대통령에게 부여할 것"을 요구하였다. 이 요구에 대해 의회는 상원에서 88:2, 하원 구두표결에서 416:0이라는 절대 찬성으로 '통킹만 결의안'을 승인해주었지만 차후 월남전 패배의 책임에서는 벗어날 수 없었다.

– 참고로 이 통킹만 사건은 미국이 월남에 군대를 파병할 목으로 미군이 조작해낸 사건이라는 것이 한참 후에 해제된 비밀문서에서 밝혀졌다.

그렇다면 존슨 대통령은 처음 미 지상군을 월남에 파견할 때 왜 월맹에 대해 선전포고를 하지 않았을까? 해리 서머스는 이 문제에 대해 다음과 같이 분석했다.

첫째, 미국과 같은 강대국이 월맹 같은 소국에 선전포고하는 것이 우스꽝스럽게 보였고, 그러한 소국을 전쟁으로 응징한다는 것은 너무 거창한 일로 보일 것 같았기 때문이었다. 이 분석은 얼른 보면 어린 애들같이 순진한 소리로 들리지만, 당시 미국의 세계적 위상을 놓고 보면 그럴듯하다.

둘째, 중공의 안보를 위협하여 한국전쟁에서와 같은 중공개입의 위험을 피하자는 것이었다. 또 월맹에 대한 정식 선전포고가 월맹과 안보조약을 맺고 있는 소련과 중공의 군사개입을 자초할 위험성이 있었다.

셋째, 당시 미 의회가 선전포고를 승인해줄지 확신할 수가 없었다. 만약 존슨 대통령의 선전포고 요청이 의회에서 부결된다면 월남에서의 미국의 군사 활동은 즉각 중지되어야 했다. (이 부분에 대해 저자는 월남전의 결과를 놓고 볼 때 오히려 그렇게 되었으면 미국 입장에서는 훨씬 더 좋았을 것이라고 평했다.)

넷째, 전쟁의 성격을 설명하기 위하여 적이 사용하는 '인민 전쟁(People's War)'이라는 용어를 사용하게 될지 모른다는 것이었다.

전쟁목표설정이 곧 선전포고

이 같은 이유는 겉으로 보기에 매우 타당한 판단으로 느껴진다. 하지만 해리 서머스는 '이유야 어떻든 존슨 대통령이 선전포고를 할 기회를 놓치는 바람에 예비군소집을 할 수 있는 정치적 결정을 내리지 못하게 되었고, 예비군소집을 못 함으로써 미군 지휘관이 월맹의 침공 저지에 목적을 둔 전략개념을 추진할 수 없도록 만들었으며, **전쟁을 외부 침략자인 월맹에 대하여 수행하지 못하고 겉으로 보이는 적-월남 내부의 게릴라-하고만 싸우는 결과를 초래하였다.**'라고 비판했다.

해리 서머스가 선전포고가 정치적으로 가능했던 두 번째 기회로 본 것은 1969년 1월, 닉슨이 대통령으로 취임할 때였다. 그는 당시 닉슨 대통령이 '의회가 선전포고를 하여 전쟁을 끝까지 수행할 수 있는 권한을 대통령에게 주든지, 아니면 월남으로부터 미군을 즉각 철수시킬 수 있도록 하든가, 둘 중 하나를 택하라고 강력히 요구할 수 있었는데도 그렇게 하지 못했다.'라고 주장했다.

해리 서머스의 이런 비판은 칼럼리스터 윌리엄 버클리가 1980년 '내셔날 리뷰' 4월호에 기고한 다음 글을 봐도 그 옳음을 알 수 있다.

-히로시마 원폭 투하 이후, 선전포고를 한다는 것은 전쟁을 승리로 이끌기 위해 필요한 모든 무기를 사용하겠다는 무언의 결의를 내포한다고 믿고 있다. 그래서 우리는 북괴, 월맹, 쿠바와 전쟁할 때도 선전포고를 하지 않았다. 그러나 선전포고를 한다고 꼭 군대를 파견하거나 원자탄을 사용하겠다는 것은 아니다. **선전포고는 악화된 양국 간의 관계를 법적으로 인지시키고, 그에 따르는 대응책을 공인하는 것이다. 그러므로 선전포고는 전쟁목표를 분명하게 해주는 가장 좋은 방법**이다.

한국전쟁 때와 똑같은 딜레마

해리 서머스는 미국의 패배 원인 중 또 다른 하나를 미국이 한국전쟁의 교훈을 잊었다는 점을 들었다. 그는 이 책에서 베트남전쟁과 한국전쟁을 비교하면서 많은 사람의 증언을 기록하고 있는데, 먼저 우리의 관심을 끄는 것 중 하나가 한국전쟁 당시 국무장관 딘 애치슨의 발언이다. 그는 1951년 상원 합동 외교분과위원회에서 한국전쟁의 성격을 "**연합군의 군사적 목표는 북한군 격멸에 있고, 정치적 목표는 자유민주주의 한국 통일에 있다**"라고 규정했다. 하지만 이 정치적 목표는 얼마 후 중공의 개입으로 물거품이 되고 만다. 애치슨의 말대로 목표를 달성하려면 중국 본토를 공격해야 하는데 그렇게 되면 소련까지 개입하게 되어 3차 세계대전으로 확대될 것이 분명했기 때문이었다. 중공군 개입으로 심각한 딜레마에 빠진 미국은 결국 정치적 목표는 물론 군사적 목표마저 수정하지 않으면 안 되게 되었다. 그러나 맥아더가 인천 상륙작전을 하고 북한군이 퇴각하기 시작할 즈음 중국이, "**38선을 넘어 북진하는 군대가 한국군일 경우에는 용납하지만 그렇지 않고 맥아더의 미군일 경우에는 절대 좌시하지 않겠다.**"라고 수차례에 걸쳐 미국과 맥아더한테 경고한 사실이 있었다는 것을 생각해보면, 당시 애치슨을 비롯한 미국행정부가 얼마나 중국을 얕보고 허장성세를 부렸는지 알 수 있다. 따라서 1·4 후퇴라는 혹독한 시련과 함께 전쟁 목표를 수정하지 않으면 안 되었던 것도 다 미국이 중국을 비롯한 공산세력을 오판했기 때문이라고 볼 수 있다.

한국전쟁에서 중국에 의해 딜레마에 빠진 미국은 10년 후 똑같은 상황을 베트남에서도 겪게 된다. 한국전쟁과 베트남전쟁에 대한 미국의 딜레마는 키신저 회고록 "백악관 시절"에도 잘 드러나 있다.

– 우리가 한국을 방치하면, 가까운 장래에 유럽이 더 큰 위험에 빠지게 될 것이라 판단하고 한국전쟁에 개입했다. 그러나 중공군 개입 이후 유럽에 대한 소련의 전면공격을 두려워한 나머지 한국전을 승리로 이끌기 위한 제반 수단에 수정을 가하게 되었다. 그리고 10년 후, 우리는 월남에서 똑같은 딜레마에 빠졌다. 공산주의의 팽창을 저지하기 위하여 월남전에 개입하였으나, 우리는 곧 인도지나반도에서 우리의 모험에 제

한을 가하지 않으면 안 되었다.

이렇듯 미국은 베트남전쟁에서도 중국과 소련을 지나치게 의식한 나머지 적의 핵심 본거지인 하노이에는 제대로 된 공격 한번 해보지 못한 채 10여 년을 곁가지에 불과한 베트콩들과 전쟁놀음만 하다가 제풀에 지쳐 나가떨어져 버렸던 것이다.

EP. 17

미국은 왜 베트남전쟁에서 패했을까? (2)

지난번에 이어 오늘은 실제 전쟁에서 가장 중요하다고 할 수 있는 전술과 전략, 그리고 목표에 대해 해리 서머스는 어떻게 분석하고 있는지 살펴보겠다. 본론에 들어가기 전에 독자의 이해를 돕기 위해「미국의 월남전 전략」을 쓴 해리 서머스(Harry G. Summers)는 과연 어떤 사람인지 잠시 알아보자.

책을 쓸 당시인 1983년 해리 서머스는 미 육군 대령이었다. 그는 한국전쟁 때 분대장으로 참전했고 월남전 때는 대대와 군단 작전참모, 그 후에는 월맹과의 협상대표단 일원으로도 일했다. 미 육군대학원(US Army War College)교수, 영국 전략문제 연구소(IISS) 회원으로 많은 군사전략 문제를 다루었다. 그가 쓴 책「미국의 월남전 전략」은 미 국방대학원과 미 해공군대학원, 미 해병상륙전 학교를 비롯해 호주 육군참모대학, 멕시코 참모대학 등에서 교재로 사용되었다.

잘못된 전쟁 성격 규정

해리 서머스의 지적에 의하면, 미국은 처음부터 월남전의 성격을 규정하는데 전략적 오류를 범했다. 특히 웨스트모어랜드(Westmoreland) 장군이 월남전을 "전통적인 혁명전쟁"으로 판단하고 대처한 것은 완전히 빗나간 것이라고 비판했다. 미국 국무성 관리 노먼 한나(Norman

Hannah)의 말도 안쓰러울 정도다.

– 미국은 월남전 내내 적 진지인 하노이를 침공 못 하고 위장된 게릴라하고만 싸웠는데, 이는 투우사 대신 투우사가 흔드는 깃발을 향해 달려드는 황소처럼 어리석은 짓으로 침략을 조정한 호치민에게 철저하게 농락당한 것이다.

미국의 실수와 달리 소련과 중공, 그리고 월맹은 철저하게 연구를 했다. 해리 서머스의 분석이다.

– 월맹은 한국전쟁에서 많은 것을 배웠다. 북한이 탱크로 한꺼번에 침공을 하자 미국이 즉각 개입했다. 이 점을 월맹은 주목했다. 그래서 그들은 이런 대대적인 공격을 피하고 게릴라전을 택했다. 여기에는 미국에 대한 두려움도 있지만, 또 다른 이유도 있었다. 한국의 이승만 대통령은 한국의 민족주의적 상징이고 북한의 김일성은 소련의 꼭두각시였다. 그러나 월남은 한국의 반대로 월남 지도자 고딘 디 엠과 그의 후계자들은 프랑스 식민주의를 추종하던 부패한 관료 출신인 데 비해 월맹의 호치민은 프랑스와 투쟁을 통하여 베트남 민족주의자로 간주 되었다. 그리고 미국은 한국국민들에게 일제로부터 해방자로 간주 되었고, 베트남에서는 미국인들이 지난날 프랑스의 식민주의자들과 똑같이 침략자로 인식되었다. 따라서 월남을 정복하는 데는 게릴라전이 적합하다.

월남전의 실제적 성격을 파악하려면 적이 누구였는가를 정확히 알아야 할 뿐만 아니라 전쟁의 성격 자체도 잘 파악해야 한다. 미국은 전쟁 준비단계에서의 혼동, 중국개입의 두려움, 그리고 대 게릴라전으로 대응해야만 한다는 그릇된 개념으로 월남전의 실체를 살못 파악, 전쟁목표 설정에 착오를 빚어 결국 패전국으로 전략했다는 것이 해리 서머스의 견해다.

미국이 월남전을 '전통적인 혁명전쟁'으로 파악하고 월맹이라는 국가를 상대로 하는 전면전을 취하지 않고 게릴라인 민족해방전선 베트콩을 상대하는 국지전으로 시종일관한 것에 대해, 해리 서머스는 중공군 개입과 핵전쟁 발발을 극도로 두려워한 나머지 공산군 '격멸'이 아닌 '견제'에 우선권을 둔 미 행정부의 전략정책에 기인한 것이라고 분석했다.

존슨 대통령 전기에 나와 있는 내용 한 토막. 존슨 대통령이 전임 대통령인 아이젠하워한테 물었다.

"중공과 소련이 월남에 개입할 거라는 우려가 있는데 어떻게 봅니까?"

"만약 그들이 월남전에 개입하겠다고 위협하면, 당신은 그들에게 '비참한 결과가 발생하지 않도록 조심하시오!' 하고 단호하게 말해야 합니다!"

그러면서 아이젠하워는 한국전쟁 때의 비화를 들려주었다.

"휴전회담이 오랫동안 결과 없이 질질 끌기에 나는 3통의 서한을 작성해 비밀통로를 거쳐 북한과 중공에 전달했소. 그 서한에는 '만약 휴전이 신속히 조인되지 않으면 단호한 조치를 취하겠다. 즉 우리가 지금까지 준수하고 있는 전투지역과 무기사용에 대한 모든 제한조치를 철회하겠다.'는 것이었소. 이는 경우에 따라서는 중국 본토 공격과 핵무기사용도 고려하겠다는 강력한 메시지였지요. 월남에서도 이런 경고가 그들에게 필요하지요."

그러나 존슨은 중공과 소련에 대해 아무런 강경조치 없이 그냥 회피하려고만 했다. 이런 존슨행정부에 대해 전략 분석가인 파머(Dave Palmer) 준장은 이렇게 말했다.

– 전쟁의 근원지인 하노이에 전략적 공세를 취하는 것이 승리에 이르는 가장 확실하고 유일한 길이었지만 존슨행정부는 이 길을 이미 봉쇄해 놓고 있었다. 백악관은 1950년 유엔군이 북한지역까지 진격했을 때 모택동이 보여준 반응에 대한 악몽에서 깨어나지 못하고 있었던 것이다. 결국에 미국은 중공이 두려워 월맹을 침공하지 못하였고, 이는 월맹을 패망으로부터 구제해준 셈이 되었다.

월맹에 속은 미국과 베트콩

그런데 여기서 우리가 주목해야 할 점은 미국이 주적으로 보고 상대했던 월남 내의 민족해방전선 베트콩도 월맹에 철저하게 속았다는 것이다. 월남의 베트콩들은 그들 나름대로 혁명과업을 신봉하고 월남인을 지도자로 하는 혁명정부를 사이공에 수립하기 위해 긴 세월을 목숨을 걸고 투쟁했다. 하지만 그 결과는 월맹의 목표달성을 위한 한 수단에 불과했다. 미국의 한 전략가가 68년 봄에 있었던 구정 공세에 대해 분석해 놓은 글을 보면, 전쟁 중에도 월맹이 베트콩을 얼마나 견제했는지 알 수 있다.

– 구정 공세에서 실제로 누가 이득을 보고 손해를 봤을까? 패자는 표면에 나타나서 공격을 주도하다 대량으로 살상된 월남의 베트콩들이라고 분명히 말할 수 있다. 그러나 이득을 본 자가 누구인지는 잘 살펴봐야 한다. 바르샤바 폭동 때 소련이 라이벌인 폴란드의 공산주의자들을 제거했던 것처럼 월맹은 구정 공세에서 월남의 공산주의자 즉 베트콩을 미국의 손을 빌려 제거했다. 이렇게 함으로써 그들은 전쟁이 끝난 후에 월남 공산주의자들에 의하지 않고 월맹에 의해 월남을 시배할 수 있는 기틀을 마련했다.

이런 분석은 월맹이 월남을 정복하고 보름 뒤에 가진 축하 프레이드에서 증명되었다. 베트콩이 세운 월남 혁명정부 법무장관을 지내다 파리로 탈출한 튜옹 뉴 탕은 그의 회고록 「베트콩 해방전선」에서 이렇게 회고했다.

– 1975년 5월 15일, 하늘은 맑게 개어 있었다. 30년에 걸친 모질고도 피투성이였던 희생의 결과로 쟁취한 완전승리를 축하하기 위해 거대한 인파가 독립궁 광장에 모여들었다. –중략– 군대 사열이 있었다. 월맹군의 모든 군대가 이 축전을 위해 출동한 듯했다. 장병들은 모두가 새로 지은 옷과 차양이 달린 새 모자를 쓰고 자랑스럽게 행군해 들어왔다. 전차와 대공화기, 소련제 비행기들이 축하공연을 했지만, 우리 베트콩부대는 어디에도 눈에 띄지 않았다. 우리 남쪽 사람들은 모두가 분개했다. 인내가 한계에 다다를 즈음 베트콩부대가 나타났다. 그런데 도대체 이게 어떻게 된 일일까? 월맹군들과 달리 그들은 허름한 누더기에 촌티를 벗지 못한 오합지졸이었다. 느릿느릿 걷고 있는 그들은 깃발마저도 베트콩기가 아닌 황색별이 하나 그려진 월맹기를 들고 있었다. 나는 충격으로 쓰러질 뻔하였다. 월맹은 그 짧은 사이에 이미 남쪽 베트콩 군대를 해체해 버렸던 것이다.

전쟁 목표 설정에 실패했다

“전쟁에 의해 무엇을 얻을 것인가? 또 그 전쟁을 어떻게 수행할 것인가? 이 두 가지를 명백히 하지 않고 전쟁을 수행하는 국가는 없다. 전쟁에 의해서 무엇을 얻을 것인가는 정치적 목적이고, 전쟁을 어떻게 수행할 것인가는 군사적인 목표다. 군사적인 목표는 방책을 결정하며 작전상 필요한 수단과 노력의 규모를 결정하는 주요 원칙으로써 작전의 세부사항에 이르기까지 지대한 영향을 미친다.”

18세기 전쟁형태의 비판서 〈전쟁론(On War)〉을 쓴 Carl von Clause-witz의 말이다. 그런데 월남전이 한창이던 1966년, 맥스웰 테일러(Max-well Taylor) 대장은 상원의원 증언에서 “미국의 목표는 월맹을 패배시키는 것이 아니라, 월남에 대한 월맹의 정책을 바꾸게 하는 데 있다”라고 말했다. Clausewitz의 말에 대입하면 미국의 정치적 목표가 “월맹의 패배가 아닌 정책변화”라는 말인데, 이는 한마디로 처음부터 ‘승리’를 염두에 두지 않았다는 말이 된다. 전쟁하는 나라의 목표치고는 우스꽝스럽지 않을 수 없다. 이런 목표라면 구태여 전쟁을 할 필요 없이 외교적으로도 가능하다. 전쟁 목표가 이런데 어떻게 전쟁에서 이기길 바라겠는가?

‘월남정복’이라는 목표에 모든 역량을 집중하고 있는 월맹에 비해, 미국은 월맹을 공격하는 것은 애초부터 목표에 없었다. 네바라스카 대학 교수인 아놀드(Hugh M. Arnold)박사는 1949년부터 1967년까지 미국의 인도지나 개입정책을 다음과 같이 분석했다.

– 월맹의 정치적 목표가 단 하나인 데 비해, 미국은 22개 각기 다른 명분이 있었다고 지적했다. 1962년부터 1968년까지의 공식 입장은 대게릴라전에 역점을 두는 것이고, 1968년 이후에는 정부가 국민들에게 한 베트남전 종결 공약 준수에 역점을 두는 것이었다.

키신저도 자신의 회고록에서 월남전 후반의 미국 정부 입장을 이렇게 밝혔다.

– 존슨행정부로부터 부여받은 월남주둔 미군의 임무는 적을 패배시켜 월맹으로 철수하게 한다는 것이었지만, 1969년 8월 15일부터 유효한 새로운 임무는 월남군의 증강을 위하여 최대한의 원조를 제공하고 월남의 평정계획을 지원하는 한편 각종 보급품이 적의 수중에 흘러 들어가지 못하도록 하는 데 역점은 둔다.

이런 방침에 따라 미국은 월남을 강건하게 만들어 놓고 명예로운 철수를 하려고 했지만, 악착같이 목표를 향해 돌진하는 월맹은 미국의 발목을 쉽게 놓아주지 않았다. 결국에 미국은 1,500억 달러라는 천문학적인 전비와 1,300만 톤이라는 폭탄, 그리고 5만8천여 명이라는 희생자를 내고도 자신들이 세운 월남이라는 나라를 역사에서 완전히 사라지게 만드는 수모를 당했다.

EP. 18

미국은 왜 진짜 적한테는 눈을 감았나?

– 키 월남 수상이 본 미국의 결정적인 실수

월남 정부에서 수상과 부통령을 지낸 〈구엔 카오 키〉는 비록 전시 국가통치에는 실패했지만, 전쟁국면을 바라보는 그의 시각은 옳았던 것 같다. 그가 밝힌 전쟁패배 원인은 비록 짧은 몇 마디에 불과하지만, 핵심을 찌른 통찰력으로 평가할만하다.

미국의 결정적 실수

– 미국의 정치인들이 제한전을 결정한 이유는 미군이 월맹으로 쳐 올라가면 중공과 소련을 끌어들여 제3차 세계대전을 유발할 가능성이 있다는 데에 있었으며, 이런 생각은 옳은 것이었다 이런 생각을 바탕으로 한 이론은 빈틈이 없었다. 결국, 미국 사람들은 그런 이론을 실천에 옮겼기 때문에 월남을 대신해서 전쟁에서 져 준 것이다. 소련과 중공도 제한전 쪽을 택했다. 직접적으로 전면 개입을 하게 되면 승산 없는 3차대전에 휘말리게 될 것이 두려웠기 때문이다. 그러나 이들은 자신들의 생각을 올바로 실천에 옮겼기 때문에 전쟁을 승리로 이끌었다. 이것은 움직일 수 없는 현실이다. 소련인들이나 중국인들이 양대 세력은 직접 미국인들을 죽이지 않고도 월남에서 각각 자기 하수인을 동원해 전쟁을 치르고 미국을 패배시킨 것이다. 미국 사람들은 두 가지 근본적인 실책

을 범했다. 현직에 있는 동안 나는 여러 차례 미국 지도자들에게 이런 사실을 지적했다. 제한전이란 치밀한 작전을 통해 수행해야지, 자그놀 방식(소모전)으로 해서는 안 된다는 것이 내 주장이었다. 그리고 전쟁에서 승리하려면 미국은 무대 조명에서 멀리 떨어져 있어야 한다.

그러면 월남에서 소모전은 어떻게 시작되었는가? 1950년 미국 군사원조 고문단이란 이름의 소규모 병력으로 시작된 주월 미군은 1960년에 와서 327명에서 갑자기 900명으로 불었고, 1961년에는 3200명, 그리고 1962년에 와서는 폴 하킨즈 장군 휘하에 주월 미 군사원조사령부로 승격하고, 병력도 11,300명으로 불어났다. 1963년에는 16,500명, 그리고 1964년에는 웨스트 모얼랜드 장군 휘하 병력이 총 23,300명이 되었다. 1965년 미군이 전면적인 전투태세에 돌입하자 18만 명으로 늘었고, 1966년에 38만 9천 명, 1967년에 46만 3천 명, 1968년에 49만 5천 명, 그리고 1969년에 가장 많은 숫자인 54만 7천 5백 명으로 불어났다. 월남군과 기타 다른 나라 군인은 제외하고라도 50만 명이 넘는 병력이니 대단한 숫자이며, 거기다 미국 항공모함과 제트 폭격기까지 갖추고 있었다. 그러면서도 미군이 전쟁에 이길 수 없었던 것은 이 군대가 제한전에 맞지 않은 군대였기 문이다. 1965년 존슨 대통령의 명령에 따라 월맹에 대해 실시했던 〈천둥 폭격 작전〉에 따라 폭격은 불가피하게 가중되었고 경비는 늘어났다. 1965년 〈천둥 작전〉이 시작된 첫 회에만도 55,000회의 대월맹 출격횟수를 기록했다. 투하된 폭탄은 무려 무게가 3만3천 톤이고, 파괴된 항공기가 171대, 그리고 직접적인 작전 비용이 460만 달러에 이르렀다. 1966년에 와서는 출격횟수 108,000회. 폭탄 투하량 128,000톤, 유실 항공기 대수가 3배 18대, 그리고 총 경비가 무려 12억 달러에 달했다. 그러나 이 막대한 투자의 상당 부분은 낭비였다.

– 전면전쟁이 아닌 제한전쟁을 하기로 했으면 미국도 소련이나 중공처럼 앞에 나서지 말고 배후에서 조종했어야 했다. 사진사 앞에 서서 포즈를 취하는 어리석음을 미국은 범했다. 반면 소련이나 중공은 미국과 같은 우를 범하지 않았다. 소련과 중공이 호지명에 대해 공개적으로 충고를 하는 광경을 본 사람이 있는가? 미국의 과장된 노출 현상은 월남군 사기에 나쁜 영향을 주었다. 월남 병사들은 월남군이 맡은 역할이 종속적이기 때문에 이제는 미국의 것이 되어버린 전쟁에서 미국을 위해 싸우고 있다고까지 생각했다. 월남군 사이에서는 이런 소리가 심심찮게 들렸다.

"우리가 싸워서 뭣해? 미국 사람들이 우리 대신 다 싸워주는데…. 우린 쉬자구!"

미국 망명지에서 쓴 회고록 「월남 20년 패망 20일(Twenty Years and Twenty Days)」에 실린 글이다.

콜린 파월의 분노

베트남전쟁에 대한 콜린 파월의 비판은 구엔 카오 키보다 더 통렬하다. 그의 회고록에서 콜린 파월은 이렇게 말한다.

– 전쟁은 정치의 마지막 수단이어야 한다. 그리고 전쟁을 하게 되면 국민이 이해하고 지지할만한 목적을 가져야 한다. 우리는 임무를 완수하기 위해 나라의 자원을 총동원해 참가하고 이겨야 한다. 베트남에서 우리는 나라의 상당 부분이 반대하거나 무관심한 상황에서 소수의 집단

만이 그 짐을 지고 내키지 않는 반쪽짜리 전쟁에 참가했다.(책 233페이지)

– 나는 특히 우리의 정치 지도자들이 그 전쟁을 위하여 인력을 공급했던 방법을 저주하는 바이다. 누가 징집되고 누가 연기되며, 누가 복무하고 누가 벗어나며, 누가 죽고 누가 살 것인가에 대한 정책은 반민주적인 수치였다. 나는 사실상 다음과 같이 말했던 지도자를 결코 용서할 수 없다.

"이 젊은 사람들 –가난하고 교육을 덜 받았으며 특별한 특권도 없으므로– 은 써 버릴만하나 (누군가는 그들을 '경제적 대포 밥'이라고도 묘사했다) 그 나머지는 위험에 처하기엔 너무 귀하다."

힘 있고 좋은 지위에 있는 사람들의 아들 중 그렇게도 많은 수와 그렇게도 많은 운동선수들이(우리 누구보다도 건강할) 예비군과 주 방위군에 교묘히 지리를 잡은 것에 나는 분개한다. 베트남의 많은 비극 중 이러한 적나라한 계급 차별이, 모든 미국인들이 동등하게 창조되었고, 나라에 대해 똑같은 충성을 바쳐야 한다는 이상에 가장 큰 타격을 입혔다고 나는 생각한다.

내가 그 전쟁에 대한 감정을 정리하려고 했듯이 조직으로서의 군도 똑같은 일을 할 것이다. 우리는 부도난 정책을 수행하기 위해 보내졌다는 사실을 받아들였다. 우리의 정치 지도자들은 모든 것에 다 맞는 단 하나의 원리인 반공을 위해 우리를 전쟁으로 이끌었지만, 전쟁의 역사적 뿌리가 동서 분쟁을 넘어선 국내 투쟁 국가주의, 반식민주의 등에 기초한 베트남에서는 부분적으로밖에 맞지 않는 것이었다. 우리의 선임 장교들은 그 전쟁이 지독하게 전개될 것이라는 것을 알았다. 그러나 그들은 집단 사고의 압력에 굴복하고 가짜 시체 계산 측정, 안전 마을이라는 위안적인 환상, 부풀린 향상 보고서 등 거짓 꾸미기를 계속하였다. 공동의 실체로서 군은 정치적 상급자들이나 혹은 군 자체에 솔직히 이야기하지 못했다. 최고 지도층은 국방장관이나 대통령에게 가서"우리가 싸우는 방식으로는 이 전쟁에 이길 수 없습니다."라고 결코 말하지 않았다. 그 전쟁에서 단련된 직업군인인 대위, 소령, 중령 등 우리 세대의 많은 사람들은 우리가 일을 처리할 때가 되면 미국국민들이 이해도, 지지도, 할 수 없는 설익은 이유를 위해 내키지 않는 전쟁에 묵묵히 따라가지 않을 것이라고 맹세했다.(책 234페이지)

EP. 19

베트콩 최정예부대 칼날대대 이야기
- 노획 문서로 본 막강 전투력의 비밀

전쟁의 흐름을 바꾼 구정(舊正) 대공세

1968년 1월 29일은 베트남의 큰 명절인 구정(舊正) 설날이었다. 전쟁 당사국 양측은 이날 하루 임시휴전을 했고, 월남 국민은 평화롭게 설을 쇠고 있었다. 그런데 북베트남군(월맹군)과 남베트남 민족해방전선(베트콩)이 연합해서 휴전 약속을 깨고 남베트남지역 내의 100여 개 도시와 농촌을 일시에 공격해왔다. 이 뜻밖의 기습으로 베트남전쟁 이래 처음으로 적과 아군이 총동원된 대규모 전투가 월남 전역에서 벌어졌다. 월맹군과 베트콩군을 상대로 7개국(남베트남군과 미군을 비롯해 한국군, 호주군, 필리핀군, 태국군, 뉴질랜드군) 동맹군이 맞붙은 유례없이 큰 전투가 벌어진 것이다. 이른바 베트남전쟁에서 악명 높은 '구정 대공세' 전투였다.

북베트남군(월맹군) 및 남베트남 민족해방전선군(베트콩)은 약 8만여 명에 이르는 대군으로 남베트남의 사이공을 포함 33개 성의 주요 도시를 한꺼번에 공격했는데, 이 기습 공격으로 미군과 남베트남군을 비롯한 동맹군은 큰 혼란을 일으켜 초반 전투에서 많은 사상자를 냈다. 특히 케산과 후에 전투에서 사상자가 많이 발생했고, 사이공 시내 미 대사관이 적에게 일시 점거당하는 일까지 벌어지자 미국의 충격은 이만저만 아니었다. 그러나 곧바로 이어진 동맹군의 반격으로 적의 구정 기습 공격은 한 달여 만에 패퇴했지만, 전열을 가다듬은 적이 5월에 다시 총공세를 퍼부어 전투는 그해 8월 말까지 계속되었다. 이 전투에서 응웬 왕조의 수도였던 후예가 적에게 함락되기도 했는데, 미군이 다시 반격에 나서 도시 전체를 파괴하다시피 폭탄을 퍼부어 탈환했다. 약 8개월간 벌어진 이 구정 공세 전투에서 쌍방은 수많은 사상자를 냈다. 특히 도시 게릴라전을 주도적으로 맡았던 남베트남 민족해방전선(베트콩)의 전력 손실이 가장 컸다. 그러나 이 구정 대공세로 인해 베트남전쟁은 커다란 전환점을 맡게 된다. 그동안 월맹군과 민족해방전선군을 과소평가해 대규모 군사작전 능력이 없다고 믿고 있던 미국 정부와 미국 국민들에게 그것이 오판이었음을 깨닫게 했고, 이로 인해 정치지도자들이 종전을 위한 협상을 추구하게 되었다. 그렇다면 베트남전쟁 양상을 크게 뒤흔든 이런 베트콩의 막강한 전투력은 어디서 나왔을까?

베트콩의 구정 공세가 끝나고 약 두 달 뒤인 1968년 10월 18일, 월남공화국 국방부 월남군 총사령부는 베트콩으로부터 노획한 문서 하나를 예하 부대 및 우방 7개국 군사령부에 내려보내 참고하도록 했다. 문서 제목은 '적 문서 연구'였고, 내용은 바로 베트콩의 막강한 전투력의 비밀을 풀 수 있는 '칼날대대 시가지 전투 교본'이었다. 적의 훈련과정이 상세히 기록된 문서가 공개되기는 이것이 처음인 것으로 알려졌다.

당시 주월한국군사령부 야전 회보에 실렸던 적 문서를 원본 그대로 공개한다. 최정예 게릴라부대답게 목적 달성을 위해 얼마나 치밀하게 작전계획을 짜고 이를 숙지시키는지, 소름이 돋을 지경이다.

적 문서 연구

UMH/STC

1968. 10. 18.
월 남 공 화 국
국 방 부
월남군 총 사령부
J – 2

1. 제목 : 1968년 - 1969년도 "칼날대대"에 대한 지휘부의 보충 교육 실시(사본)

1968년 – 1969년도 동춘 "칼날대대" 보충 교육

지난 몇 차례의 공세 시 "칼날대대"는 경험을 얻고 장족의 발전을 보았음. 그러나 각 "칼날대대" 전체를 볼 때 지휘 편성 상의 기술 면에서 아직도 미흡한 상태임. 새로운 임부에 비추어 볼 때 각 "칼날대대"는 아직도 충분히 날카롭지 못하며 장기 작전 능력이 절실히 요구됨. 각 "칼날대대"는 정치 세력 및 현지 "아지트"와의 내, 외적인 협조가 긴밀치 못하며 편성과 지휘가 원활치 못함.

그러므로 각 "칼날대대"는 그 능력을 십분 발휘하지 못하였으며 기대하는 전승을 걷우지 못하였음.

각 "칼날대대"의 시가지 작전은 도시에서의 군사 상황 작전에 결정적인 요소가 되며 적의 요충지 방어 체제를 파괴하는 여건을 제공함.

한편 각 "칼날대대"는 도시의 정치, 경제, 사회면에 큰 영향을 미치며, 적의 군사적인 실패를 주장하는 제 요소를 마련하고 정권 탈취를 위한 대중 봉기를 지원함. 따라서 상황 여하를 막론하고 "칼날대대"의 임무는

그 활동 범위를 도시로 적극 지향하고 도시 내에서 분전하는 데 있음.

본 전문을 수령한 각 분구는 이의 시행 방법을 연구하고 하급 부대에 하달할 것.

1968년 9월 24일

부록 : "칼날대대"의 시가전 전술 (남부 사령부 참모부의 문서)

칼날대대 시가지 전투 교본

시가지 전투 교육 내용

하기와 같이 4단계로 나누어 작전을 수행함.

1단계 부대 이동 및 병력 배치 단계
2단계 방어선 돌파 단계
3단계 내부 목표 탈취와 역습 격퇴 단계
4단계 철수 단계

1. 부대 이동 및 병력 배치 단계
도시 내부에서의 작전은 도시 공세 전 단계 중 가장 중요함

가. 도시 침투 작전의 원칙
기도 비익, 병력 및 장비 보호, 계획에 따른 병력 침투 추진, 사상자

수를 최소로 하여 도시 내부에서의 주 임무를 완수토록 함. 따라서 지휘통솔을 원활히 하여 철저한 기도 비익을 유지함으로써 적의 아군 발견과 공격 방향, 병력 배치 지역의 노출을 방지하고, 행군 군기와 숙영지 유의사항을 철저히 준수함으로써 적의 소탕 작전이나 비행기 폭격에 대한 아군의 노출을 방지함. 작전 지역은 사상자 처리와 작전 부대 안내 등 우군에 유리한 곳이라야 함.

나. 작전지역 연구 시는 적군뿐만 아니라 지형도 연구하여 다음 사항을 결정함.

– 주 접근로 및 비상시 사용할 예비 통로

– 행군로의 확실한 상황, 행군 거리, 통과해야 할 적의 초소, 횡단해야 할 하천, 교량, 주택지, 수전지대, 수답지대 및 기타 행군시의 장애가 되는 지형지물, 도보이동 혹은 선박을 이용한 이동의 가능성, 수위 등을 파악해야 함. 이에 따라서 작전 부대의 능력을 감안한 소요 시간을 책정하고 선박 및 상륙지를 준비하며 작전 부대에 대한 교육 훈련과 아울러 작전 계획을 수립함.

– 최종적인 습격을 감행할 병력은 폐 지역은 최선을 다하여 목표에 근접시킴으로써 사격개시까지의 시간을 최소한으로 함. 병력은 폐 지역에서의 기도비익 유지, 실재 전투 및 기타 행동 방책, 적이 소탕작전을 실시할 수 있는 지역 등을 미리 연구 판단하여 전투 병력 배치를 결정하고 전투부대를 교육함.

다. 부대 이동 및 병력 배치를 확정 지은 후는 이에 대한 준비를 하고 필요한 사항을 교육함. 교육 내용은 하기와 같음.

⑴ 휴대 장비: 도시 공격을 위한 부대 이동은 통상 3, 4일이 소요됨.

행군 시 전투가 불가피할 경우가 많으나 임무 또한 중대하므로 도시 내부에 할당된 목표를 소탕하고 역습에 대비할 수 있는 충분한 여력을 갖춰야 함. 보급품 추진 역시 곤란함. 따라서 각대는 최소 5,6일 전투를 계속할 수 있도록 비교적 다량의 실탄과 식량을 휴대해야 함. 1인 평균 25 "키로" 상을 휴대하며 탄약은 통상 AK 500발, 자동소총 600발, 기관총 1000발, B 40과 B 41은 8-10발, 60 및 82"미리" 박격포는 1문당 16발을 휴대하며 식량은 5일분을 지참함.

실제적으로:

– 각개 병사는 의복 1착, 내의 2착, 그네침대 1개, 무기를 넣을 수 있는 튼튼한 모기장 1개를

– 견고하게 포장하여 신체에 밀착시킬 것.

– 휴대품 보관 및 신체 능력에 따른 개인간의 상호 지원에 대한 교육

– 행군시의 보충 계획과 예비량을 도시 외곽에 은익 하도록 노력

– 병사들에게 짐 멜대로 휴대품을 운반하는 교육을 실시하여 피로하지 않는 신속한 이동과 기도 폭로를 방지토록 함.

(2) 수전지대, 늪지대 통과에 대한 실습을 통하여 소음 없이 안전하게 신속히 이동토록 함.

(3) "나이론" 포대를 이용한 하천 횡단 수영 훈련과 안전한 장비를 갖추고 50 미터 이상을 신속 안전하게 수영할 수 있는 능력, 특히 중화기를 보병에 뒤지지 않게 도섭 시키는 방법 연구

(4) 신속 안전한 승선 하선 훈련과 노 젓기 실습

(5) 전초진지, 하천, 도로 등의 횡단 침투요령, 명령 전달방법, 대형 유지 방법, 기도 비익방법, 군기 유지 방법, 포격 및 폭격시의 피신방법, 적 조명탄 낙하시의 요령 등을 전위, 후위 등에 실습시킴.

부대 이동은 신속을 기하여 1시간 평균 4-5키로를 이동해야 함.

(6) 도시 외곽 지대에서의 병력 은폐방법, 기도 비익, 군기 유지 전투 태세, 공사, 은폐지 위장 요령에 대한 실습

(7) 각급 간부는 부대 편성 및 지휘, 하천 및 도로 횡단 방법을 연구할 것.

라. 부대 이동

(1) 부대 이동 1-2일 전 작전의 목적, 불리한 점 및 유리한 점, 필승을 기약하는 병력 은폐 배치, 주도면밀한 준비 등을 병사들에게 교육하고 검열을 실시함.

- 간부급에게 행군 노정의 전반, 대형순서, 이동건의 상황 처치에 대하여 알려줌.

- 행군로 안내, 거소할 곳과 하천 횡단수단을 마련할 선발대를 먼저 출발시킴.

(2) 부대 이동 시 대대는 1개의 통로를 사용할 수 있으나 지형을 숙지하고 있을

때는 2개 통로를 사용함. 부대 이동간은 전위, 후위 및 하천이나 도로 황단 시에 대비하여 전투 예비대를 보유하여야 함. 방공조는 대열에 들어감.

- 출발 시간을 엄수하여 빠르거나 늦지 않도록 함.

대형을 그대로 유지하여 행군하며 휴식 시간을 엄수, 적의 습격에 대비할 수 있는 지역 도달을 확실히 하고 전투 상황에 대처할 수 있는 대형유지, 낙오방지를 기하며 밀물, 썰물 때를 미리 판단하고 군기를 엄수하여 정확한 시간에 안전하게 도착 할 수 있도록 함,

- 지휘관급은 자기 위치를 이탈해서는 안 되며 지휘감독을 분담하여 부대 이동간의 난관을 타개함. 10분 휴식 후는 필히 인원 및 장비 점검을 실시하며 특히 야간이나 험악한 지형, 늪지대, 위험한 교량 통과 시

는 인원과 장비 검사를 실시할 것.

간부급은 허약한 자에 대한 지원을 하도록 하며 무거운 짐을 고려하여 속도를 조절하고 험준한 지역을 통과했을 때는 후속 부대를 기다려야 함. 병사들은 대형 유지에 노력하고 소음을 내지 않도록 하여 기도 비익을 유지할 것.

낙오 또는 대형에 간격이 생기기 쉬운 곳을 통과할 때는 안내병을 차출하거나 표식을 할 것.

– 시가지나 촌락을 통과할 때는 소음을 내지 않도록 하며 주민이 많은 지역에서 10분 이상 쉬지 않도록 함.

– 적의 전초에 근접할 때는 최대한의 기도 비익을 유지할 것. 소음과 발광

– 하천 통과 시는 지휘자를 도섭 지역에 배치하여 하천 이동 수단을 확보하고 하천 주변의 상황을 파악토록 하여 경계병 배치 문제를 결정하고 확보된 도강 수단에 따라서 도하부대와 대기 지점을 결정함. 소음을 방지하고 적의 선박과 정찰기에 조심할 것. 경계 후 경보를 발할 것.

– 적의 매복이 있을 만한 도로에 도달하면 선두에 2개 경계조를 차출하여 부대가 안전하게 통과할 수 있도록 함. 적에 의하여 대열이 분열되는 경우 최선을 다하여 적을 공격하고 횡단함. 횡단이 불가능할 때는 다른 통로를 개척함. 이미 횡단한 부대는 적을 역습함으로써 아직 횡단치 못한 부대를 지원하거나 대기하며 대기할 수 없을 경우는 소수 병력을 잔류시킴.

– 신속 안전한 부대 이동과 아울러 도시 내부에서의 임무완수를 위한 충분한 여력을 유지하기 위하여 필히 노상에서의 전투를 피하도록 하여야 함. 따라서 우회로를 찾거나 횡단을 신속히 함. 교전이 불가피한 경우는 부대의 일부나 지방 "게릴라"를 기만 부대로 이용 적병을 한 방향으로 유인함으로써 대부대 이동의 안정을 기함. 탄약을 절약하며, 탄약

을 소모했을 경우는 필히 보충할 것. 예비 휴대량을 행군 노상의 일개 비밀지점에 미리 은닉해 놓을 수도 있음. 은닉 지점은 도시 외곽에 가까울수록 좋음.)

– "헬리콥터" 조명 시는 신속히 은폐함(대형을 크게 분산치 않음). 시간을 오래 끄는 조명탄에 주의할 것. 부대가 은폐 위장할 때는 지형지물을 적절히 이용하며 수목의 그림자나 가옥, 논두렁 등을 이용하여 적의 관측에 노출되지 않도록 하며 절대 개활지에 앉지 않도록 할 것. 포병 사격은 동쪽에서 소리가 나지만 서쪽에서 관측하고 있음) "헬리콥터" 사격 시는 그대로 있을 것인가 대공 사격을 실시할 것인가를 판단하며 적이 아군의 전부를 발견했느냐의 여하에 따라서 사격 여부, 전격 사격 또는 일부 병력의 사격 여부를 결정함. 선박을 이용한 도하 시는 관찰을 철저히 하여 적의 항공기를 조기 발견하므로 서, 시간 내에 은폐토록 함.

– 행군 시 발생한 사상자는 해당 지방에서 조치토록 함.

– 행군로 상의 흔적이나 신발 자국을 없애고 10분 휴식 후나 취사 후 군장이나 실탄, 헝겊 등을 버리지 말 것이며, 부대기도 비익에 대한 교육을 실시하고 적에 근접할 시, 부락 통과 시, 하천 도하 시, 도로 횡단 시의 기율을 철저히 유지토록 할 것.

마. 병력의 은폐 배치

– 도시 내부에 침공해 들어 가기 위한 준비를 하는 최종 습격 준비, 지형에 병력을 은폐 배치하는 문제는 지극히 중요한 것임.

– 병력 배치의 원칙은 최대한의 기도 비익으로 주도권을 장악한 채 적을 기습 공격하는데 있음. 사격시간 엄수를 위하여 최후 병력 배치는 전면에 최대한 근접 시키며, 여하한 경우라도 야간 사격을 감행할 수 있도록 함.

– 분구 장은 선발대와 정찰병의 상황보고를 주의 깊게 듣고 적시에 난제를 해결해야 함.

– 병력 배치는 은밀하게 하여 병력 배치를 폭로치 않도록 하며 주둔 지역 전방 멀리까지 소부대를 사방에 배치하여 적의 출현을 조기에 경고하고 원거리에서 적을 치도록 함 ("게릴라"로서 적을 공격함으로써 적이 우군 대부대를 포착하지 못하도록 함) 원거리에서의 적의 교전을 불가피하게 만듦으로써 주력 부대가 조기 교전하는 것을 방지함.

부대 배치 대형 중 "b", "c" 형은 필요시 기동할 수 있도록 하며 수류탄으로 "부비트랩"을 장치하여 적을 지연함. 적이 공격해 올 경우 공격을 받은 부대만 사격을 하고 나머지 부대는 계속 기도 비익을 유지하여 타 부대를 지원할 준비를 함.

– 비행기 폭격을 가해올 경우 노출된 부대만 사격함.

– 목적지에 도착하면 피로를 극복하고 공사를 완료하며 여명 이전에 역습 격퇴 계획을 세움. 각 간부는 부대의 모범으로서 부대를 감독하여 도시 내부에서 수행할 임무를 다하기도 전에 손실을 보지 않도록 해야 함.

– 해당 주둔 지역도(지방 "게릴라"를 말함) 경계병을 배치하고 적의 습격을 포착하며 적의 첩자를 색출해냄.

– 우군이 병력의 은폐 배치를 완료한 이후 적이 공수 이동하여 소탕전을 실시할 경우에는 적 교두보로부터 가까운 야지에서 우군이 먼저 습격을 감행(장비는 가벼우나 화력이 강한 1개 부대를 편성)하여 적의 기도를 좌절시킴.

바. 연락편성

– 대대와 중대는 무전기가 있으나("바레리" 사용과 기밀보호에 주의할 것). 적의 공격으로 파손된 것이 많음. 따라서 전령 통신이 추가되며 합리적임.

– 통신대를 훈련하고 정확히 감청토록 하여 상 하 각급제대에 관련된

사항을 보고 및 연락토록 함.

2. 도시 방어선 돌파 단계

우군의 도시 공격을 저지하기 위하여 적은 도시 지역의 방어를 증강하고 병력을 추가하였으며 철저한 지역 통제와 순찰 증가, 적극적인 교통로 및 하천선 소탕 작전을 실시하고 있음. 따라서 적은 우군의 침투 가능성을 의심하고 있음. 그러므로 도시 침투 시 각 "칼날대대"는 적에 가까운 지역을 통과해야 하며 일부 부대는 적의 외곽 방어선을 돌파해야 함.

가. 적이 근접해 있는 지역의 통과 시

– 적이 근접해 있는 지역을 기동할 때는 그 근접 도에 따라서 더욱 기도 비익을 유지하며 항시 교전할 준비를 갖추어야 함. 불의의 적 기습을 방지하기 위하여 지휘통솔을 더 한층 철저히 하고 적과의 접촉을 피하고 대열에서 낙오하지 않도록 함. 시간이 지연되면 사격 개시 시간이 늦게 됨.

– 각대의 전투 임무에 따라 적절한 대형을 취하여 확실한 목표 근접 이후 부여된 임무를 신속히 완수토록 함.

나. 돌파 시

– 기동과 지휘를 용이하게 하기 위하여 "칼날대대"의 전투 대형은 통상 3개 제대를 위하며 각대의 선두에 1명의 간부를 포함한 1개조를 먼저 출발시켜서 조기에 적을 발견 처치토록 하며, 각대는 부여된 임무에 따라서 목표까지 똑바로 전진함.

– 돌파 제대: 신속히 병력을 전개하여 목표를 점령하며 목표의 대소

에 따라서 병력 사용 규모를 결정함. 전초 기지 공격 시는 정면 공격과 측면 공격을 병행함. 용감한 행동과 화력으로 적을 제압하고, 2-3개 제대를 돌격부대로 편성하여 중심 깊숙이 침투하여 적을 섬멸함. 점령이 불가능한 경우는 포위 병력의 일부를 철수하여 화력 집중으로 섬멸함.

- 기타 도시 외부 목표 점령의 필요가 없는 각 제대는 계속 지정된 방향으로 중심 깊이 침투함. 그러나 우군이 도시에 침투한 바로 직후의 취약한때부터 적의 역습을 격퇴할 준비를 갖춤. 중심 침투 시 하천이 나타나면 하천 횡단 전투 편성을 하고 하천 대안의 상황을 확실히 파악하여 작전 계획을 세움. 하천 횡단은 통상 야간에 실시함. "카누", "보트" 혹은 수영에 의한 도하). 선발대를 먼저 도하시켜 경계 부대로 운용하고 한 번에 수 개 제대가 도하할 수 있도록 편성함. 경계 및 지원부대를 편성하고 하천을 횡단한 후는 질서와 기도 비익을 유지하여 아군에 조기 발견됨을 방지함. 수상에서 적 선박에 탑승한 순찰 조를 발견하면 신속히 대형을 재편성하고 진출 방향을 확실히 유지함. 적이 아군을 저지할 경우는 공격을 감행함.

3. 도시 내부에서의 각 구역 점령과 역습 격퇴

계획대로 일부 목표를 탈취하고 "칼날대대"가 부여된 지역을 점령한 이후는 그 지역을 확실히 장학하므로 서 적의 역습에 대비함. 그러나 지역 장악과 동시에 수일 이내에 점령 지역을 확대하도록 적극 노력해야 함. 이는 최초 수일간 적의 능력이 약화되어 불의의 기습에 대비할 수 없는 반면 아군 기력을 낼 때이기 때문임.

가. 시가지 공격

- 시가지 전투 시는 각종 건물이 복잡하므로 공격 부대와 방어 부대

를 편성하고 각조와 분대를 운용하여 신속하고 노출되지 않는 침투를 감행함.

– 시가지 행동 시는 대로를 피하고 소로나 골목길을 이용하거나 담벼락을 넘도록 하며 통상 적이 감제하고 있는 개활지나 교차로를 피할 것.

– 골목길에서는 진출하기 전에 전방 관측 조를 보내고 건물의 그림자나 나무그림자, 담벼락을 이용하여 이동하며 도로 양측의 골목을 미리 장악하여 세밀히 관찰한 후 행동함. 각조 및 분대 급 경계 조를 운용하고 진출 시 상호 엄호하며 고층에서 감제하고 있는 적의 수류탄이나 기관총, 박격포, "DKZ"공격 등에 주의해야함.

– 개활지나 교차로를 통과해야 할 때는 화력 조를 운용하여 적의 화력을 제압토록 한 후 신속히 이동토록 하며 병력은 분산함. 적이 고층에서 감제하고 있을 때는 소부대 단위 별로 통과해야함.

– 병력 전 개시 적과 조우하면 적 상황에 따라서 공격을 감행함.

– 고층건물 공격: 각 건물은 높고 견고하므로 B40, B41을 선용하여 공격함. B40, B41로서 적의 화기를 제압하고 각조와 보병 분대가 적에 근접하여 수류탄 및 폭파 공격으로 적을 섬멸함. 건물 공격 시는 먼저 층계와 창문을 점령하고 1가옥씩 점령해 나감. 일단 점령한 후는 적의 수류탄 공격에 주의할 것. 점령할 능력이 없는 고층건물은 화력으로 이를 제압하고 포위망을 압축하므로 써 주력군이 목표까지 진출할 수 있도록 함.

– 기계화 부대 공격: 공격 도중 적의 기계화 부대 ("탱크")를 만나게 될 경우는 매복 배치 후 B40, B 41을 사용하여 이를 파괴함. B40, B41 사용 시 보병 엄호조가 있어야 하며 혹은 보병이 "탱크"의 양 측면에 은밀히 접근하여 수류탄이나 폭발물로 이를 파괴토록 화력으로 엄호함.

– 한 가옥에서 다른 가옥으로 이동 시 담벼락을 넘어야만 되는 경우도 있으며 이때는 반대편에 숨어 있는 적에 주의해야 함.

나. 지역 점령 및 역습 격퇴

시가지 전투 시 "칼날대대"는 계속 공세를 유지하고 적의 역습을 격퇴하기 위한 지역을 점령 하여야하며 지역을 점령한 "칼날대대"는 넓은 방어 정면과 깊은 중심에서 기동 방어 형태를 취함.

– 병력을 도로에 따라 분산 배치하며 교차로, 골목, 교량, 교통로 등을 장악하여 적 기계화 보병을 저지하고 강을 따라 접근하는 동력정치 선박을 제압함.

– 교차로에 B40, B41을 배치하여 차량 및 선박을 공격토록 하고 고층에 보병을 배치하여 비행기에 대하여 사격토록 하며 교통로를 감제토록 함.

– 여러 겹으로 공사를 실시하고 도로변이나 정원 울타리, 담벼락, 마대, 모래, 목재 등을 이용하여 장애물 공사를 연결하고 적 포격에 대비하며 의자와 책상, 수목 등을 이용하여 적 기계화 보병을 저지할 "바리케이드"를 쌓음.

– 방어 정면과 약 측면에 경계 매복조를 차출하여 접근하는 적의 차량, 선박 및 기계화 보병을 공격하며 주민들로 하여금 기지를 구축하고 부대를 편성토록 함.

– 병력 배치는 비밀을 보장토록 함.

– 적군의 보병과 기계화 부대가 역습해 올 경우 용감하게 완강히 투쟁하며 조, 분대와 같은 소부대를 적 측면에 은밀히 근접시켜 기습공격을 감행하고 B40, B41을 사용하여 기갑과 차량을 파괴함. 기관총과 대공화기를 사용하여 점령지역을 확보하고 대량으로 적을 살상함. 주간에는 역습을 격퇴하고 야간에는 주도권을 장악하여 아직 남 있는 목표와 적군을 기습 공격, 특공대 공격 또는 강습으로 탈취 섬멸함.

– 시가지에서의 습격 시는 많은 건물이 늘어서 있으므로 병력 전개가

곤란함. 따라서 통상 병력보다는 화력 (B40, B41)을 더 사용하여 습격의 효과를 얻음. 야간에 습격을 하기 위해서는 오후부터 사격을 개시함.

– 목표가 견고할 때에는 강습을 하게 되며 강습 시는 장애물과 치열한 화력을 무릅 쓰고 수 개 제대가 계속하여 돌파 공격을 감행함으로써 목표를 점령함.

– 적의 피로와 약점을 이용하여 불의의 박격포 공격과 돌격으로 적의 차량집결지, 포병, 보병 등을 유린함.

다. 포위망 속에서의 전투 및 포위선 돌파

– 적 포위망 속에 들었을 때는 중요한 목표를 고수토록 하여 협소한 거리에 몰리지 않도록 하며 소규모 공격으로 적의 능력을 소모시킴.

– 소규모 습격조를 계속 운용하므로 써 적의 능력을 소모시킴.

– 포위선 외곽에 위치하는 부대는 포위선 내부에 있는 부대를 적극 지원하고 적을 계속하여 습격토록 할 것.

– 포위선 돌파 시는 적의 약점을 선정하여 집중공격하며 이때기만 병력을 사용함.

4. 철수 단계

– 어려운 전투 단계이므로 지휘 편성을 밀접히 하여야 함.

– 계획에 의거 철수하며 상급부대의 명령이 있을 때만 철수함.

– 철수 시 사상자 문제를 해결하여야 함.

– 기만 병력을 이용하여 적을 유인하고 적으로 하여금 철수 방향을 탐지하지 못하도록 하여 적 포격을 방지함.

철수 후는 재편성을 실시하고 계속 임무를 수행하여야 함.

5. 지위 편성 단계

가. 지휘자는 작전 기간 중 적군과 아군 상황을 확실히 파악. 특히 우군 부대를 확실히 장악하며 상황을 연구 분석하여 정확한 행동 방책을 결정함.

나. 당 위원회, 각 지부, 각급 지휘관으로서의 종합적인 역할을 발휘하여 부대의 필승 정신을 재 강화하고 적 공격의 결의를 공고히 함.

다. 간부는 매일 그날의 상황을 종합하고 경험을 추출하여 약점을 보완토록 함.

라. 보고의 엄정을 기하고 하급으로부터 오는 보고사항에 주의하여야 함.

마. 각대간의 협조를 긴밀히 하고 혁명 정신에 입각하여 필승을 신념으로 전투하며 고도의 군기를 유지하여야 함. 끝.

EP. 20

세계가 격찬한 한국군의 방어 전술

– 중대 전술기지 교본

베트남전쟁은 전선 없는 전쟁으로 유명하다. 어느 전쟁이든 적과 아군이 맞붙어 공격하고 후퇴하고 한다. 그렇게 밀고 밀리는, 진지를 뺏고 빼앗기는, 그래서 전선이 형성되고, 그 전선을 중심으로 격전이 벌어지고 결과에 따라 전세의 우열이 드러난다. 이것이 전쟁의 통상적인 모습이다. 그러나 베트남전쟁에서는 그런 밀고 당기고, 공격하고 후퇴하고 하는 전선이 없었다. 왜 그럴까?

한국전쟁의 경우 북한군이 그동안 전선으로 자리매김된 38선을 돌파하여 남한으로 쳐내려와 남한의 국군이 이에 맞서 싸운 전쟁이었다. 한마디로 적과 아군의 전선을 중심으로 한 치의 땅이라도 더 빼앗으려는 싸움이었다. 그래서 낙동강까지 밀렸다가는 두만강까지 밀고 올라가는, 진퇴를 거듭했다. 그러다 지금의 휴전선이라는 전선을 만들었다. 그런데 베트남전쟁은 적과 아군의 경계를 명확히 규정하는 17도 선은 그대로 가만히 둔 채 남베트남 영토 내에서만 전쟁을 벌인 희한한 전쟁이었다. 그 이유는 미국이 선택한 제한적인 전쟁 목표 때문이었다. 다시 말해 미국이 베트남전쟁을 수행하는 목적이 17도선 북쪽의 북베트남의 호찌민 정부를 무너뜨리는 데 있지 않고, 오로지 남베트남 내부에서 준동하는 공산세력을 박멸해 남쪽의 공산화를 막는 데 목적이 있었기 때문이다. 한마디로 베트남도 한국처럼 만든다는 것이었다. 그래서 미

지상군은 17도선 안으로는 한 발짝도 진격하지 못했다. 만약 진격했다가는 한국전쟁 때처럼 중국군과 소련군이 개입해 3차 세계대전이 발발할지 모른다는 두려움 때문이었다.

전선 없는 전쟁

전쟁 양상이 이렇다 보니 참전하는 국가들의 군대 배치도 국내처럼 고정 배치가 되었다. 한곳에 영구 막사를 지어 주둔하면서 그 부근에 준동하는 게릴라들을 소탕하는 방식이었다. 한국의 맹호부대 사단 본부는 파견 때부터 철수 귀국할 때까지 퀴넌 지역에 주둔하고 있었다. 사단을 중심으로 그 주변에 3개 연대본부가 주둔하고, 연대본부를 중심으로 주변에 각 대대가, 대대 주변에 각 중대가 진지를 구축해 주둔하는 형식이었다. 이렇다 보니 중대 진지가 가장 소규모였고, 그래서 베트콩들이나 게릴라들의 공격으로부터 가장 취약했다. 우리의 이런 부대 배치를 두고 미군이나 베트남군은 위험천만한 발상이라며 적극적으로 나서서 말렸다. 적의 공세에 하룻밤 새 중대 전체가 훅 날아 가버린다는 것이었다. 하지만 이런 그들의 우려는 기우였음이 곧 밝혀졌고, 이런 부대 배치가 베트남전쟁과 같은 제한전에서는 가장 효율적이라는 게 전과를 통해 세계 전략가들로부터 인정을 받았다. 중대 진지를 중심으로 한 방어와 타격 전술을 채명신 사령관이 독자적으로 개발해냈기 때문이었다. 이름하여 '중대 전술기지'였다. 이 중대 전술기지는 두코 전투와 같은 베트콩의 연대급 공격에도 거뜬히 방어해냄과 동시에 역공으로 유례없는 전과를 올려 미군들을 놀라게 했다. 그렇다면 왜 채명신 사령관은 이런 전술을 고안해냈는지 이 전술의 핵심내용은 어떤 것인지 알아보자.

근본부터 다른 한국군과 미군

김현진 – *중대전술기지를 창안하게 된 동기가 무엇인지요?*

채명신 – 우리 한국군이 월남에 가서 미군과 마찰이 좀 있었는데, 그 이유가 작전전개 방식이 서로 달랐기 때문이었다. 한국군은 애당초부터 월남전에서는 모택동의 게릴라전 원리를 역이용하여 물(주민)에서 물고기(베트콩)를 분리하기 위해, 초기 단계에는 70%의 노력을 지역 민간인을 보호하고 민간인과 게릴라 관계를 차단하는 데 중점을 두었고, 군사작전에는 30%의 힘만 기울였다. 그런데 이것이 미군의 Search & Destroy(탐색과 섬멸)과 우리의 Cut and Destroy(차단과 섬멸)의 작전 개념과 맞지 않아 충돌하게 된 것이었다. 미군의 탐색과 섬멸은 찾아다니면서 적을 섬멸하는 방법인데, 도대체 베트콩이 군복을 입었거나 어떤 표시를 하고 다니는 것도 아니고, 남녀노소가 때에 따라서 베트콩이 될 수도 있으니 어떻게 우리가 조사하여 양민과 베트콩을 구분할 수 있고, 찾아다니면서 섬멸할 수 있다는 말인가? 그래서 우리가 못 하겠다고 했지만, 미군은 집요하게 자기들의 계획을 적용하도록 요구했다. 그래도 우리는 양민 보호를 위해 필요한 지역에 중대 단위로 기지를 만들고, 야간에는 중대 기지 사이사이에 매복조를 배치하여 베트콩의 움직임을 모조리 차단하였으며, 낮에는 보호지역에 나가서 대민지원 봉사활동을 했다. 의료시설이 거의 없어서 대부분이 피부병 환자들이 많았는데, 이들을 치료해주고 식량 공급이 제대로 되지 않아 굶주리는 사람들에게는 식량을 지원했으며, 식수에 곤란할 받는 마을에는 공병들이 나가서 우물을 파줬다. 한국에서 가지고 간 탈곡기와 많은 농기구를 나누어주고 영농지도를 하면서 농사도 같이 지어 주었다. 이렇게 한국군 지역에 있는 주민들은 베트콩의 침입이 차단되고 안심하고 생업에 종사할 수 있게 되자 '한국군이 물러가면 우리는 죽는다.' 하고 군수한테 하소연하기도 했다. 맹호부대 전술 지역에는 처음에는 주민이 25만 명 정도에 불과했으나, 7-8개월이 지나자 120만 명으로 늘어났다. 지역 주민들은 한국군에게 전폭적으로 협력하게 되었고 심지어 베트콩인 자기 아들이 돌아와도 잡아가라고 신고하였다. 이들을 잡아다가 치료하고 고문하는 것이 아니라 병을 치료한 후, 다시 양민을 괴롭히지 않겠다는 서약서만 받고 과감하게 돌려 보내주었다. 그들이 월남군이나 경찰로부터 보호받을 수 있도록 보장해달라고 하면 '한국군 작전에 협력했다'는 증명서를 발행해주었다. 그렇게 되자 베트콩까지 우리에게 협력하게 되었고, 그들의 협력으로 인하여 지역 평정에 성공할 수 있었다. 이와 같은 것이 모두 중대 단위기지를 설정하여 주민을 보호했기 때문에 얻어진 성과였다. '100명의 베트콩을 놓치는 한이 있더라도 한 명의 양민을 보호하라!' 이것이 한국군의 기치였다

김 – 매복이라는 전술이 월남전 이전에는 우리 한국에 없었던 겁니까?

채 – 없었지. 야간전투나 이런 데에서 베트남에서 단련시키고 개발한 것이 없었고, 우리의 소위 작전에 있어서 매복작전이라든가 특히 중대전술 같은 건 세계 전사 상에 없는 것이에요. 왜 없냐 베트남 같은 데에서 중대 단위의 병력은 위험천만한 겁니다. 그래서 우리가 그걸 전술 전략개념을 내세울 때, 미군과 월남이 강력히 반대했어요. 하룻밤 사이에 다 날아간다. 하룻밤 사이에 일개 중대가 순식간에 날아갈 수 있다고. 이것은 한국군이 처음 시도하는 전략과 전술 방식이고, 우리의 전투방식인데, 거기에 대해서 이 사람들 100% 불신했습니다. 불신할 수밖에 없었습니다. 미국 월남 당국도 총사령관 이하 참모들에게 개인적인 많은 것이 선의에서 나온 것이었지만, 다 그것이 나쁘다는 것보다도 내가 보기엔 내가 그들보다 월남을 잘 들여다보고 있다고 보았습니다.

그것이 세계를 놀라게 한 전법이니까, 한국군에 대해서 아주 확 올라간 것이지요. 2004년 11월 9일 인터뷰 중에서)

한편, 채명신 사령관은 1969년 8월 1일 제2군 사령관 집무실에서 전사기록을 위한 증언을 했는데, 그 증언에서 '중대 전술기지'를 택한 이유를 다음과 같이 증언하여 기록으로 남겼다.

– 왜 중대 전술기지 개념을 채택했냐면, 우리가 처음에 맡은 책임 구역이 1,500㎢, 대부분 적이 장악하고 있었고 퀴논시는 1/3을 베트콩이 장악하고 있었으며, 월남 정부군은 겨우 도로 주변만을 확보하고 있었습니다.

이런 상태에서 '주민과 적을 분리시키는 전략개념'이 무엇이냐? 하면 베트콩을 일단 몰아낸 후 주민 속으로 들어가지 못하게 해야 하겠다는 것입니다. 그렇게 하기 위해서 미군 같으면 대대 및 연대 단위로 집결하고 있다가 적의 위치를 탐색하여 소탕, 섬멸하는 것입니다. 그러나 미군이 공격할 때는 숨어버립니다. 그런데 공격 부대는 게릴라를 쫓아가 사격하고, 포 때리고 그러니까 민간인들만 많이 죽습니다. 이것은 베트콩들이 원하는 바입니다. 이 같은 방식은 평정 과업에 도움이 안 된다는 것이 내 전략방침입니다.

그래서 우리가 확보해야 할 지역에 중대 전술기지를 설치하기로 했습니다. 그런데 이것이 문제가 되었습니다. 미군과 월남 측이 공동으로 압력보다도 간섭을 해오는 것입니다. "최소한 대대 단위로 하라."는 것인데, 이것을 위험천만입니다. 주민과 게릴라를 분리시키는데 성공하지 못한다면 안 된다는 것입니다. 좋게 말하면 실패할까 보아서 걱정해서 그런 것이지요.

A 마을이 있는데 우리가 확보하기 위해서 중대전술기지로 막아놓고, 중대와 대대의 간격은 야간매복으로 메웠습니다. 매복하고 있다가 적이 오면 때리고, 중대기지에서 포를 때리고 하여 적이 들어오지 못하게 했습니다. 주민들도 가만히 보니까 미군들은 밀려왔다가 가버리고 나면 베트콩들이 다시 오고 했는데 한국군이 차단하고 있으니까 마을에 못 들어오는 것입니다.

처음에는 베트콩들이 총을 버리고 농민 복장으로 위장하고 환영합니다. 그 뒤에 산으로 나갔는데 한국군이 매복하고 있다가 때리는 것입니다. 한국군이 매복하고 있으면 들어오지 못합니다. 저놈들은 움직이는 것을 보고 가까이 온 다음에 조명탄을 띄워 갈기니까 주민들과 연결될 수가 없는 것이지요. 이렇게 해서 평정 지역을 단계적으로 확대해 나가는 것입니다.

이것은 모택동의 전략을 뒤집어엎은 것입니다. 전략적으로 10:1의 열세이지만 전술적으로는 10배 이상으로 활동하는 것입니다. 10만 명을 가지고 만 명을 치는 것이지요. 그래서 적을 축차적으로 감소시킨다는 것입니다. 그다음에는 만 오천 병력을 치고…, 이것이 모택동 전략입니다.

이것은 전투력을 증강시키면서 '모자를 몽땅 바꾸어 쓰는 전법'인데 장비와 병력을 바꾸는 것입니다. 우리는 기동력이 있고 하니까 적이 마을을 공격하면, 처음에는 병력 1개 분대가 있는 곳에 1개 대대를 투입시켜 몽땅 잡았습니다. 10:1이 아니라 100:1 가까이 되는데, 치는 방식은 우리를 공격하려고 준비하는 중간집결지를 친다는 것입니다. 홍길동 작전도 그렇게 해서 이길 수 있었습니다. 이것이 전술개념입니다. 축차적으로 지역을 확대해 성공한 것이지요.

이러한 축차적인 전략을 처음에 월남군과 미군이 반대했는데, 우리를 월남군 민병대 수준으로 생각한 것입니다. 월남군 민병대가 무기 뺏기고, 사람 뺏기고 하니까 한국군도 위험하다고 생각한 것입니다. 그래서 내가 모택동 전법을 잘 안다. 1개 연대가 침공했을 때 40분 동안에 집합할 수 있다. 물고기에게 낚싯밥 던지는 것과 마찬가지이다. 하면서 설득했습니다.

중대 전술기지 교본

1. 중대 전술기지 개요

가. 본 절은 야전 회보 제13호(67. 4. 21.)로 하달된 것으로서, 주월한국군에 의거 연구 발전되어 현재 각 전투부대에서 편성, 운용하고 있는 중대 전술 기지에 관한 편성 화력과 장벽 계획 및 운용에 관하여 기술하였음.

나. 개념: 중대 전술 기지란 전면방어의 한 형태로서 적의 활동 중심지를 장악하여 적의 활동을 견제하고, 책임 지역 내로 적의 침투를 봉쇄하며 적의 연대 규모 공격에 48시간 이상 지탱할 수 있도록 준비된 진지이며, 우군의 포병 지원 거리 내에 설치된 중대급의 작전 기지를 말한다.

2. 일반 지침

가. 적의 연대 규모 공격에 48시간 이상 지탱하여야 한다.

나. 책임 지역 내의 적의 활동과 침투를 봉쇄한다.

다. 책임 지역 내의 적을 포착하여 소탕 및 섬멸한다.

라. 책임 지역 내의 월남공화국 혁명 개발 사업을 지원한다.

3. 세부 방침

가. 위치 선정

중대 전술 기지를 선정하는 데는 아래와 같은 제반 요소를 고려하여야 한다.

(1) 자체 방어

(가) 적의 활동을 통제할 수 있는 주요 지형지물

(나) 관측 및 사계

(다) 자체 방어를 위한 진지편성의 난의도

(라) 수색 정찰 및 매복작전의 편의도

(마) 포병 지원 거리

(2) 대민 심리전

(가) 인구 조밀 지역 및 산업 시설의 보호

(나) 대민 심리전의 편의성

(다) 민간 부락에서 500m 이상 격리

(3) 행정 및 군수 지원

(가) 보급 및 행정 지원을 위한 도로망

(나) 헬리콥터 착륙장 설치

나. 기지의 편성

(1) 전면방어 개념을 채택하여 2/3 병력으로 방어할 수 있는 넓이의 외곽 지니지를 편성하고 경계부대는 적 위협이 증가 되면 철수하여 내곽 진지에 배치할 수 있도록 편성하여야 한다. 별지 1 참조)

(2) 진지 편성은 외곽과 내곽의 이중 방어선으로 편성되어야 한다.

(가) 배속받은 경기관총 반과 57미리 반으로 증강된 2개 소총 소대로서 방어 할 수 있는 넓이의 외곽진지를 편성한다.

(나) 잔여 1개 소대는 기지 외부에서 경계부대로 운용하고 적의 위협이 증가되면 철수하여 중대 본부와 같이 내곽 진지에 배치

할 수 있도록 편성

⑶ 개인호 및 공용화기 지니지는 분대장을 통해서만 내곽으로 갈수 있도록 교통호를 연결한다.

⑷ 막사는 1개 분대 단위로 구축하고 진지 호까지 거리는 10m 내외로 하여 즉각 비상 배치를 할 수 있도록 한다.

⑸ 막사간의 거리는 1개 포탄에 2기 이상의 막사가 피해를 받지 않도록 충분히 이격 되어야 한다.

⑹ 기지의 직경은 중대 방어 정면을 고려하여 150m 내외로 하여야 한다.

⑺ 개인호에는 실탄을 보관할 수 있도록 준비한다.

다. 공사 및 장벽

⑴ 장애물 설치는 기지 편성과 병행되어야 하며 적주요 접근로에 우선권을 두고 필히 화력 계획과 협조되어야 한다.

⑵ 방어용 철조망은 외곽 진지로부터 40m 이상 이격되어야 하며 전술 철조망은 기관총의 최저 표적 사격이나 자동 소총으로 엄호 되도록 협조 되어야 한다.

⑶ 예상되는 적의 접근로에 불규칙적인 조명지뢰, 대인지뢰 및 크레모아를 설치하고 또한 수류탄을 이용한 부비트랩도 설치하여야 한다. 적은 5개 제파로 공격한다는 전법을 고려하여 종심 깊게 매설하라.

⑷ 교통호는 W자형으로 하고 직선 길이는 5m가 넘지 않도록 하여야 한다.

⑸ 공사 및 사계 청소 등으로 절단한 수목이나 잡목도 장애물로서 최대로 활용되어야 함.

⑹ 공용화기 진지와 취침호는 유개로 구축하고 예비 및 보조 진지를

준비하라. 그리고 기관총 진지는 주사 방향을 가장 유리하게 사격할 수 있도록 준비하여야 한다.

(7) 위장은 자연 장애물 (수목, 바위)을 최대로 이용하고 사계 청소는 공용화기 주사 방향과 수색 경로 등을 고려하여 실시하여야 한다.

라. 화력 계획

(1) 화력 계획은 어떠한 방향에 대하여서는 효과적으로 신속히 집중할 수 있도록 융통성 있게 계획 운용되어야 한다.

(2) 중대 기지 전면에 대한 탄막을 계획하고 지원 가능한 포병과 중대의 박격포 및 직사 공용화기와 협조되어야 한다.

(3) 예상되는 적의 접근로에 화집 점을 계획하고 언제든지 사격 지원을 할 수 있도록 매일 확인 사격을 실시하여야 한다.

(4) 탄막은 기지로부터 100-200m 사이에 선정하고 제원을 산출해 둘 것.

마. 전술적 운용

(1) 수색 정찰 및 매복과 경계

(가) 기지 정면에서 적의 예상 접근로 집결지 등 주요 관측 및 경계지역을 선정하고 각종 수단의 통합으로 (야전회보 제 3호 참조) 장악하여야 한다.

(나) 소총 1개 소대 이상의 병력이 수색 정찰 및 주야간 매복을 포함한 경계부대로 운용되어야 한다.

(다) 수색 정찰 및 매복에 있어서 적이 역 이용하지 못하도록 그 경로 및 위치, 시간 등을 수시 변동하여 기도 비익에 유의하여야 한다.

(라) 외부 경계부대의 활동지역, 매복지점, 이동 경로 및 시간 계획 등은 화력 지원 계획 및 외곽선 방어 부대와 밀접히 협조

되어야 한다.

(마) 매복은 12시간 매복으로부터 72시간의 장기 매복을 실시할 수 있도록 운영되어야 함.

(바) 청음초와 매복조는 기지로부터 500m 이상 거리에서 적을 탐지할 수 있어야 한다.

(사) 수색, 정찰, 매복 및 청음초와 기지 간에는 적을 발견하면 조기에 경보할 수 있는 통신 수단이 준비되어야 한다.

(아) 적은 2개 이상 방향에서 공격함으로 적의 예상 접근로를 고려 2~3개 이상의 청음초 및 매복조를 운용하여야 한다.

(자) 주간에는 병력 절약을 위하여 관망대를 운용하고 야간에는 각 분대 당 1개 이상의 초소를 운용 하여야 한다.

(차) 매복 지점까지의 이동 방법은 다음과 같은 방법이 효과적이다.

1. 일몰 후에 중대 기지를 출발 야간 매복 실시.
2. 일출 전에 중대 기지를 출발하여 주간 매복지점에 도착한다.

(2) 방어

(가) 기지 방어를 위한 준비태세 훈련을 수시로 실시하여 각개 병사가 유사시에도 당황함이 없도록 하여야 한다.(임무 교대 포함)

(나) 포병, 항공 및 헬리콥타 지원을 포함한 비상 훈련을 (사격 및 비사격) 실시하여 분대장까지 지원 요청 능력을 갖추어야 한다.

(다) 야간 사격을 위한 사격 구역과 장애물 및 장벽자재의 위치를 숙지하고 이용 능력을 배양하여야 한다.(유고시 대리자)

(라) 주 야간을 막론하고 적을 필살할 수 있는 근거리까지 유인한 후에 사격하도록 하여야 한다.

(마) 야간의 피아식별을 위하여 일체 움직여서는 안 된다. 움직이

는 인원은 적으로 간주하여야 한다.

(바) 사격 통계

야간에 불확실한 물체에 대하여 무차별 사격을 함으로써 위치를 폭로하여서는 안 된다.

(사) 적이 일단 격퇴하면 방심하지 마라. 적은 4-5 제파로 공격한다는 사실을 기억하라.

(3) 대 민사 심리전

(가) 진지는 전술 책임 지역 내의 주민에 대하여 다음과 같은 대민사 심리전이 가능하도록 운용되어야 한다.

1. 현지 주민을 파악하여 요 분류자를 색출 베트콩과 주민을 격리.

2. 적절한 대민 사업과 지원으로서 현지 주민과의 유대를 강화하여 정보 수집 활동에 이용.

4. 기타

가. 주민보호

중대기지 내의 민사 심리전을 강화하여 주민으로부터 첩보 수집에 노력하여야 한다.

나. 헬리콥터장 설치

(1) 중대전술 기지에는 2대 이상의 헬리콥터가 착륙할 수 있는 헬리콥터장을 방어용 철조망 내에 설치해야 한다.

(2) 헬리콥터장 선정 시는 파견된 ALO 의 기술적인 협조를 받아 선정

(3) 가능하면 먼지 및 소음, 그리고 막사, 지붕 등의 안전을 위해 충분히 이격되어야 한다.

다. 보급품의 저장

⑴ 각종 보급품은 분대 단위 이하로 불출하여 중대기지 내에 분산 저장하여야 한다.

⑵ 1,3종 보급품은 5일 이상 사용량을 저장하여야 한다.

⑶ 탄약은 항시 개인에게 분배되어있어야 하며, 휴대용 이외는 방어진지 내에 위치되어야 하며, 5기수 이상 보유하여야 한다. 끝.

EP. 21

베트콩들의 철벽 요새 천연동굴

– 월남군에 전수한 천연동굴 소탕 작전

천연동굴은 밀림 지대와 함께 베트콩이 가장 많이 숨어 있는 곳이었다. 밀림 지대는 미군의 제초제 살포로 대량 제거가 가능했지만, 동굴은 일일이 수색하고 탐색해야만 발견할 수 있는 탓에 그만큼 위험했고, 실제로 우리 군의 피해도 많이 났다.

따라서 한국군사령부에서는 이에 대한 대처 방법을 연구하여 동굴 속 적을 소탕하는 효율적인 전술을 개발했다. 우리가 개발한 이 동굴 소탕 전술은 이후 베트남군들에게 전수되어 큰 성과를 내기도 했다. 주월사 야전 회보에 실린 동굴 소탕 전술을 소개한다. 서술형식으로 소개하면 길고 지루할 것 같아 소대장급 이상 지휘관 교육용으로 작성된 원문 그대로 싣는다.

제1단계 (발견단계)

발견단계는 적 동굴의 유무를 확인하기 위하여 기지를 출발해서부터 은밀히 접근하여 적 동굴의 위치를 발견할 때까지를 말하며 적 동굴의 형태, 특성 및 위치와 적 동굴의 발견 요령은 다음과 같다.

가. 형태

적의 동굴은 아군의 항공 폭격 및 포격으로부터 보호를 받을 수 있도록 구축되어 있으며 형태별로 구분하면 다음과 같다.

⑴ 천연동굴 (암석 또는 토굴)

⑵ 인공동굴 (가옥 또는 은폐물 이용)

⑶ 갱도

⑷ 수중동굴

⑸ 대피호

나. 특성

적 동굴 진지의 특징은 강력한 곡사화기로부터는 보호 받을 수 있으나 근거리에 접근한 보병에 대하여는 시계와 시계의 제한으로 개활한 지역에서보다 극히 취약하다는 점임. 그러나 편성된 베트콩 동굴은 상소지원에 의거 그들 자체의 사각지점을 보강하고 있다는 사실을 유의하여야 한다.

⑴ 동굴은 반드시 2개 이상의 상이한 방향에 출구가 있음.

⑵ 출입구 및 내부 통로가 좁아서 몸이 큰 사람은 기동에 제한을 받거나 들어갈 수 없음.

⑶ 천연동굴은 바위와 바위가 서로 엉켜 만들어졌기 때문에 환기가 되어 화학제의 효력이 감소 됨.

⑷ 동굴 내부에는 여러 갈래의 통로가 있으며 적은 좁은 바위틈이나 통로 틈에 교묘히 끼어 들어가 은익할 수 있음.

⑸ 동굴 내부에는 저격 구멍을 설치하고 최후 저항을 할 수 있도록 되어 있음.

다. 위치

적의 동굴은 공중 관측 및 포격의 안전을 고려하여 반사면을 이용하였으며 급수 대책이 용이한 계곡 부근에 통상 위치한다.

맹호 6호 작전 결과 100미터 이하의 와지선 일대에 위치한 동굴이

47%였음. 일반적인 위치는 다음과 같다.

⑴ 군사적인 정상보다는 계곡이나 물줄기가 있는 반사면

⑵ 민가 인근의 와지선으로부터 500미터 내외

⑶ 사용 중인 민가 또는 폐허된 민가 주의

⑷ 대나무 밭 밑

⑸ 천연 암석지대

라. 적 동굴 발견 요령

적의 동굴은 대부분이 교묘히 은폐되어 있으며, 아주 작은 입구이기 때문에 그 위치를 발견하기는 대단히 어려우나 다음과 같은 방법을 많이 사용해 왔다.

⑴ 정상보다는 계곡이나 물줄기가 있는 반사면 및 암석이 중첩된 지역에는 동굴이 주로 위치하고 있다는 것을 명심하고 이러한 지역을 집중 수색할 것.

⑵ 적 동굴의 특징은 일반적으로 입구가 협소하고 내부는 넓으며 통로는 굴곡이 심하다. 동굴 입구를 발견하면 그 주위 일대를 철저히 수색하라. 그 동굴에 연결된 다른 입구가 있을 것이다.

⑶ 모든 징후와 흔적을 발견하여 추적하라.

㈎ 계곡에 물이 흐르면 물줄기를 따라가면서 일대를 면밀히 수색

㈏ 와지선으로부터 동굴에 이르는 길이 반드시 있음. 길이 멈추는 곳을 주의할 것.(그러나 이러한 접근로에는 부비트렙이 설치되어 있음을 유의)

⑷ 적 동굴을 교묘히 위장되어 있기 때문에 발견하기 힘들다. 철저한 수색과 적의 포로를 이용하면 효과적이다.

제2단계 (공격단계)

공격단계는 적 동굴을 발견한 후부터 동굴 외부를 봉쇄 차단하고 포위 기동한 후 포위망을 압축하여 동굴 내 적을 화력으로 제압함을 말하며 공격 요령은 다음과 같다.

가. 공격 요령

(1) 시간이 허락하는 한 적을 제압하기 위하여 가용한 지원화력을 최대로 이용한다. 적 이 노출된 다음에는 가용한 연막지원과 직사화기 엄호 하에 과감하게 공격 개시한다.

(2) 교묘하게 위장된 모든 동굴 및 벙커를 경계하고 파괴하라.

(3) 동굴 입구는 일반적으로 협소하며 입구 통로에 부비트랩이 설치되어 있는 경우가 허다하다. 내부에 들어가기 전에 긴 줄에 맨 갈쿠리를 입구에 넣어 끌어당겨 볼 것.

(4) 동굴수색을 위하여 재부에 들어갈 때는 몸에 로프를 매고 들어가도록 하라.

(5) 동굴 내부에 수류탄을 투척하기 전에 연막 수류탄을 사용하라. 적은 최후의 발악으로 투척 된 수류탄을 밖으로 내어 버리기도 한다.

(6) 일단 입구가 봉쇄된 동굴은 무력하게 됨으로 과감한 압력을 계속 유지함과 동시에 철저한 심리전을 병용 선무공작해서 귀순토록 한다.

(7) 가능하면 월남 안내인이나 귀순 포로를 이용할 것.

(8) 발견된 동굴 입구에 연막탄을 폭발시켜 보면 다른 입구 쪽으로 연기가 스며 나와 쉽게 발견할 수 있다.

나. 동굴을 일단 발견 후 내부에 인원 유무를 파악하기 위하여 다음 방법을 적용한다.

⑴ 입구 주위 일대의 초목의 상태조사(꺾여있거나 눕혀있든지 마른 나뭇가지가 쌓여 있으면 적이 사용한 것임.)

⑵ 입구 주위 바위의 상태에 주의 (사람이 드나들었든 바위의 이끼가 낀 상태 및 발자국)

⑶ 입구 주위에 음식물의 흔적 유무 (쌀, 식용 열매껍질)

⑷ 대변 (건조상태에 따라 시간을 파악. 만약 파리가 끼어들면 마르지 않은 것임을 알 수 있음.)

⑸ 내부에 인원이 들어있다면 입구 접근 시 월남인 특유의 냄새가 남.

제3단계 (소탕단계)

소탕단계는 동굴 내 적이 약화된 후부터 최후 발악하는 동굴 내 적을 탐색 사살 또는 체포하고 노획물을 획득할 때까지를 말하며 소탕요령은 다음과 같다.

가. 소탕요령

⑴ 적절한 지원 화기로서 동굴 내의 적을 제압할 것.

⑵ 가용한 연막지원과 직사화기 엄호 하에 소탕개시

(가) 폭파조: 연막 수류탄- 가스탄 및 티.엔.티 휴대

(나) 수색조: 로-프, 후라쉬, 콤파스, 란탄, 수색 완료 후에는 경계 조와 합류한다.

(다) 경계조: 폭파조 및 소색조를 엄호한다.

⑶ 동굴 내부에 돌입하여 소탕을 실시하기 전에 다음과 같은 제압 방법을 적용한다.

(가) 마이티-마이트에 의한 가스 살포로 적을 질식시킨다.

(나) 엠-18 "크래모아" 지뢰를 긴 막대기에 묶어 동굴 입구에 집

어넣어 폭발시켜 적을 사살한다.

(다) 티.엔.티와 함께 cs 가스탄을 동굴 내부에 반입하여 폭발함으로써 동굴을 파괴하고 잔적을 질식시킨다.

(라) 휘발유를 부어 넣어 발화시켜 적을 살상한다. 단 동굴의 경사도를 고려하여야 한다.

(4) 중량이 무거운 화염방사기와 마이티-마이트을 전방 보급소에서 추진 지원해 줄 수 있도록 사전 준비해야 한다.

(5) 1개 동굴을 2개 부대 이상에게 임무 부여하여 혼잡을 야기하지 않도록 주의해야 한다.

EP. 22

전쟁 지휘관의 권한과 도덕성
- 황금 돼지는 어디로부터 왔는가?

권한과 책임은 동전의 양면이다

김현진 - 전쟁터에서 지휘관의 지휘권은 매우 중요하다고 생각합니다. 전투의 승패는 물론이고 수많은 병사의 목숨을 좌지우지하는 중차대한 결과도 바로 이 지휘권과 연관되어 있다고 보는데요, 그런데 사령관님께서는 주월한국군 사령관으로 재직하면서 이러한 지휘권 문제에 대해 만족스럽지 못한 일을 많이 겪었던 것으로 알고 있습니다. 야전사령관의 권한과 관련해 중요하다고 할 수 있는 몇 가지만 말씀해주시죠.

채명신 - 여러 가지가 있지만, 특히 인사권 같은 문제에 대해 몇 가지 이야기를 좀 해야겠다. 월남전 초기 미국의 군수 분야 총 책임자는 밴플리트 장군이었고, 한국은 김종한 대령이었다. 한국 측에서는 30여 명의 관련자 중에 미군의 군사 시스템이라든가 군수 운영방법에 대해서 정통한 장군이 하나도 없었다. 그래서 어쩔 수 없이 김 대령이 모든 일을 맡아서 했다.

용역업무의 99.9%가 미군의 군납 업무였다. 그런 일을 도맡아 하는 김 대령의 활약은 몇천만 불 이상의 가치가 있었다. 그 밑에 대령급 장교가 6-7명 있었고, 영어도 잘하고 군사 분야에 정통한 유능한 사람이었지만 그의 계급은 어디까지나 대령이었다.

(이때부터 채 사령관은 목소리가 다소 커졌다.)

– 상대는 미군 소장이었다. 군대는 모두가 계급 위주이다. 중요한 문제를 협상할 때는 계급이 중요한 역할을 한다. 그래서 나는 그에게 임시 장군계급을 달아 주자고 건의했다. 그렇게 해도 김 대령을 능력 없다고 비판할 사람은 아무도 없다고 생각했다. 왜냐하면, 나뿐만 아니라 미국 지휘관들도 그를 높이 평가하고 있었으니까. 그런데 김계원 장군이 반대를 했다. 정규진급자가 아니라는 것이 이유였다. 나는 기가 막혔다. 전쟁터에 군대를 보내놓고 규정만을 따지는 융통성 없는 탁상주의 발상에 그저 말문이 막힐 뿐이었다.

– 미군들이 우리보다 인사문제는 더 엄격하다. 그 까다로운 미국도 전장 지휘관의 전문 한 장이면 참모장 소장을 야전 사령관으로도 보낸다. 월남에서 미군 지휘관이 인사문제를 건의해 거절당하는 것을 나는 한번도 보지 못했다.

이는 지휘관이 즉흥적으로 요구하는 것이 아니라, 두 달 석 달 전부터 관찰해서 판단한 복안을 건의하는 것이라는 것을 상부에서 믿고 확신하기 때문이다.

– 레어드 장관이라고 생각이 되는데, 자기 비서실장으로 쓰겠다며 대령 한 사람을 명령을 내어 데리고 갔다. 그런데 사흘 만에 전투지역에서 쓰겠다고 전문요청이 들어왔다. 그러자 장관은 비서실에서 짐정리를 하고 있는 그 대령에게 한마디로 말했다.

"보따리 다시 싸서 떠나게. 당신을 나보다 더 소중하게 쓸 사람이 있다네!"

대령은 사흘 만에 방 정리하다 말고 다시 전장으로 갔다.

소장이든 중장이든 전쟁 지휘관이 진급시킨다고 하면 즉각 시행된다. 권한과 책임을 함께 주고 "잘못되는 것은 책임을 져라"는 것이다. 권한과 책임은 동전의 양면 같은 거니까!

– 훈장 문제도 나를 몹시 화나게 만드는 것 중 하나였다. 나는 충무무공훈장까지만 위임을 받아갔다. 다른 훈장은 필요할 때 즉각 조치할 수 있을 것으로 생각하고 별로 신경 쓰지 않았다. 특히 외국 군인한테 주는 권한 위임에 대해서는 미처 생각을 못 했다.

월남전에서는 연합작전을 하는 경우가 많다. 대체로 헬리콥터 지원을 미군한테 받는 경우이다. 파월 초, 고보이 전투 때라고 기억된다. 2대대 5중대 작전이 있던 날이었다.

– 중대가 공격하다가 강력한 저항을 받고 공격이 저지되었다. 부상자가 발생했다. 부상자를 빨리 조치하기 위해 헬리콥터를 불렀다. 헬리콥터가 오자 적이 대공 사격을 했다. 그러자 헬리콥터가 되돌아 가버렸다. 다시 불렀다. 헬리콥터가 다시 왔지만 대공 사격 때문에 또 돌아 가버렸다. 왔다 가고, 왔다 가고를 몇 번. 중대장은 빨리 후송하지 않으면 환자를 죽이겠다고 아우성이고. 그때 심정은 안 당해 본 사람은 아무도 모른다.

할 수 없이 내가 헬리콥터를 불러 제5중대를 방문하는데 가자고 했다. 조종사와 연락장교가 단번에 고개를 가로저었다.

"위험해서 못 갑니다."

"간다, 못 간다는 너희들이 결정할 사항이 아니다. 너희들 임무는 나를 원하는 장소에 수송하는 것이다. 지휘관인 내가 전투하는 중대에 나가겠다는데 무슨 말이냐?"

"적의 대공 사격 때문에 못 내리는데 어떻게 갑니까? 당신이 권총으로 쏜다고 해도 못 갑니다. 웨스티 장군이나 대통령 명령이라도 못 갑니다!"

나는 대공 사격 때문에 죽어도 못 가겠다는 그들의 말을 듣고 잠시 할 말을 잃었다.

그때 조종사 대위가 말했다.

"환자를 수송하러 간다면 가겠습니다. 대신 혼자 가겠습니다."

나는 그 대위의 말에 감동했다. 연대장이 같이 들어가겠다고 우겼지만 결국 그는 혼자 갔다.

– 미군 조종사는 아주 용감했다. 대공 사격 망을 뚫고 저공으로 힘들게 비행해 들어가 12명밖에 못 타는 헬리콥터에 부상자 17명을 싣고 사지를 어렵게 탈출해 나왔다. 총탄을 예닐곱 발이나 맞아 구멍이 숭숭 뚫린 헬리콥터를 몰고.

후에 내가 그 용감한 대위에게 을지무공훈장을 신청하려고 하니까, 참모들이 충무 무공훈장을 상신하는 것이 좋겠다고 했다. 사실 내 마음은 태극무공훈장이라도 주고 싶었지만, 참모들의 건의에 따라 충무무공훈장을 신청했다. 그런데 한참이 지나도 소식이 없었다. 관계 부서에 몇 번 독촉해서 4개월 후에야 결과가 왔다. 그런데 어처구니가 없는 결과였다.

'통상적인 임무 수행으로 인정되었기에 국방부 심사위원회에서 훈장 수여를 각하하기로 했다.'는 것이었다. 나는 머리끝까지 화가 났다.

– 66년 7월, 중장 진급신고 차 일시 귀국했을 때 나는 국방장관 앞에서 인사국장 윤택중 소장에게 말했다.

"이역만리 전쟁터에서 일어나는 일을 국방부에 앉아 있는 사람이 무엇을 어떻게 심사하겠다는 것이냐? 당신네들 식이라면 문장 잘 쓰는 소설가가 공적서를 쓰면 공 없는 사람도 태극무공훈장을 주겠다는 것 아니냐?"

도대체 이러한 형식적인 사람이 본국에 턱 버티고 앉아 있는데 어떻게 해외에 나가 싸움을 한단 말인가?

현지에 있는 군사령관이 훈장을 신청했기 때문에 주는 것이지, 공적서 내용이 훌륭하다고 주는 것이 아니지 않은가!

– 나는 화를 참지 못해 박 대통령께 일시 귀국보고를 할 때도 이 문제를 그대로 말씀드렸다.

"미국에서는 전쟁터 지휘관이 사인하면 그것 하나 믿고 훈장 수여는 결정됩니다. 그렇다고 지휘관이 아무에게나 훈장을 주는 것이 아닙니다. 공적 내용은 중대에서부터 올라오는 것입니다. 공적 내용이 잘 못되었거나 엉터리일 경우에는 중대장이 파면됩니다. 분대장과 소대장을 불러서 이번 전투에 누가 유공자인지를 물어보고 아무개가 유공자라고 하면 바로 그 사람이 유공자가 되는 것입니다."

– 사실 연대장 이상은 공적 내용을 볼 필요가 없다. 다른 부대에 수여된 훈격과 크게 차이 나지 않게 공평성과 형평성을 고려하는 것이지, 개인의 공적 내용을 따질 필요는 없는 것이다.

훈장 하나 주는 데까지 신경을 쓰고, 참모 요원 한 사람 데려오는 데까지도 신경을 쓰면서 어떻게 해외 참전 지휘관 노릇을 원활히 할 수 있단 말인가?

야전사령관의 도덕성

어느 순간, 채 사령관이 목소리를 낮추었다. 그리고 혼잣말로 중얼거렸다.

지휘관의 도덕성도 대단히 중요한데 말이야!'

차를 한 모금 마신 뒤 다시 계속했다.

(여기서부터는 처음 공개되는 이야기라 채명신 사령관 육성 그대로 기록한다. 인터뷰 05년 4월 25일)

- …그러다 보니까 전두환이 같은 X도 훈장을 뭐 하나 받아야겠는데 전과는 없고 해서, 야미시장, 그 암시장 같은 데 가서 베트콩 무기를 사다가 노획한 전과라고 속여 훈장을 받고, 연대장 시절에 말이야.
- 참, 내가 그 이야기 안 했지? 이00가 나에게 금으로 된, 뭐야, 돼지를 보냈다고.
- 예, 못 들었습니다.
- 이건 내 책에는 쓰지 않겠지만, 자네는 알고 있으라고. 뭐냐면, 그러니까 내가 임기 마치고 들어와서, 69년 4월 30일인가, 으, 그래 5월 1일 날 들어왔거든. 그러니까 우리가 간 게 10월 21일이 주월사, 그러니까 그해가 4주년 기념일이 되는데, 이00가 사람을… 그래 보니까, 금으로 된, 여기 어디 있을 거야. 그, 이거만 해요.(두 손바닥을 약간 벌려 보였다.) 꽤 무겁다고. 거기다 파월 4주년 기념,

크게 쓰고, 뒤에다 주월한국군사령관 이00라고 쓰고. 그 뭐 금은방에 가서 물어보지 않았고 달아도 보지는 않았지만 상당한 무게니까 금액이 많이 나갈 거라고. 그래 그걸 받고는 말이야 내 마음이 참 뭐하더라고. 어째서 말이야, 전쟁터에서 싸우는 지휘관이 이런 엄청난, 값나가는, 예산이 있을 거 아냐. 그 예산은 내가 훤히 아는데. 참 마음이 찹찹하더라고.

김현진 – 그렇다면 사령관님한테만 보내지 않았을 것 아닙니까?

– 그래, 그래서 내가 알아보니까, 청와대 비서관, 비서관도 다는 아닐 테고. 국회 국방위원들, 육군본부 참모총장, 참모차장, 뭐 그 비싼 걸 다 보내지는 않았을 테고, 주월사 관련된 합참 사람들. 그러니 아주 격분하게 되더라고, 어째서 싸움터에 나가 있는 지휘관이 이런 엄청 값나가는 것을 보낼 수 있냐, 이거야!

(생략)

김현진 – 사령관님은 아무것도 보내지 않았습니까? 저 같은 경우 기갑연대 인사과 근무할 때 우리 김창열 연대장 연하장 수백 장을 대필해서 방금 사령관님이 말씀하신 그런 곳에 있는 사람들한테 다 보낸 적이 있는데요.

– 내가 대통령한테 갖다 준 건, 일차 귀국 때, 거기 시장에서 파는 나무가 있어. 가지에 코끼리 발톱을 씌운, 거기다 뭘 걸 수 있게 되어있는데, 거기다 뭐냐, 그 맨 처음 베트콩한테서 노획한 아카포, 에이케이(AK 소총), 신품이야. 중공 제 글자가 있다고. 그리고 중공 제 장총 하나, 그걸 청소 싹 해서 일차 귀국 때 비행기에 싣고 와 갖다 줬다고. 그리곤 선물은 무슨 선물이야! 전쟁터 지휘관이! (생략)

그래서 그럴까? 이00 장군은 승승장구했고, 세계적인 전쟁영웅 채명신은 중장으로 끝났다. 대장 진급은커녕 온갖 부정부패축재 낭설에 휘말려 보안대에 의해 사돈의 8촌까지 사찰당하는 수모를 겪었다.

EP. 23

베트콩의 채명신 테러

– 이발소 소동과 공관 습격 이야기

채명신 – 하노이에서 이북 아이들이 이렇게 방송하는 거지. '이것 보시오! 남조선 악질 지휘관 채명신 일당과 남조선에서 이를 지휘하는 박정희 도당은, 몇 푼의 딸라 때문에, 그들이 시키는 대로 움직이고 있는 것이다! 여러분은 이들 악질 지휘관의 말을 듣고 있는데, 이를 몰아내는 운동과 반전운동을 일으켜 하루속히 자유를 찾아 귀국하거나, 또는 인민의 편으로 넘어오십시오.' 하하. 하노이 방송에서 그렇게 이름을 거명할 정도로, 집중공격을 받을 정도의 인물입니다. 내가.

김현진 – *한국군 최고사령관이었는데요, 뭐. 하하. 그래서 제가 말씀드린 게 굉장히 위협적인, 저 있을 때도 그랬거든요. 중대장이 새로 부임해오잖아요? 그러면 촌락 같은데 중대장 얼굴 사진까지 붙여놓고서 저격하라고 했어요. 그런데 뭐 사령관님 정도면 뭐…. 그 사람들이,*

채 – 그래서 나한테 암살대를 붙여 24시간 나를 수용하다시피 했어요. 난 또 거기에 대항하기 위해서 말이야. 월남군 부관이 있었는데. 토 대위라고. 야, 토 대위! 내 가서 이발 좀 해야겠는데? 월남 장터 이발소에 가서 이발을 좀 하겠다 했더니, 토 대위가 깜짝 놀라는 거야. 왜 이렇게 놀라나? 했더니. 당신 알지 않느냐. 장터는 전부 다 빨갱이인데 거기에 들어가겠다는 것이냐? 그래. 가게 되면 당신 목을 즉각 자를 것이다! 그렇게 되면 현상금 붙으니까. 가자마자 그럴 것이다. 해서 내가 그랬지. 내가 장터에 간다면 있을 수도, 상상할 수도 없기에 장터에 있는 공산당들에게 채명신이 나타나서 죽이라는 지령은 아직 안 내려가 있을 것이라고. 공산당이라는 것은 지령이 되어있지 않으면 못합니다. 그런 상황에서 공산당 생리와 철칙은 상부 지시 없이는 못 하게 되어있습니다. 지령이 되어있지 않으면 모르지만. 공산당들은 장터에 사령관이 있음은 상상도 못 할 일이고. 꿈에도 있을 수 없는 일이지. 암살대 조직해서 한다 해도. 있을 수 없고 시장통에선 알 수 없는 일이지요. 그래서 그 약점을 노린 거지. 그래도 토 대위는 펄펄 뛰는 거야. 얘기 새 나가면 안 되고. 언제 가냐. 오늘 간다. 지금 간다. 이 자식이 얼굴이 새파래져서 덜덜 떨더라고. 너 겁나니? 너 안 와도 된다. 그런 모험은 안 됩니다. 너 죽는 것 겁나면, 못 따라오겠다면, 딴 사람 데리고 가겠다. 잔소리 말고 따라와. 대신 이발소에 5분 이상 있으면 안 된다. 그래 가지고 시장바닥에 간 것이야. 가서 시장바닥에 가서 내려가니 사람들이 모두 놀라서 야, 따이한 뚱뚱 사령관이다! 머리 좀 깎으러 왔다. 이발하러 왔다. 시간이 없으니, 뒤에만 여기만 이렇게 해달라. 아 이놈들, 놀래서 우왕좌왕. 떡 앉아 바리깡으로 뒤에만 조금 깎게 하고. 깜온, 거울 좀 가져와. 좋다 고맙다고. 돈을 10달러 주고. 돈이 많으니까 동전 달라고 해서 다 가지라고 했지. 2-3분 정도 하고 나왔어요. 3분 정도 걸렸을 거야. 거기에 내가 10분 이상 되면 안 되는 이유가, 보고가 되면 즉각 죽이라는 지령이 내려져 생포해라 목을 베라, 할 것이니까. 지령을 내릴 때까지는 시간이 걸린다고. 그러니까 그사이에 빠져나와야 된다고! 내 속으로 좀 놀랐겠다! 했지.

김 – 완전히 허를 찔렀네요. 하하.

채 – 언론에 보도가 되어야겠다 해서 공보실에 기사를 내라고 했지. 따이한 뚱뚱이 시장에서 이발하고 왔다고 짤막하게 내라고.

김 – 월남 언론에다가요?

채 – 그래서 신문에서 났어요. 그랬는데, 월남군 사령관이 놀라서, 온다고 즉각 전화가 왔어. 내 방에 들어오자마자, 당신 미쳤소? 하면서, 기가 막힌 모양이야. 하하.

왜 왔냐 했지. 기사가 잘못된 것 아니냐? 신문에 난 것 보고 정보 참모장이 사실이 아닌 것 같다 해서 온 것이라고 그러더군. 그렇게 해서 어쩌자는 것이냐. 당신이 그러면 한국군만 아니라 앞으로 외국군과 국제적으로 크게 문제가 되는데, 어쩌자고 그랬느냐? 해서 내 웃으면서 그 새끼들이 나를 죽이겠다고 그렇게 앙탈부리는데, 나도 거기에 보답이 있어야 할 것이 아니냐? 나도 이렇게 하고 있음을 좀 보여줘야 하는 것 아니냐?

전쟁이 하나의 사이클로지 월드 페어인데 말이야. 내가 겁나 꼼짝 못하고 쳐박혀 있다면 그 새끼들에게 지는 것이야! 나는 너희 같은 것들이 안중에도 없다는 것을 보여주려 했지. 그렇게 말했어.

그러다가 죽으면 국제적인 문제가 되는데 어떻게 하려고 그랬느냐, 아 그래가지고, 한바탕 소동이 나고 그랬다고!

김 – 그 놈들, 정말 완전히 뒤통수 세게 얻어맞았네요!

채 – 그래서 지령 다 내렸을 거야. 앞으로 이 새끼 나타나면 보고가 필요 없다. 죽이든가 생포하든가 목을 베라. 그렇게 지시했을 거라구.

김 – 월남 정보망도 형편없었군요. 사령관님 나간 것도 캐치 못 했으니.

채 – 그 자리 결정은 그 자리에서 끌고 나갔어. 지금 나간다 하니. 지금 나가. 보고시간도 없을 것이기에.

김 – 그 사이에 보고하면 누설될 우려도 있고.

채 – 그건 정말 몇 분을 다투는 것이야. 그런 장난질을 했지. 다음날, 월남 언론에 내 이발소 기사가 났어. 용감한 사령관이라는 부제를 달고. 그런데 며칠 뒤 하노이 방송에서는, '남조선의 미 제국주의자들의 고용군 괴뢰사령관 채 명신이란 놈을 인민의 이름으로 처단하기 위해서 습격을 했는데, 이놈이 다급해서 맨발로 뒷문을 차고 도망갔다.'고 떠들어댔어. (인터뷰 2004년 11월 4일)

– 1966년 4월 26일 초저녁이었다.

사이공 중퉁부 216번지에 있는 사령관 관사에 괴한이 처음으로 수류탄을 투척한 사건이 벌어졌다. 그 당시 채 사령관은 퇴근 전이라 집에 없었다. 뜰에 떨어져 폭발한 수류탄 파편에 관사를 경비하고 있던 김일호 상병과 송영제 상병이 가벼운 부상을 입고 마당에 세워져 있던 지프가 반쯤 파손되었다. 지프가 아니었으면 두 경비병이 크게 다쳤을 터이니 퍽 다행한 일이었다. 그런데 바로 그다음 날 아침, 더 큰일이 벌어졌다.

민간인 기술자 피습

– 그러니까 27일 아침, 민간 기술자들이 모여 있는 곳에 베트콩이 폭탄을 터뜨려 많은 사상자가 발생했다는 보고가 들어왔다. 나는 보고를 받은 즉시 현장에 나가보았다. 현장에는 미국 건설회사인 레이몬 모리슨 컨드션(RMK)회사 직원들과 미군 헌병, 그리고 우리 기술자들이 처참하게 널브러져 있는 사상자들을 수습하고 있었다.

– 미국회사 관계자의 말에 의하면, 회사 종업원들이 출근을 하기 위해 버스를 기다리고 있는 정거장 부근에 베트콩이 크레모아 부비트랩을 터뜨려 한국인 기술자 7명과 월남인 2명 등 모두 9명이 죽고 40여 명이 부상을 당했다고 했다. 따라서 피해자는 모두 미국 건설회사 RMK에 다니는 민간인이라고 했다. 나는 한국인 부상자들을 찾아 위로했다. 회사관계자와 미

국 헌병에게 사상자 처리를 잘해줄 것을 당부하고 부대로 돌아왔다. 그리고 부대 경계 및 지역방위에 더욱 철저를 기하도록 예하부대에 지시했다.

바로 열흘 전인 66년 4월 16일, 본국에서 증파되어 온 수도사단 제26연대에 각별한 경계를 당부했다.

채명신 죽이기

채명신 사령관에 대한 베트콩들의 테러는 계속되었다. 괴한이 무장을 한 채 담을 넘다가 경비병에 발각되어 도망가는 일도 빈번하게 일어났다. 수류탄 투척 사건이 있고 얼마 안 돼 보다 치밀하고 본격적인 테러가 발생했다.

채 사령관이 월남 고위층 사람하고 저녁을 하고 돌아오는데, 공관 앞에 헌병들과 월남 경찰, 우리 장병들이 삼엄한 경계를 하고 있었다. 사령관이 차에서 내려 헌병에게 물었다.

"무슨 일인가?"
"테러가 있었습니다! 정문을 경비하던 하사관과 운전사가 중상입니다."
"뭐라고? 그래, 생명에는 지장이 없느냐?"
"예. 지장이 없습니다. 조금 전에 병원으로 옮겼습니다."
"다른 다친 사람은?"
"두 사람 외엔 없습니다."
"그럼 됐다. 다들 해산하라!"
"또 공격할 것 같으니 경계를 철저히 해야겠습니다!"

“괜찮아! 다들 철수해!”

채 사령관은 월남 경찰들과 장병들을 모두 물러가라고 지시한 뒤, 좀 더 상세한 내막을 알아보았다.

사건 경위는 이랬다.

베트콩들이 채 사령관 차와 같은 형인 부사령관 차를 내 차로 알고 습격을 했다. 부사령관 차가 빈 차로 공관에 들어오는 것을 채 사령관이 탄 것으로 착각하고 기관총으로 갈겼는데 차 문이 부서지면서 애먼 운전병만 중상을 입었다. 베트콩은 그래놓고 보초를 향해서도 총을 몇 번 갈기고 도망쳤다. 총소리에 놀라 달려 나온 공관 당번이 적을 추격했는데, 뒤에서 쏠 수도 있었지만, 주위에 행인이 많아 혹시 애꿎은 사람이 다칠까 봐 쏘지 않았다는 것이었다. 채 사령관은 그 당번에게 쏘지 않길 잘했다고 치하했다.

채 사령관이 공관 경비를 모두 철수시키려고 하자 헌병참모가 한사코 말렸다. 놈들이 다시 올지 모르니 경비를 더욱 튼튼히 해야 한다는 것이었다. 채 사령관은 헌병 참모에게 괜찮다며 말했다.

“걱정하지 말고 내 시키는 대로 하시오. 정문 보초는 세우지 말고, 순찰로 정문 맞은편 쪽에 민간인처럼 사복을 입혀 동초를 세우도록 하시오.”

“예? 정문을 비워두라고 하셨습니까?”

헌병참모가 놀라 눈을 동그랗게 떴다.

“왜 그렇게 놀라시오? 정문 주변엔 보초를 하나도 세우지 마시오. 그리고 대문을 다 열어놓으시오. 내일 아침 그 베트콩이 틀림없이 와 볼 거요. 그놈 눈에 우리가 무서워 철통같은 경비를 서 있는 모습을 꼭 보여야 되겠소? 아무 소리 말고 내 말대로 정문을 대담하게 열어 놓고 군인은 하나도 보이지 않게 하시오!"

월남 신문은 공관 피격사건을 호외 특집으로 보도했다. 그런 일이 있고 난 뒤로 채 사령관이 별 판 달린 차를 타고 시내에 나가면 채 사령관을 알아본 시민들이 손을 흔들어주며 반겼다.

EP. 24

한국군 작전지휘권을 사수하라!
- 미군사령부 참모들과 피 튀기는 설전

베트남전쟁에서 한국군의 작전지휘권을 미군 사령관이 갖느냐, 아니면 한국군 사령관이 갖느냐, 하는 문제는 대한민국 국격은 물론 우리 병사들의 생사와도 직결되는 중차대한 사안이었다. 또한, 공산권에서 주장하는 용병의 오명을 불식시키는 데도 작전지휘권의 향방은 중요했다.

이런 점을 잘 아는 채명신 장군은 초대 사령관으로 임명되는 순간부터 어떤 일이 있어도 작전지휘권을 확보해야 한다고 결심하고, 파월 준비 과정에서부터 치밀한 계획을 세웠다. 하지만 주월 미군사령부는 생각이 달랐다. 전쟁 당사국 월남은 물론 우리보다 먼저 참전한 다른 우방국인 호주, 필리핀, 등도 모두 미군사령부의 통제와 지휘를 받는 상태였기 때문에 한국군도 당연히 자기들이 지휘해야 한다고 생각하고 있었다.

이런 상황에서 한국군 작전지휘권 문제는 한미 양국 군사령관은 물론 국가 간 외교 문제로까지 비화할 조짐을 보이고 있었다.

필자는 채명신 사령관한테 이 문제에 대해 직접 물어보았고, 채명신 장군은 웨스트모얼랜드(Westmoreland) 미군 사령관과 치열한 토론과 협상을 거쳐 작전지휘권을 확보할 수 있었던 과정을 상세히 말해 주었다. 하지만, 주월한국군 작전지휘권 담판 이야기는 채명신 장군이 『베트남전쟁과 한국군』(베트남참전전우회 편. 2002년)이라는 책에서 이미 밝혀 놓았기 때문에 여기서는 그 내용을 텍스트로 기술한다.

처음부터 꼬여버린 작전지휘권 문제

– 1965년 8월 중순쯤이었다. 홍천에서 파월을 위한 준비와 훈련에 분주한 나날을 보내던 중 대통령이 나를 찾는다기에 청와대로 들어갔다. 그동안 파월 준비 상황보고가 끝나자 지나가는 말처럼 이야기했다.

"채 장군! 어제 브라운 미국대사가 와서는 그동안 미국 정부가 우리의 파월 문제 추진을 위해 조치한 내용을 보고하면서, 한국군에 대한 작전지휘권 문제가 결정되지 않았는데 빨리 결정되었으면 좋겠다고 하더군."

나는 대통령이 지휘권 문제를 꺼내자 나도 모르게 긴장되었다.

"그래서 각하는 뭐라고 대답하셨습니까?"

"한국에서도 미군 사령관이 UN 사령관으로서 한국군 전체의 작전지휘권을 행사하고 있으니 월남에서도 그렇게 하라고 했지."

"아니, 각하! 어쩌자고 그런 말씀을 하셨습니까? 지휘권은 우리 병사들의 사활은 물론, 대한민국의 사활문제로까지 연결될 수 있는 중대한 문제인데, 어떻게 각하 마음대로 간단하게 말씀해버리셨습니까?"

내 말에 대통령이 머쓱한 기분을 그대로 드러냈다.

"아니, 월남에서 1개 사단의 작은 부대가 독자적으로 작전할 수도 없고, 모든 전투지원과 일체의 보급, 군수지원을 미군이 전부 지원해주고 있는데, 그렇게 하는 것이 임무 수행에 도움이 되지 않겠소? 한국에서도 작전권은 미군에 의해 행사되고 있는데, 헬리콥터와 탱크 한 대도 없는 한국군이 미군의 지원 없이 어떻게 작전하겠소?"

"각하! 안됩니다. 절대 그렇게 할 수 없습니다. 미군 지휘하에서는 절대 작전하지 못합니다."

"어째서 그래?"

"한국에서 미군의 위상과 월남에서 미군의 위상에는 큰 차이가 있습니다. 한국에서 미군 사령관은 UN군 사령관을 겸임하고 있으며, UN군 사령관은 지난날 한국전쟁에서 16개국의 우방국 군대를 지휘하였기 때문에 한국이 스스로 한국군의 지휘권을 UN군 사령관에게 위임하겠다고 청했습니다. 그러나 월남에 참전한 미군은 자유 월남에 대한 공산 침략을 방지하기 위해 참전한 것까지는 한국전쟁 상황과 비슷하지만, UN군이 아닌 미국이라는 한 국가 자격으로 참전하고 있는 것입니다. 한국군 또한 월남공화국의 요청으로 월남공화국의 공산 침략 방지를 위해 참전하는 것입니다. 즉 미국과 똑같은 목적과 명분으로 참전하는 것 아닙니까? 다시 말씀드려서 한국군의 파병은 미국의 요청에 의한 것이지만, 자유우방의 일원으로 집단안보에 가담함으로써, 6·25 전쟁 당시 싸워준 우방국에 보답하는 것 아니겠습니까? 그러한 정치적 명분이 뚜렷한 것이 아닙니까?"

"..."

"지금 공산 월맹 측은 '한국군은 미국의 용병으로 하루에 1달러(1$)를 받고 미국의 청부 전쟁인 월남전에 끌려 온다.' 악선전하고 있습니다. 월남공화국을 돕기 위해 간다면, 월남군 사령관의 지휘하에 들어가는 것은 사리에 맞고 명분이 서지만, 미군의 지휘하에 들어간다면 우리나라가 월남전에 참전하는 정치적 명분은 약화 되는 것이 아닙니까? 우리 국민, 국회, 학생, 언론 등이 거국적으로 월남 참전을 지지하고 있는 것도 아닌데, 참전의 명분을 손상케 하는 것은 불가합니다. 또한, 파월 한국군의 사기에도 악영향을 줄 것입니다!"

나는 처음과는 달리 차분하게, 그러나 단호한 어조로 우리가 미군의 지휘하에 들어갈 수 없는 이유를 말했다. 내 말에 연신 고개를 끄떡거리던 박 대통령이 난처한 표정을 지었다.

"내가 브라운 대사에게 이미 그렇게 말해버렸는데, 어떻게 하지?"

"각하께서 직접 대사에게 말씀하셨으니, 대한민국의 결정을 미국 정부에 정식으로 통고하신 겁니다. 수정할 수도 취소할 수도 없습니다."

"난 그렇게 하는 것이 우리 군인이나 국가에도 이익이 될 것 같아 그랬는데, 채 장군의 얘길 듣고 보니 그게 아니군. 허 참! 이걸 어떻게 하지?"

"브라운 대사를 언제 만나실 기회가 있으면 지나가는 말로, 내가 주월한국군사령관에 채 장군을 임명했는데, 그는 게릴라전에 대한 경험도 많고 연구도 많이 한 장군이니까 월남에서 웨스트모어랜드(Westmoreland) 장군과 일하는 데 많은 도움이 될 것 같다고 넌지시 한 말씀만 건네 놓으십시오. 이런 말씀은 보통 원론적인 이야기로 인사말로 간주 될 수 있으니 아무 문제가 없을 것입니다. 그런데 이런 말씀도 브라운 대사를 일부러 불러서 하시면 안 됩니다."

"그건 어렵지 않아. 브라운은 자주 오니까. 이따가 만나면 내가 꼭 그렇게 말하지! 그런데 그다음은?"

"그다음엔 제가 현지에 가서 미군 사령관과 담판을 짓겠습니다."

"그래? 그럼 그렇게 해봐요. 브라운에겐 내 꼭 그렇게 말해 놓을 테니까!"

작전지휘권 문제는 우리의 사활이 달린 문제였다. 더욱이 월남에서 미군이 적용하고 있는 '탐색과 섬멸(Search & destroy)' 전략은 월남의 현실을 전혀 이해하지 못하기 때문에 발생 된 것이 틀림없었다.

'전쟁은 우리의 강점(強點)을 가지고 상대방의 약점(弱點)을 쳐야 승산이 있는데, 미군이 어떻게 월남에서 베트콩을 탐색한다는 것인가?'

근본부터 잘못된 전략으로 월남전을 이끌어 가고 있는 미군의 작전지휘권 아래 들어간다는 것은 우리에게는 아무런 성과나 이득 없이 무의미한 전쟁에 끌려가는 것이나 다름없는 것으로 절대로 용납할 수 없는 일이었다. 그러나 곧바로 합참 손희선 장군의

"주월한국군이 미군 지휘를 받는 것은 커다란 영광"이라는 말이 알려지면서 지휘권 문제는 '미군에 귀속'이 기정사실처럼 되어갔다.

참모 간의 치열한 협상

월남에서 맹호부대의 상륙을 학수고대하고 있던 주월 미군사령부는 한국군이 월남에 도착하면 한국군을 주월 미군사령부에 배속시키고, 그 작전지휘권을 주월 미군사령관이 행사한다는 것을 아주 당연한 것으로 생각하고 있었다.

명목상 한국군은 월남 정부의 요청에 따라 파견되는 것으로 되어있었지만, 실은 미국의 요청에 의한 것이고, 한국군의 파병으로 주한 미군의 감축은 없을 것이라는 보장 하에 파병되는 것이며, 주월한국군의 군수지원과 수당도 미군으로부터 받게 되어있으므로 그들의 그런 생각은 당연하기도 했다.

이런 상태에서 주월한국군사령부는 사이공에 있는 FWMAO(Free World Military Assistance Organization)에 들어가게 되어있었는데, 거기에는 주월 미군사령부 MACV(Military Assistance Command Vietnam)의 연락장교, 월남군의 대표 Tam 장군과 호주군의 대표가 있었다.

한국군 사령부가 개소되자 주월 미군사령부 연락장교인 Cook 대령이

자신의 사무실로 주월사 J-3 박학선 대령을 초청하여 상견례를 가졌다. 나는 이미 본국에서 선발대로 먼저 월남으로 가는 박 대령에게 참모들과 지휘권 문제에 대해서는 절대 양보하지 말라는 엄명을 내려놓은 상태였다.

Cook 대령은 자신을 소개하면서 NATO에서 연락장교 단장으로 오랫동안 근무했다고 했다. 그리고 '우리 둘이 제일 먼저 해야 할 일은 주월한국군을 주월 미군사령부에 배속시키는 절차를 밟는 것이다'라고 했다. 이것으로 1차 회의를 끝내고 다음 회의를 약속했다.

원래 한국군의 파병을 위한 한·미 간의 기본약정서에는 파병 그 자체가 크게 다루어져 있었고, 배속이나 작전통제, 또는 보급문제 등 세부사항은 추후 현지에서 협의하는 것으로 되어있었다.

박 대령은 이미 한 달여 동안에 상당히 많은 분량의 MACV 문서들을 꼼꼼히 살펴 내용을 거의 다 파악한 데다, 당시 주월 한국대사관 무관 이대용 대령으로부터도 많은 이야기를 들었기에, 주월한국군을 주월 미군사령부에 배속, 또는 작전통제권을 이양하는 것은 절대 불가하다는 신념을 가지고 있었다.

며칠 뒤 박 대령과 Cook 대령의 두 번째 회의가 열렸다. Cook 대령은 한국군이 미군에 배속되는 것은 아주 당연한 것으로 자신뿐만 아니라 MACV의 모든 지휘관도 그렇게 여기고 있다는 것을 강조했다. 하지만 박 대령은 한마디로 그것은 불가능한 일이라고 일축했다.

박 대령과 Cook 대령과의 양자 회의는 일주에 2회 정도 열리면서 설전과 고함이 오고 가기에 이르렀다. 그는 때로는 테이블을 주먹으로 치면서 벌떡 일어났다 앉았다 하면서 분을 삭이지 못했다. 한국군 J-3 박 대령도 그가 주먹을 내리치면 맞받아 테이블을 내리치며 대항했다. 그는 설득이 안 되니까 공갈 협박을 하기도 했다. 그의 이론은 다음과 같았다.

– 한국군은 전체가 UN 사령관을 거쳐 주한 미군 사령관에게 작전권이 이양되어 있으며, 예하 미군 지휘관은 필요시 한국군을 배속받고 있다. 미군은 한국군에게 장비를 비롯하여 모든 군수지원을 하고 있으며, 퍼디엄(Perdiem 일당)까지 지급하고 있다. 전쟁원칙의 하나는 Unity of Command라는 원칙이다. 한·미간의 기본 협정은 미군이 한국군을 배속받거나 작전통제권을 이양받는다는 것을 전제하고 있다. 자기는 소련군에 파견된 연락장교의 경험도 가지고 있고, 다년간 NATO 연락장교단장으로 근무했지만, 이렇게 고집불통은 처음 봤다. 호주군과 뉴질랜드군, 그리고 태국 공군도 파견되어 있지만, 그들은 모두 다 주월 미군 사령부에 배속되어 있다.

반면 한국군 J—3 박 대령의 일관된 주장은 다음과 같았다.

– 한국전쟁 당시처럼 UN군 사령부가 편성되어 있다면, 배속이든 작전권 이양이든 문제 삼지 않는다. 한·미 기본약정서에서 파병문제에 동의했으며, 부대 운영 등 세부사항은 추후 현지에서 협의하기로 되어있기에 지금 우리가 협의하고 있는 것이다. 배속이든 작전통제권이든 결정이 되었다면 이럴 필요도 없었을 것이다.

– 그리고 Unity of Command에 관해서는, 우리 한국군은 6·25 초부터 미군과 같이 싸웠다. 또한, 한국군은 미군의 무기와 전술로 훈련

받았으며 사령관이나 나는 미 육군 지휘 참모대학에서 미군 장교들과 같이 공부했다. Unity of Command의 원칙을 잘 이해한다. 여기에서 Unity of Command를 논하려면 한국처럼 UN 사령부를 편성하라. 아니면 NATO 사령부 같은 것을 설치하라.

– 여기서는 군사문제보다 정치, 외교적인 문제가 더 우위에 있다. 처음부터 한국군이 미군에 배속된다는 것이었다면, 한국군의 월남 파병은 실현되지 못했을 것이다. 서울에서 야당과 언론들은 매일같이 우리의 파월 문제에 대해 크게 반발하고 있다.

박 대령은 사전에 준비한 한국 신문 스크랩까지 보여주며 Cook 대령의 논리를 계속 반박했다.

– 군수지원을 하니까 배속되어야 한다는 말은 꺼내지도 말라. 그것은 기본 협정서에서 다루었던 문제인데 여기서 그것을 고리로 배속의 당위성을 강조하는 것은 기본 협정서의 합의 이전으로 돌아가자는 것이다. 당신에게는 그런 권한이 없고 단지 지금은 부대 운영에 관한 사항을 기본약정서의 세부사항으로 다룰 뿐이다.

– 또 호주군 등이 MACV에 배속되어 있으니까 우리 한국군도 따라야 한다는 것은 합당하지 않다. 그들 부대는 규모가 너무 작다. 독립전투를 수행할 능력이 전무 하고, 그들 자신의 보호를 위해서도 더 큰 부대에 배속되어야 한다. 우리는 싸우러 왔다. 한·월·미군 간 협의해서 우리는 우리 작전 지역에서 사력을 다해 싸울 것이다.

이러한 설전은 회의 때마다 계속되었다.

그러던 중 미군 J-3의 대령들이 거주하고 있는 빌라에서 만찬을 함께하자는 초청이 있었다. 만찬에는 작전참모부 요직에 있는 대령들이 다수 참석했는데 Cook 대령은 없었다. 자연히 한국군의 배속이나 작전통제권 문제가 화제의 중심이 되었다. MACV의 입장에서 중요한 문제인 이 문제가 그들이 바라는 대로 진행되지 않고 있다는 점을 그들은 심각하게 생각하고 있었다. 따라서 그간에 있었던 Cook 대령의 보고서 등을 확인하고 다음 대책을 강구하자는 게 모임의 목적이었다. 이 자리에서 박 대령은 한국군의 입장을 다음과 같이 설명했다.

"우리는 한국군의 파병이 월남 정부의 요청에 의한 것이라고 알고 있다. 그러기에 한국군이 월남군, 미군과 협조해서 작전할 것이라고 믿고 있다. 그런데 MACV에 배속된다면, 국민의 의혹을 풀 수 없고, 지지도 받지 못할 것이다. 작전이 진행됨에 따라 전사자가 속출하게 되면 더욱 그러할 것이다. 한국민은 전통적으로 명분을 중히 여긴다. 한국군은 6·25 이래 미군과 아무런 문제 없이 이 작전을 수행해 왔으며, 이제는 굳어진 하나의 전통이고 관례이다. 그러므로 한·미·월 사령관들이 협의하여 작전한다는 명분을 살리면서 내부적으로 특히 한·미군이 긴밀하게 작전하는 것이 최선의 방법일 것이다."

미 지휘관들의 반발

이에 앞서 J-3 박 대령은 처음 선발대로 월남에 도착하자마자 월남군 총사령부의 작전 처장을 그의 사무실로 방문하여 인사를 했다. 그리고 미군 측과 지휘권 문제로 설전을 계속하는 도중에도 그의 관사로 여러 차례 방문하여 한국군을 MACV에 배속할 경우의 부적절함을 역설했다.

"우리는 월남 정부의 요청에 따라 파병되었으니, 미군에 배속되기보다 차라리 월남군에 배속되는 것이 옳다고 본다. 우리는 싸우러 왔으니 한국전쟁에서처럼 용맹하게 싸울 것이다. 월남 측에서 우리가 더 용감하게 싸우기를 소망하면, 우리를 미군에게 배속되지 않게 해야 한다. 작전에 앞서 한. 월. 미의 3자가 합의하면 되지 않느냐? 내가 왜 Tam 중장 측에 가서 설명 안 했냐면 그는 외형상 그런 보직을 갖고 있는 것이지 실제 영향력은 아주 적기 때문이며, 이 문제의 담당자는 작전 처장, 바로 당신이다."

이렇게 설명해서 월남 측의 동의를 얻어냈다. 이후 박 대령은 미군 측에 다음과 같이 협조 의사를 밝혔다.

"우리가 월남 정부의 공식 요청으로 파병되었으니 한. 월. 미 3자 합의로 작전은 하되, 미군과 한국전 이래 세운 전통과 관례에 따라 긴밀하게 협조할 것이다. 하지만 무슨 일이 있어도 한국군을 미군에 배속하거나 작전통제권을 이양해서는 절대 안 된다는 것은 누가 뭐라고 하든 양보할 수 없는 일이다."

당시 월남의 작전환경은 한국전쟁 상황과 완전히 달랐다.

월남에서의 작전은 1개 중대 또는 1개 대대 규모 병력에 C-Ration

과 지도를 주고는 헬기로 캄보디아 접경지대의 정글 지대, 즉 월맹군의 남침 루트 상에 내려놓은 뒤, 본대가 있는 쪽으로 훑어 오게 한다. 그때 적과 만나게 되면 항공지원을 요청하고, 아군 포병의 지원사격 거리 내에 있을 때는 포 지원도 받게 된다. 따라서 때로는 작전 부대가 전멸할 수도 있고 또 어떨 때는 반대로 큰 전과를 올릴 수도 있다. 우리가 미군에 배속되거나 작전통제권을 이양하면 이런 명령을 받았을 때 거부할 수 없게 된다. 그러므로 이 문제야말로 우리 한국군으로서는 가장 중요한 핵심 문제였다. 그러나 미군 측에서는,

"한국군에게 해줄 것 다 해주며 작전 같이 하자고 데려왔는데, 미군보다 더 험하고 힘든 곳에 투입하겠다는 것도 아니고, 미군과 같이 미군이 작전하는 그대로 하자고 하는데, 왜 마다하느냐?"

하는 불만이었다.

당시 MACV은 월남을 수 개의 TAOR(Tactical Area Of Responsibility)로 나누어 놓았는데, 맹호부대가 위치한 퀴논은 당시 Larson 중장이 지휘하는 TAOR Ⅱ에 있었다. 따라서 동일지역에서 Larson 장군이 군단장이라면, 맹호사단은 그 예하에 배속 된 한 사단이라는 것이 미군이 바라던 구도였다. 그런데 한국군이 그 구도대로 할 수 없다며 반발하니 신경이 사나워질 수밖에 없었다.

이처럼 J-3 박 대령과 Cook 대령이 설전을 시작한 지 약 1개월여 지난 후 Cook 대령은 온다간다는 인사도 없이 사라져버리고 그 후임자가 왔다. 새로운 후임자의 이름도 똑같은 Cook 대령이었으나, 전임자보다 체구가 아주 왜소하며, 침착하고 신중한 사람이었다.

이것은 한·미간에 새로운 국면을 알리는 것이었다. 박 대령은 그동안

있었던 진행 사항을 사령관인 나에게 보고하고, 또 지침을 받곤 했는데, 우리 입장을 미군 측이 이해하기 시작했다고 했다. 그런데 며칠이 안 가 문제가 발생했다. 미 야전 사령관들이 웨스티 미군 사령관에게, 한국군에 대한 작전통제권을 갖지 않으면 작전하지 않겠다며 강력한 항의를 제기한 것이다. 그 이면에는 한국군이 파월 초기 훈련 부족으로 (특히 야간작전) 본격적인 작전을 하지 못하고, 훈련에만 전력을 다하고 있는 데 대한 불만도 크게 작용한 것 같았다.

나는 이제 내가 직접 나서서 미군 지휘관들과 참모들을 설득해야겠다고 생각했다. 그래서 웨스티 장군에게,

"당신의 주요지휘관 및 참모들과 월남전의 기본문제에 관한 의견교환을 하고 싶다."

고 제의했다. 그러자 웨스티도 좋은 생각이라며 다음 주요 지휘관 회의 때 회의 시작과 동시에 먼저 발언 기회를 주겠다고 약속하였다.

최후의 담판

예정된 회의가 열렸다. 나는 웨스티 장군과 그 예하 주요지휘관들과 참모들이 참석한 자리에서 조용히 말문을 열었다.

"나는 파월 전 육군본부 작전참모부장이라는 직책을 맡고 있어 한국군 파월 문제 등에 직접 관여한 사람 중의 하나이며, 월남전에 관한 연구를 해 온 사람이다."

그리고 한국군 중에서 6·25 전(前)과 6·25 전쟁 동안 유격전을 직접 지휘했던 사람 중의 하나임을 소개한 뒤,

"월남전이 군사적인 면이 주(主)인지, 정치적인 면이 주(主)가 되는 형태의 전쟁인지 여러분들의 고견을 듣고 싶다."

고 말하면서 일동을 둘러보았다. 그러자 맨 앞줄에 앉아있던 Larson 중장이 내게 손가락질을 하면서 버럭 고함을 질렀다.

"여기 있는 우리는 군인이야! 당신은 언제부터 정치를 아는 군인이냐?"

나는 도전적이고 인격을 무시하는 그의 폭언에 순간적으로 욱하고 감정이 치밀었다. 그러나 나는 치미는 감정을 억누르면서 더 조용하게 말했다.

"그렇다면 당신의 견해는 월남전이 군사적인 측면이 강한 군사전쟁이라는 뜻이냐?"

"군인은 군인다워야지, 정치 운운하는 말은 정치인들에게나 해당하지 않느냐?"

그는 내 말에는 직접적인 대답을 회피한 채 여전히 도전적인 말투로 정치라는 말에만 트집을 잡았다.

"그렇다면 지금 내가 하는 말에 대해 당신의 견해는 어떤지 듣고 싶다. 현재 월남 내(內)의 적 병력은 월맹 정규군 3만여 명과 베트콩을 모두 포함하여 약 20만 정도인 것으로 알려졌으나, 아군은 미군과 한국군 등 20여만 명과 월남군 70만을 포함하여 90만 명으로 알고 있다. 또한, 적의 주력인 베트콩의 1/3 정도는 미약하나마 60mm와 82mm 박격포, 75mm 무반동총, 기관총 등의 공용화기도 장비하고 있지만, 대부분 베트콩은 중국제 장총 등 구식소총과 수류탄 등으로 무장하고 있다. 이에 비해 아군은 B-52를 포함한 세계 최신 장비와 무기를 총동원하고 있으며, 유류와 탄약, 보급품에 있어서 거의 무제한으로 사용하고 있는 세계 최강의 군사력을 보유하고 있다. 그런데도 중부 베트남의 가장 중요한 곡창지대인 빈딩성 고보이 평야의 베트남 촌락 하나도 완전하게 장악을 못 하는 실정이다.

베트콩들은 주간에 아군 대부대가 진입하면 마을 동굴 속으로 숨어 버리고 주민만 남아있다가 군대가 철수하면 다시금 베트콩 마을이 되는 것이다. 마을에서의 주둔은 베트콩들의 습격으로 큰 피해를 보게 되는 위험 때문에 거의 불가능하다. 주간이라도 소수의 부대가 수색작전 등으로 마을에 진입하면 몰살당하기 쉽다. 그 마을을 완전히 없애 버리고, 지하의 동굴도 모조리 파괴할 수 있는 장비도 갖고 있지만 그렇게 못하고 있다. 여기에 월남전의 특수성이 있는 것 아닌가? 이러한 형태의 전쟁을 단순한 군사전쟁이라고 하기에는 너무도 간단한 해석이 아닐까? Larson 장군! 당신의 견해는 어떠한가?"

그는 눈을 감은 채 묵묵부답이었다. 나는 계속 설명했다.

"우리 한국은 북한 공산 정권에 의해 월남과 같은 형태의 침략을 당하다가 급기야 그들의 전면적인 기습공격으로 3일 만에 수도 서울을 빼앗기고 전투부대는 거의 괴멸되어 그들에게 전 국토를 강점당하기 일보 직전에 미군의 신속 과감한 참전으로 구출되었다는 것을 잊지 않고 있다. 미국의 참전이 일주일만 늦었더라면, 오늘의 한국은 지구상에서 사라졌을 것이다. 우리는 이러한 형태의 전쟁에 대한 경험을 갖게 되었고, 공산군에 의해 쓰라림과 고통을 강요당한 것이다. 그러기 때문에 월남의 고통과 아픔을 더 절실하게 이해할 수 있다!

한국전에서 미국은 아무런 이익이나 대가를 바라지 않고 오직 공산 침략을 저지하여 자유와 민주주의를 수호하고 정의(正義)를 실현하겠다는 생각뿐이었으며, 엄청난 인명과 물자의 손실은 물론 미 국민들에게 큰 고통과 쓰라림을 안겨준 고귀한 희생의 대가를 지불했다. 제2차 세계대전 때 전 유럽이 나치의 침략으로 그의 손아귀에 들어가기 직전에 미국의 참전으로 구출되었으며, 그때 미국의 도움을 받았던 자유우방

국가들이 미국의 요청으로 UN의 가치 아래 한국전에 참전했다.
그러나 월남전에서는 상황이 달라졌다. 월남전에 참전하는 미국의 목적은 한국전과 전혀 차이가 없지만, 오늘날 국제사회에서 커다란 영향력을 발휘하고 있는 비동맹국가 그룹은 반(反)미국적 색채가 강하여, 자유 월남공화국보다 공산 월맹을 절대적으로 지지하고 있다. 또한, 자유진영의 국가들은 막강한 소련과 중동 등 공산 국가들과의 관계 등으로 자국의 이익과 이해타산을 위주로 생각하고 있는 것 같으며, 미국의 월남전 참전에 냉담한 태도를 보이고 있는 실정이라고 생각한다."

나는 잠시 말을 끊고 장내를 둘러보았다. 모두 다 숨을 죽이고 내 말을 듣고 있었다. 나는 이들을 설득할 수 있는 마지막 기회라고 생각하고 더욱 열을 올렸다.

"이 때문에 필리핀과 태국 등 동남아시아 국가들도 공산주의자들의 직접적인 위협을 느끼고 있으며, 국내의 친공 세력들이 준동하고 있어 전투에 직접 참여하는 것을 주저하고 있다고 생각된다. 그러나 한국은 대다수 국민이 지난날 우리를 구출해 준 미국과 자유우방에 대해 어떠한 희생의 대가를 치르더라도 은혜에 보답해야 한다는 생각을 하고 있으며, 우리와 같은 처지에 있는 월남을 도와야 한다고 생각하고 있다. 그것이 한국군의 파월을 성사시킨 기본요인이다.

그러나 공산 월맹은, 한국군이 하루에 1불(1$)의 돈을 받고, 미국의 용병으로 월남전에 참전하고 있다고 전 세계에 모략하고 있으며, 공산 국가들과 비동맹국가들도 전적으로 이에 동조하고 있는 실정이다. 우리가 미군에 배속되거나 직접 지휘를 받는다면 이러한 공산군 측의 모략 중상을 사실로 입증하는 자료로 이용되기 쉽다.

그뿐만 아니라, 작전지휘권 문제는 경우에 따라, 공산주의자들의 침략을 받고 있는 자유 월남을 수호하고 동북, 동남아 지역에서 공산주의 침략을 저지하는 자유주의 국가의 일원으로 월남전에 참전한다는 한국군의 참전 명분을 약화시킬 수도 있는 것이다.

또한, 미국이 전 세계에 천명하고 있는 자유 월남수호와 공산 침략 방지라는 대의명분을 손상할 수도 있을 것이다. 월남전은 결코 미국의 이익이나 어떤 대가를 위해 싸우는 직접 또는 청부 전쟁이 아니며, 어디까지나 자유 월남공화국을 공산 침략으로부터 구출하는 것이라는 명분을 손상 시켜서는 안 된다.

나는 그동안 나의 참모들과 MACV 참모들이 여러 차례에 걸친 솔직하고 진지한 토의와 검토를 거쳐 이 문제에 합의하게 되었다고 보고 받고 있다. 이 자리에 앉아 계시는 웨스트모랜드 장군은 한국전에서 용맹을 떨친 한국전의 영웅으로 많은 한국 사람들이 기억하고 있으며, 이 자리에 참석하고 있는 주요지휘관과 참모들 또한 한국전쟁에서 같이 싸운 혈맹(血盟)의 전우들이 대부분이다.

나는 6·25 전쟁 전(前) 소위로 임관 후 곧바로 제주도의 공산분자들의 무장폭동과 게릴라 토벌을 위해 피비린내 나는 공산 게릴라전에서 여러 번의 죽음의 고비를 넘겼으며, 그 후 38선 상의 개성에서 불법으로 남쪽으로 월경한 공산군과의 전투에 중대장으로 전투 지휘 중 공산군의 따발총 두 발을 왼쪽 가슴에 맞고 쓰러졌다가 기적적으로 목숨을 건져 최후까지 전투를 지휘할 수 있었다.

그 후 38선 남쪽 태백산 지역에 침투한 북한의 훈련된 정예 공산 게릴라 (2,500여 명을 대략 100명 단위로 편성하여 산맥을 타고 남쪽으로 침투시켰음)들과 치열한 전투를 10여 개월 동안 전개하던 중 1950년 6월 25일, 북한 공산군의 기습남침을 받은 것이다.

6·25 전쟁 동안 나는 한국군 유격대의 총지휘관이었는데, 이때 공산군 유격대를 지휘하여 한국군 후방지역 깊숙이 침투하여 게릴라전을 전개하면서 김일성의 오른팔 역할을 하고 있던 현역 중장인 길원팔(吉元八)이 김일성 명령을 직접 전달하고 전선을 시찰차 방문중이었는데, 길원팔과 그의 참모장 등 일행을 기습하여 생포한 바 있었다.

그 후 약 2년간 한국 중동부 전선에서 연대장으로 최전선에서 전투하면서 미 제20군단장 파-머 장군과 화이트 장군 등 탁월한 야전사령관들로부터 큰 감명을 받았고, 평생을 두고 이분들을 존경하고 있다.

또한, 미국 보병학교 고등군사과정(OAC, 한국군 장교로서 최초로 9명이 선발되었음)과 미 지휘참모대학(C & GSL) 과정을 이수하면서 미국 육군의 교리와 전술 등을 공부할 기회를 가질 수 있었고, 한국전에서 훌륭히 싸운 미국의 혈맹 전우들을 많이 갖게 되었는데, 이제 월남전에 참전하여 여러분들과 다시 같은 전선에서 자유민주주의의 국가의 공동의 적(敵)이라고 할 수 있는 공산주의자들과 싸우게 된 것은 군인으로서 더 이상의 가치와 영예가 있겠는가?

진심으로 우리 조국을 구출해 준 미국에 대하여, 혈맹의 전우인 미군에 대하여 감사와 존경심을 항상 간직하고 있다. 이 자리에서 확실하게 여러분과 약속한다. 미군과 한국군이 월남전에서 공통의 목표달성을 위해 수행하는 그 어떤 일에도 훌륭하게 협조해 나갈 것이다. 사소한 의견의 차이는 있을 수 있겠지만, 이러한 기본정신과 솔직하고 성의 있는 노력으로 해결되지 않는 일은 있을 수 없을 것이라고 확신한다.

한국군의 작전지휘권 문제는 한국군의 독자적인 지휘권 보장이 한·미 양국에 공동의 이익을 가져다 줄 것이며, 한국국민과 한국군의 명예와 사기(士氣)에 큰 영향을 줄 뿐만 아니라 공산군 측의 선전과 모략을 봉쇄하는데, 절대적으로 도움이 된다고 생각한다. 이 문제에 대한 여러분의 솔직한 견해를 듣고 싶다."

나는 40여 분간에 걸친 긴 연설을 마치고 참석자들을 응시하면서 그들의 반응을 기다렸다. 그때 맨 앞줄에서 시종 눈을 감고 묵묵히 내 말을 듣고 있던 Larson 장군이 벌떡 일어섰다. 그리고 정중하게 말했다.

"채 장군! 당신의 신념에 찬 설명을 잘 들었다. 당신에게 무슨 말부터 해야 할지, 정말 미안하고 부끄럽다는 말 외에는 할 말이 없다. 정말 미안하다. 당신 설명을 들으니 당신 말이 사리에도 맞고 사실이다. 내 경솔한 언어와 행동에 대해 당신의 용서를 바란다. 당신의 의견과 소신에 대하여 전적으로 공감하고 찬성한다!"

뜻밖의 그의 말에 나는 깜짝 놀랐다. 그리고 솔직하고 군인다운 그 태도에 감탄하지 않을 수 없었다.

"용서는 무슨 용서냐? 당신의 지적은 틀린 것이 없다. 오히려 내가 당신의 이와 같은 태도에 고마움과 존경심을 갖는다. 정말 감사하다!”

Larson 장군은 미군 고위 장성 중에서도 직선적이고 날카로운 비판을 서슴지 않는 성격으로 유명한 사람이다. 한국군에 대해서도 공개석상에서,

“한국군을 지금까지 키워주고, 가르쳐주고, 돈과 물자를 다 대 주었는데, 이제 미군을 깔보고 말도 듣지 않는다.”

고 혹평을 서슴지 않던 장본인이다. 그런 그가 그토록 태도가 달라진 것이 놀랍기도 하였고, ‘역시 큰 인물이구나!’ 생각했다.

이 일 이후로 그와 나는 의견 충돌도 자주 있었지만, 진정한 전우애로서 상호 존중하며 정말 친근하게 지냈다.

자리에 있던 다른 사람들도 모두 당신의 견해에 공감한다며 입을 모았다. 그러자 내 옆에 앉아 있던 웨스티 장군이 일어나서 권투선수 승자의 손을 올려주듯이 나의 오른팔을 덥석 잡고 높이 쳐들었다. 그러고는,

“나도 채 장군의 의견에 공감한다. 오늘 이 시각 이후부터 나와 채 장군은 월남에서 양국 군의 운용에 대한 모든 문제는 상호 협의와 협조로 해결하겠다고 선언했다. 한국군에 대한 작전지휘권 문제가 일단락되는 순간이었다.

EP. 25

한국군 심리전의 모델 '꾸몽' 시장

– 베트콩판 이산가족 만남의 장

– 맹호사단 작전지역 남쪽경계인 퀴논 남방 26킬로 지점에 꾸몽이라는 고개가 있었다. 그런데 이 고개를 기준으로 북쪽 푸타이(PHU TAI) 촌은 한국군 측에, 남쪽 수안록(XUAN LOG) 촌은 베트콩 측으로 각각 갈라져 주민들의 불편이 많다는 보고가 들어왔다. 원래 이 두 마을은 롱탄(LONG THANH) 읍에 속해 있는 마을로 서로 생산품을 나눠가며 생활하는, 한마을과 다름없는 곳이라고 했다. 채명신 사령관은 지체없이 두 마을이 종전과 거의 다름없이 교류할 수 있도록 하라고 지시했다. 여러 가지 방안이 검토된 결과 꾸몽 고개에 양쪽 마을 사람들이 만날 수 있는 지역을 설정하고 낮 동안 가족 면회와 생필품을 교환하게 하자는 방법이 채택되었다.

– 참모 중 더러는 이 방법이 베트콩에 의해 악용될 소지가 많다며 반대했다. 하지만 채명신 사령관은 우리 한국군의 궁극적인 목적이 베트콩을 한 사람이라도 더 귀순시켜 월남 정부의 평정 사업을 도우는데 있다고 믿고 있었기 때문에 그대로 추진하기로 했다. 그리고 잘만 운용하면 대민 선전 효과는 물론 역으로 적의 생생한 정보를 얻어낼 수 있다는 확신도 있었다.

– 꾸몽 고갯마루에 초소와 목조건물을 짓고 65년 11월 1일, 베트콩 측의 수안록 마을에 수만 장의 전단을 뿌렸다. 한국군의 보호 아래 상오 8시부터 상오 11시까지 경계선에서 상품교역과 가족 면회를 허가한다는 내용이었다. 초소에서 마이크로 안내반송도 했다.

처음엔 별로 반응을 보이지 않다가 안전을 보장한다는 보증서를 함께 살포하자 반응이 나타났다.

사람들이 모이자 베트콩 측도 길목에 초소를 세워 물건과 몸을 수색한 후 몇 사람씩 조를 편성해서 보냈다.

– 베트콩 지역에서 가져오는 물건은 생선 야자 소금 등이고 이곳에서 바꿔 가는 것은 쌀과 의류 등 생활필수품이었다. 채명신 사령관은 군의관을 보내 베트콩 측에서 오는 사람들에게도 무료진료를 해주라고 했다. 정보요원들은 군복을 벗고 통역요원으로 가장했다. 통역을 맡은 정보요원들에게 늙은 촌부들은 자기 집 사정은 물론, 남의 집 이야기며 동네 사정까지 다 털어놨다.

부상을 입고 집에서 앓고 있는 베트콩 아들의 약을 지어달라고 부탁하는 노인들에게도 약을 주었다. 그러나 하루 양 이상은 주지 않았다. 다음 날 또 오게 하는 목적도 있었지만, 약이 다른 베트콩 손에 들어가는 것을 막기 위해서였다.

깡통으로 된 비상식량은 반드시 따서 주었고, 쌀도 그냥 주지 않았다. 반드시 밥을 지어서 주도록 했다. 이 역시 베트콩들에게 식량으로 공급되는 것을 차단하기 위한 조치였다.

– 아픈 데를 치료해준다는 소문이 나면서 수안록 마을뿐 아니라 멀리

송카우 롱수안의 환자들까지도 찾아왔다. 주민들의 생활상이 소상하게 전해져왔다. 때로는 나뭇가지에 발을 찔렸다고 거짓말을 하며 진짜 베트콩 환자들도 찾아왔다. 군의관들은 총상임을 확인하고도 모른 체 치료하고 약을 주어 돌려보냈다.

꾸몽 시장이 활기를 더해가면서 귀순자가 불어나기 시작했다. 베트콩 측에 자극을 줄 우려가 있어 오히려 우리가 걱정해야 하는 형편이었다.

처음 채명신 사령관의 뜻을 잘 모르고 우려를 표하던 상당 수 고급장교들도 이 무렵부터 모두 다 공감하게 되었다. 본국이나 외국에서 맹호의 활약상을 듣고 찾아오는 VIP의 단골 순방코스가 되었다. 꾸몽 고개는 가히 월남판 판문점이라고도 할만했다.

– 꾸몽의 남쪽 지역은 20여 년간 지방 베트콩이 점령하고 있어 월맹 정규군이 필요에 따라 맘대로 드나드는 곳이었다. 그러나 꾸몽 시장을 1년여 운영하고 나니 적의 마을이 환히 드러났다.

맹호는 시장에서 얻은 정보를 기초로 주민들의 성분을 거의 다 파악했다. 나중에 평정하고 나서 행정을 맡길 각 마을의 촌장 명단까지 만들 수 있을 정도였다.

꾸몽 시장을 통한 선무활동은 투이폭 군, 동수안 군, 등 3개 군의 베트콩 주민들을 하루아침에 맹호 곁으로 회유시키는 결정적인 역할을 했다. 그리고 1년 후 1번 도로와 6번 도로를 따라 7백 평방킬로미터의 적 지역에 남진하는 맹호 8호 작전(1967년 1월 3일- 3월 4일)을 위한 완벽한 적정을 제공해 주었다.

고보이 전략

고보이 평야는 월남 중부지역에 있는 곡창지역으로 주민들도 많고 교통도 요지다. 그렇다 보니 촌락도 많고 인구도 밀집해 있어 아군과 베트콩 간에 자주 충돌이 일어났다. 필자가 근무한 맹호부대 기갑연대도 그 부근에 자리 잡고 있었다. 이런 요충지를 한국군은 어떻게 평정했을까? 그리고 왜 세계인들을 놀라게 했을까? 채명신 장군은 그 이유를 이렇게 말했다. (인터뷰 2004년 11월 6일 채 장군 자택)

채명신 – 처음부터, 난 고보이 부락을 제압해놓아야만 했어. 그래야 고보이 외의 다른 지역을 장악하는 것이야.

김현진 *– 고보이 평야는 상당히 큰 곡창지대고 중요한데요. 제가 근무했던 기갑연대 바로 앞이었습니다.*

채 – 그렇지. 고보이 부락은 지금까지, 미국이 월남이 한 번도 장악을 한 적이 없어. 맹호 연대가 고보이를 대부분 책임 지역으로 맡게 된 건데. 거기를 반드시 점령해야 했어. 우리는 미국식하고는 다르지. 첫 번 부락 공격에 대규모 대대 단위 큰 작전을 펼쳤으니까.

김 *– 그 작전 이름이 뭐였습니까?*

채 – 제1연대 제2대대 5중대 박동운(?) 대위가, 공격조를 맡았는데, 거기를 확보해야 했어. 베트콩들이 20년간 장악하고 있던 데야. 그들이 그곳에서 식량 조달하고 있어서 식량 줄을 끊어야 하고, 그 지역을 우리 편에 끌어들여야만 하는데 그곳이 시험대였다고.

김 *– 베트콩들도 절대 안 뺏기려 했겠네요.*

채 – 그럼. 그들의 제일 약점이 탄약 보급이거든. 그들이 상당한 수류탄 탄약 소모가 되고 공격은 안 해오니까 요 새끼들이 순전히 기만전술이구나 하고, 그다음부터는 기관총 쏘면서 돌격! 하고 와- 소리 질러도 수류탄이 안 날라 오더라고. 수류탄이 제일 겁나는 것이더라고. 몇 번 그렇게 하고선 됐다. 그래서 1차 총공격 명령을 내렸다고. 그와 동시에 내가 헬기로 돌바위에 앉았다고. 사령관 목표 점령 완료! 하하. 사령관이 돌바위에 앉으니까. 그것이 보이니까, 그러니까 말이야. 사기도 오르고 순식간에 쳐들어갔어. 거리는 얼마 안 돼. 논두렁 평야 걸어가는 것이 문제였는데, 순식간에 점령해서 재빨리 소탕하고 방어 편성해라. 적이 역습해온다! 역습에 대비해 크레이모를 굉장히 많이 가지고 가서, 늘어놓고 대비하는 것이야. 그렇게 아주 쉽게 점령을 했어.

김 *– 완전 작전 성공이었네요.*

채 – 그런 식으로 고보이 부락을 하나 딱 점령해놓으니까, 부락민들 노인네들, 지하 동굴 다 수색을 해서. 그게 기본이니까. 전부 인접 부락으로 도망갈 놈 도망가고 남은 여자들. 부락민들에게 그랬어. 절대로 당신들 보안은 걱정하지 마라. 당신의 남편들, 자식들 베트콩이 되는 것 알고 있지만 저항하다 우리에게 총 맞아 죽으면 할 수 없지만, 저항 안 하면 100% 사는 것은 보장한다! 그리고 밤에는 움직이지 마라, 절대로. 강아지 쥐새끼 한 마리도 죽으니까. 그렇게 선 공격하는 것이야. 치료하고 먹을 것을 주고. 그런데 이들이 약을 안 먹어. 약 먹었다가는 베트콩들이, 창자가 끊어지고 고통받다 죽으니까.

김 *– 베트콩들이 그렇게 단단히 교육해 놓았군요.*

채 – 그래서 우리 아이들이 먼저 약을 먹어보고, 그런 식으로 며칠 동안… 한국군은 그런 식으로 했지. 그 전에 미군이나 월남군 대부대가 왔다가 빠져나가면, 밤에 겁이 나 못 있거든. 역습당하니까. 역습에 크레모아 다 죽은 것이야.

우리가 그렇게 하니까 나중에는 부락민들이 감격해가지고, 자기 아들

남편들 자기가 어떻게 해보겠다고. 그런데 밤은 움직이면 모든 생물이 다 죽는다. 낮에 오라고. 어디서 매복하는지 모른다고. 도로고 뭐고 사람이 걸어올 수 있는 데엔 전부 다 매복하고 있으니까, 절대로 밤에 움직이지 말라고. 지시가 내려지고. 그런 식으로 하나하나 하니까 나중에 부락민들이 자기들 자식 남편 데리러 가는 거야. 박경석의 글에도 썼지만, 남편 보냈다가 안 돌아와. 그러다 이틀 만에 돌아왔어. 겁나서 못 오겠다 하고는, 100%가 환자가 되어있었어. 그 사람들 치료해주었고.

밤에 모르지만, 낮엔 자유로 왔다 갔다 하니까, 거기 사이에 끼여 남편이 오게 된다고. 오면 마누라나 아버지가 부대 와서 신고해. 숨어있다고. 우리 군인들이 가서 부상당한 사람들 치료해주고…. 당신들 이젠…. 이 새끼들이 부락에 붙어있을 수 없으니까, 산으로 도망간 거라구. 가족들과 평화스럽게 농사짓고 지내겠냐? 아니면 이들이 부락에 붙어있을 수 없으니까 산으로 가겠냐? 물었지.

산으로 가면 총만은 내줄 수 없다. 수류탄도 안된다. 요담에 또 습격하면 죽는다. 그러나 손들고 나오면 절대 안 죽인다. 선택은 네가 해라, 했더니, 10명 중 8명은 남겠다 하여, 보호해 주겠다고 했지. 그러나 월남 경찰이 오면 자기들 잡혀가니까. 어떻게 보호해 주겠느냐 해서, 내가 우리 한국군 작전을 협력했다는 것을 도장 찍어서 월남 국가 행정기관에 보이는 것이다. 한국군 작전에 협력했다고 사령관이 증명했으니까.

김 – 확실한 신분보장이네요.

채 – 그 사람들이 그걸 해달라는 것이야. 그런 식으로 해서 부락을 장악해야 하는데 부락을 장악 식량 조달하고 그들은 세금보다 베트콩한데 더 바치고 있어. 정부에 내는 것은 세금이 얼마 안 되지만. 그 몇 배를 더 내야 해. 그렇게 되면…. 베트콩이 없어지게 돼. 그러니까 깊은 산악에 들어가 있다가, 낮에 내려왔다가 부락민들이 신고하게 되면, 우리한테(한국군) 찌르면 괜찮지만, 월남 당국이나 경찰 당국에 넘어가면 잡아서 고문당하거든. 그렇게 해서 하나하나 증명해 가는데…. 그것이 고보이 전법이야.

고보이 평야와 박순천 여사

1966년에 박순천 선생이 왔다. 그래서 '선생님 무엇을 보시기 원합니까?' 하고 물었더니, '한국군들이 월남 사람들을 많이 도와주고 있다던데 그런 곳에 가볼 수 없겠느냐?' 해서 고보이 댐 공사현장으로 모시고 갔다. 이 고보이 평야는 빈딩 성에서 가장 큰 곡창지대이고, 그 평야 한복판으로 흐르는 강에서 나오는 생선으로 월남에서 제일가는 늑맘을 만듭니다. 늑맘은 우리 김치와 마찬가지로 월남 사람들이 밥을 먹을 때 이 늑맘에 모든 음식을 찍어 먹는 있는 반찬의 일종으로 고보이 하천물에서 사는 생선으로 만든 늑맘이 제일 맛이 좋다고 했다. 그런데 고보이 하천 상류 댐이 파괴되어 사용하지 못하게 된 것이다. 월남은 물만 있으면 1년에 3모작 이상이 가능한 기후조건인데도 불구하고, 그 하천에 물이 말라버려서 농사를 지을 수 없었고 그 때문에 고보이 평야에 많은 주민들은 그때 댐이 부서진 것을 아주 아쉽게 생각하고 있었다. 그래서 저희들이 그 댐을 합작으로 만들어 주기로 했는데 우리 장병들이 교대로 나가서 월남 사람들과 일하는 바로 그 현장에 박 선생을 모시고 갔다. 그런데 우리는 여러 번 다니면서도 못 봤는데, 박 선생 말씀에 의하면 월남 사람들이 우리 군인을 바라보는 눈빛이 그렇게 사랑스럽고 존경에 차 있을 수 없었다고 감탄했다. 그리고 또 이런 장면도 봤다고 하였다. 한국군과 월남인이 들것에 돌과 흙을 담아 나르는데 뒤에 따라가던 월남 사람이 조금 무거운 것을 자기 쪽으로 끌어당깁니다. 그러면 앞에서 들고 가던 한국군이 무거운 것을 자기 쪽으로 다시 끌어당기는 아름다운 장면까지 봤다고 했다. 그 후 사이공에 가서 내외신 기자들 앞에서 '파병을 반대하시던 야당의 당수인 박 선생님, 파월 소감이 어떻습니까?' 하고 기자가 묻자, '나는 결과적으로 파병을 잘했다고 생각한다. 그리고 더 많은 우리 장병을 월남에 보내고 싶다'라는 말씀을 하셨다. 이것은 정치하는 분들에게는 그야말로 자신의 정치생명을 없앨 수도 있는 폭탄선언인데 아주 거침없이 말씀하셨다. 그래서 저녁에 제가 '선생님, 선생님께서 말씀하신 것 때문에 지금 국내에서는 난리가 났습니다. 괜찮겠습니까?' 하고 걱정하자, '아니 괜찮아요!' 하셨다. 그리고 국내로 돌아가셨는데 김포 비행장에서부터 민중당 당원들에게 납치되다시피 하는 난리를 겪었습니다. 그러나 박 선생은 '나는 정치하는 사람이기 이전에 한국 어머니의 한 사람이고 대한민국 국민의 한 사람인데, 내 눈으로 나는 똑똑히 보았다. 우리 장병들이 그곳에서 월남 사람들을 성의껏 도와주는 광경을 보고 나는 흐뭇했다. 더 많은 우리 장병이 월남 사람을 도와주기 바란다. 내 눈으로 보고 내가 느낀 것을 그대로 표현한 것인데, 정치한다는 사람이 야당의 당수라 해서 자기 소신과 자기가 보고 느낀 것을 그대로 말할 수 없다면, 도대체 정치는 무엇 때문에 하는 것이냐?' 하며 끝까지 소신을 지켰다. 나는 지금도 그때를 생각하면 박순천 선생 같은 정치인들이 대한민국에 좀 더 많았으면 좋겠다는 생각을 하게 된다. (「월남전과 고엽제 전우신문사」 1997. P.235)

대한민국 경제원조 컨소시엄을 만든 계기

– 66년 4월 29일 자 런던타임 지에 기자(토프린 소머즈)가 와서 한국군

지역 안에서만 헤드라이트 켜고 밤에 돌아다닐 수 있다고 하는데, 사실입니까? 해서, 사실이라기보다 당신네 용기 있으면 짚차 빌려줄 테니 당신네 마음대로 돌아 다녀보라. 그 대신 위험에 대해 내 보장은 못 하겠다, 하니 자기들이 밤에 헤드라이트 켜고 우리 지역에 돌아다녀 보고 쓴 기사야.

'미군이 한국군의 고보이 전략을 배웠거나 한국군에게 월남전의 모든 책임을 맡겼다면 월남전은 벌써 끝났을 것이다'. 그 기사 내용이.

그런데 그 몇 달 전에 무슨 기사가 났냐면, 그 전에 **한국에서 자유민주주의를 기대한다는 것은 쓰레기통에서 장미꽃을 기대한다는 것과 같다**는 기사를 써서 한국민들을 격분시켰던 바로 그 신문사에서 머리기사로 나갔다고.

– 그런 기사가 나가고 언론들에 자꾸 보도가 나가기 시작하자, 5·16 후에 우리가 차관을 보낸 것 아닙니까? 지금은 아임에프지만 그땐 11개 나라였다고. 미국 영국 이태리 불란서 베네룩스 3국 캐나다 오스트레일리아 남아프리카. 그 나라들에서, 국제금융문제를 11개 나라가 좌지우지했지.

5·16 후에 우리가 차관을 보냈는데, 제대로 사람도 만나주지도 않았다고. 책임자는 고사하고 과장법도 많았고. 그럴 수밖에 없는 게 춘궁기에 굶어 죽는 사람이 그렇게 많다고 하는데, 가난뱅이한테 누가 돈을 빌려줘. 원금이나 떼먹지 않겠느냐고 생각 안 하겠어요? 담보가 있는 것도 아니고. 우리가 기름이나 천연자원이 없는 나라에서 새마을 운동한다 어쩐다가 담보가 되느냐? 그러니까 거들떠보지도 않고 하다가, 그런 기사가 나가고 난 후, 이 사람들이 66년 4월에 서울에 와서 대한민국 경제원조 컨소시엄을 만들지 않았어요?

그때 11개 나라에 재무담당자들이 서울에 모여 하는 얘기가, 한국의 젊은이들이 월남에서 하는 것을 보니까 굉장히 '장래성'이 있다. 그래서 앞으로 11개 나라가 당신들의 경제개발에 필요한 자금을 대 주겠다. 하여 26억 달러를 주었고… 그런 등등이 결국 경제 기반을 닦았습니다.

– 그때 60년도에 우리나라의 총수출(?) 규모가 5–6천만 달러가 될까 말까 했고, 한국은행의 외환보유가 오천만 달러밖에 안 되었어요. 그 수출이라는 것도 대한중석에서 원광석 팔아먹는 거의 하고, 그담에 오징어 말린 것 일본가는 것 남해안에서 고기 잡아 일본 배로 넘겨주는 것, 정도였습니다. 공예품이나 상품 수출은 하나도 없고 공업생산 관련도 없고. 그런 것 등등이 한국의 공업생산과 경제발전에서 발동이 붙기 시작한 것입니다. 그러한 것을, 전우들도 모르는 것이 많습니다.

EP. 26

한국군의 범죄행위 유형

– 정보보고로 본 몇 가지 사례

베트남전쟁에 참전한 한국군 내에서도 크고 작은 사건들이 수없이 많이 일어났다. 그때마다 각 부대에 파견 나가 있는 보안대와 헌병대에서 놓치지 않고 정보를 수집해 상부에 보고했고, 사령부 헌병참모와 정보참모는 사건에 따라 공식 또는 비공식으로 채명신 사령관한테 보고했다. 비공식 보고는 대개 16절지 갱지에 참모가 만년필로 직접 써서 보고했다. 필자가 채 사령관한테서 넘겨받아 정리한 보고서 중 몇 가지를 원본 형식 그대로 공개한다. 이름은 모두 00으로 처리했다.

제목: 탈출(투항) 미수자 검거 보고

1. 검거 일시 및 장소

1967년 12월 22일 14:30 제9사단 방첩대

2. 인적사항

본적 : 경북 안동시 천리동 227

주소 : 경북 안동군 와룡면 이하리 716

소속 : 제9사단 29연대 1대대 1중대(교환병)

상병 31036302 이00 33세(병적상 30세)

3. 검거 경위

가. 본명은 소속대 교환병 직에 복부 중인자로서 67. 12. 21. 08:00경 대대 통신대에서 차용한 무전기 1대를 반납 차 대대 통신대에 임하여 용무를 마치고 정비 의뢰했던 P-10 무전기 1대를 수령하여 귀대하던 중 행방불명되었던바, 동일 21:55 및 22:30. 12월 22일 07:15 등 3차에 걸쳐 대대 OP와 무전 교신이 있었는바, 동 교신 내용에 의하면

나. 정비 의뢰했든 P-10 무전기를 대대 통신대로부터 수령하여 월남 삼륜차에 승차 귀대도중 동 차내에서 두부를 강타당하여 의식불명이 된 채 납치되어 동굴 같은 곳에서 월남인의 감시하에 연금되었다. 한국군의 비밀은 죽는 한이 있더라도 누설하지 않겠다는 내용이었으며,

다. 대대에서는 분명히 납치된 것으로 간주하고 2개 중대 병력을 출동시켜 용의 지점 일대를 수색 중 67. 12. 22. 10:15 CQ 246239지점 산중에서 발견하였으며, 본명의 진술 내용이 애매하여 전기 일시에 9사단 방첩대에 임의 동행 조사 결과 적에게 투항코자 탈출을 감행하다가 산중에서 방향을 잃고 헤매던 중 공포감에서 구원 요청하는 내용의 무전 교신을 하게 되었는바 귀대 후 처벌을 우려하고 납치되었다가 탈출한 것으로 위장 구실을 진술한 것이 판명되어 검거한 것임.

4. 조사 결과

가. 가정환경

본병은 빈농 태생으로 국민학교 2년을 중퇴 후 고용살이 및 일일 노동에 종사타가 66. 4. 21. 응소 입대한 자로서, 부 이00 56세는 나병 환자로 안동 소재 승자원 수용소에 수용되어 있고, 친모는 개가하였고, 계모 역시 나병환자로 수용 중이며, 처 김00(25세) 및 장녀 이00(2

세), 제 이00(27세) 등이 일일 노동으로 극빈생활을 하는 등 불우한 가정환경을 항시 비관하고 있었고,

나. 근무 염증

본병은 66. 4. 21. 입대하여 1군 통신 교육대 교환병 교육을 받고 7사단 병기중대 교환병으로 복무하다 67. 10. 24. 파월되어 현 소속대 교환병으로 근무 중인바, 소속 중대장 대위 이희숙에게 사소한 잘못으로 2차에 걸쳐 구타를 당한 사실이 있고, 동 소속 통신반장 단영공으로부터 67. 11일 자 불 상경 교환 신호를 빨리 받지 않았다는 이유로 3차에 걸쳐 구타와 기압을 받는 등 고령 사병으로서 불안스러운 군대 생활에 대하여 염증을 갖게 되었으며

다. 탈출(투항) 동기

(1) 전기와 같이 불우한 가정환경 및 근무에 대한 염증으로 현실 도피의식과

(2) 입대 전 본국에서 월남 귀순자들에 대한 범국민적인 환영 및 많은 상금을 지급하고 생활 보장을 시켜 주는 것을 상기하고 자신도 적에게 투항하여 북한으로 송환되면 많은 상금과 환영을 받을 것이라고 망단하고 은연중 탈출의 시기를 규시 중에 있던 자임.

라. 탈출 경위

본명은 전기와 같은 내실 탈출의 기회만을 엿보고 있던 중 67. 12. 21. 08:00 경 대대 통신대에서의 무전기 교환 임무를 받고 무전기 1대를 수령 귀대 중 적에게 투항 시 무기 또는 기타 군 장비를 제공하면 더욱 환영을 받게 될 것이라 생각하고 무전기를 휴대하고 있는 기회를 이용하여 적이 있을 것으로 예상되는 산중으로 들어갔으나 적은 보이지 않고 정글지대를 방황타가 길을 잃게 되자 순간적인 공포감에서 귀대코저 하였으나 귀대 후의 처벌을 우려한 나머지 납치되었다가 탈출한 것

으로 가장하고 무전기로 대대 OP를 호출한 후 귀대도중 납치되었다고 허위로 교신한 후 계속 산중을 방황타가 출동한 병력에 의하여 발견 된 것임.

5. 조치

67. 12. 23. 17:00 구속 조사 중이며 현지 군법회의에 송치 예정입니다. 끝.

제목: 부정부패 행위

67년도에 들어서부터 주월 장병 가운데 개인의 사리추구를 위하여 부정행위를 하는 자가 적지 않게 발견되고 있는바 현재까지 중요 부정행위를 열거하면 다음과 같음.

1. 9사단 29연대 1대대장 중령 박00

66. 9월 파월된 이후 12월까지 4개월 동안 매월 지급되는 기밀비 중에 11불씩을 개인 착복하였으며, 또한 노무자 임금 중에서 11월분과 12월분 2회에 걸쳐 33,000 피아스타를 횡령 착복하였고, 이외에도 피·엑스 및 사진부 운영에서 얻어진 이익금을 개인 착복하였음. 징계조치)

2. 100군수사	참모장	대령	이00
	근무참모	중령	주00
	근무참모 보좌관	〃	서00
	영현장교	대위	김00
	영현보안소장	중위	강00

본명들은 서로 공모 결탁하여 66. 10월부터 67년 1월까지 군

수사에 영달 되는 세탁비 및 영현비 중에서 1,928,750 피아스타와 1,030불을 횡령 분배 착복하였음. 귀국 조치)

3. 야전사 해병연락 장교 소령 이00

66년 10월 야전사 해병 연락장교로 파견 이후 페이손 카드 11매를 구득하여 피.엑스. 물품 상행위를 자행타가 67. 2. 19. 적발되었는데 압수된 품목만 하더라도 시계 7점을 비롯한 90여 종목 (800불 상당)에 달함.

4. 해병 2여단 군수참모 중령 오00

67. 1. 27. 11군수지원 대대로부터 센들빽 238개를 전도 받아 그중 100개를 개당 40불씩에 월남 상인에게 부정처분하였음.

5. 수도사단 26연대 통신대 병장 정00

67. 1. 19. 통신용 밧데리 2상자 (384개)를 월남인에게 부정처분 하려다가 적발되였음. 징계조치)

6. 수도사단 26연대 2대대 3중대 중사 임00
하사 서00
상병 강00

본명들은 67. 2. 22. 노도 5호 작전 수행 중 체포한 베트콩 용의자들로부터 압수한 40,000피아스타를 분배 착복하였음. 징계조치)

7. 수도사단 26연대 2대대장 중령 김00

67. 3. 17- 4. 1까지 사이에 피.엑스 조달품인 맥주 320상자, 콜라 100상자, 담배 50상자, 위스키 18상자를 월남 상인에게 부정처분하여 이익금 1,829불을 착복하였음. (징계 조치)

제목: 도망병에 대한 수사

1. 인적사항

사령부 법무참모부

하사 21008919 전00 (당 26년)(전남 무안 출신)

2. 도망 일시 및 경위

가. 67. 5. 7. 22:30경

나. 도망 당일 밤 소속 참모부 검찰관 김00 대위의 숙소를 방문하여 돈 200$을 빌려달라고 부탁한 바 있고 파월 이후 여자관계로 많은 돈을 썼으나 현재도 많은 돈을 갖고 있다는 등 횡설수설하다 22:30경 판탄장 숙소로 자러 간다고 나간 후 도망하였음.

3. 동기 (도망 후 수사로 단정)

가. 66. 9. 10. 파월하여 소속 참모부 서기로 근무하였는바 스태트미싱으로 많은 금전을 탕진하였으며 사령부 근무 월남 여자 종업원(청소부)에게 물건을 사준다는 등 교묘히 속여 700여 불의 부채를 지고 있음이 판명되었으며,

나. 주 원인은 개인 부채로 인한 번민 끝에 도망한 것으로 판명되고 있음.

4. 도망 후 조치 (수사경위)

가. 참모부에서는 67. 5. 8. 월)까지 귀대하지 않음으로 도망병으로 보고함으로써 당대는 헌병과 협조하여 수사에 착수 하였고,

나. 5. 8. 전 방첩대에 수배함과 동시 월남 치안국 사이공 시경, 방첩대와 미군 135 방첩대에 입수된 사진을 300매 복사하여 수배함과 동시 적극 수사에 임함.

다. 5. 13. 사진 300매를 복사 재 사이공 한국인 기술자가 많이 출

입하는 식당이나 주거지를 방문 전면 소배조치.

5. 현재까지의 수사결과

가. 사령부 앞 서울식당 (사령부에서 근무하다 제대한 한국인이 경영하다 현재는 월남인이 경영) 월남 여종업원과 친교 한다하여 동 여인을 상대로 조사한바 오빠로 친교 해 왔다는 것이며 그 외 사항은 전연 알지 못한다는 것임.

나. 쭈민장 거리에서 사는 한국인 명불 상 기술자 (약 40세)와 도망병과 친면이 있으며 그는 현재 약 20여세 된 한국인 여인과 동거한다는 정보를 입수 현재 그곳 기술자들을 상대로 수사 중에 있음.

하사 : 정00 1942년 10월 29일생

본적 : 전남 무안군 압해면 매화리

주소 : 상동

가족사항 (생계중류)

모 박00 60세

형 정00 43세 농업

형 정00 39세 어업

1959년 3월 목포 00중학교 졸업

1963년 9월 23일 31사단 입대 교육 수료 후 기갑 학교에 배속되어 조교로 근무 1966년 9월 10일 파월

제목: VC로 오인한 공격사고

1. 67. 12. 26. 20:00경 수도사단에서는 맹호 작전 9호를 실시 중 빈딘성 푸캇군 캇민면 안꽝촌 (BINH, DINH, PHUCAT, CATMINH, AN

QUANG) (C. RD68620) 지점에서 월남 해안 경비선박을 V.C로 오인 공격하여 사고가 발생된 바

가. 맹호 9호 작전 전개 중인 수도사단 기갑연대 T.C.P 에 67. 12. 26. 21:00경 제1차로 "한국군의 동태를 감시하라"는 내용에 뒤이어 약 30분 후 사고 지점 해안으로 "선박 4척이 상륙한다"는 월남어로 통하는 무전을 감청 코 V.C의 무전 교섭으로 단정 상기 지점으로 미군 헬리콥터를 동원 정찰한 즉, 때마침 선박 4척이 항해중임으로 V.C 선박으로 추정 공격한 후 확인 결과 당 선박은 월남 21 해양 경비 중대 소속 경비정이었으며 상기 사고로 경비정 2척이 경파, (두 척은 1개월 수리요) 승무원 2명이 경상을 입었음.

2. 조치

사고 선박은 67. 12. 27. 01:00경 퀴논 항으로 후송되었으며 사고로 인한 항의 등은 없음.

제목: 민병대의 V.C 공격에 따른 주민 피해

1. 아래와 같이 민병대가 V.C를 공격타가 주민에게 많은 피해를 입힌 사고가 발생하였음.

2. 일시 및 장소

1967. 12. 21. 21:00

푸엔성 투이안군 안닌면 (CR 128748)

PHU-YEN. TUYAN. AN-NINH

3. 내용

상기 일시에 V.C 6명이 15세 미만 주민 50여 명을 집합시켜 놓고 소

위 민족 해방전선에 대한 선무공작을 실시하였는바, 동 정보를 입수한 지방 민병대 1개 소대가 양민의 피해를 고려치 않고 수류탄 등으로 공격하여 3명을 사살 (3명 도주) 하였으나 반면에 모여 있던 양민 12명이 사망하였으며 28명이 중경상을 입은 피해를 주었음.

4. 참고사항

피해자들이 익일 09:00경 수도사단 26연대에 치료를 요청하여 응급 치료

후 중상자 22명은 헬리콥터 편으로 퀴논 민간인 병원으로 후송되었으며 동 사고로 주민들은 민병대의 무모한 작전을 비난하고 있음. 끝

정보 보고

헌병 참모부1969년 3월 18일

제목: 월남 부수상과 주민의 한국인관

내용: 1969.1.19. 14:00-15:30까지 휴엔성 휴성군 반능면에 현재 월남 부수상이 래방 주민들과 환담을 하였는데, 이 자리에는 휴엔성장, 휴성군수, 수행기자 2명, 주민 약 200여 명이 참석하였고, 특히 평정촌 5개 부락(미따 92세대, 어찬 따이 89세대, 빈바 136세대, 후영 96세대, 미 80세대) 493세대에 대하여 각 세대 당 함석 19장, 시멘트 10포, 월화 5,000동 등을 주었음.

특히 이 자리에서는 주민과 부수상과의 질의응답이 있었고, 부수상과의 훈시가 있었는데 한국군과 관련되는 내용이 다음과 같음.

주민의 질문: 1) 최근 한국군이 월남 양민을 체포하는 일이 있는데 알고 있는가?

답: 체포 사실이 있는지 모르나 그건 한국군이 나쁜 게 아니라

체포하게끔 만든 주민에게 책임이 있다.

2) 영농 지역을 포함한 출입금지 한계 지역이 현재 너무나 큰데 이 금지를 좀 더 완화 시킬 수 없는가?

답: 좋은 건의다. 곧 실행에 옮기겠다.

3) 상기 5개의 평정 부락에는 학교가 없는데 학교를 세월 줄 수 없겠나?

답: 고려해 보겠다.

부수상 훈시: 주민의 말에 의하면 한국군이 나쁘다고 하나 이는 우리가 이해해야 되고 작전상 있을 수 있는 일이며, 그보다도 우리의 평화는 피에프와 알에프와 우리 주민의 손으로 쟁취되어야 되고 주민 각자가 결심을 새로이 해야 한다.

정보 보고

헌병 참모부 1969년. 3월. 9일.

제목: 인하될 민간 기술자 수당

내용: 투이호아 지역에 주둔하고 있는 군 관계 미국 회사 피엔이나 케이유에 근무하는 한국 민간 기술자들은 현재 많은 수당을 지체 없이 받고 있는데, 대체로 월봉 400-500$, 주 식대 150$, 시간외 근무수당 월 100-200$, 계 800$ 정도로 받고 있음.

그러나 이들 회사와의 계약이 일단 종결되고 5월 또는 6월이 되면 회사 측에서 월봉이 감소되고 시간 외 근무수당도 없어진다고 하며 또한 주식대로 없어져 총계 400$ 정도에서 줄어든다고 말하며 전에 있든 한국 민간인 기술자들은 이와 같은 월봉으로선 있을 수 없다고 모두 귀국할 심정들이라고 함.

그런데 이렇게 수당이 주는 이유는 월남 전비 삭감에 따라 국무성으로부터 고용된 전시 민간인 회사에 직접적인 영향이 미치는 때문이라 함.

정보 보고

헌병 참모부 1969년. 3월 3일.

제목: 투이호아 민간인의 동태

내용: 투이호아 지역에는 민간 의료단, 피에이 고용인들을 비롯하여 아리랑 식당 등 많은 민간인이 활동하고 있는데, 주로 투이호아 시내에서 생활하는 한국 민간인으로서는 민간 의료단과 아리랑 식당 등을 들 수 있음.

이들 민간 의료단과 아리랑 식당 주인 및 고용인들은 돈을 벌고자하는 욕심 하에 국가의 위신과 월남인에 대한 관을 생각지 않고 상업상 많은 면에서 지나치게 행동함으로써 투이호아 시민들로부터 상업 경쟁적인 이유로 대단한 질시를 받고 있으며, 특히 민간 의료단은 본래의 목적에는 아랑곳없이 남녀가 짙은 화장과 사치로 늘어나고 월남인에 대하여 높은 우월감을 두드러지게 나타냄으로써 투이호아 시내 유지들로부터 경원을 받고 있는 형편 일뿐만 아니라 닌호아에 비하여 대민 선무 공작이 약한 탓인지 월남 민족성 심정에 도사리고 있는 대 외국인 불신 및 증오 감정이 우리 한국 민간인에게도 두드러지게 나타나고 있는 실정임.

EP. 27

호찌민(湖志明) 통로의 비밀

– 지상과 천상을 마술처럼 연결한 작전도로

베트남은 동쪽과 남쪽은 바다고, 북쪽은 중국이다. 서쪽은 라오스와 캄보디아와 국경을 맞대고 있다. 트루옹손 산맥이 베트남 서쪽을 북에서 남으로 길게 뻗어 있다. 통상 호찌민 루트로 불리는 호찌민 통로는 바로 이 트루옹손 산맥의 험준한 봉우리와 울창한 밀림 지대를 뚫고 북에서 남쪽으로 내려와 남베트남 전역으로 실핏줄처럼 얽혀있는 소로를 통해 무기를 베트콩한테 보급했다. 그런데 이 루트가 대부분 라오스와 캄보디아 영토 안에 있어 미군도 쉽게 침범할 수가 없었다.

필자는 호찌민 통로에 들어가 본 적이 없다. 그러나 참전 당시 들었던 이야기와 관련 문서들을 종합해 호찌민 통로를 소설에 묘사한 적이 있다. 그 내용은 이렇다.

– 사이공 시 레홍퐁 거리.

밀수 천국으로 불리는 거리의 한 노천카페에 차재천 중위와 '에이.엘'은 마주 앉아 있었다. 두 사람 다 군복이 아닌 사복 차림이었다.

차 중위가 콜라를 한 모금 마시다 말고 '에이.엘'을 향해 조그맣게 말했다.

"조금 있으면 쿠인 씨가 잡혀 있는 곳을 알려줄 사람이 나타날 겁니다. 그자는 한국말을 할 줄 모르니까 잡혀 있는 장소가 어딘지만 물어

봐요.”

“그 사람, 뭘 하는 사람이죠?”

“쿠인 씨? 거물 밀수꾼입니다. 주로 미제 물건과 마약을 취급하는데, 요 며칠 전에 그만 괴한들에게 납치를 당했어요!”

“우리가 나서서 구해줘야 할 만큼 중요한 사람인가요?”

‘에이.엘’이 손 하사 쪽을 흘깃 쳐다보며 불만스런 목소리로 물었다. 손 하사는 십여 미터 떨어진 곳에서 전봇대에 기대선 채, 정 병장과 잡담을 하며 이쪽 주위를 감시하고 있었다.

“쿠인은 그냥 밀수꾼이 아닙니다. 일당이 서너 놈 되는데 놈들은 캄보디아 국경을 몰래 넘나들며 장사를 하는 관계로 그 지역 밀림 속을 손바닥처럼 알고 있어요. 그러다 보니 자연히 국경 밀림 지역에 숨어 있는 베트콩들과도 교분이 있고 그들이 만들어놓은 미로와 아지트에 대해서도 많이 알고 있어요. 지난번 미군 항공사진 판독 반이 판독을 못 해 애를 먹을 때도 쿠인의 도움으로 그 검은 그림자가 베트콩들의 비밀 망루라는 걸 알아냈어요. 그러니 우리가 꼭 그를 구해줘야 해요. 안 그러면 다른 정보원 끄나풀들도 다 떨어져 나가버릴 테니까! 잠깐, 저기 와요!”

차 중위가 말을 멈추고 콜라를 다시 한 모금 마셨다. 길 건너 쪽에서 온갖 잡동사니가 주렁주렁 매달린 바구니를 멘 박물장수가 이쪽으로 건너오고 있었다. 그는 차 중위와 ‘에이.엘’에게 다가와 꾸벅 절을 하고는 물건을 이것저것 꺼내 보이며 장사를 하기 시작했다.

차 중위가 ‘에이.엘’에게 눈짓을 했다. ‘에이.엘’이 저질의 천으로 조잡스럽게 만들어진 스카프를 목에 걸쳐보며 월남말로 조그맣게 물었다.

“쿠인 씨는 어디 있죠?”

박물장수가 작은 손거울을 집어서 ‘에이.엘’에게 주며 역시 작은 소리로 말했다.

“저기 뒤쪽에 유리창이 깨지고 붉은 천막이 쳐진 건물이 보이죠?”

‘에이.엘’은 얼굴을 보는 체하며 재빨리 거울 속으로 뒤쪽을 살폈다. 그리고 붉은 천막이 쳐진 건물을 발견하고는 고개를 끄덕였다.

“그 옆 골목으로 백 미터쯤 들어가면 고물상 창고가 있는데 그 지하에 갇혀 있어요.”

그때, 옆을 지나가던 다른 한 무리의 장사꾼들이 걸음을 멈추고 차 중위 일행을 지켜봤다. ‘에이.엘’은 그들이 베트콩 첩자일지 모른다는 생각이 들었다. 눈치를 챈 박물장수가 갑자기 목소리를 높였다.

“빠리에서 온 최고급 물건인데 단돈 삼천 동이 뭐가 비싼 겁니까?”

‘에이.엘’도 따라 목소리를 높였다.

“이게 정말 프랑스 파리에서 만든 건지 어떻게 알아요?”

“아니, 이 아가씨가 속고만 살았나! 사기 싫으면 그냥 말 것이지, 왜 물건을 놓고 의심은 하고 그래?”

화가 난 박물 장수가 여자의 손에서 스카프를 휙 낚아챘다. 그리고 물건을 주섬주섬 챙기기 시작했다. 그때까지 옆에서 보고만 있던 차 중위가 스카프를 다시 집어 들며 주머니에서 달러를 몇 장 꺼내 박물 장수에게 주었다. 박물 장수가 차 중위에게 엄지손가락을 치켜세워 보이며 싱글벙글했다. 옆에서 지켜보고 있던 장사꾼들이 모두 물러가고 나자 박물 장수가 차 중위 손에 들린 스카프를 다시 휙 낚아채서는 도망치듯 달아났다. 차 중위가 그런 그의 뒷모습을 보고 빙긋 웃으며 말했다.

“잡혀 있는 데가 어디래요?”

“여기서 가까워요, 중위님.”

‘에이.엘’은 박물 장수가 알려준 위치를 차 중위에게 말했다. 이야기를 들은 차 중위가 서둘러 콜라값을 계산하고 자리에서 일어섰다.

"자, 갑시다."

두 사람은 길을 건넜다. 손 하사와 정 병장도 그들 뒤를 따라 길을 건넜다.

이들은 모두 주월한국군 사령부 첩보국 소속 요원들이었다. 첩보국은 한·미·월 3개국 합동으로 조직되어 있었다. 제1실은 미국 장교가, 제2실은 한국 장교가, 그리고 제3실은 월남 장교가 책임자였다. 각 실에는 세 나라의 현역 및 월남 민간인들이 전문 요원으로 배속되어 있었는데, 현역을 제외한 민간인들은 그들의 신분 노출을 막기 위해 모두 직명을 만들어 사용하고 있었다. 차재천 중위는 제2실 휘하의 첩보 자료 분석반 A팀 팀장이었고 다른 세 사람은 여덟 명의 팀원 중 일부였다. '에이엘(A·L)'은 사이공 대학을 졸업한 여자 정보원으로 차재천 중위 팀에서 적 문서 분석을 맡고 있었다.–

이상은 필자의 장편소설 '엽흔(葉痕)'에 나오는 한 대목으로, 베트남전쟁 때 캄보디아 국경 부근의 밀림 지대에서 은밀히 이루어지는 밀수꾼들과 베트콩들의 관계, 그리고 이 복잡한 밀림 속에 거미줄처럼 뚫려있는 미로를 정찰하는 미국과 한국군의 첩보전을 묘사한 부분이다.

호찌민 통로로 이름 붙여진 이 미로는 언제부터 어떻게 만들어졌으며, 그 규모가 어떠한지, 지금부터 문답형식으로 알아보겠다.

물음에 대답해줄 사람은 호주 출신 데니스 워너(Denis warner 1917-2012) 기자다. 워너 기자는 런던 '데일리 텔레그래프' 와 호주 '헤럴드지' 극동 담당 특파원으로 한국전쟁 초기 종군기자로도 참전했다. 그는 미 24단을 따라 전쟁터를 누비며 한국전쟁의 수많은 기록과 사진을 남긴 유명한 기자다.

그가 쓴 월남패망 비사 『印支風雲 30年』(백우근 역. 태양출판사. 1979년)

에 호찌민 통로에 관한 이야기가 상세히 나온다.

– 호찌민 통로는 언제부터 만들어졌나?

"월맹은 인도지나 전쟁 당시부터 이미 그들의 병력을 중부고원지대로 침투시키기 위해 월남을 남북으로 거의 끝에서 끝까지 뻗어 있는 트루옹손 산맥의 몇 개의 소로를 이용하고 있었다. 그러다 호찌민 통로의 본격적인 건설은 1959년 5월에 시작되었다. 제559부대로 불린 기동부대는 월맹을 안정된 후방으로, 라오스와 캄보디아 접경지대를 전방 보급기지 및 성역으로 삼아 남베트남에서의 전쟁 수행 통로로 구상한 것이다."

– 울창한 밀림으로 얽히고 얽힌 험준한 산맥에 어떻게 길을 낸단 말인가?

"그러기에 호찌민 통로 건설은 전쟁 중에 가장 특출한 행적의 하나였다. 월맹 기술자들이 공사착수 했을 때 통로 건설 예정지를 월남이나 미국 당국은 통과 불능 지로 간주했다. 1962년, 필자는 그 통로가 전쟁 수행에 있어서 실질적인 의미를 갖는 통로가 될 가능성을 검토하고 있었다. 제2차 세계대전 때 그 지역을 통과한 경험이 있는 미국의 라오스 주재에 무관이 어떤 자동차도 그 지방의 면도날 같은 능선과 바늘 같은 산봉우리를 통과할 수 없다고 단언했다. 그의 오판을 탄할 수도 없다. 월맹 기술자들도 세계에서 가장 험준한 곳을 거기서 발견했다. 프랑스가 그 지역을 통치했을 때 한 번도 들어가 보지 못한 곳이 많고, 오솔길도 없는 지역이 많았고, 있다 해도 좁고 미끄러운 산길이며 곳곳에 물이 고여 습지대를 이루고 있었다. 운반 수단이라고는 나기 뿐이었는데, 깊은 계곡에 걸린 흔들거리는 다리를 생명을 걸고 건너가야 했다."

– 통로 건설에 무슨 특별한 기술이라도 있었나?

“기술자들은 하룻길 정도의 연속된 기지를 설치하는 일부터 착수했다. 각 기지는 몬타나르 족 막사 모양으로 지은 몇 개의 초소로 되어있었다. 1960년대 초에는 이 통로는 정말로 좁은 통로에 불과했다. 이 통로를 걸어 본 월맹의 어느 작가가 이렇게 말했다. 〈60년대 초에 그 통로를 통과해 본 사람이라면 그 광경을 잊지 못할 것이다. 여러 대열의 전투원들이 통로를 따라 전진할 때에 더러는 단가를 짊어진 채 수천 개의 계단 고갯길을 기어오르고, 급류 위 높이 걸려 흔들리는 다리를 건너서 기지에 도착하면, 때로는 소금과 죽순밖에는 아무것도 없는 형편없는 음식을 먹어야 했다.〉

이런 통로가 15년 후에는 대도가, 정확히 말해서 대도군(大道群)이 되었다.”

– 호찌민 통로를 대도군이라 말했는데, 규모는 어느 정도인가?

“총연장 1만 2천 마일로 전략 도로와 작전도로의 조밀한 도로망을 생성하고, 보조시설로는 5,000km의 송유관이 강과 계곡과 산을 질러가며 때로는 1,000m 이상의 공중에 걸리게 되었다.”(앞의 책 143페이지 참조)

북베트남을 도운 캄보디아의 참혹한 비극

캄보디아는 9세기경, 크메르 제국으로 용맹을 떨친 나라다. 당시의 제국 위용을 우리는 오늘도 앙코르 왓트 유적을 통해 실감하고 있다. 19세게 들어 베트남 라오스와 함께 프랑스 식민지가 되었다가 이후 식민지에서 벗어난 캄보디아는 독립 초기부터 친호찌민 국가였다. 베트남 전쟁이 본격 시작되었을 때도 북베트남 쪽에 섰고 따라서 호찌민루트의 영토 내 건설을 묵인하고 방조했다.

그동안 호찌민루트가 눈엣가시처럼 불편했던 미국이 더디어 호찌민

루트가 통과하는 캄보디아 동쪽에 폭격을 시작했다. 1970년 4월 30일 리처드 닉슨 대통령은 연설에서,

"캄보디아 폭격을 하는 이유는 전쟁을 확전시키기 위해서가 아니라, 베트남전쟁을 끝내고 모두가 원하는 정의로운 평화를 얻기 위한 폭격"이라고 말했다. 이후 약 1년 동안 미 공군은 폭격을 위해 약 3,000회 이상 출격했다.

캄보디아의 비극은 이것이 끝이 아니었다. 시아누크가 중국 순방을 간 사이, 론 놀 장군이 군사반란을 일으켜 순식간에 권력을 장악해버렸다. 이에 미국은 얼씨구 좋다, 하고 쿠테타를 일으킨 론놀을 지원했다. 폭격도 중단했다. 그런데 캄보디아 내에서 암암리에 활동하던 공산당 세력이 강대해지면서 베트콩과의 유대를 강화하기 시작했다. 미국은 캄보디아의 공산화가 되는 것을 막기 위해 다시 폭격을 시작했다.

미국의 캄보디아 폭격은 시아누크와 론놀 집권 시기를 통해 무려 23만 회 이상 출격해 약 275만 톤의 폭탄을 퍼부어 캄보디아 동부를 완전 초토화시켰다. 폭탄 중에는 3천도 이상의 고열로 반경 30미터 이내 사람을 태워죽이는 네이팜도 포함되어 있어, 세계의 비난을 받았다. 이로써 캄보디아는 오늘날까지 불발탄이 수십만 개가 산재해 있는 위험한 국가로 알려져 있다.

EP. 28

한국군을 총알받이로 만들 수는 없다!

– 백마부대 주둔지 협상 비화

한국이 베트남전쟁에 참전하면서 첫 전투부대로 맹호부대(수도사단)와 청룡부대(해병)를 파견했다. 그 후 전투부대 증파 요청에 따라 한국은 백마부대(9사단)를 추가 파견하기로 했다. 그러자 증파되는 이 백마부대 주둔지를 놓고 한국군과 미군, 그리고 월남군 사이에 의견이 서로 크게 달랐다. 미국은 자기들이 고전을 겪고 있는 위험한 산악지대인 캄보디아 국경 부근에 우리 백마부대를 배치하려 했고, 월남군은 월남군대로 자기들이 악전고투하고 있는 중부 내륙지역에 백마부대를 주둔시키려고 했다. 하지만 주월한국군 사령관 채명신 장군의 생각은 이들과 달리 한국군을 절대로 위험지역에 배치할 수 없다고 생각하고 있었다. 미국과 월남이 주장하는 곳은 인명 손실만 크게 있을 뿐, 내심 생각하고 있는 참전 목적의 하나인 국가 경제적 이익은 하나도 발생하지 않는다고 판단했기 때문이었다. 그렇다고 연합으로 전쟁을 치르는 주요 당사국인 미국과 월남의 의견을 무조건 묵살하고 자신이 임의로 주둔지를 결정할 수는 없었다. 그때부터 채명신 사령관의 설득이 시작되었다. 그렇다면 채명신 사령관은 그들을 어떻게 설득했을까? 그리고 자신이 원하는 지역은 어디며, 그 결과 부수적인 국가 경제적 효과는 어떤 것이었을까?

필자는 증파되는 백마부대 주둔지 결정에 많은 어려움이 있었다는 이야기를 예전부터 듣고 있었던 터라, 채명신 사령관한테 이 문제에 관해 물었고, 채 사령관은 상세한 내막을 이야기해주었다. 그런데, 그 뒤에 전사자료 증언집에 채명신 사령관이 이미 백마부대 증파와 주둔지 결정 과정에 대해서도 소상히 밝혀 놓은 것을 발견했다. 그 내용은 필자한테 들려준 이야기보다 더 구체적이고 상세했다. 따라서 필자 질문에 답한 채명신 사령관의 대답은 필자와의 녹취가 아닌, 증언집에 수록된 말을 옮기는 것으로 하겠다. 그것이 더 실체에 가깝다고 판단되기 때문이다. 참고로 전사자료 증언집은 국방부 육군본부에서 베트남전쟁 전사기록을 위해 베트남전쟁에 참전해 주요 작전을 지휘한 장교(소대장, 중대장, 대대장, 연대장 등)한테 직접 증언을 듣고 기록해놓은 것이다. 채명신 사령관의 증언 채록은, 1969년 8월 1일 제2군 사령부 사령관 집무실에서 이루어진 것으로 기록되어 있다.

__김현진__ – 증파되는 백마부대 주둔지를 놓고 한·미·월 간에 의견이 서로 달랐던 것으로 알고 있습니다. 어떻게 해결했나요?

채명신 – 맹호부대와 청룡부대가 정착하여 작전을 개시하게 되자, MACV(베트남 원조 미군사령부)측은 1개 보병사단 증파 문제를 정식으로 거론하였다. 미국은 세계 우방의 여러 나라 군대를 많이 끌어들이려고 정치, 외교, 및 군사적으로 많은 노력을 했지만, 모두가 냉담했다. 이제 한·미간에 정치적으로 합의된 1개 사단 증파인데, “언제 어디에 투입하느냐?”가 문제였다. 그러나 이에 앞서 국내에서 야당은 “증파는 절대 불가하다”고 반대하고 있었으며, 일반 국민들의 의견은 양분되어 있었으나, 증파를 원치 않는 편이 더 많았다.

그래서 MACV J-3의 대령 1명을 포함한 3명과 한국군 J-3가 본국에 가서 증파 병력의 필요성을 강조하며, 또 국내 사정을 살피기 위해

서울에 갔다. 그들은 필요한 부서를 방문하여 브리핑을 계속하고, 증파의 필요성을 강조했다. 주월사의 J-3는 동행한 미군 장교들이 의견을 잘 개진할 수 있도록 세심한 주의를 기울였다. 그 결과 제9사단의 투입 지역 결정에 어느 정도 유리하게 적용하였다.

김현진 – 백마부대 파병에 그런 어려움도 있었군요.

채명신 – 그 뒤부터 제9사단(백마부대) 증파에 대한 실무협의가 시작되었다. 그 당시 미군의 보병 2개 사단이 제9사단과 거의 동시에 들어오게 되어있었다. 그런데 그들은 한국군 1개 사단을 캄보디아 접경지대인 내륙의 교통요지에 배치할 것을 강력히 주장했다. J-3는 이런 경우에 사전 대비하기 위해 때로는 단독으로, 또는 J-6와 같이 월남의 전 전선을 북으로는 다낭(Da Nang)에 있는 미 해병사단에서부터 내륙지역의 월남군 작전지역과 캄보디아 접경지대까지 거의 다 돌아보았다. 월남군만이 작전하고 있는 남쪽의 삼각주지대를 제외한 전 지역이었다. 그런데 MACV가 요구하는 캄보디아 접경지대는 MACV의 입장에서 볼 때 매우 중요한 지역이었다.

월맹 정규군은 캄보디아와의 접경지대를 연하여 개척된 침투루트(일명 호찌민루트)를 통해 계속 남하하고 있는데, 이때까지 아군은 병력 부족으로 월남 반도의 해안지대인 평야지대로 주민이 비교적 밀집해 있는 곳, 즉 1번 도로를 확보하고 그것을 기점으로 내륙지역으로 작전지역을 넓혀 가고 있었다. 그런데 월맹군 남하 루트를 차단하고, 그 요지에 거점을 확보하여 거기서부터 사방으로 작전을 전개해 나간다면 난관도 크겠지만 커다란 성과도 기대되는 곳이었다.

그러나 그것은 월남 전역을 책임지는 MACV의 입장이고, 우리로서는 너무나 큰 위험이 따르는 것이었다. 전투 병력 2개 사단과 1개 여단 병력을 각기 멀리 떨어지게 하는 것이다. 제9사단을 MACV의 요구대로 배치한다면, 통신문제와 예하부대 간의 협조는 극히 곤란하며, 사령관의 작전 지휘는 매우 어려워진다.

이같이 상식적으로도 쉽게 알 수 있는 무리한 배치를 MACV가 요구하는 것은, 그들이 우리보다 월등히 나은 통신 수단과 헬기 등 월등하게 우세한 전투력을 가지고도 그 지역에서 막대한 희생을 각오해야 했기 때문에 여러 가지 방법으로 우리를 설득하려고 하는 것이었다. 이에 앞서 만약 우리가 그들에게 배속되었거나 작전 통제권을 이양했더라면, 그 지루한 협의절차 없이 단 한 장의 작전 명령에 의해 증파되는 한국군 사단은 그 오지로 들어갈 수밖에 없었을 것이다.

김현진 – *그럼 사령관님의 생각은 무엇이었고, 어떻게 목적을 달성할 수 있었나요?*

채명신 – 우리의 주장은 합리적이었다. 월남전 수행의 기본은 먼저 평야지대인 해안선을 확보하여 대소 항구의 안전 위에 1번 도로의 통행을 보장하고, 내륙으로 진격 소탕하는 일이었다. 그 해안선의 최북단에 미 해병사단이 있고 남하해서 퀴논에 맹호사단, 그리고 더 남쪽의 깜란에 한국 해병여단이 배치되어 있는데, 각 부대 간의 넓은 간격에 수시로 적이 침투하고 있었다. 그중에서도 다낭과 퀴논 사이의 1번 도로에는 월남군 경찰의 초소가 있을 뿐, 부대다운 부대가 없었다. 그래서 그 중간인 뚜이호아(Tuy Hoa)에 새로운 사단을 배치하려는 것이었다.

그런데 MACV는 그곳에 미 제4사단을 배치하고, 한국군 제9사단을 오지에 보내려 하는 것이다. 여기에 문제가 있다. 맨 북쪽에 미 해병사단, 그다음이 미 보병사단, 그리고 그다음이 한국 맹호사단, 이 같은 배치보다 뚜이호아에 미군 사단 대신 한국군 제9사단이 들어오는 것이 더 합리적이다.

왜냐하면, 제9사단이 들어오면, 미 해병사단 그리고 연달아 한국군 2

개 사단과 또 한국군 해병여단이 있으니, 지휘 단일화를 기할 수 있고 해안선과 1번 도로의 확보를 용이하게 수행할 수 있다.

특히 한국군을 통제 곤란할 정도로 원거리에 각기 떨어지게 해 놓으면, 지휘 곤란은 물론 집중적이며 융통성 있는 전투능력을 발휘할 수 없다. 이에 반해 미군은 월남 전역을 책임지고 있으니, "어디에 미군 부대를 배치하느냐?" 하는 것은 결코 문제가 되지 않는다.

따라서 당시 주 월사는 "한국 제9사단을 오지에 배치시킨다면, 한국 국회에서 야당의 반대를 설득하거나 잠재우기 힘들 것이며, 언론과 국민 여론을 감당하기 힘들고, 한국 정부는 큰 곤경에 처하게 될 것이다. 최악의 경우는 제9사단의 출발 전에 반대 데모라도 일어날지 모른다." 라며 강력히 주장했다. 이같이 MACV에서 지도를 펴놓고 연일 갑론을박 설전을 계속되었지만, J-3는 혼자이고 MACV J-3의 대령급들은 다 동원된 것처럼 분위기로 압도하려는 듯했다. 힘든 나날이 계속되었지만 좀처럼 결론이 나지 않았다.

김현진 – *단지 위험지역이나 작전지휘권 문제만이었나? 다른 사항은 고려되지 않았나요?*

채명신 – 제9사단을 뚜이호아–나트랑–깜란 지역에 배치하는 문제는 작전지휘권 문제 외에도 우리 주월한국군의 장래에 엄청난 결과를 초래케 하는 중요하고 심각한 문제였다. 그 지역은 미국이 월남전 수행에 필요한 모든 물자와 군수품, 각종 병기, 장비 등 전쟁 수행에 필요한 각종 시설이 들어서게 되고, 비행장과 항만시설의 확장 등 엄청난 공사가 예정되어 있어 많은 미국의 업체들이 속속 진출하게 되는 곳이다. Cam Ranh, Tuy Hoa 등의 지역은 중부 월남의 요지이고, 중요한 항만시설이 있어 인구밀도가 높고 산업시설이 밀집되어 있습니다. 또한 미군들의 후방지원 기지들이 많이 있다. 따라서 이 지역은 전략상의 요충지로써, 많은 전략물자를 쌓아두고 있다.

이 같은 요지에 새로운 기지를 건설하려면, 미국의 예산으로 막대한 공사비가 투입될 것 아닌가? 따라서 공사비가 투입될 때는 우리나라의 노동자와 기술자를 진출시킬 수 있는 결정적인 계기가 되는 것이다.

이뿐만 아니라, 이 지역의 전략물자를 우리가 가지고 있으면 각 시설의 경비 병력을 포함한 많은 인력이 요구되고, 또한 지역 내에 월남 국민이 많으니까 평정 과업의 성과도 있을 것으로 판단해서 그곳을 가지려 했다.

그런데 그 점에 있어서는 미국도 마찬가지이고 월남도 자기네가 해야겠다고 해서 한 달 동안 끌다가…. 심지어 미 야전사령관은 우리의 작전참모를 불러 싸우기도 했는데, 결국은 우리가 하려고 하는 대로 다 되었다.

처음부터 한국 업체들을 많이 끌어들이고, 한국의 근로자들을 미국업체나 한국 업체들에 취업시킬 수 있으며, 또 파월 장병들을 현지 제대시켜 이러한 업체들에 취업시키기 위해서도 현지 사령관인 나로서는 그 지역을 반드시 우리의 책임 지역으로 확보해야 한다고 결심하고 있었다. 엄청난 미국의 달러가 투자되고 물자와 시설이 집중하는 그 지역을 미군이 자신들의 책임 지역으로 하고 싶은 것은 당연한 일이고, 이런 점에 있어서는 월남군도 마찬가지였다. 하지만, (그들은) 그 같은 엄두를 낼 수 있는 처지가 못 되었다.

김현진 – *왜 그렇습니까?*

채명신 – 나는 웨스티 장군에게 넌지시 물어보았다.

"나트랑–깜란 등의 지역은 월남전 수행에 심장 역할을 하는 핵심지역이 아닌가? 이 지역 일대의 경계 임무와 이 지역에 위협을 주는 서부의 혼바(Hon Ba)산 일대의 험준한 산악지대는 수많은 천연 암석 동굴이

거미줄같이 깊숙한 곳에 연결되어 있어 베트콩들은 여기에 강력한 거점으로 만들어 요새화되고 있다. 프랑스군도 이 산악지역에 접근하지 못하였고, 지난 10여 년 동안에 월남군도 이 산악 동굴지대에 접근한 적이 없다고 한다. 적이 장악하고 있는 산악지대에서 완전히 감시와 통제를 당하고 있는 이 지역의 경계와 보호를 위해 당신은 어떠한 구상을 하고 있소?"

내 물음에 그는 이렇게 답했다.

"월남에 도착하는 새로운 미군 부대의 투입을 고려하고 있다."

이에 나는 다시 강조했다.

"퀴논 지역에 우리 맹호부대가 들어가서 그곳의 미군 군수시설과 보급소, 항만시설 등의 경계 임무를 담당하고 있는데, 맹호부대가 투입되기 전에는 적들이 퀴논 북서쪽 푸캇(Phu Cat)산 일대의 천연동굴을 이용하여 철통같은 요새지를 구축하고 고보이(Go Boi)평야의 비옥한 곡창지대를 완전히 장악하고 있었을 뿐 아니라, 퀴논 항구도 그들의 수중에 있는 상태였다. 우리는 맹호부대가 이 지역에 투입된 후 퀴논 항구지역이 월남 중부지역에서 작전하는 미. 월. 한국군의 중요한 기지창임을 감안하여, 그 지역과 시설의 경계에 전력을 다하였다. 우리가 그 지역에 들어가기 시작할 무렵 새로 개설한 미 탄약보급소(ASP)에 베트콩 1개 분대 병력이 야간에 침투하여 ASP가 3일 동안 연쇄 폭파되어 큰 혼란과 피해를 입었던 사실을 당신도 잘 알고 있을 것이다."

"미군의 새로운 보급소와 시설이 들어서기 시작하면, 베트콩은 그 지역을 주공격 목표로 삼게 되었던 것이다. 이에 따라 푸캇 산악 일대에서 철저한 야간매복과 이 지역에 이르는 모든 통로에 매복 대를 배치하여 매일 밤 침투하는 베트콩들을 섬멸하기 시작했으며, 매일 위치를 바꿔가며 계속되는 우리의 매복작전에 적의 야간활동이 마비 상태에 빠지게 되었다.”

“하루는 내가 퀴논 지역에 있는 미국의 한 용역회사에 들러, 한국군이 도와줄 일이 없느냐? 고 물어본 적이 있다. 그 상사의 책임자는 내게 이런 이야기를 했다. 미국에 있는 자기 아내가, ‘이곳의 일을 그만두고 즉시 미국으로 돌아오지 않으면 당신과 이혼하겠다. 당신에게 무슨 일이 일어날지 불안해서 밤에 잠을 이룰 수가 없다. 월남에서 미국인 숙소나 사업장이 베트콩의 습격을 받아 몇 명이 희생되었다는 신문기사가 날 때마다 내 수명이 조여지는 듯한 걱정과 공포 때문에 더 이상 참을 수가 없으니 즉시 귀국하겠다는 회신이 없으면 당신과의 이혼 수속을 시작한다.’고 협박편지가 계속 날아왔다. 그래서 나는 아내에게, ‘우리 시설이 있는 지역은 한국의 타이거 솔저(Tiger Soldier 맹호부대)가 지키고 있어, 베트콩이 절대 접근을 못 하고 있으니, 절대 안심하라고 아내를 설득했다며, 당신들이 이 지역을 잘 보호해 주면 그 이상 무엇을 더 바라겠는가? 하더라. 이 같은 이야기를 듣고, 난 흐뭇한 생각과 함께 책임감에 어깨가 더 무거워지는 느낌을 가지면서 우리 장병들에게 그대로 전달하고 격려했던 일이 있다.”

“아마 당신의 참모들이나 예하부대 지휘관들도 전쟁 수행에 중요한 보급품과 시설 경비가 월남과 같은 상황에서 전투작전 이상으로 중요함을 피부로 느끼고 있을 것이라 생각한다. 미군의 무기와 전력이 적보다 아무리 월등하게 강하다고 해도 야간에 소집단으로 간단없이 침투해 들어와서 습격하고 파괴하는 기습작전에 대해서는 효과적인 대응을 하지 못하고 있는 실정이다. 이는 월남전이라는 특이한 전쟁의 성격과 여건 때문이라고 생각하고 있다."

"이번에 나트랑-캄란 등 지역 경비를 새로 월남에 도착하는 미군 사단에 그 책임을 맡기는 것도 좋은 방안이라고 생각되지만, 곧 월남에 파월되는 한국군 제9사단(백마부대)을 배치하는 것이 더 좋은 방안이 아닐까 생각한다. 왜냐하면, 소부대에 의한 야간 매복작전은 지금까지 퀴논 지역에서 맹호부대가 실시하여 완벽한 성과를 거두고 있으며, 한국에서 훈련 중인 백마부대도 야간 매복작전에 중점을 두고 훈련을 하고 있기 때문이다."

"또한, 깜란 지역의 효과적인 방어를 위하여 이 지역을 감시하고 통제하고 있는 서부의 혼바(Hon Ba)산 일대의 베트콩 요새를 공략해야 하는데, 이 요새지대는 어떠한 공중폭격이나 포병 화력으로도 제압할 수 없는 지역이다. 장병들이 적의 크고 작은 동굴 하나하나를 탐색해서 격파해야 하는데, 허다한 대인지뢰와 장애물을 제거해야 하며, 암석 사이에 배치된 저격범들의 저격에 많은 희생자를 내게 된다. 포병 화력이나 항공폭격 효과가 거의 없고, 전차 사용은 불가능하고, 헬기 사용도 크게 제한받는 그러한 전투에서 미군보다 한국군이 전투 수행에 더 효과적이 아닐까 생각된다."

"제9사단을 캄보디아 국경 정글 지역에 배치하는 방안도 MACV 참모 장교들에 의해 검토되었다고 J-3를 통해 보고를 받았지만, 이는 적절치 못하다고 생각하였다. 그 첫째 이유는 우리의 M1 소총은 적과 근거리에서 조우하여 순간적인 전투에서 시작되는 것이 보편적인 월남전에서는 대단히 부적절한 무기라고 생각한다. 무겁기도 하지만 적과 조우

시 신속하게 사격개시도 어렵고, 그 지역 일대의 월맹 정규군이나 베트콩 정규 전투부대 요원들은 AK 등 자동소총으로 무장하고 있어 우리의 M1으로는 상대가 되지 않는다.

둘째, 우리 전투부대가 장비하고 있는 우리의 무전기로서는 정글에서 제대로 기능 발휘가 곤란하며, 중대-소대-분대 간 통신이 제대로 이루어지지 못하고 있다. 사단-연대-대대 간은 물론 사령부와 사단 간 통신 유지도 어렵다.

셋째, 그 지대 일대는 베트콩들의 무수한 대인지뢰와 장애물이 설치되어 있고, 적의 저격병들의 저격으로 많은 피해가 발생하고 있는데, 탱크나 장갑차는 이 같은 대인지뢰나 저격으로부터 병력이 보호될 수 있지만, 우리는 이러한 장비가 전무하다.

넷째, 그 지역에서는 오직 헬기에 의해 모든 보급과 수송이 이루어지는데, 우리는 단 한 대의 헬기도 보유하지 못하고 있다. 물론 헬기나 탱크 등은 미군에 지원을 요청하여 지원받을 수 있고, 또 그렇게 해 왔지만, 지원 부대원들과 통신, 언어장벽 등의 문제도 간단하지 않다.

다섯째, 한국군 부대를 통신이나 연락도 곤란한 너무 먼 거리에 제각각 분산 배치하면 통합된 병력 운용으로 적극적인 공세 작전이나 협조된 작전에 의한 평정 지역의 확대도 대단히 어렵게 된다. 따라서 한국군을 전략적으로 운용하기 위해 더 큰 규모의 작전 실시와 병력의 집중 운용으로 작전의 성과를 극대화할 수 있도록 했으면 한다.

여섯째, 본국에서도 제9사단의 증파에 강한 반대 여론과 야당의 반대 투쟁도 격화되고 있으며, 한국군 J-3와 미군 J-3 참모 장교들이 서울 방문을 통해 직접 확인한 결과가 당신에게 보고 되었을 줄 안다. 따라서 제9사단의 배치문제는 이러한 정치적인 면도 참작되었으면 한다.

일곱째, 제9사단을 캄보디아 국경지대 정글에 배치할 경우 한국군의 현 장비로는 그 임무 수행이 대단히 어려울 뿐만 아니라, 이러한 열세한 장비로 작전하게 되는 한국군의 사기도 문제지만, 본국 국민들이나 정치인, 언론, 학생들의 항의와 반대는 국제사회에도 월남전에 대한 부정적인 이미지를 주게 되어 한·미 양국에 다같이 도움이 되지 않을 것이다."

– 이런 나의 설득과 웨스티 장군과의 진지한 협의에서 제9사단의 주둔지역이 결정되었다. MACV가 우리에게 요구한 것은 한국 측에서 즉시 뚜이호아(Tuy Hoa) 지역을 정찰해서 사단사령부 위치, 진입로, 주요부대의 위치 등을 제시해 주면 미군 공병이 그 요구에 맞춰 진입로 공사와 기타 필요한 공사를 해주기로 했다.

이에 따라 J-3는 한국군 군수사령관 이범준 장군과 같이 미군의 헬기를 타고 현지에 가서 약 1시간 반 정도의 정찰을 마쳤다. 우리의 정찰이 끝난 후 1주일 뒤에 미군 공병대대장 일행이 동일한 장소에 가서 그들 작업을 위해 정찰을 끝마치고 이륙하는데, 베트콩의 사격을 받아 대대장이 전사했다. 그래도 그 작업은 개시되고 제9사단은 우리가 원하던 위치에 배치되었다.

이렇게 해서 Quy Nhon에 한진 상사가 오고, Da Nang에 대한통운이 오고 해서 우리의 민간기업이 외화를 벌어들일 수 있었던 것은, 그 지역이 우리가 통제하는 작전 지역이었기 때문에 가능했다.

EP 29

전쟁영웅과 전과 부풀리기

– 둘을 죽였다고? 그럼 열 명으로 하지!

시대와 국가를 막론하고 전쟁에는 반드시 처벌과 포상이 따른다. 전범자는 처벌하고 유공자는 포상한다. 자연히 범죄는 감추고 공적은 부풀러 드러낸다. 베트남전쟁에서도 마찬가지였다. 아무리 작은 작전이라도 끝나고 나면 공적에 따라 훈장이나 포장을 수여하게 되는데 이때 해당 작전 지휘관(소대장, 중대장)이 전과를 상세히 기록한 공적서를 작성해 연대 인사과에 제출한다. 그러면 인사과에서는 공적서를 면밀검토하고 확인해서 규정에 해당하는 훈장을 사단장에게 상신한다. 무공훈장은 전과에 따라 인헌, 화랑, 충무, 을지, 태극으로 구분된다. 이 중 태극무공훈장은 살아서는 받기 힘든 훈장이라는 말이 있을 정도로 공적이 커야 하는데, 그렇다 보니 병사나 하사관은 언감생심이고 대체로 장교들이 받는다. 한국군 파병 이래 가장 치열하고 사상자를 많이 냈다는 안케패스 전투에서 태극무공훈장이 두 개가 나왔는데, 임동춘 대위(당시 중위였지만 전사 후 1계급 추서)는 죽어서 받았고 이무표 중위는 살아서 받았다. 임동춘 대위는 안케패스 638고지에 강고한 지하벙커를 구축하고 완강히 버티던 상황에서 적탄을 뚫고 제일 먼저 고지에 올라 총격전을 벌여 적의 예봉을 꺾어 아군이 공격할 기회를 만들었고, 다른 방향에서 공격해 오르던 이무표 중위는 그 기회를 이용해 마침내 고지를 점령하는 데 성공했다.

필자는 그 당시 현장 지휘소(CP)에 인사상황병으로 나가 있었다. 작전이 끝나고 철수한 이무표 중위를 정득만 사단장과 참모들이 에워싸고 기념사진 찍는 모습을 직접 곁에서 지켜보았고, 이후 귀국하여 광주 상무대 제5 경리대에 근무하면서 보병학교에 교육받으러 온 이무표 대위를 만나 인사를 나눈 적도 있다. 당시 필자는 두 장교의 태극무공훈장에 대해 이렇게 생각했다.

– 전쟁을 목적으로 하는 군대에는 살아있는 영웅이 필요하다. 살아있는 영웅의 활약상은 귀감이 되어 전군의 전투력을 높이는 데 크게 이바지한다. 그런데 임동춘 영웅은 아쉽게도 전사해버렸다. 죽은 영웅은 말이 없다. 살아서 여기저기 영웅담을 전파할 영웅이 필요하다. 이무표 중위의 태극무공훈장은 그 역할을 위한 최고의 상징이다. –

하지만, 아쉽게도 이무표 영웅은 그 역할을 다하지 못했다. 군에서 그의 성취는 영관급에서 멈추고 말았다.

전쟁에서 훈장은 전과에 비례한다. 큰 전과에는 큰 훈장이, 작은 전과에는 작은 훈장이 따른다. 그렇다 보니 자연히 전과 부풀리기가 성행한다. 장교와 사병이 따로 없다. 필자가 근무한 연대 인사과에도 예하 부대 작전이 끝나고 나면 상훈 신청이 많이 올라왔다. 상세한 전투 상황과 전과 기록, 사진 등이 첨부된 훈장 신청서에는 부대장들의 확인 서명이 있지만, 그래도 인사과에서 다시 꼼꼼히 따지고 살펴본 뒤에 상부에 올린다. 이 과정에서 더러는 전과가 부풀려진 것이 발견되어 훈장의 급이 낮아지는 경우가 종종 있었다. 이런 현상은 한국군뿐만 아니라 전쟁에 참전한 나라는 다 마찬가지였다고 필자는 생각한다.

한국군에서 훈장과 관련해 양민사살을 전과로 둔갑시켜 허위보고한 사례를 하나 소개한다. 헌병참모가 채명신 사령관에게 보고한 내용이다.

전과로 가장한 양민 살해사고 보고

1. 수도사단 1연대 1중대 1소대 소대장 중위 한영관(가명)이 지휘하는 소대 병력 36명은 67. 11. 5. 18:30경부터 중대 기지 주변인 BR986430 지점에서 야간 미복 작전 중 67. 11. 6. 03:05경 접근해 오는 3명의 양민을 V.C로 오인해 사살한 바 있는데,

2. 소대원들은 사살된 자들을 확인한 결과 V.C라고 입증할만한 증거물이 없음을 보고, V.C로 취급하기 위하여 소대원들이 소지했던 수류탄 6발과 카키복 3착을 증거품으로 만들어 3명을 사살하고 수류탄 6발과 카키복 3착을 노획했다고 허위 보고한 바 있음.

3. 이와 같은 사실은 그 후 피해자 가족이 관할 군청에 진정서를 제출함으로써 소속 부대에 연락이 되어 동 사실 결과를 조사한 결과 전기와 같은 사실이 밝혀진 것임.

4. 이 사건 처리를 위해 소속 부대에서는 피해자 가족에게 이 사건을 작전 지역 내에 무단으로 출입하다가 V.C로 오인되어 사살된 것인 만큼 도의적인 면에서 1세대 당 백미 15포, 시멘트 15포대씩을 보상하였으나 피해자 측은 영구적인 보상책을 요구하고 있어, 결국 한국군이 동 지역에 주둔하고 있는 동안 계속 생계를 보조하겠다고 약속함으로써 사건을 수습하였음.

5. 한편 동 사건에 관련된 장병에 대하여는 진상을 조사하여 관련자를 처벌할 경우 타 장병의 사기 면에 미치는 영향을 고려하여 불문에 붙이기로 하였다 함.

6. 사망자 인적사항

(1) 주소:쿠엔성 푸카군 캄영면 짱면 2촌
촌장 MGU-Yen-LAT (당 48세)
(2) 주소:상동
면간부 HUY-NH-HA (당 46세)
(3) 주소: 상동
촌민 MGU-Yen-TAO (당 43세)

그렇다면 미국군대는 어땠을까? 베트남전쟁에 두 차례나 참전했던 콜린 파월 전 미 국무장관은 자서전에서 미군들의 전과 부풀리기에 대해 이렇게 적어놓았다.

– 미라이 같은 암울한 사건들은 부분적으로 베트남전쟁이 만들어 낸 참혹한 척도인 '시체 계산'이라는 또 다른 반(半) 허구에 군이 사로잡혀 있었기 때문에 발생한 것이었다. 제11보병여단은 실제로 진실이 밝혀지기 전에 미라이에서 128명의 적을 사살한 전과로 '특별 포상'을 받았었다. 육군은 수많은 생명과 수십억의 돈을 들인 국가의 투자를 정당화하라는 국방부의 압력을 받고 있었기 때문에 측정할 무엇인가를 절실히 필요로 했다.

–중략–

매일 밤 중대는 (전과를) 계산했다.

"자네 소대는 몇 명이나 해치웠지?"

"모르겠어. 둘은 확실히 보았는데…."

"그래? 자네가 둘을 봤다면 아마 여덟은 있었을 거야. 좋아 열로 하지."

시체를 세는 일은 끔찍한 통계 경쟁이 되었다. 중대는 중대에, 대대는 대대에, 여단은 여단에 대항해 측정되었다. 훌륭한 지휘관들은 승진했다. 만약 경쟁자가 계산을 부풀리고 있다면, 당신은 그러지 않을 수 있겠는가? (자서전 P.231)

EP. 30

세계를 전율시킨 저항의 소신공양

– 꽝 득 스님의 분신 실황

1963년 6월 11일 번잡한 사이공 시내 한 교차로에서 고승 한 분이 분신했다. 스님 이름은 틱 꽝 득(釋廣德 Thich Quang Duc). 이 분신 사건은 엄청난 정치적 폭발력으로 세계를 경악시켰고, 월남 정부는 단번에 독재와 불의와 종교차별의 정부로 낙인되었다.

그렇다면 꽝 득 스님은 왜 분신했을까? 도대체 분신 모습이 어땠기에 세상이 놀라고 반전여론이 들불처럼 일기 시작했을까? 이 물음에 확실하게 대답해줄 수 있는 사람이 있다면 아마도 말콤 브라운(Malcolm Brown) 기자일 것이다. 브라운 기자는 AP 통신 월남 특파원으로 분신 현장에 있었고, 그가 찍은 한 장의 사진이 바로 세계를 뒤집어놓았기 때문이다. 그는 이듬해인 1964년 이 사진으로 퓰리처상을 받았다.

그러면 여기서 그의 저서 〈the new face of war〉 (한국 번역본 〈이것이 월남전이다〉 심재훈 역. 정향사. 1965)에 실린 분신 장면을 중심으로 좀 더 상세히 알아보자. 독자의 이해를 돕기 위해 서술문을 문답형식으로 각색했다.

– 기자는 어떻게 그 현장에 있게 되었나?

“사건 바로 전날인 6월 10일 월요일, 전부터 친분이 있던 ‘둑 기엡’이라는 젊은 불승으로부터 내 사무실에 전화가 걸려왔다. 기엡은 영어가

유창해서 불교도의 공식 홍보 대변인으로 서방측 기자들에게 널리 알려진 승려였다. 기엡은 전화로 이렇게 이야기했다. '우리는 내일 아침 8시 대회를 엽니다. 이 모임에서는 굉장히 중요한 사건이 일어날지도 모르니 나와 보도록 하시죠.' 그래서 나는 그 시간에 맞춰 그곳에 있게 된 것이다."

– 꽝 둑 스님의 분신은 갑작스러운 사건인가?

"아니다. 근 한 달 전부터 고승들은 사이공에서 가두데모와 단식투쟁을 해오고 있었다. 독재적인 디엠 정권과 타협을 압박하기 위해서였다.

– 고승들의 요구사항은 무엇이었나?

"불교도들의 요구 중에는 오색 불교기를 마음 놓고 게양하게 해달라는 것과 가톨릭 편중 금지, 경찰의 무차별 검거 중지, 국민을 위한 사회정의 등을 요구했다. 이런 데모를 하게 된 결정적인 사건은 한 달쯤 전인 5월 8일 화요일, 석가모니 탄신일을 기념하고 있던 불교도들이 불교기를 들고 거리로 나오지 못하게 되자 폭발했다. 월남 불교계에서 강력한 영향력을 가지고 있는 젊은 승려 틱 트리 꽝은 사원 항의집회를 열고 대회 진행을 녹음했다. 그리고는 정부의 지방 방송국에서 방송 할 것을 허가해주도록 요구했다. 그러나 정부는 이들의 요구를 한마디로 거절했다. 그러자 불교 신도들 수천 명이 후에 시 투 담 사원을 출발해서 도시 중심가에 위치에 있는 방송국을 향해 행진하기 시작했다. 신도 데모대들이 방송국에 이르러 입구를 둘러싸자, '탕 시'라는 지방군 사령관이 군대에 명령을 내려 무장 차를 동원했다. 도발적인 군인들이 데모대 한가운데에 대여섯 개의 수류탄을 투척했다. 아이들 몇 명과 데모대 서너 명이 무장차량 바퀴에 깔렸고, 수류탄에 맞아 8명이 현장에서 즉사하고 수십 명이 부상당했다. 부상자 중에는 결국 죽은 사람이 많이 있었다. 결국, 고 딘 디엠 정부 하에서 첫 불교 순교자들이 된 셈이다."

– 그 일로 정부의 태도가 달라졌는가?

"아니다. 달라지기는커녕 그 뒤로 불교 신자들에게 더 강력한 탄압을 가했고, 후에 시는 군대가 투입돼 삼엄해졌다. 그래도 데모대가 끊이지 않자 군대는 데모대에 산(酸)이 든 유리병을 뿌려 해산시켰다. 많은 사람이 병원 신세를 져야만 했다. 그래도 데모대는 매주 화요일이면 어김없이 죽은 이들을 위로하기 위해 거리에 등장했다. 그러던 중 5월 하순 어느 날, 영어를 할 줄 아는 승려 한 명이 안 쾅 사원에서 그곳을 방문한 방문객 소름 끼치는 정보를 제공했다. 그 정보는 두 명의 승려가 자신들의 요구를 시위하기 위해 사람들이 보는 앞에서 자살을 한다는 것이었다. 자살 방식은 한 명은 창자를 갈라 죽는 것이고 다른 한 사람은 분신자살한다는 것이었다. 하지만 불교계 최고 집행부에서는 아직 이 계획을 승인하지 않았다고 했다. 그 뒤로 그에 관한 소식은 더 이상 들리지 않았다. 그러다 6월 10일, '둑 기엡'으로부터 큰 사건을 예고하는 전화를 받은 것이다."

꼼짝하지 않고 불로 자신을 다 태운 꽝뚝 스님

– 그러면 분신 당일인 6월 11일 이야기를 상세히 들려달라.

"6월 11일 아침이 되자 이상한 분위기가 감돌기 시작했다 나는 통보받은 대로 아침 7시 45분에 판 딩 풍 거리 근처에 있는 조그만 불교 사원에 도착했다. 언제나 내게 정보를 제공하는 '틱 둑 니에프'라는 승려가 나를 발견하고 책상 앞으로 다가와 내 귀에 대고, '식이 끝날 때까지 여기 머물러 계십시오. 아주 중요한 사건이 발생할 겁니다.' 하고 속삭였다. 그리고 정각 8시가 되자 윙윙거리는 마이크 소리가 뚝 멈추었고 승려들의 기도가 시작되어 정각 9시에 독경이 그쳤다. 승려와 비구니들이 일제히 열을 지어 골목길을 빠져나가서 큰길을 향했다 그들의 행동은 여러번 훈련을 한 것처럼 분명했다. 일부 승려는 정부에 대해 불교의 요구에 답하라고 영어와 월남으로 쓴 플래카드를 펼쳐 들었다. 1~2분 만에 350명 이상의 승려와 비구니들이 행렬을 시작했다. 행렬 선두에는 파격적으로 4-5명의 승려가 탄 흰색 세단 자동차 한 대가 달리고 있었다. 당시로선 승려가 걷지 않고 자동차를 타는 것은 좀 이상하게 생각되었다.

– 군대나 경찰들이 행진을 막지 않았나?

경찰은 거리를 정리하고 행렬의 대열을 정비할 뿐 간섭하지 않았다. 그들은 다만 행렬에 접근하려는 차량이나 군중을 멀리 떼어 놓고 있었다. 불교 승려가 탄 승용차 앞에는 약간의 거리를 두고 경찰 백차가 똑같은 속도로 달리고 있었다. 당시 정부 당국이 단속 대상으로 삼은 불교 데모는 중부 월남이지 사이공 근처 불교 데모가 아니었다. 판 딘 풍 거리 양쪽의 상점 유리창에 구경꾼들이 이 행렬을 지켜보았고 어린아이들도 이 행렬을 물끄러미 바라보고 있었다. 대모 행렬은 늘 교통이 붐비고 사이공의 수도 가장 중요한 큰길로 알려진 트 반 듀엣 교차로에 당도했다. 이 로타리 한쪽 구석에는 큼직한 캄보디아 영사관 건물이 서 있고, 그 건물 앞에는 돌로 된 사자상이 세워져 있었다. 로터리 한가운데서 항렬을 리드하던 세단 자동차가 멈추었다. 그 앞을 달리던 경찰 배차는 바로 한 쪽 길로 빠지고 있었다. 불교 데모행렬은 민첩하게 자동차 앞을 지나 르 반 듀엣 교차로 왼쪽으로 돌면서 직진 30피트 정도의 원을 그리기 시작했다. 그때 시간은 9시 20분 경이었다. 차에 탓던 승려들이 내려오고 그중 한 명이 자동차 뚜껑을 열어제쳤다. 그리고 자동차 안에서 투명한 플라스틱으로 된 5갈론 들이 휘발유 통을 꺼냈다. 그 통에는 분홍색 휘발유가 가득 담겨 있었다. 자동차에서 내린 세 명의 승려는 나란히 서서 원을 그린 한가운데를 향해 걸어 나왔다. 그리고 그중 한 명이 도로 위에 갈색 방석을 깔았고, 승려 한 사람이 참선할 때 앉는 자세로 다리를 꼬고 깔아놓은 방석 위에 정좌했다. 그는 틱 꽝 둑이라는 스님으로 현대 월남불교의 첫 성불로 세계적으로 알려진 인물이었다. 세 명의 승려들은 한동안 조용히 이야기를 나누었다. 꽝 둑 옆에 있던 두 명의 승려가 재빨리 휘발유 통을 가져와서는 앉아 있는 승려의 머리에서부터 어깨로 휘발유를 들이부었다. 그리고 승려들은 휘발유 통을 앉아 있는 승려 옆에 놓고 한 발자국 뒤로 물러섰다. 나는 약 20피트 떨어진 곳에서 꽝 둑 스님이 손바닥에 성냥불을 그어대는 광경을 볼 수 있었다. 순간 불길이 확 치솟으며 화염이 온통 승려의 몸을 휘감았다. 불길이 일어나는 쪽을 향해 엎드려 있던 승려와 비구니들로부터 전율하는 신음소리가 들려왔다. 불어오는 한들 바람에 불길이 움직여 꽝 둑 스님 얼굴이 눈에 띄었다. 그는 눈을 꼭 감고 있었다. 그러나 그의 몸은 고통으로 인하여 비비 꼬이고 있었다. 그는 불길이 머리와 몸을 전부 다 태울 때까지 두 손을 무릎에 얹은 채 약 10분 동안 꼿꼿하게 앉아 있었다. 휘발유 냄새와 육체가 타는 악취가 죽음의 장막처럼 로타리의 하늘을 휘감았다. 결국, 꽝 둑 스님은 시커멓게 거슬린 다리를 잠시 휘젓다가 뒤로 넘어져버렸다. 그리고 그의 동작을 완전히 정지되었고, 불길은 서서히 가라앉기 시작했다. 승려가 불길 속에서 타고 있는 동안 다른 승려들은 교차로 입구에서 〈불교도들의 요구를 관철하기 위해 불교 승려가 분신한다.〉라고 쓴 플래카드를 든 채 위치를 지키고 있었다. 처음 겁에 질려 물끄럼이 바라보고만 있던 사이공 시의 경찰은 그저 불교 신도들의 주위를 빙빙 돌아다니기 시작했다.”

– 꽝 둑 스님의 시신은 어떻게 처리되었나?

“잠시 뒤 차량 양쪽에 페인트로 크게 불교기를 그려놓은 검은 수송차

한 대가 도착해서 나무로 된 관을 내려놓았다. 불길은 이제 완전히 꺼졌다. 승려들은 시커멓게 탄 시체를 관으로 옮기려 했으나 구부려진 팔과 다리가 워낙 빳빳해졌기 때문에 관 속에 집어넣을 수가 없었다. 7명의 승려가 갈색 승복을 찢어 시체를 쌌다. 둥글게 서 있던 행렬은 흩어져 먼저 대로 두 줄로 섰고, 그 맨 앞에 시체를 모셨다. 행렬은 얼마 동안 가다가 '사로이' 사원에 도착했다. 사로이 사원은 월남에서 제일가는 불교 사원이다. 사로이 사원 콘크리트로 된 탑에서 구슬픈 종소리가 울려 퍼졌다. 시간은 정각 10시였다. 꽝 둑 스님은 1963년 여름에 분신자살한 최초의 불교 승려였다. 그는 또 치밀하게 계획된 데모 속에서 죽어간 유일한 분신자였다. 이 광경을 사진 찍으려던 미국 사진 기자 세 명은 경찰에게 죽도록 매를 맞았다."

– 스님의 분신이 사회에 미친 영향은 어땠나?

"꽝 득 스님의 시신은 사이공 교회 불교 묘지에서 화장하기 위해 운반되었다. 화장을 맡은 승려의 주장에 따르면, 꽝 득 스님의 심장은 타지 않았다고 했다. 스님의 심장으로 알려진 살점은 유리잔 속에 보관되었고 신도들은 그 앞에서 기도를 올리고 있다. 강둑의 재는 전국 사원에 고루 나누어졌다. 그의 시체를 운반하는 데 사용한 황색 승복 조각은 여러 불교 신도들에게 분배했다. 그가 입었던 옷 조각은 병을 낫게 하는데 기적적인 효력을 가지고 있는 것으로 사람들은 생각했다. 그것은 또 정부에 대한 불교도들의 봉기를 상징하는 것으로 생각되었다. 그 점에서 경찰들이 황색 옷을 입은 사람들을 검문했지만, 황색 옷을 입은 사람의 수가 너무나 많았다. 기적이 일어나고 있다는 소리가 전국에 퍼졌다. 사이공에서는 저녁에 구름 위에서 석가모니의 우는 모습을 보았다는 사람이 수천 명씩 나섰다. 사람들이 떼를 지어 하늘을 쳐다보는 통에 어디를 가나 교통이 일대 혼잡을 이루었다. 사로이 사원에는 유리

잔에 모셔놓은 꽝 득 스님의 심장 앞에서 기도를 드리겠다고 몰려드는 사람이 매일 수만 명을 헤아렸다."

– 당신이 그때 찍은 사진이 세상에 어떤 영향을 미쳤나?

"꽝 득 스님의 죽어가는 모습을 찍은 나의 일련의 사진이 세계를 휩쓸자 그건 그거대로 의미를 띠게 되었다. 그 사진은 많은 사람에게 많은 것을 이미 하고 있었다. 리스본에 있는 내 친구는 꽝 득 스님의 분신 광경을 찍은 내 사진이 뒷골목 행상인에 의해 팔리고 있다고 편지를 보냈다. 미국의 유명한 목사들은 뉴욕타임스와 워싱턴포스트의 전단 광고로 그 사진을 실으면서 '우리도 역시 항의한다'라고 표제를 붙였다. 그들의 항의는 고 딘 디엠 정권에 대한 미국의 지지를 목표로 한 것이었다. 중공은 이 사진을 수백만 장 찍어 아시아 아프리카 전 지역에 뿌렸다는 이야기가 있다. 중공이 찍어 배포한 내 사진에는 '불교 승려가 미국과 고 딘 디엠 제국주의에 대한 투쟁에서 생명을 바치다'라고 사진 설명이 붙어 있었다."

정말 끔찍한 현장을 인내심으로 끝까지 지켜낸 기자의 저널리스트 정신에 찬사를 보낸다. 브라운 기자의 이 현장 사진이 없었다면 베트남전쟁은 또 다른 양상으로 전개되었을 것이고, 그만큼 더 많은 희생이 났을 것이다.

그런데 꽝 득 스님은 처음부터 이런 전쟁의 종식을 염두에 둔 반전운동의 일환으로 목숨을 불사른 것일까? 필자 생각에는 그렇지 않은 것 같다. 단지, 스님의 분신이 그때 서서히 일고 있던 반전운동에 기름을 부은 결과가 되었다고 보는 것이 맞을 것이다. 왜냐면 분신 일주일 전에 대통령에게 보낸 호소문에는 전쟁과 관련된 내용이 없었기 때문이다. 호소문은 이렇다.

– 나, 비구 꽝 득은 관태음사 주지입니다. 우리나라 불교가 고난의 때임을 보고, 수행자의 한 사람으로서 나는 불교가 멸망해가는 것을 좌시할 수 없어 이 한 몸 불살라 불교를 지키는 공덕을 행할 수 있기를 기꺼이 청합니다. 나라가 태평하고 국민이 안락하기를 기도합니다. 눈을 감고 부처의 세계로 들어가기 전에, 나는 감히 응오 딘 지엠 대통령에게 전하고 싶습니다. 박애와 자비의 마음으로 국민을 위해 종교 평등의 정책을 실행하고, 그리하여 영구적으로 나라를 지키도록 말입니다. 나는 승려와 불교도들에게 진심으로 청합니다. 불법을 지키기 위해 일치단결해야 합니다. 나무아미타불! 1963년 6월 4일. 비구 꽝 득 올림.

EP. 31

행동으로 보여 준 장병들의 애국심

- TV와 국산 김치 이야기

김현진 - 베트남전에서 싸웠던 우리 장병들은 그 누구보다도 조국과 민족을 사랑하는 애국심에 꽉 차 있었다고 봅니다. 그들의 고국에 대한 헌신과 희생과 봉사는 곳곳에서 행동으로 나타났는데, 그중에서도 TV와 김치 이야기가 널리 알려져 있습니다. 특히 이 두 이야기는 사령관님이 연출해낸 것이라는 소문이 있는데, 이 기회에 좀 상세히 말씀해주십시오.

채명신 - 당시 사병들의 봉급은 월 30달러 조금 넘었다. 언제 죽을지도 모르는 전쟁터에서 하루하루 긴장으로 지내야 하는 병사들에게 30달러는 자신들의 정신적 중압감을 덜기 위한 돈으로도 턱없이 부족한 돈이었다. 그러나 우리 장병들은 그런 술과 오락을 멀리하고 봉급의 80%를 꼬박꼬박 고국에 송금했다. 그리고 나머지 20%를 가지고 한 달 용돈으로 썼는데, 그들은 그 용돈마저도 아끼고 또 아꼈다. 시원한 맥주 한잔도 참아가며 비닐 주머니에 꼭꼭 싸서 몸에 지니고 다녔다. 작전을 나갈 때도 그 돈은 몸에 지니고 나갔다.

장병들이 그토록 돈을 아끼는 이유는 귀국할 때 TV 한 대라도 사가지고 가기 위해서였다. 그때 우리는 해외에 나간 사람이 별로 없었기 때문에 해외에서 1년 이상만 있으면 TV 등은 무관세로 가져갈 수 있었다.

그런데 어느 날, TV를 갖고 귀국하지 말라는 본국의 훈령이 내려왔다. 나는 이 뜻밖의 훈령을 받고 참으로 어이가 없었다. 구두닦이나 식모하던 사람도 외국에 가서 1년만 있다 오면 TV를 가져오는데, 어째서 주월한국군에 대해서는 허용할 수 없다는 것인지 도무지 이해가 가지 않았다. 상식적으로 생각해도 이것은 개인의 기본적인 권리이고, 이런 국민의 기본권 제한은 국회를 통과한 법률이 아니면 제한할 수 없는 것인데 어떻게 이런 지시를 내릴 수가 있단 말인가? 그래서 나는 육본에 항의했다.

그랬더니 이번에는 대통령 훈령으로 다시 내려왔다. 나는 다시 어떻게 대통령이 이런 일까지 명령할 수 있느냐며 따졌다. 나는 아무리 생각해봐도 너무한다는 생각이 들었다.

우리 장병들이 가져가는 TV가 어떤 TV인가? 그들은 귀국날짜만 기다리며 1년을 참았고, 귀국 때 가져가기 위해 시원한 맥주 한잔 안 마시고 아끼고 아껴 모은 돈으로 장만한 TV이다. 그런데 사령관인 내가 어떻게 그것을 '가져가면 안 돼'하고 막을 수 있단 말인가?

김현진 - *대통령 훈령? 그게 그렇게 대통령이 나설 만큼 중차대한 일이었나요?*

채명신 - 그러게 말이야! 생각할수록 화가 났지. 그래서 훈령이고 뭐고 상관 않고 귀국하는 장병들의 물품 휴대증에 도장을 꽉꽉 눌러주며 말했다.

"TV 가지고 가라. 하나라도 한국 땅에 가져가는 것이 국가에 이익이 된다. 그것을 팔아서 각자 고향에 갈 때 돼지 새끼나 송아지 사 갖고 가서 키워라. 그렇게 해서 살림 밑천 만들어 잘 살아라. 그러면 동네 처녀들도 너희들에게 시집오려고 할 것이다."

내가 이렇게 막무가내로 나가자 본국에서도 화가 났던지 국방부 합동수사대를 부산 귀국 장병 도착 현장에다 내려보냈다. 그런데 공교롭게도 그 날은 청룡부대 장병들이 도착하는 날이었다. 수사대에서 TV 조사를 한다고 하자 청룡장병들이 내가 발행해준 반출허가증을 내밀며 화난 얼굴로,

"여기 우리 사령관이 허가한 반출증이 있다! 너희들이 뭔데 간섭을 하느냐? 죽음을 무릅쓰고 조국을 위해 싸우다 온 우리에게 이렇게 해도 되느냐?"며 한꺼번에 덤벼들었다. 그러자 합동수사대는 혼비백산해서 도망을 가버렸다.

이렇게 일이 팽팽하게 돌아가자 합참의장 임충식 장군이 와서 대통령의 훈령을 무시하면 어떻게 하느냐고 걱정을 했다. 그래서 나는 "결코 무시하는 것이 아닙니다, 대통령이 어찌하여 우리를 도와는 못 줄망정 이럴 수가 있습니까?"하고는 임충식 장군을 모시고 청룡부대로 갔다. 그랬더니 내가 예측했던 대로 청룡장병들이 임충식 장군에게,

"도대체 TV 가지고 가는 게 뭐가 나쁩니까? 도둑질해서 가져가는 것도 아니고, 우리 돈 주고 정정당당하게 사가지고 가는데 왜 막습니까?" 하며 심하게 항의를 해댔다. 나는 소기의 목적을 달성한 터라 더 머물지 않고 사령부로 돌아왔다.

그러나 대통령의 명령은 어디까지나 절대적인 것이었다. 계속 이렇게 기 싸움으로 버틸 일이 아니었다. 나는 대통령에게 직접 이 문제를 건의해서 근본적으로 해결하기로 맘먹었다. 나는 귀국하는 부사령관에게

편지를 써 주며 말했다. "새벽에 김포공항에 내리게 될 텐데 그렇더라도 바로 청와대 조상호 수석비서관에게 연락을 해 – 조상호 비서관은 대통령을 10년 가까이 모셨지만 아주 강직한 분으로 자기 소신껏 말씀드리고 자기 소신껏 행동하는, 제가 평소에 존경하는 분이었다. – 각하께 드릴 편지를 가지고 왔으니 대통령을 직접 만나게 해 달라."고 부탁하라고 했다.

다행히도 부사령관은 조 비서관과 연락이 되었고, 새벽부터 청와대에서 기다리다가 대통령께 편지를 직접 전달할 수가 있었다. 내 편지를 읽은 대통령은 손을 부들부들 떠셨다고 했다. 나는 그때 내가 썼던 편지 내용을 지금도 똑똑히 기억하고 있다.

"대통령 각하, 대한민국을 어떤 방향으로 이끌고 나가시려고 이러십니까? 어쩌자고 전장에 나와 있는 장병들의 사소한 문제까지 간섭하고 드십니까?"로 시작해서 격렬한 어구로 그 문제에 대한 대통령의 결심을 번복해 달라고 건의했다.

"나는 우리 병사들이 몇 푼 안 되는 수당 가운데 80%를 송금하고 나면 나머지로는 거의 1년 동안 한 푼 안 쓰고 모아야 겨우 TV 한 대 사가지고 갈 수 있다는 것을 알고 있습니다. 이곳에서 TV 한 대는 PX에서 100불 정도에 살 수 있습니다. 그것을 가지고 부산에 도착하면 7만 원에 당장 팔수 있다는 것도 알고 있습니다. 지금 환율이 달러 당 300원 정도이니 7만 원이면 상당히 큰 차익을 남기는 셈입니다. 그래서 아마 TV를 가져다 파는 것을 안 된다고 하신 모양인데, 이는 잘못되었다고 생각합니다. 자기 봉급 가지고 자기가 원하는 물건을 사는 것은 기본권리인데 무엇이 나쁩니까?"

이렇게 따진 뒤 TV 문제는 전쟁터 장병들의 사기에 결정적인 영향을 미치는 문제이니 제발 훈령을 거두어 달라고 했다.

그다음 날 대통령은 이런 일이 있는 줄 몰랐다, 고 하시면서 즉시 문제를 해결해 주었다.

시고 짜도 우리 김치 먹어야죠.

김현진 – *우리가 먹은 김치 통조림도 처음 납품할 때 상당히 드라마틱한 이야기가 있었다고 들었습니다.*

채명신 – 처음 우리 한국군은 미군 전투식량인 C 레이션을 불평 없이 잘 먹었다. 생전에 구경도 못 해본 여러 종류의 먹을거리를 신기하게 포장해놓은 C 레이션은 우리 한국군의 호기심과 구미를 당기기에 충분했다.

박스를 뜯으면 쇠고기 통조림에서부터 콩, 야채, 버터, 과자, 소시지, 등 그야말로 없는 게 없었다. 거기다 다 먹고 난 뒤 입가심 용 커피와 껌, 그리고 맛좋게 한 모금 할 수 있는 담배에다 성냥까지 들어있었다. 이렇다 보니 병사들은 식당 밥보다 오히려 이 C 레이션을 더 좋아했다. 병사들의 군번줄에는 어려이 깡통따개가 필수품으로 달려 있었다.

그런데 얼마 안 가 병사들의 입에서 서서히 불평이 나오기 시작했다. 김치를 안 먹으니 먹어도 먹은 것 같지가 않고 힘을 못 쓰겠다는 것이었다. 이런 김치에 대한 생각은 곧 주월한국군 전 장병의 간절한 염원이 되었다.

나는 웨스트 모얼랜드 미군 사령관한테 우리 한국군에게 김치를 공급해 주었으면 좋겠다고 말했다. 우리 고유의 음식인 김치를 먹어야 힘이 나고 잘 싸울 수 있다는 말도 덧붙였다. 내 이야기를 들은 웨스티 사령관 즉각 이 사실을 미 국방성에 요청했다. 그런데 뜻밖에도 국방성의 회답은 한마디로 '안 된다'는 것이었다.

이유는 간단했다. 미국 법에, 미국이 제공하는 잉여농산물 원조 수혜국으로부터는 농산물이나 농산물 가공품을 미국 돈으로 구입 못하도록 규제하고 있기 때문이었다. 그때만 해도 우리나라는 가난해서 미국의 잉여농산물 원조를 받고 있을 때였다. 베트남에 참전한 한국군의 인기가 좋아 미국도 우리가 요구하면 가급적 다 들어주려고 했는데, 이것만은 어렵다는 것이 미국 당국의 말이었다. 그러나 웨스트 모얼랜드 장군은 어떻게 해서든 이 문제를 해결해 주려고 했다. 그가 워싱턴에 보낸 서류만도 상당한 분량이었다.

그러던 어느 날, 미군 병참 대령과 중령이 큰 가방을 들고 맹호부대를 찾아왔다. 그들이 들고 온 가방 속에는 김치 통조림 샘플이 들어있었는데, 그중 하나를 따서 먹어보니까 기막히게 맛이 좋았다. 나는 깡통 제조 기술로 보아 한국에서 만든 건 아니고 틀림없이 일본에서 만든 것이라는 걸 대번에 알았다.

나는 시침을 뚝 떼고 일단 장병들에게 먼저 시식을 시켜본 뒤, 장병들의 의견을 종합해 결정하자고 했다. 김치를 가지고 온 미국 병참 장교도 좋다고 했다. 나는 상대방이 눈치채지 못하게 재빨리 옆에 있던 참모에게 모종의 지시를 했다. 그런 뒤 장교식당으로 그들을 데리고 갔다.

장병들 앞에서 나는 태연스레 말했다.

"여기 이 두 분이 우리가 그토록 먹고 싶던 김치 샘플을 가지고 왔다.

여러분들이 먹어보고 좋다고 하면 앞으로 이 김치를 먹도록 하겠다."

내 말에 병사들은 서둘러 깡통을 따서 김치를 먹기 시작했다. 나는 약간 초조한 맘으로 병사들을 지켜보고 있었다. 잠시 뒤, 뒤쪽의 한 병사가 손을 번쩍 들었다.

"왜, 무슨 할 말이 있나?"

"예! 사령관님!"

"그래, 무엇인가?"

"도대체 이 김치 어디서 만든 겁니까?"

나는 병사의 어투에 속으로 회심의 미소를 지었다. 아까 내가 참모에게 몰래 지시한 공작이 제대로 맞아 들어가고 있었기 때문이었다. 나는 더욱 태연한 표정을 지으며 미 병참 장교를 향해 말했다.

"지금 우리 병사가 이 김치를 어디서 만든 거냐고 묻고 있다!"

"…?"

미군 장교가 얼른 대답을 못 하고 우물쭈물했다.

"왜, 대답을 못 하는가? 정직하게 말해주게!"

나의 독촉에도 그 병참 장교는 난처한 표정을 지으며 머뭇거렸다. 우리와 일본 간의 민족 감정을 잘 아는 그 병참 장교는 차마 일본에서 만든 김치라는 걸 터놓고 말하기가 어려웠던 모양이었다. 나는 약간 웃음을 지어 보이며 다시 독촉했다. 그러자 그가 띄엄띄엄 말했다.

"하와이에서도 만들 수 있고…, 한국인과 미국인과 일본인이 참여하여…"

여기까지 말했을 때, 갑자기 뒤쪽에서 고함소리가 들렸다.

"그러니까 이렇게 냄새가 나는 것 아닙니까. 이런 냄새나는 김치는 우리 구미에 안 맞아요. 이건 우리가 원하는 우리 김치가 아닙니다! 사령관님!"

그러고 나서 병사는 김치 깡통을 식탁 위에 팽개치고 휙 나가버렸다. 미군들은 거북해서 식사도 못 하고 그냥 돌아갔다.

짜고 친 고스톱

그다음 날 웨스트 모얼랜드 대장이 좀 만나자며 전화를 했다.

"어제 가져간 김치 샘플 어땠나?"

"깡통은 잘 만들었는데 냄새가 좀 났다. 미국인은 버터를 매일 먹어서 냄새를 모르지만, 우리가 버터를 먹으면 역하다. 김치도 마찬가지다. 김치라고 다 같은 김치가 아니다. 어렸을 때부터 길든 맛이어야 제맛이다. 호의는 대단히 고맙지만, 그 김치는 우리가 먹을 수 없겠다."

"그러면 어떻게 했으면 좋겠나?"

"역시 김치는 우리 한국에서 우리 어머니들의 손으로 만들어야 되겠다."

이렇게 해서 김치를 한국에서 만들게 되었다. 그런데 미국의 법에 그것을 한국에서 미화로 사지 못하게 되어 있기 때문에 웨스트 모얼랜드 장군은 편법을 썼다. 즉 미군이 구입하여 우리에게 기증하는 형식을 취했던 것이다.

이렇게 되어 한국에 식품 공사가 생기고 양국진 장군이 사장이 되어 김치를 만들어 보내기 시작했다. 그때까지만 해도 생소하다시피 하던 한국의 통조림 기술이 비약적으로 발전하게 되는 첫걸음이었다.

그런데 또 문제가 생겼다. 김치는 만들어 왔으나 김치가 너무 짜다 보니 깡통이 상해 녹이 슬고 김치가 상해서 먹을 수가 없었다. 김칫국물도 녹물과 고춧가루가 범벅이 되어 핏물처럼 엉겨 있었다. 당연히 병사들 사이에 소동이 벌어졌다. 심지어 지난번에 먹어본 그 김치를 먹자는 말까지 나왔다. 일이 더 번지기 전에 내가 직접 나서서 병사들을 설득할 수밖에 없었다.

행동으로 보여준 장병들의 애국심

일선 부대에 가서 장병들을 모아놓고 말했다.

"너희들 김치 먹어보았느냐?"

"사령관님 그것을 김치라고 보냈습니까?"

"시고, 짜고, 냄새나고, 그것을 어떻게 먹습니까?"

내 말이 떨어지기가 무섭게 여기저기서 항의를 해댔다.

"나도 그럴 줄 알았다. 그러나 똑똑히 들어라. 우리나라에서 만든 이 김치를 우리가 못 먹겠다고 하면, 며칠 후 입에 넣기만 해도 살살 녹는 일본제 김치가 올 것이다. 그 대신, 우리가 먹는 김칫값은 우리 부모님 손에 들어가는 것이 아니라 일본 사람들 손에 들어간다. 어떻게 하겠느냐?"

그러자 지금껏 못 먹겠다고 항의하던 병사들이

"그렇다면 문제가 다르지 않습니까? 이거라도 먹겠습니다!"

"할 수 없지 뭐! 우리 참고 먹읍시다!"

한두 병사의 말에 모든 장병이 박수를 치며 화답을 했다. 나는 그 순간 가슴을 욱 치미는 뜨거운 기운을 느꼈다. 내 눈에 우리 장병들의 모습이 그렇게 크게 보였던 적이 없었다.

입만 살아 나불거리는 자는 애국자가 아니다. 자기 자신을 희생하면서 봉사는 모습을 행동으로 보여주는 사람이 진정한 애국자이다. 그런 면에서 우리 장병들이야말로 진정한 애국자라고 할 수 있었다.

EP. 32

엘리트 지식인 베트콩의 슬픈 운명

- 바다를 떠도는 국적 잃은 나그네

베트남전쟁은 1975년 4월 30일 자유 월남이 무조건 항복을 함으로써, 공산 월맹의 완전한 통일로 막을 내렸다. 1874년 4월, 프랑스의 강압으로 제2차 사이공조약을 맺으며 식민지의 길로 들어선 지 꼭 100년 만의 일이었다.

우리는 앞서 EP. 08 '민족해방전선 탄생 비화' 편에서 튜옹 뉴 탕 이야기를 들었다. 사이공 명문가에서 태어나 파리대학에서 법학박사 학위를 취득한 엘리트가 민족의식에 눈을 뜨며 정글로 들어가 반정부조직의 세포가 되어 민족해방전선을 탄생시키는 데 큰 역할을 했고, 그 민족해방전선은 베트남전쟁이 끝날 때까지 연합국 군대를 상대로 게릴라전을 펼쳐 월맹의 승리에 혁혁한 공을 세웠다. 그렇다면 튜옹 뉴 탕은 베트남이 공산 통일이 된 후 통일 정부에서 얼마나 승승장구했을까? 앞서와 마찬가지로 그의 저서 'VIETCONG MEMOIR'(베트콩 해방전선)을 텍스트로 한 가상 인터뷰를 통해 뒷이야기를 들어보자.

100년 식민지에서 완전 독립국으로

– 전쟁이 완전 통일로 끝날 거라는 걸 언제 알았나?

뉴 탕 – 4월 30일 아침, 민족민주평화세력연맹과 임시 혁명정부, 그리고 민족해방전선의 간부들이 토 민족해방전선 의장의 집에 모여 이제나저제나 하고 발표를 기다리고 있었다. 오전 11시 25분, 한 마디도 놓치지 않으려고 라디오를 덮치듯 하여 두 손을 귀 뒤에 대고 듣고 있던 우리들의 귀에 반 민(민은 바로 이틀 전에 월남 대통령에 임명되어 있었다.)의 목소리가 들려왔다. 월남군의 전 장병한테 무기를 버리라고 포고했다. 그것은 전면적인 항복을 말했다. 마침내 사이공도 해방된 것이다. 정부가 끝까지 저항하면 건물과 건물로 백병전이 벌어져서 수도는 궤멸적인 타격을 받게 된다고 누구나 두려워하고 있었다. 그러나 그런 사태를 면하게 된 것이다. 우리가 있던 방은 기쁨과 감동에 들떠서 숨이 막히는 것 같았다. 눈에 눈물이 글썽해져서 모두 서로 껴안고 있다. 우리들의 가슴에 꽉 찬 것은 드디어 고향에 돌아갈 수 있다는 생각이었다.

– 당시 하노이 분위기는 어땠나?

탕 – 거리는 마치 폭동이라도 일어난 듯한 소동이 벌어졌다. 한길에 뛰어나간 우리는 이내 정신없이 흥분의 물결에 휩싸여버렸다. 하노이의 모든 시민이 바깥에 뛰어나와 있는 것이 아닐까. 폭죽 소리가 여기저기에서 들려온다. 평소에는 무뚝뚝하고 냉엄한 하노이 시민도 그날만은 예외였다. 환성을 지르고 노래를 부르며 서로 얼싸안고 있었다. 솟구친 감동을 어쩔 수 없어 울고 있는 사람들도 많았다. 이 기분을 나눌 수 있는 것은 그들과 같은 고난을 견디어 낸 사람들뿐이었다. 마치 큰 바다처럼 끝없이 펼쳐진 자유분방한 축제 기분을 더욱 강조하고 있는 것은 장식된 수십만 송이 꽃에서 풍겨 오는 감미로운 향기였다. 그 전날까지도 내가 관상할 기회가 없었던 복숭아꽃과 벚꽃이 우리 세상의 봄을 구가하고 있는 듯했다. 고토록 오랫동안 하노이 시민과 우리에게 운명과 같았던 고난과 슬픔이 마치 평화로운 봄으로 갑자기 뒤바뀐 것 같았다. 모두가 축하하고 있는 것은 새로운 세계의 새벽이었다.

– 이제 베트남이 통일됐다. 그 뒤 헤어졌던 사이공 가족들과는 곧바로 만날 수 있었나?

탕 – 우리가 사이공으로 내려가 안내받아 간 곳은 고급 호텔 미라아르인데, 치안이 잘 된 주거를 찾을 때까지 임시로 거기서 기거한다고 했다. 전투는 이제 없었으나 호텔 주변에 중화기로 무장한 대부대가 포진하고 있는 것을 보면 군사관리위원회에 걱정이 있는 것은 명백했다. 그러나 어떤 위험성이 남아있건 그런 건 내게는 아랑곳없는 일이었다. 호텔에 도착한 나는 전화가 있기에 양친에게 얘기하고 싶은 마음으로 다이얼을 돌렸다. 양친이 바로 위의 형인 쿠인과 생활한 지가 오래된 것을 나는 알고 있었다.

벨이 한참 울린 뒤에 어머니가 전화를 받았다. 어머니의 말투는 내가 기대하고 있는 것처럼 기쁨에 넘친 것은 아니고 내가 지금까지 듣고 싶어 한 정다운 말씨도 아니었다. 울음 섞인 목소리로 띄엄띄엄 어머니는 나에게 말했다. 아버지가 돌아가셨다고–. 오랜 병환 끝에 돌아가신 것은 꼭 한 달 전의 일이었다고 했다. 그 말을 들은 나는 마치 해머로 뒤통수를 얻어맞은 것 같았다. 아버지와 마지막으로 만난 것은 1967년도 끝나려 하고 있을 때였다. 당시 나는 국가경찰 본부에 감금되어 있는 몸이었다. 그때 우리 아버지는 나를 껴안았으나 아버지의 표정에서 내가 본 것은 끝없는 슬픔이었다. 아버지의 마지막 말이 내 마음속에 아로새겨져 있다. "얘야"하고 아버지는 나에게 말씀하셨다. "나는 너를 통

알 수가 없구나. 너는 모든 걸 내던져 버렸다. 훌륭한 가정과 행복, 그리고 재산– 그것도 공산주의자를 따르기 위해서라고 말하는구나. 네가 내던져 버린 걸 놈들은 털끝만큼도 너한테 돌려주지 않을 거야. 조만간에 뼈저리게 알게 될 때가 온다. 너는 배신을 당하고 평생 고생하게 될 게다."

"아버지에게 아들 여섯이 있지만, 그중의 한 사람을 우리나라의 독립과 자유를 위해 바친 걸 아버지는 자랑스럽게 생각하셔야 합니다."하고 나는 아버지에게 따지듯이 말했던 것으로 기억한다. 나는 결국 해방되어 신생 월남의 각료 가운데 한 사람으로 돌아왔다. 그러나 그렇다고 해서 아버지와의 그 마지막 이별이 내 뇌리에서 사라진 것은 아니었다.

– 남베트남이 항복하고 통일된 베트남의 첫출발은 어땠나?

탕 – 5월 15일, 통일 45일 되는 날, 사이공 독립궁 광장에서 축하집회가 열리는 날이었다. 아침잠이 깨자 하늘은 맑게 개어 있었다. 동트기 전에 이미 이 가장 빛나는 날 다시 말해 30년에 걸친 모질고도 피투성이였던 희생의 결과로 쟁취한 완전 승리를 축하하기 위해 거대한 군중이 독립궁 광장에 모여들고 있었다. 사열대를 중심으로 어느 방향을 보아도 사람들의 물결로 가득 차 있었다. 50만의 군중이라고 나중에 들었지만, 이것은 오히려 과소평가인 듯했다.

탄 월맹 대통령이 우리 일동을 대신하여 연설하는 가운데, 이 승리를 호찌민의 영전에 바친다고 말했는데, 정말 호찌민의 영혼이 사열대 가까이 어디선가에서 지켜보고 있다는 생각이 들었다. "이 순간부터 베트남 인민은 하나가 되어 새로운 시대의 새로운 행복을 만끽하게 되는 것입니다."하고 탄 대통령은 그 축사에서 말했다. 뒤를 이어 구엔 후 토 민족해방전선 의장이 민족해방전선과 임시혁명 정부를 대표해서 축사하면서, 베트남 인민의 영웅적 투쟁을 회고하며 찬양하는 말을 했다. 다음으로 월맹 노동당을 대표해서 판 푼이 등단하여 우리들의 역사적 승리의 중대한 의의에 대해 언급하면서 베트남 민족의 통일과 국가의 재건을 호소했다.

"패자는 미국의 제국주의자뿐이고 모든 베트남 인민이 승자입니다! 베트남인의 피를 공유하는 사람들은 모두 온 민족의 이 승리를 자랑스럽게 생각해야 합니다. 사이공 시민 여러분, 이 도시의 관리자는 지금은 바로 여러분입니다!"하고 푼은 말했다.

– 그 집회에 대해 좀 더 상세히 말해달라.

탕 – 그 후 행진이 시작되었다. 먼저 청년, 학생, 불교도, 가톨릭교도 등 사이공 시의 모든 단체와 모든 계층의 대표자로 이루어진 대중단체가 행진해 갔다. 얼굴마다 미소가 넘치고 머리 위에 북베트남 공화국의 구기와 남베트남의 영광에 빛나는 새 정부의 깃발을 들고 있었다. "독립과 자유만큼 귀중한 것은 없다!" "호 주석의 영혼이여, 영원히" "단결, 단결, 그리고 대단결" "마르크스 레닌주의에 영광이 있으라." "베트남 노동당에 영광을" 등 무수한 플래카드와 작은 깃발에 섞여 호찌민의 초상이 수없이 흘러갔다.

인민 대중단체 뒤에 나타난 것은 군대였다. 월맹군의 모든 부대가 이 축전을 위해 출동하고 있는 듯한 느낌이었다. 장병은 모두 새로 지급된 차양이 달린 군모를 자랑스럽게 쓰고 있었다. 전차, 대공화기, 야포, 그리고 가느다란 느낌이지만 소름이 끼치는 소련제 미사일이 광음을 남기며 나아갔다. 그러는 동안 쉴새 없이 비행기 편대가 날아서 사열대를 뒤흔들 뿐 아니라, 그 소음으로 군악대가 모처럼 연주하는 애국적인 행진곡이 지워져 버리곤 했다.

우리 남쪽 사람들의 인내가 한계에 도달하려 하고 있었을 때 베트콩 부대가 겨우 나타나 주었다. 그때까지의 행진과는 전혀 달라서 마치 촌티를 벗지 못한 오합지졸과 같은 느낌이었다. 보조가 느릿한 몇 개 중대로 된 베트콩 부대가 행진해 갔다. 그들이 머리 위에 높이 들고 있는 것은 황색의 별이 하나 있는 깃발뿐이었다. 그것은 북베트남 민주공화국의 깃발이었다.

이 행진을 보고 내가 받은 충격은 말할 수 없이 컸다. 나는 옆에 있는 반 첸 둔 장군을 돌아다보고 나직이 물었다. "우리 사단은 어디에 있습니까? 제1, 제3, 제5, 그리고 제9사단은 어디에 있는 겁니까?" "군의 통합은 이미 끝났지요."하고 둔은 나와 마찬가지로 조심스레 말을 고르며 대답했다. "언제요? 그런 결정은 여태까지 없었을 텐데요?"하고 나는 또 말했다.

이에 대해 아무 대답도 없이 둔은 천천히 눈길을 행진하는 부대로 돌렸다. 자신의 얼굴에 문득 떠오른 비웃는 듯한 표정이 필요 이상으로 진실을 전할 것을 두려워하고 있는 게 틀림없지만 둔은 필경 표정을 위장할 줄 모르는 사람이었다. 이런 모든 일에 나는 불쾌감을 어쩔 수 없었다. 그 후의 일이었지만 나는 우리 경찰과 치안 업무가 월맹 정부의 해당 부서에 의해 독점되어 버리고 있는 것을 알았다. 그리고 전승 기념 축전도 그 모든 준비가 월맹 측에 의해 이루어진 것도 나는 알게 되었다. 북의 당 중견간부들이 정부 기구 내의 요직에 앉아 모든 업무를 수행하고 있다고 했다.

– 그러면 전쟁 중에 각기 독립적인 기구로 활동했던 여러 단체들은

어떻게 되었나. 월맹과 연립해 통일 정부를 세워야 맞지 않나?

탕 – 7월 중순, 민족해방 투쟁에서의 해방 이전의 단계를 대표하는 여러 단체가 총회를 열었다. 민족해방전선, 임시 혁명정부, 민족민주평화세력연맹, 그리고 대중단체의 지도자들이 새로운 기본계획 중에서 각 단체에 있는 문제점에 관해 설명을 듣기 위해 소집되었다. 그럴듯한 일련의 연설 속에서 판 푼(남베트남 담당 노동당 정치국원), 핀 탄 프트 임시 혁명정부 수상, 구엔 후 토 민족해방전선 의장은 통일 후의 베트남에 대해 그때까지 남쪽에서 "유일하게 정당한 대표"였던 민족해방전선과 임시 혁명정부에 어떤 지위를 앞으로 구상하고 있는지 대해서는 한마디도 언급하지 않고 연설을 끝내 버렸다. 이 놀라운 회의가 진행되고 있을 때 창 푸 키엠 관방장관(전의 외교전문가)은 나 쪽으로 몸을 내밀며 "큰북과 작은북을 하나도 두드리지 않고 우리들의 장례를 해주고 있는 것 같구먼, 죽은 사람을 위해 기도 한 번쯤 해줄 만한 양심이 적어도 저들에게 있어도 좋다고 자네는 생각지 않나? 하고 나의 귓전에 속삭였다.

"자네 말대로야, 장례를 잘 치러주도록 주장해야겠군"하고 나는 속삭이듯 대답했다. 쉬는 시간에 나는 토한테 가서 말을 건넸다. "이런 식이라면 장례를 받는 게 좋겠다는 사람이 우리 중에 몇 사람 있습니다. 당신 생각은 어떻습니까?"

토는 의아한 듯 나를 바라보고 있었다. 내 말에 숨어 있는 조소적인 의미를 정확하게 파악했는지 어떤지 토는 자신이 없었을 게다. 그 뒤 토는 짐짓 진지한 표정으로 쌀쌀하게 대답했다. "물론 그렇지요. 준비하는 데 어려운 일은 없겠지요."

결과적으로는 토가 한 말과는 달리 준비는 간단하게 되지는 않았지만, 약속을 지켜준 것은 확실했다. 문제는 그 무렵 사이공 정부의 관청과 관저는 모두 하노이에서 파견된 노동당 간부들에 의해 접수되어 있었고, 자칫하면 나중에 트러블의 원인이 될지도 모를 그런 행사를 기꺼이 후원해 줄 만한 사람이 있을 리가 없다는 점에 있었다. 그래서 토는 "장례"를 치를 장소로 렉스 댄스홀을 빌려주었다. 지난날 천박한 자들이 쾌락을 찾아 모이는 장소에 불과했던 이 홀은 사이공의 창녀들이 눈독을 들이고 있는 곳이었다. 그 전성시대, 그러니까 1975년 이전에는 사이공 주민 중에서 제일 타락한 자들이 벌이는 온갖 부정한 거래가 목격되던 곳이기도 했다. 이 홀에서는 마약 거래, 악에의 유혹, 권력의 매매 같은 일이 다반사였다. 나는 남베트남에서의 혁명의 마지막 페이지를 장식하는 의식과 같은 중대한 행사에 이 홀이 사용된 적은 지난날 없었다고 단언할 수 있다. 민족해방전선과 임시 혁명정부, 그리고 민족민주평화세력연맹에 관계하고 있는 사람 중에서 그곳에 모인 것은 30명이었다. 우리는 나온 요리를 맛도 음미하지 않고 먹었으며, 토가 어디선가 데려온 측은하리만큼 규모가 작은 밴드가 몇 가지 혁명가를 연주했다. 그러나 우리는 입안에 남는 쓴맛을 삼키지도 못하고 마음속을 온통 뒤덮고 있는 것을 제거하지도 못했다. 완전히 속은 것을 우리는 그때야 뼈저리게 깨달았다.

– 그 뒤로 가족들과의 관계는 어땠나? 민족해방전선 활동을 그토록 반대했는데…

탕 – 75년 6월 16일, 나는 형제들 가운데 쿠인과 비치를 재교육장에 자동차로 데려갔다. 구정권하에서 내 형 쿠인은 사이공 종합병원 원장이었고, 보건 정책에 대해 국민당의 고문으로 있기도 했다. 한편 내 동생 비치는 국립은행 외국환 부장으로 있었다. 지령서에 명시되어 있는 대로 두 사람 다 30일간의 체재에 필요한 식량을 포함함 모든 일용품을 휴대하고 있었다. 재교육을 받는 그 밖의 수십만의 사람들과 마찬가지로 지령의 내용은 성실한 것이어서 한 달 후엔 적지 않은 재능이 있는 이런 사람들은 몹시 필요로 하는 곳에 환영을 받으면서 복귀시킬 수 있다고 나는 확신하고 있었다. 그리고 내가 법무상의 지위에 있었으므로 특히 가혹한 제재를 받지 않아도 될 것이라고 두 형제는 내 친구들과 마찬가지로 생각하고 있었다.

최초의 30일이 지나고 또 30일이 지나 버렸다. 우리 집에서는 어머니가 날마다 불안해하고 있었다. "쿠인과 비치는 왜 돌아오지 않는 거냐?" 하고 어머니는 자꾸 물었다. "네가 관계하고 있는 이 정부는 신뢰할 수 있다고 말한 게 확실히 너였지. 하지만 너는 속은 거야. 그 통킹(東京) 녀석들(남쪽 사람들이 북쪽 사람들을 경멸해서 부르는 호칭)에게 너만이 아냐. 남쪽의 모든 사람이 봉이 돼 버린 거야."

쿠인은 월맹의 더욱 엄격한 수용소로 이미 이동되어 버린 후였다. 이 책을 쓰고 있는 지금까지, 그러니까 30일 동안의 재교육을 받기 위해 쿠인을 자동차로 수용소에 데리고 갔던 그때부터 이 책을 쓰고 있는 지금까진 9년이 지났지만, 여전히 그는 수용된 채 있다. 구정권하의 국회에서 의석을 가졌다는 것과 월맹 노동당의 반감을 산 어느 정당의 고문으로 있었다는 것이 쿠인의 죄상이었다. 쿠인의 돌이킬 수 없는 불행은 의사와 관리자로서 뛰어난 재능이 있음에도 불구하고 영원히 구속되어 버린 데 있었다.

– 독립된 후, 그러니까 남베트남 인민이 해방된 이후 통일 정부는 어떤 조치들을 취했나?

탕 – 해방 후 1년 동안에 약 30만 명이 체포되었다. 이 숫자는 30일간의 재교육을 위해 호출된 전 장교와 국가 공무원, 그리고 당 지도자들의 실제 숫자일 뿐이다. 내가 아는 한, 이런 사람 중에서 1개월 후나 혹은 1년 후에 귀가가 허용된 사람은 하나도 없다, 물론 이 숫자에는 그 1년 동안에 사이공 시와 지방을 공포상태에 몰아넣은 정부 기관과 군 당국에 의해 일망타진으로 체포된 자는 일체 포함되어 있지 않다. 그런 사람들의 숫자를 추정하는 것은 전혀 불가능하다. 이런 사태가 발생한 것은 내가 법무상으로 재임하고 있는 동안의 일이었다.

– 자본주의 사회에 익숙했던 사이공은 어떻게 변했나?

탕 – 당시 어려운 문제의 하나는 지배권을 행사하기 위해 남쪽에 파견되어 온 수천 명의 북쪽 간부들의 행패였다. 극단적인 대립 생활에 익숙해 있는 그들은 서구화되고 퇴폐한 사이공이 주는 호기를 닥치는 대로 이용했다. 주택, 승용차, 창녀, 그리고 뇌물을 둘러싸고 그들은 서로 쟁탈전을 되풀이하고 있었다. 월맹의 침울한 빈곤과 오랜 세월에 걸친 가혹한 군대 생활 속에서 자라난 군인과 관리들이 사이공에서 갑자기 목격한 것은 그들에겐 마치 동화의 세계 같은 풍족함이었다. 그것은 흡사 사이공 시가 엄청난 메뚜기 떼에 습격을 당한 듯한 소동이었다.

전쟁이 끝나고 북쪽 사람들이 남쪽에 와 보니 그곳엔 전혀 새로운 세계가 기다리고 있었다. 안락하고 편리한 생활에 필요한 것들이 풍부하게 있었다. 그것은 아주 큰 유혹이었다. 그런데 정부도 당도 그와 같은 것을 주지 않는다. 그래서 그들은 자기 손으로 이 편리한 물건을 갖고자 했다. 최초에 눈독을 들인 것은 트랜지스터 라디오와 자전거였다.

북쪽에서는 자전거를 손에 넣는다는 것도 쉬운 일이 아니다. 먼저 자전거를 구입할 배급권을 얻어야 했다. 배급권을 얻은 다음에는 돈을 지불하여야 하는데 자전거 한 대를 살 수 있을 만큼 벌려면 몇 년은 족히 걸린다. 그런데 남쪽에서는 돈만 있으면 자전거는 한 대가 아니라 두 대라도 살 수 있다. 그래서 북쪽에서 온 간부들은 앞을 다투어 자전거를 샀다. 자전거 다음은 냉장고, 냉장고 다음은 TV, TV 다음은 "혼다" 오토바이로…. 그들의 욕망은 점점 커졌다. 지금 모든 북쪽 간부들의 꿈은 "혼다"를 손에 넣는 일이다. 그렇다면 어떻게 해서 이와 같은 물품을 구입할 돈을 마련해야 할 것인지! 주민으로부터 돈을 약탈하든가, 아니면 국가의 재산을 살짝 할 수밖에 없다. 여기에 부패가 생기게 된다.

– 그런 상황 속에서 자신은 어떻게 대처했나?

탕 – 내가 선택할 수 있는 길은 두 가지뿐이었다. 그 하나는 아무것도 생각지 않고 마지못해 현상을 감수하고 은퇴하여 서서히 다가오는 죽음을 조용히 기다린다. 또 하나의 선택은 30년 동안이나 자신을 바쳐 온 정치적, 사회적 이상의 실현을 위해 투쟁을 계속하는 것이었다. 그러나 투쟁을 계속한다고는 하지만 어떤 방법이 있을까. 상대방은 탄압을 강행하기 위해 잔학하고 완벽한 여러 가지 기관을 거느린 당이다. 그리고 그런 투쟁에서 어떤 우군을 얻을 수 있다는 것일까? 나는 어떤 투쟁도 현실적인 것은 아니라는 결론에 차츰 도달해 갔다. 그러나 나는 겁먹은 쥐 같은 생활과 죽음에 순응할 생각은 없었다. 방법은 국외로 탈출하는 것뿐이었다.

– 탈출과정과 결과를 좀 소상히 말해달라.

탕 – 종전 3년 뒤, 그러니까 내가 국외로 탈출을 결심한 뒤로 1년여가 지난 1978년 8월 22일 수요일, 우리 처제가 사이공에 왔다. 4일 후인 다음 일요일에 출발하므로 그 준비를 하라는 것이었다. 일요일을 택한 것은 두 가지 이유에서였다. 메콩강을 여러 번 왕복한 경험이 있는 톤의 사촌이 알게 된 일은 경관에게 일요일은 혁명을 위해 열심히 감시하는 날이 아니라, 한가하게 즐기는 날이라는 것이었다. 그 증거로 일요일이 되면 느닷없는 점검이나 철저한 검사가 눈에 띄게 적어지는 것이었다. 더욱이 중대한 점은 계절풍이 부는 시절이어서 단속적으로 돌풍이 휘몰아친다는 사실이었다. 폭풍우가 여러 날 계속되다가 그 후 일시적으로 회복하지만, 다시 폭풍우가 내습했다. 우리 배는 그런 폭풍우에 견딜 수 있도록 건조되어 있지는 않았다. 그래서 우리는 날씨가 일시적으로 회복되기를 기다리고 있었는데, 한번 출항하면 다음 폭풍우가 휘몰아치기 전에 상륙해야만 한다. 우리는 그것을 명심하고 있었다. 그 주(週)의 중간쯤이 되자 계절풍이 거의 끝나가고 있음을 알게 되었다.

8월 25일은 토요일인데 아침부터 개어 있었다. 아내와 나는 가지고 가기로 한 몇 가지 안 되는 일용품을 챙기고 애끓는 심사로 어머니에게 작별 인사를 했다. 그러고 나서 버스로 론스이엔 성으로 향했다. 톤 선생 양친의 집에 도착한 것은 늦은 오후였다. 우리 두 사람이 도착하자 잠시 후 공모자의 한 사람이 왔으므로 우리는 탈출 계획을 세밀하게 상의했다. 만나는 지점과 타이밍 문제며 만일 불상사가 생기면 어떻게 할 것인지에 대해 재검토한 것이다. 그 후 우리는 너무 긴장하고 불안에 사로잡힌 채, 갑자기 닥칠지도 모를 손님을 피하기 위해서 어둡게 해 둔 안방에 틀어박혀 있었다. 새벽 4시경 앞방에서 나직이 얘기하고 있는 목소리가 들렸다. 공모자의 한 사람이 우리를 배에 안내하기 위해 온 것이다. 같이 가는 사람은 나와 나의 아내, 톤과 그의 아내와 다섯 살 난 아들이었다. 아직 어두운 거리를 달리듯이 빠져나가 강가에 내려가서는 우리 다섯 사람은 소리를 내지 않도록 조심하며 안내인을 뒤따랐다. 배를 탄 우리는 톤의 사촌이 건조한 가짜 갑판의 들어 올리는 문을 통해 선창에 들어갔다. 거기에 앉아 둘러보니 물통과 쌀자루에 둘러싸인 곳에 있음을 알게 되어 우리는 더 편한 장소가 없는지 찾아보려고 했다. 그런데 어둠에 눈이 익숙해지자 선창에는 다른 사람들도 있다는 것을 알게 되었다. 20명 정도인데 대부분이 어른이고, 그중에는 어린이도 있다. 이 여행의 동행자들이었다. 어른들은 모두 선창의 벽에 등을 기대고 앉아 있고 어린이들은 선창 한가운데 모여 있었다. 이 선창 바로 밑에는 바닥짐이 있고 약 30센티 위에는 가짜 마룻바닥이 설치되어 있는데, 이 마룻바닥은 우리가 운이 좋으면 외부의 눈에서 우리를 지켜 줄 것이었다.

– 탈출 도중에 어떤 위험한 일들을 겪었나?

탕 – 3시간 후 깜박이고 있던 불빛의 점이 이젠 모든 전등을 휘황하게 켠 한 척의 선박이 되어 우리 눈앞에 멈춰 있었다. 그것은 미국의 함선이 아니라 트롤 어선이었다. 우리 배가 접근함에 따라 마스트에 깃발이 걸려 있는 것을 알게 되었다. 한순간 서치라이트의 불빛에 뚜렷이 떠오른 것은 붉은 깃발이었다.

"보 도이!"(정부군 병사)하고 갑판에 있는 누군가가 외쳤다. 다음 순간 우리는 아연실색했다. 톤 선생은 바지 호주머니에서 재빨리 권총을 꺼내어 별안간 바다에 던졌다. 무기를 소지한 채 체포될까 두려웠다. 나는 아무도 모르게 바닷속으로 몸을 던질 수 있기를 바라면서 트롤어선 반대편 뱃전을 향해 뒹굴 듯이 달려갔다. 이 마지막 순간에 용기를 가지고 처신해야 한다고 생각하고 나는 한사코 마음을 가라앉히려고 했다. 이것이 마지막이라 생각하고 트롤 어선을 바라보았다. 어선은 이제 우리 배에 바짝 붙어 있었다. 뱃전 난간 위로 살펴보니 해머 같은 것을 손에 든 사내들이 보이는데 그들이 우리 배로 건너오려 하고 있었다. 한순간 내가 깨달은 것은 그들이 절대로 베트남 병사가 아니라 태국인이라는 사실이었다. 우리 배에 옮겨 타려는 사람들은 태국인 해적이었다.

이상한 일이지만 그렇게 생각한 순간 내 몸에서 긴장감이 일시에 풀리는 것을 느꼈다. 자세히 보니 약 20명 정도의 젊은 태국인들이 총을 가지고 있지 않았지만 긴 칼과 손도끼며 해머 등의 온갖 흉기를 손에 들고 우리 배에 기어 올라왔다. 자세히 보니 그들의 얼굴은 사납지는 않고 이렇다 할 특징도 없으며, 내가 알게 된 것은 그들이 Boat People을 공포의 구렁텅이에 몰아넣는 전문적인 살인자는 아니고 "아르바이트"로 해적 짓을 하는 어부였던 것이다. 가난한 태국 어민들이 상당수 조업 중에 근처에 간간이 나타나는 베트남 난민들로부터 물건을 빼앗아 어려운 생활에 보태고 있다는 것은 그 당시 누구나 알고 있었다. 이런 도둑을 만날 때마다 베트남 난민들은 빈털터리가 되어 갔지만, 직업적인 해적이 일삼던 부질없는 살생과 약탈을 흉내 내는 일은 좀처럼 없었다. 그런데 우리 배에 나타난 해적은 배에 탄 사람을 모두 갑판에 모아 놓고 협박했다. 그런 뒤에 우리들의 몸과 배 안을 수색하고 금과 보석과 그들의 마음에 드는 무늬의 셔츠 몇 벌을 빼앗았다. 또 우리 배의 나침반과 쌍안경도 빼앗았다. 그러나 그들은 우리들의 식량과 물에는 손을 대지 않았다. 이윽고 그들은 선박의 항로를 우리한테 가르쳐준 다음

뱃전을 기어올라 자기들의 어선에 돌아가더니 우리 배에서 멀어져 갔다. 탈출에 성공한 뒤 우리는 그때 태국 어민을 “우리 영광에 빛나는 해적들”이라고 불렀다.

EP. 33

미군은 전쟁하러 왔나, 휴양하러 왔나!
– 미군과 베트남군의 위화감

베트남 전장에서 미군과 함께 싸운 베트남군은 미국군을 어떻게 생각했을까? 한마디로 그들 눈에 비친 미군은 별천지에서 온 군인들이었다. 그때는 우리 한국도 세끼 밥 먹기도 어려웠던 시절이었다. 전쟁을 치르고 있는 월남은 우리보다 더 가난했으면 했지 낫지 않았다. 그랬기 때문에 먹고 입고 자고 하는 것은 물론이고, 심지어 전투하는 방식까지도 부티나게 하는 미군들을 베트남군이 부러워한 것은 당연했다.

병사들만 미군을 부러워 한 건 아니었다. 하사관은 물론 장교들까지도 그러했다. 그렇다 보니 베트남군 병사들은 위화감으로 사기가 저하될 수밖에 없었다. 이런 현상을 구엔 카오 수상은 몹시 걱정했다. 위화감의 정도가 얼마나 컸는지, 그의 말을 들어보자.

– 미국은 월남 지상군이 공군 지원이 없이는 움직이려 하지 않는다고 맹렬히 비난했지만, 공군력의 낭비를 행동으로 보여주어 월남군으로 하여금 기대를 갖도록 만든 것은 바로 그들 자신이었다. 그런 문제는 또 있었다. 월남화 작업이 임박함에 따라 월남군 병사들의 의식구조를 재조정할 필요성이 시급했다. 어깨를 나란히 하여 싸웠던 미군의 엄청나게 높은 생활 수준 때문에 수많은 문제가 발생하였고, 우리는 이 문제들을 유산으로 떠맡게 된 것이다.

– 미군들이 잘 먹고 면세물품 가득히 쌓인 PX를 이용한다고 나무랄 사람은 없겠지만, 월남 군부대가 미군 부대 가까운 지역에서 작전할 때에는 세상에서 마음 좋기로 이름난 미국 병사들이 아이스크림과 담배를 무한정 나누어 주었다. 이렇게 되자 월남군 부대들은 모두 미군 부대 옆으로만 가려고 했다. 그런데 갑자기 미군이 떠나버리자 월남 군인들은 그 사치스러운 면세물품 생각이 간절해졌다는 것이다. 그렇게 느낄 수밖에 없었다.

– 한 번은 외딴 밀림 초소에서 미군이 샤워하는 모습을 본 일이 있었다. 그 장소로부터 20마일 지역 내에는 샤워시설이 없었지만, 막강한 자원을 가진 미군에게는 그 정도는 도대체 문제가 되지 않았다. 백여 명가량의 미군이 옷을 벗고 한군데 모여 있었다. 그러자 헬리콥터 한 대가 물을 싣고 와서 그들 위에 뿌려 주었다. 두 번째 헬리콥터가 와서는 액체비누 물을 뿌렸다. 5분쯤 후에 병사들이 비누칠을 다 하자 첫 번째 헬리콥터가 되돌아와서 다시 물을 뿌려 주었다.

헬리콥터 샤워와 달콤한 아이스크림

– 또 한번은 아내와 내가 라오스 국경지대 근처에 있는 외딴 미군 초소를 방문했을 때였다, 높고 험한 산꼭대기에 미군은 지상군을 지원하기 위하여 포병 기지를 구축해놓았다. 내가 헬리콥터에서 뛰어내려 미국 지휘관과 악수를 하고 있는데 맛있는 냄새가 코를 자극했다. 멀리 떨어진 험한 산 정상에 하얀 앞치마를 두르고 높고 새하얀 요리사 모자를 쓴 미군 요리사들이 어느 부잣집 식탁에 올려놓아도 손색이 없을 만큼 맛있는 스테이크를 산처럼 쌓아놓고 요리하고 있었다. 미군 당국이

자기네 병사들에게 헬리콥터로 냉동 스테이크를 날라다 주는 것은 당연한 일인지도 모르겠지만, 그런 미군과 전혀 다른 처지의 월남과 미군이 서로 밀접한 관계를 유지해야 하는 상황은 가혹한 것이었다. 물론 우리 쪽에서 말이다. (『월남 20년 패망 20일』 244쪽)

군인뿐 아니었다. 군대 밖 사회도 마찬가지였다. 사이공 거리를 활보하는 미군들의 모습은 일반 시민들의 따가운 눈길은 조금도 아랑곳하지 않았다. 『베트남에 오른 횃불』 (김진석 국민출판사 1971)에 나오는 사이공 거리의 풍경은 전쟁 국가라고 하기엔 너무 환락에 넘친다.

– 베트콩의 테러에 호텔이 폭파돼도 눈 하나 깜박 안는다. 자전거 사고만치도 안 여기는 둔감한 반응이다. 한국군과 미군을 비롯한 연합군의 후방 사령부가 이곳에 있고 휴가 장병이 몰리는 탓으로 사이공은 본래의 모습에 약간 퇴색이 있을 뿐이다. 월남 사람은 전쟁을 이해하기 전에 화려한 고층건물의 호텔을 맘대로 차지하고 당당하게 사창굴을 드나드는 미군을 꼴사납다는 눈초리로 미워하고 있다. 이기적이고 철저하게 배타적인 민족의 자존심이 수치와 모욕을 당하고 있다고 생각하는 모양이다.

– 미군은 싫어해도 달러의 매력은 뿌리치지 못했다. 또한, 달러의 매력만큼 미제를 좋아하고 애용했다. 미군 GI는 택시로 PX 양품장사를 한다. 그 돈으로 사창가나 빠에 가는 밑천을 만들고 있다. 필리핀 군인은 차떼기로 대대적인 암거래를 하고 있다. PX 취직은 A급 샐러리맨으로 꼽히고 있었다. 그래서 영어를 배우는 학생과 실업자는 부쩍 늘고 있으며 영어회화 학원도 붐을 일으켰다. 달러의 매력 때문에 미군 기관에 다투어 직장을 구하고 어여쁜 아가씨들이 빠걸로 전락하고 있었다.

– 사이공의 밤은 네온과 산데리아의 경연된 불빛으로 불야성을 이룬다. 명멸하는 조명탄도 밤새 하늘을 밝게 누빈다. 전쟁의 수도에 등화관제가 없으니 요염한 선율은 더한층 진하게 꿈틀거린 것만 같았다. 밤의 사이공은 빠의 문이 열리면서부터 시작된다. 석양이 깔린 시가지엔 어느새 켜진 가로등으로 야광은 숨 가쁜 호흡을 한다. 청등홍등이 온밤을 사로잡는다. 레로이 가에서 장흥다호를 거쳐 동캉 대로를 따라 촐론으로 빠지는 장장 20리의 가도에는 빠와 스팀베스와 요정, 카바레, 극장 등 환락의 집들로 점철되어 있다.

– 뒷골목을 스며들면 사창이 우글거린다. 거의 이방인으로 득실거리는 이 환락가에는 어디나 대만원이다. 베트콩의 테러는 이런 곳에 가끔 붉은 손을 내민다. 십자군을 자처하는 미군들이 그까짓 테러 정도에 겁을 먹거나 비굴하지는 않은 것 같았다. 미군 GI에게, 때로는 연합군 장병에게 금족령이 내려도 욕정을 누르고 향수를 참을 만큼 발걸음은 인내력이 강하지 못했다. 20촉도 못되는 어스름한 불빛 속에서 병사는 사이공 티로 밤을 낚기에 여념이 없다.

베트남전쟁에서 미국 군인들이 얼마나 호화스러운 생활을 하였는지 잘 보여주는 일례가 또 있다. 전쟁 중인 베트남에 미군 장교들을 따라 나와있는 부인들의 생활도 미국 본토 부인들의 생활보다 더 호화로웠으면 호화스러웠지 조금도 덜하지 않았다.

말콤 브라운 기자는 자신의 책『이것이 월남 전쟁이다』에서 미국 장교 부인들이 마치 휴양지에 휴가를 나온 사람들처럼 행동하고 있다고 썼다.

– 사이공에 사는 미군 장교 가족들은 사이공에서 그 사치함이 미국에서도 비할 수 없는 별장 생활을 한다. 매월 20달러 또는 그 이하만 줘도 하인을 고용할 수 있는데 일주일에 하루도 쉬지 않고 세탁이다, 청소다, 음식이다, 보모다, 쇼핑이다, 무엇이나 부릴 수 있다. 군인 가족 하나가 보통 오면 한두 명을 채용하여 마누라가 할 일은 거의 없다. 대개 부인들은 스포츠클럽에 가입하거나 굉장한 수영장에서 헤엄을 치거나 정구를 치고 논다. 여기서 정구 치는 사람들 가운데는 테일러 미 대사도 있다. (책 307P)

미군 양심을 테스트한 한국군

그런가 하면, 우리 한국군은 미군을 대체로 우호적으로 생각했다. 아마도 한국전쟁 때 우리를 도와 공산화를 막아줬다는 보은 심리 때문이었을 것이다. 필자의 세 살 위 형은 청룡부대 1진으로 1965년에 참전했다. 당시 고등학생이던 필자는 형한테 위문편지를 많이 썼고, 제대 후에는 전쟁 이야기가 재미있어 형을 많이도 졸랐다. 그때 들은 이야기를 나는 지금까지 생생히 기억하고 있다. 초기 청룡부대는 미국해병대와 가까이 주둔했고, 함께 작전도 많이 해서 그런지 미 해병대 이야기를 많이 했다.

– 내가 속한 부대가 공병이기 때문에 미군 공병대와 같이 생활을 많이 했지. 작전도 함께 하고. 그래서 처음엔 우리도 미군들과 같이 PX를 썼어. 그런데 어느 날 미군과 우리를 PX 사용시간을 분리하는 거야. 그러고는 우리 한국군이 사용하는 시간에는 매장 구석구석에 감시병을 두었어. 왜 그러냐니까, 한국군이 입구로 들어갔다가 물건을 슬쩍해서는 다시 입구로 나와 버린다는 거였어. 입구로 들어가 물건을 고른 뒤 출

구로 나오면서 계산을 하게 돼 있었거든.

– 그래서 우리가 미국 새끼들은 얼마나 정직한지 시험해봤어. 어떻게 했냐면, 일제 오디오 한 대를 사서 출구 앞 화단에 세워둔 미군 지프 본넷 위에 올려놓고 숨어서 지켜보고 있었지. 그런데 한참 후, 날이 어둑어둑해지는데 한 중사가 나오더니 오디오를 집어 들고 주위를 휘둘러보더라고. 주위에는 사람이 아무도 없었거든. 그래서 우리는 그 자식이 슬그머니 가져갈 거라고 생각했지. 그런데, 그 자식이 오디오를 지프 앞 화단 돌 위에 얌전히 올려놓고 그냥 차를 몰고 가더라고. 그걸 보고 우리는 거의 동시, '비엥신 새끼, 그냥 가져가지 않고!' 했다고.

EP. 34

호(湖) 아저씨의 생애 마지막 모습

– 실현되지 못한 호찌민 유언장

베트남국민의 영원한 호(HO) 아저씨

호찌민(Ho CHI MINH. 1890~1969)이 세기의 양심적 지도자로 이름을 떨치게 된 데는 그의 청빈한 삶과 그것에 어울리는 애족 애민 정신 때문이었다. 그는 100여 개가 넘는 가명을 써가면서 평생을 베트남 독립에 바쳤다. 이는 그만큼 식민지배자들에게 눈엣가시였다는 의미가 된다. 이런 그를 베트남 민족은 남과 북을 막론하고 영웅으로 떠받들었고 독립 후에는 주석 자리에 올랐다. 하지만 호찌민은 주석 각하라 부르지 말고 '바크 호'(호 아저씨)라 불러달라고 했다. 그래서 그는 지금도 국민들 사이에 영원한 호(胡) 아저씨로 애칭 되고 있다.

호찌민의 청빈과 애족 정신은 독립 후에도 변함이 없었다. 어느 국가든 막론하고 권력을 잡은 정치 지도자들이 호의호식으로 변했는데 호찌민은 그렇지 않았다. 프랑스 총독이 쓰던 화려한 건물이 주석 관사로 주어졌지만, 그는 마다하고 바딘 광장 옆 평소 자신이 생활하던 방 2개짜리 초가집에서 반찬 세 가지만 먹으며 생활했다. 건강을 위해서라도 넉넉히 먹으라는 주위 사람들에게 그는, 내가 반찬 한 가지를 더 먹으면 우리 인민 누군가 한 사람이 굶어 죽을지도 모른다며 거절했다.

호찌민은 우리가 베트남전쟁에 본격적으로 전투병을 파병하기 시작한 1965년부터 이미 건강이 매우 안 좋았다. 당시 그는 매년 중국 베이징으로 비밀리에 신병치료를 다녔고, 어떤 때는 한 번 가면 몇 개월씩 머물기도 했다. 그런 호찌민에게 중국은 최고 수준의 의술을 동원해 치료해주었을 뿐만 아니라 생일상을 차려주는 등 극진히 대우했다. 그리고 군사적 지원에서도 우리가 상상하는 것보다 훨씬 돈독한 유대를 맺고 있었던 것으로 보인다. 1965년 방중 했을 때 호찌민이 전쟁에 대해 우려를 표하자 모택동은 "설령 우리 중국 본토가 미국의 공격을 받는 한이 있더라도 당신들을 끝까지 지원해주겠다."라며 굳은 언약을 한다.

세계적인 저술가 윌리엄 제이 듀이커(William J. Duiker)가 쓴『호치민 평전』(정영목 옮김. 샘터사. 2003)을 통해 호찌민의 생애 마지막 삶을 한번 더듬어보자. 한때 적이 되어 싸웠던 우리로서는 그에 대한 회고가 의미 있는 일이라 생각되기 때문이다. 앞의 책 805페이지에서 823페이지를 요약했다.

– 1965년 5월 호찌민은 3주일간 중국을 방문했다. 마오쩌둥과 추가 원조 문제를 논의하기 위한 목적도 있었다. 또 그의 동료들은 미국의 공습이 수도를 향해 다가오자 그를 위험한 곳에서 빼내려고도 했을 것이다. 중국 방문에는 계속 개인 비서로 일해 온 부 키가 보좌관으로 동행했다. 호찌민은 창사(長沙)에서 마오쩌둥을 만난 뒤, 다른 중국 지도자들과 회담하기 위해 베이징으로 갔다. 중국 지도자들 역시 호찌민의 건강을 걱정했다. 중국 지도자들은 그를 위해 정성껏 생일잔치도 준비해 주었다.

생일잔치로 위로해준 마오쩌둥

– 1966년 5월 호찌민은 76살 생일을 기념하기 위해 중국에 다시 갔다. 중국 지도자들은 베트남 혁명에 대한 굳건한 지원을 약속했다. 호찌민은 베트남 노동당 정치국의 동료들에게 편지를 보내, 중국은 설사 미국의 직접 공격을 받는 일이 있어도 베트남이 최후의 승리를 달성하도록 도울 생각이라고 전했다. 호찌민은 중국 중부의 휴양지에서 며칠 쉰 뒤에 산둥과 만주에 갔다가 6월에 베트남으로 돌아왔다. 호찌민은 7월 17일 베트남 인민 전체에게 그들의 희생에 감사하면서 "독립과 자유보다 중요한 것은 없다."라는 메시지를 보냈다. 베이징의 톈안먼(天安門) 광장에서는 호찌민을 기리고, 베트남의 민족 해방투쟁에 대한 중국의 지지를 과시하기 위한 집회가 열려 수십만 명이 참석했다.

– 이제 호찌민은 움직이기가 더욱 어려워졌다. 늘 자신의 신체적 상태에 엄격했던 호찌민은 매일 체조를 계속했다. –중략– 당 지도부는 호찌민의 건강 악화를 점점 걱정하게 되었다. 레 두안은 호찌민의 77살 생일 직후 정치국 회의를 소집하여 호찌민의 건강을 유지할 방법을 토론했다. 이때 호찌민은 광저우에서 치료를 받고 있었다. 베트남 인민이 걱정할 수도 있었으므로 굳게 비밀에 부치기로 했다. 정부는 호찌민의 오랜 친구인 응우옌 루옹 방에게 호찌민의 건강을 살필 임무를 맡기고, 고참 당원 레타인 응이가 이끄는 전문가들을 모스크바로 파견하여 호찌민이 세상을 뜬 뒤에 유해를 보존하는 방법에 대한 조언을 듣고 훈련을 받도록 했다.

– 호찌민은 6월 말 중국에서 돌아와 남부 상황에 대한 보고를 들었

다. 그는 외교적으로 중요한 문제에는 가끔 관여했다. 1967년 초에는 미국의 평화운동가 해리 애슈모어와 윌리엄 배그스를 만나, 워싱턴이 북베트남 폭격을 중단해야만 평화회담을 시작할 수 있다고 말했다. 두 사람은 미국으로 돌아가자마자 국무부에 방문 결과를 보고했으며, 존슨 대통령은 호찌민에게 편지를 보내 폭격을 끝낼 용의가 있지만, 그것은 북베트남이 남부 침투를 중단했을 때에만 가능하다고 덧붙였다. 폭격이 중단되기만 하면 남부로 보내는 인력과 물자를 늘릴 생각을 하고 있던 당 지도부에게 워싱턴의 제안은 받아들일 수 없는 것이었다. 호찌민은 3월에 존슨의 편지에 답장을 보내, 베트남 민주공화국에 대한 폭격을 무조건 중단하라고 요구했다. 호찌민은 7월 파리에서 온 오랜 친구 레이몽 오브락에게도 같은 이야기를 되풀이했다. 오브락은 하노이가 평화회담을 받아들일 의사가 있는지 확인하기 위해 잠깐 방문했다.

베트남 민주공화국의 반응은 호찌민이 이야기한 것과 마찬가지로 미국이 북부에 대한 폭격을 무조건 중단해야만 협상을 시작할 수 있다는 것이었다. 호찌민은 9월에 중국으로 가서 베이징 근처 산악지대에서 장기간 요양했다.

– 미국 평화운동가들이 하노이를 방문한 뒤 정치국은 미국에서 반전운동이 고조된다는 사실에 힘을 얻었다. 그럼에도 존슨 행정부는 철수를 준비할 기미를 보이진 않았다. 사실 남베트남에 주둔하는 미군의 숫자는 거의 50만에 육박했으며, 그 숫자는 더 늘어날 전망이었다.

호찌민은 오래전부터 총공세를 시작할 수 있는 최적기는 하노이가 미국 정치에 최대의 압박을 가할 수 있는 미국 대통령 선거 기간이고 주장해왔다. 농촌에서 인민해방군의 공격과 대도시의 총 봉기가 조화를 이루어야 했다. 이렇게 했을 때 남부를 불안정하게 만들고 미국이 약자의 입장에서 협상에 나서도록 강요한다는 최소한의 목표라도 이룰 수 있었다. 물론 궁극적인 목표는 사이공 정권의 전복이었다. 12월 호찌민이 중국에서 돌아왔을 때 정치국은 이미 2월 초 텟 명절 기간에 총공격과 봉기를 시작하기로 최종 결정을 내렸다. 호찌민은 이 계획을 승인하고, 치료를 더 받기 위해 베이징으로 돌아갔다.

– 텟 공세는 1968년 1월 31일 시작되었다. 봉기 세력은 전국의 주요 도시, 성과 부의 중심지, 농촌 마을들을 공격했다. 사이공 공격에서는 공병과 자살 특공대가 정부시설들을 습격하여 잠깐이기는 하지만 새로운 미국 대사관 1층을 점거하여 세계를 놀라게 했다. 3주 전 북베트남 군대가 점령했다가 유혈이 낭자한 육박전 끝에 미국 지상군에게 쫓겨나간 제국의 옛 수도 후에에서도 비슷한 일들이 벌어졌다. 그러나 군사적 관점에서 보자면 결과는 다소 실망스러웠다. 공격에 참가한 여러 부대에서 3만 명이 넘는 사상자가 나왔기 때문이다. 그 대다수가 현지의 베트콩 세력이었기 때문에 앞으로 몇 년 동안 운동이 약화될 위험이 있었다. 그러나 기대와는 달리 응 우옌 반 티에우 정권은 무너지지 않았다. 그럼에도 미국과 관련한 정치적 결과는 고무적이었다. 이 공격에서 미국 측 사상자가 많이 나왔기 때문이다. 텟 공세 한 달간 거의 2천 명에 가까운 미국인들이 죽었으며, 3천 명이 중상을 입었다. 미국에서는 다시 반전 분위기가 고조되었으며, 백악관은 전쟁의 평화적 해결을 위하여 새로운 양보를 제안하지 않을 수 없었다. 3월 말 린든 존슨은 협상을 시작하기 위해 북부 폭격을 부분적으로 중단하겠다고 제안했다.

– 5월 초 호찌민은 존슨 대통령이 북부에 대한 부분적인 폭격 중단을 실시하고, 파리 평화회담 개최에 동의했다는 보고를 들었다. 당 지도부

가 그 제안을 받아들이는 문제를 호찌민과 상의했던 것 같지는 않지만, 어쨌든 호찌민은 기뻐했다. 그러면서도 승리를 얻은 뒤에는 베트남인들의 상처를 치유하는 것이 가장 중요한 일인데, 그것은 '복잡하고도 어려운' 과제가 될 것이라고 이야기했다. 호찌민은 심각한 실수를 막기 위해 당원 각자가 인민에 복무하는 일을 성스러운 임무로 인식할 수 있도록 당을 재정비할 구체적인 계획을 짜라고 권했다. 그가 중요한 과제로 꼽은 것은 전쟁의 상처를 치유하고 남부사회의 '쓰레기' – 도둑, 매춘부, 마약중독자–를 사상교육, 또는 필요하다면 다른 법적 수단을 통하여 사회에 보탬이 되는 유용한 시민으로 바꾸는 것 등이었다.

호찌민의 마지막 유언장

– 1960년대 말에 호찌민은 유언을 자주 고쳤지만, 어느 유언장에나 화장을 해달라는 유언은 꼭 들어가 있었다. 마지막 유언장에는 유해를 화장한 다음 조국의 북부, 중부, 남부에 나누어 뿌리고 장소를 밝히지 말아 달라는 조항을 넣었다. 평생을 조국 통일에 바쳐왔다는 것을 보여주는 상징적인 행동이었다. 이어 그는 카를 마르크스, 블라디미르 레닌을 비롯한 존경하는 혁명가들을 만나러 갈 것이라고 썼다. 그는 또 평화가 회복되면 농업세를 1년간 면제하여 베트남 인민이 전쟁 동안 겪은 곤경에 보답하고, 피로 얼룩진 기나긴 전쟁 동안 인민이 보여준 노력과 희생에 당이 직접 감사해 주기를 바랐다.

– 1969년 텟 명절에 호찌민은 마지막으로 하노이를 벗어나 짧은 여행을 했다. 근처의 소도시 손 타이를 찾은 것이다. 여행에서 돌아온 뒤에도 그의 건강에는 문제가 없어 보였다. 호는 4월에 정치국 회의에 참

석했으며, 만일 미국의 새로운 정부가 남베트남에서 미군 철수를 결정하면, 그들이 명예롭게 철군할 수 있도록 허용해야 한다고 조언했다. 5월 중순에 열린 중앙위원회 제16차 전체회의에서는 당 지도부에게 성급하게 판단하지 말라고 경고했다. 남베트남에서 미국의 지위가 약화되고 있다고는 하나 위험한 존재라는 사실에는 변함이 없었기 때문이다.

– 호찌민은 계속해서 남부 부대원들의 복지에 관심을 가졌다. 호찌민은 오랫동안 요청한 끝에 마침내 하노이 북부 교외의 소호에서 남부의 저항투사들 대표를 만날 수 있었다. 그의 집에서 열린 79살 생일잔치에서 가까운 동료들은 최종 승리를 달성한 뒤 그가 오래전부터 기다려온 남베트남 방문을 선물로 주겠다고 약속했다. 같은 달 호찌민은 전에 써놓았던 유언장 여백에 메모로 마지막 유언장을 작성했다. 호찌민의 몸이 점점 쇠약해졌기 때문에, 의사들은 정기적으로 심장박동수를 검사하기로 했다. 무더운 여름철을 맞아 몸이 급격히 약해지기 시작했다. 당 지도부는 급하게 소련과 중국의 의사들에게 지원을 요청했다. 호찌민은 평소 하던 대로 아침 운동을 하고, 식물에 물을 주고 물고기에게 먹이를 주려 했다. 가까운 동료들은 추옹 친과 응우옌 루옹 방은 정기적으로 호와 식사를 했다.

– 8월 중순 어느 날 호찌민은 상태가 갑자기 악화되었다. 폐에 심한 울혈이 생겼다. 의사들이 페니실린을 처방했지만, 호찌민은 어느 날 가슴에 통증을 느낀다고 말했다. 28일에는 맥박이 불규칙해졌다. 정치국원들은 남부의 상황을 보고하러 왔을 때 호찌민은 나아졌다고 말했다. 이틀 뒤 호찌민은 그를 만나러 온 팜 반 동에게 9월 2일로 예정된 독립기념일 행사 준비가 끝났느냐고 물었다. 호찌민은 다음 날 아침 일어나 죽 한 그릇을 먹고 참전용사들을 만났다. 그리고 9월 2일 오전 9시 45

분, 베트남의 독립 24돌을 기념하는 날 호찌민의 심장은 멈추었다.

조선독립운동가와의 인연

그러나 호찌민의 장례는 그의 유언처럼 되지 않았다. 화장도 되지 않았고, 따라서 화장된 유골 가루가 베트남 지역에 뿌려지지도 않았다. 그의 시신은 소련 기술자들에 의해 방부처리 되어 바딘 광장 묘소에 영구보존 안치되었다.

그런데 호찌민이 조선 독립운동가들과 인연이 깊다는 흥미로운 기사가 있어 소개한다. 2005년 8월 15일, 미디어 오늘에 실린 기사가 그것이다. 아래는 기사 원문이다.

– 호찌민은 조선의 독립운동가와도 인연이 적지 않았다. 호찌민과 박헌영은 코민테른이 소련 모스크바에 세운 국제 레닌학교의 동창생이었다. 1926년 중국 국민당 제2차 전국 대표자 회의에 호찌민은 조선 대표 여운형과 함께 참여했다. 여운형, 박헌영, 호찌민은 각각 1886년, 1900년, 1890년생이다. 드디어 꿈꾸던 때가 와 일제가 패망한 직후 여운형이 건국준비위원회를 조직하고, 박헌영이 조선공산당 8월 테제를 제출했을 때, 호찌민은 베트남 민주공화국을 선포했다. 하지만 이들의 운명은 엇갈려 여운형과 박헌영은 호찌민과는 달리 비운에 명을 다하고 말았다.

EP. 35

패전 전주곡, 나라마다 다른 속셈

– 국익 최우선, 한국군만 승자다

베트남전쟁에 우방 연합군으로 전투병을 파견한 국가는 미국, 한국. 필리핀, 호주, 뉴질랜드 등이었다. 그러나 미국과 한국을 제외하고는 파견 병력이 소수에 불과했다. 따라서 전쟁의 주력군은 어디까지나 미군과 월남군, 그리고 한국군이었다. 그러니 이 3개국 군대가 적국인 월맹과 3대 1로 싸운 전쟁이라고 해도 과언이 아니다. 하지만 이 3개국이 함께 전쟁은 했지만, 전쟁을 바라보는 시각은 조금씩 달랐고, 따라서 전쟁에 참전하는 목표도 달랐다. 그렇다 보니 전쟁을 치르는 방식도 차이가 있었다. 각국의 전쟁 대처 방식이 어떻게 달랐고, 그 결과는 어떻게 되었을까?

미국의 입장

1. 미국의 의도는 '베트남의 한반도화'였다

미국은 북쪽의 호찌민 정권을 근원적으로 격멸시킬 의도는 애초부터 없었다. 2차대전 후 세계질서가 재편되는 과정에서 중국이 공산화되는 것에 크게 당황한 미국은 베트남이 공산화되면 인도차이나반도 전체가 공산화될 것이라는 이른바 도미노 현상을 우려했다. 따라서 미국은 베트남에서도 한반도에서처럼 남쪽에 강력한 반공 정부를 세워 공산주의의 확산을 막는 게 목적이었다. 몇 차례 북폭이 있었지만, 이는 휴전회담을 성사시키기 위한 압력이었지, 호찌민 정권을 말살하기 위한 공격이 아니었다. 베트남의 한반도화, 이것이 미국의 전쟁 목표였다.

2. 외세배척 투쟁을 이데올로기 전쟁으로 대처

베트남국민들은 프랑스 식민지 시대를 오래 겪으면서 외세에 대한 반항과 독립에 대한 열망이 강했다. 이는 마치 한국 국민이 일본의 식민지로 있으면서 처절하게 독립운동을 전개했던 것과 같은 이유이다. 그런데 미국은 이런 베트남에 이데올로기로 나라를 양분하려고 했고, 그 성공 여부가 전쟁 승패의 바로미터라고 여겼다.

3. 자국의 존망과 직결되는 전쟁이 아니었다

베트남전쟁은 미국이 자국의 이익을 위해 직접 일으킨 전쟁이 아니다. 2차 세계대전을 끝내고 전후 처리 과정에서 우연히 끼어들게 된 전쟁이다. 따라서 국운이 걸린 사생결단 이겨야만 하는 전쟁이 아니었다. 한마디로 전장에 가 있는 군인들만 전쟁하고 국내에 있는 대부분 국민과 정치인은 전쟁을 하지 않았다.

"희생자는 단지 혼란스러운 전투에 휩싸일 정도로 운이 없는 사람들인 군인과 그 가족에게만 생겨나는 일처럼 인식되었다. 다른 전쟁에서처럼 공동의 목표를 위해 온 나라가 함께하는 전쟁 희생자로 간주 되지 않았다. 우리는 홀로 전쟁을 치르고 있었다." 콜린 파월의 이 말은 미국 국민의 베트남전쟁에 대한 인식을 잘 표현하고 있다.

어쨌든, 월남을 '한반도화' 해서 인도지나반도의 연쇄적인 공산화를 막겠다는 미국의 전쟁 목표가 애초부터 '허황된 꿈'이었다는 것이 증명된 것이다.

월맹의 입장

1. 초지일관, 외세를 몰아내고 통일해야 한다는 신념

호찌민을 비롯한 북베트남 지도부와 인민은 미국을 비롯한 전쟁 참가국들을 외세로 규정하고 베트남에서 반드시 몰아내야 한다는 신념과 확신을 가지고 전쟁에 임했다. 이는 100년 동안 계속된 프랑스 지배를 끝끝내 물리친 민족적 자신감에 기인한 것이며, 따라서 그들은 느슨한 미국과 달리 자신들의 목숨과 조국의 독립을 맞바꾼다는 결사 항쟁의 자세로 전쟁을 치렀다.

2. 남북 베트남 인민 모두에게 추앙받는 지도자 호찌민

호찌민은 북베트남뿐만 아니라 남베트남에서도 추앙받는 지도자이다. 더구나 그는 프랑스를 몰아내고 조국을 독립시킨 민족의 영웅으로 널리 알려져 있다. 이런 민족적 지도자를 중심으로 북베트남은 똘똘 뭉쳤고, 호찌민은 남베트남 국민을 끌어들이고 세계 여론을 유리하게 만드는데 큰 영향을 끼쳤다.

3. 민족주의로 철저하게 무장된 전투력

북베트남은 전쟁을 철저하게 무장된 민족정신을 바탕으로 치렀다. 그들의 유일한 파트너는 남쪽의 민족해방전선이었고 그들의 힘은 자신들을 지지해주는 인민이었다. 거대한 미국과 우방국들을 상대로 힘겨운 전쟁을 치르면서도 북한 김일성이 도와주겠다며 참전을 제의했을 때 그들 역시 외세 개입이라며 정중히 거절했다. 이러한 호찌민의 민족주의적 태도는 그 어떤 외부의 도움보다도 더 큰 내부응집을 불러왔다. 민족주의에 따른 전쟁명분, 그리고 그 명분을 지키기 위해 철저하게 민족주의로 일관한 호찌민의 행동은 인민의 마음을 얻는데 충분했다.

결국, 월맹은 어려운 전쟁에서 승리해 그들의 소망을 이루었다.

월남의 입장

1. 미국이 나라를 보존시켜 줄 것이라는 지도층의 생각

월남은 월맹과는 달리 미국에 의해 급조된 정부이다. 따라서 면면히 이어져 온 민족주의 정신도 없고 국민들로부터 자발적인 지지를 받을 수 있는 업적이나 정통성도 없었다. 정부의 모든 의사결정은 미국에 의해 미국의 뜻대로 이루어졌고, 관료들은 뚜렷한 국가관이나 애국심을 갖지 못한 채 전쟁을 치르면서도 미국이 자신들을 지켜줄 것이라는 생각을 버리지 못했다. 이런 생각은 알게 모르게 국민들한테까지 막연히 퍼져 전쟁을 치르는 의지를 약화시켰다.

2. 전쟁을 치르면서도 민심을 업신여긴 지도자

국가 지도자들은 국민을 일치단결시켜 전쟁을 성공적으로 치를 생각은 않고 각자의 이익과 권력 기반 구축에만 열을 올렸다. 특히 초대 대통령에 오른 고 딘 디엠(Ngo Dinh Diem)은 호찌민에 비해 상대적으로 빈약한 인물임에도 불구하고 민심을 추슬러 끌어안을 생각은 않고 독재와 억압정치로 일관했다. 또 그의 가족들의 부패도 날이 갈수록 심해져 스스로 국민들이 등을 돌리게 만들었다.

3. 이래도 좋고 저래도 좋다는 국민들의 생각

대부분의 월남 국민들이 전쟁을 보는 시각은 한마디로 이래도 좋고 저래도 좋다는 것이었다. '남쪽(월남)이 이기면 큰아들이 먹여 살릴 것이고 북쪽(월맹)이 이기면 작은아들이 먹여 살릴 것이다.'라는 말이 공공연히 떠돌 만큼 월남 국민들은 일체감이 없었다. 따라서 전쟁 의지는 거의 없다시피 했다. 이렇다 보니 월남에 있어서 전쟁은 미국식 자본주의에 물든 몇몇 기득권층의 전쟁이었지 전 국민이 일치단결된 전쟁이 아니었다. 따라서 '미국에 의한, 미국을 위한, 미국의 월남'은 미국이 전쟁에서 손을 떼는 순간 패망하는, 결론이 이미 나 있는 전쟁이었다.

한국의 입장

1. 국가이익 차원에서 국민합의로 결정한 참전

한국의 베트남전쟁 참전은 하나부터 열까지 모두 국가이익 차원에서 이루어졌다. 당시 혁명정부 지도자들은 시급한 과제인 한미동맹 강화와 경제개발을 위한 외자유치를 위해서는 참전하는 길밖에 없다고 인식했다. 그리고 북한의 위협에 효과적으로 대처하기 위해서는 우수한 장비를 다량 보유한 주한미군을 그대로 묶어두어야 한다는데도 모든 지도자들의 의견은 일치했고 그러기 위해서는 우리 국군이 대신 참전해야 한다는 데도 국민적 합의가 이루어졌다.

2. 철저하게 국가이익을 지켜낸 현지 사령관

참전 한국군의 최고 책임자인 채명신 사령관은 부대 운영 및 작전에 있어서 국익 우선을 철저하게 지켰다. 미군에 예속될 뻔한 작전지휘권을 끈질긴 설득으로 지켜내 국가의 자존심을 살린 것은 물론, 부대 배치 하나하나에도 국익을 우선함으로써 민간기업을 통한 외화획득에 크게 기여했다. 이런 모든 것들은 미국 측과 끊임없는 줄다리기를 해야만 얻어낼 수 있는 귀한 것들이었다. 또 중대전술기지라는 독특한 전투기술을 개발하여 효과적으로 적지를 평정하면서도 희생은 극소화해 세계 속에 한국의 위상을 드높였으며 베트남 국민들에게 한국군의 이미지를 좋게 심어 민간기업의 진출을 쉽게 만들었다.

3. 참전 장병들에 대한 한결같은 국민의 지지

미국과 달리 한국 국민들은 멀리 베트남에 가 있는 참전용사들에 대해 아낌없는 지지를 보냈다. 이러한 국민 성원으로 병사들은 사기충천했고, 지휘관들은 사랑과 애정으로 부하를 통솔하여 국민 성원에 보답했다. 이런 결과로 대한민국은 베트남전쟁 참전을 통해 세계 속의 대한민국으로 우뚝 설 수 있었다. (주월사 브리핑에서)

에피소드를 끝내며

전쟁은 인간이 저지를 수 있는 죄악 중에 가장 큰 죄악이다. 사람을 고의로 죽이는 일이기 때문이다. 그런데도 신은 모른 체하고 있다. 정말 몰라서 그럴까, 아니면 알면서도 능력 밖이라서 그럴까!

먹거리와 여자 쟁탈이 주원인이던 고대 원시 전쟁과 달리 현대 전쟁은 대부분이 이념전쟁이다. 특히 종교 갈등은 수천 년이 넘는 세월에 걸쳐 크고 작은 전쟁을 일으켜 수많은 사람을 죽였다.

종교나 이념은 설득과 선택의 문제지, 강요나 침탈의 문제가 아니다. 왜냐면, 종교나 이념은 인간의 절대가치인 존엄성의 뿌리인 자유와 직결되기 때문이다. 따라서 무기를 사용해 상대방을 복종시키려 드는 전쟁은 종교전쟁이든 이념전쟁이든 모두가 죄악이다. 어떤 이유로도 변명의 여지가 없다. 그나마 명분 있는 전쟁이 있다면, 그것은 앞서도 말했듯이 인간 존엄의 뿌리인 자유가 위협받거나 빼앗겼을 때, 그 자유를 지키고 되찾기 위한 마지막 투쟁으로서의 전쟁일 것이다.

인간 존엄의 뿌리, 자유여! 영원하여라!

—도들

부록

베트남전쟁과 소설 문학

장편소설

『엽흔(葉痕)』 1·2부

국방FM 라디오 방송 시나리오

단편소설

「미투안 전투」

「용서의 조건」

「사이공 엘레지」

장편소설

엽흔(葉痕 Leafscar)

2001년. 대인교육

매주 수요일, 여러분을 문학세계로 초대합니다.
〈수요 문학, 전쟁과 사람 이야기〉
쉰다섯 번째 시간, 김현진의 '엽흔'-1
인터뷰 : 차인숙 작가

MC: **유능한 안보 튼튼한 국방**… 국방FM 〈국방광장〉
12월 4일 수요일… 순서 함께 하고 계시고요.

매주 수요일 여러분을 문학세계로 초대합니다.
〈수요 문학, 전쟁과 사람 이야기〉, 소설가 차인숙 작가님 준비하고 계십니다. 안녕하세요? …(인사)

1. 벌써 12월로 접어든 수요 문학 첫 주인데요, 매번 느끼는 감정입니다만 오늘은 또 어떤 작품이 청취자분들과 만나는가 하고 기대를 갖게 됩니다.

– 네, 오늘 역시도 기대하셔도 좋을 작품을 들고 왔는데요, 소설가이자 시인이신 김현진 작가의 '엽흔'을 함께 감상해 보겠습니다.

2. 네, 차 작가님이 기대하셔도 좋다는 말씀을 해주셨는데요, 먼저 그럼 김현진 작가가 어떤 분이신지부터 소개해 주실까요?

– 소설가이자 시인인 김현진은 경남 산청 단계에서 태어나셨는데요, 진주고등학교를 거쳐 진주교육대학 2학년을 중퇴하고 베트남전쟁에 참전하였으며, 나중에 한국방송통신대학교 국어국문학과를 졸업했습니다. 김현진 작가가 글을 쓰게 된 건 1992년 충현신문(주간) 창간기념 전쟁문학 특선으로 단편소설 『유리 상자』를 발표하면서 소설을 쓰기 시작했는데요, 주요 저서로 장편소설 『사이울의 봄비』(전2권) 『엽흔』(전2권) 『모시등불』(전2권)이 있고, 단편소설집 『풍화일장로』, 불교에세이집 『법구경에서 배우는 성공비결 108가지』, 인물평전 『강을 건너는 산』(공저)등이 있습니다.

– 김현진 작가는 특히 베트남전쟁을 다룬 소설을 많이 썼는데, 대표적인 작품으로는 대한민국전쟁문학상(2회)을 받은 장편소설 『엽흔』(전2권)이 있고, 단편소설로는 등단작품인 『유리상자』 한국소설 문학상(35회)을 받은 『용서의 조건』을 비롯해 『미투안 전투』 『사이공 엘레지』 『하사와 병장』 『셋째 딸의 반란』 등이 있구요, 그 외에도 『난곡에서 한세상』외 60여 편의 시를 각종 문예지에 발표했으며, 구리시 월남참전기념탑과 서울시 월남참전기념탑에 시 '붉은 맥박'과 '따이한의 전설'이 각각 헌시로 조각돼 있기도 합니다. 대한민국 전쟁문학상(제2회), 순수문학상(제13회), 한국소설 문학상(제35회) 한국문협 작가상(제18회) 등을 수상한 작가이기도 합니다

2-1. 많은 작품을 발표하셨는데요, 김현진 작가의 작품세계랄까요.

작품은 주로 어떤 성격을 띠고 있나요?

– 교사는 만들어지고 작가는 태어난다는 말이 있는데요, 김현진 작가는 천성이 작가로 태어난 분으로 보입니다. 김현진 작가는 '인간의 본성은 선하다'라는 확고한 신념을 가지고 있으며, 이를 바탕으로 한 '무형의 형이상학적 가치'를 '유형의 형이하학적인 인간 행동'으로 엮어내는 데 주력하면서 글을 쓰고 있습니다.

3. 천성이 작가로 태어나신 분이라고 하셨는데, 본격적으로 그럼 김현진 작가의 작품 '엽흔'을 살펴보도록 하겠습니다. '엽흔'이라는 제목이 발음하기도 어렵지만, 그냥 들어서는 무슨 뜻인지 얼른 이해가 안 가는데, 엽흔이 어떤 뜻이죠?

– 소설 제목인 엽흔(葉痕 Leafscar)은 나뭇잎이 떨어지면서 가지에 남겨놓은 흔적을 말하는데요, 이 흔적은 나무가 생장하면서 차츰차츰 껍질로 변해 없어집니다. 작품을 읽어보면 알게 될 텐데요, 작품 속 주인공들의 전쟁 상처도 이처럼 고통의 나날 속에서 시간이 감에 따라 조금씩 치유된다는 희망을 상징하고 있는 제목입니다. 대한민국 전쟁문학상을 수상한 작품 엽흔을 심사한 홍승주의 심사평을 보면…,

작가 김현진은 "아름다운 것은 모두 다 우리를 슬프게 한다."고 갈파하고 그의 말대로 예술의 비극적 근원과 고도의 미의식을 「엽흔」에서 잘 보여주었다.

그는 장편소설 「엽흔」을 통해 전쟁의 죄악상과 이념보다 적나라한 인간의 허무성, 대립되는 사랑의 뜨거운 의지, 극기를 통한 인간의 구극적(究極的)인 인류애와 신앙을 제시했다. 이는 조국에서의 동족끼리 총을 겨눈 남북전쟁의 차원이 아닌 바다 건너 타국에서의 참전이었기에 작가로서의 냉엄한 투시와 양심의 자유가 있었기에 가능했다고 본다.

그는 작품 제목인 「엽흔」을 이렇게 정의하고 짧게 상징했다.

– 잎이 떨어지면서 줄기에 남겨 놓고 가는 상처 같은 흔적–

따라서 작가는 1950년대 있었던 불행한 조국의 남북전쟁을 두 겹 세 겹으로 복선을 깔아 오버랩하면서 「엽흔」처럼 명멸해간 젊은 전우들의 비극적 영혼을 고도의 미의식으로 승화시키고 연민의 뜨거운 가슴으로 끌어안았다.

세기적인 전쟁 문학작품인 톨스토이의 「전쟁과 평화」, 헤밍웨이의 「무기여 잘 있거라」, 미첼의 「바람과 함께 사라지다」 등의 작품에 이데올로기를 초월한 휴머니즘, 종교와 사랑, 용서와 평화의 희구가 강렬하게 깔려있듯이, 이번 수상작 「엽흔」도 그런 인간에 대한 깊은 연민과 성찰이 잘 드러난 작품이라고 할 수 있다.

4. '엽흔'의 뜻과 함께 심사평을 듣고 보니, 그 뜻이 담고 있는 내용이 심오하게 다가오는데요. 그럼 이어서 '엽흔'의 줄거리를 만나볼까요?

– 2001년 출판된 김현진의 장편소설 엽흔(葉痕)은 원고지 2천5백 매가 넘는 대작으로 1부와 2부로 되어있습니다. 소설 배경은 베트남전쟁이 막바지로 치닫던 1970년대 초이고, 무대는 월남, 한국, 필리핀, 오키나와 등지를 넘나들며 펼쳐집니다.

– 1부에서는 전장에서 처절하게 파괴되어가는 인간 존엄성이 적나라하게 서술되어 있고, 2부에서는 그 부서지고 병든 인간성이 사랑과 우정에 의해 조금씩 회복되는 과정을 담고 있는데요,

– 전체적인 작품의 흐름은 '있게 한 세계'와 '있어 온 세계'의 갈등구

조로 엮여있다고 볼 수 있는데요, 여기서 '있게 한 세계'란 인간이 만든 '문명세계'를 말하며, '있어 온 세계'는 '자연세계'를 말합니다.

– 소설 엽흔은 이렇듯 '있게 한 세계'에서의 최대악(最大惡)인 전쟁과, '있어 온 세계'에서의 최고선(最高善)인 사랑이 서로 각축하며 '파멸과 구원'이라는 인간의 원초적 행동 양상을 사실적으로 그리고 있습니다.

– 그런데 서사가 워낙 방대해서 짧은 시간에 내용을 상세히 설명할 수 없어, 주요 등장인물 몇 명을 살펴보는 것으로 대략적인 줄거리를 알아볼까 합니다.

4-1. 네, 그러시죠.

– 소설 『엽흔』에는 수십 명의 인물이 독특한 개성을 가지고 등장하는데요, 그중에서도 중요한 역할을 하는 몇몇을 소개한다면, 먼저 이찬진 병장입니다. 바로 남자주인공이죠. 이찬진 병장은 소심한 성격과 지나치게 양심적으로 행동하려는 의지 때문에 도덕성과 윤리관에 융통성이 거의 없는 남자예요. 다섯 살 어린 나이로 6·25를 겪으면서 외할아버지와 자기 집 머슴이 인민재판에서 대창에 찔려 죽는 모습을 목격합니다. 그리고 그의 어머니마저 충격을 받아 투신자살해버리자 고아 아닌 고아가 되어 외롭게 자라지요. 그러나 그의 가슴에는 대창에 찔려 피를 울컥울컥 토하며 죽어가던 머슴 판돌이 아저씨의 생생한 모습이 깊이 각인 되어 그를 괴롭힙니다. 청년이 된 뒤 "전쟁은 어떠한 명분으로도 정당화될 수 없으며, 누구에게도 사람을 죽이거나 죽이라고 명령할 권리는 없다!"라는 자각을 하게 되고, 비로소 그 굴레에서 벗어나지만, 살육이 난무하는 베트남 전쟁터에서 그의 양심은 여지없이 짓밟혀버리고 맙니다. 베트남 외무성 고위 간부의 딸 응웬 띠 랑을 만나 애틋한 사랑을

꽃피우지만, 그것도 한순간, 안케패스 전투에서 충격을 받고 실신, 본국으로 후송됩니다.

4-2. 아무리 이성과 양심으로 벗어나 보려 해도 이 전쟁의 참상을 벗어나지 못하는 인간의 한계를 보게 되는데, 이찬진 말고 또 어떤 인물이 등장합니까?

– 다음으로 응웬 띠 랑(Nguyen Thi Lang)이라는 여자주인공인데요, 월남 외무성 고위 간부인 응웬 반 지안 씨의 딸이죠. 아버지가 외교관으로 서울에 오래 근무한 인연으로 어릴 때부터 한국어에 능통한 재원이에요. 사이공 대학 역사학부 3학년 때 학생 동원령이 내려지자 주월 한국군사령부 정보요원으로 근무하게 됩니다. 교사였던 어머니의 철저한 가정교육으로 유교적 가치관이 뚜렷한 아가씨죠. 한국군 병사 이찬진을 사랑해서 아이까지 낳지만, 3년 만에 다시 만난 사랑하는 이찬진은 전쟁 후유증으로 기억을 잃어버려 사람조차 알아보지 못합니다. 패망으로 치닫는 조국에 대한 충정과 혼자된 아버지에 대한 효심, 그리고 사랑과 우정 사이에서 고민하면서도 꿋꿋하게 버텨내 드디어 이찬진의 병든 영혼을 구원하는 숭고한 사랑의 승리자가 됩니다.

4-3. 전쟁의 후유증으로 스러져가는 이찬진을 보듬는 한 연인이 등장을 하는군요. 두 남녀 주인공 말고 또 어떤 인물을 주목해보면 좋을까요?

– 이 외에도 이찬진과 전쟁터에서 의형제를 맺어 서로 의지하며 함께 고난을 헤쳐나가는 강상욱 병장과 이찬진의 연적 차재천 중위가 있습니다.

– 강상욱 병장은 어머니의 원수를 갚는 일에 혈안이 되어있는 남자예요. 아버지 강상규가 6 · 25 때 한마을에 사는 홍대중을 대신해서 부역에 나갔다가 행방불명이 되는데요, 박 순경이라는 자가 빨갱이로 협박하며 혼자된 강상욱의 어머니를 능욕했고, 그걸 훔쳐본 홍대중이 다시 강상욱 어머니를 협박해 범하게 되는데, 그 사실을 뒤늦게 알게 된 강상욱은 홍대중을 죽이려다 실패하고, 고향을 도망쳐 나와 시골 장터에서 장돌뱅이로 전전하며 숨어 살게 되지요. 그러다 복수하기 위해 살인연습을 한다며 월남전에 참전하지만, 이찬진을 만나면서부터 마음이 조금씩 순화되어 파멸을 면합니다. 제대 후에는 이찬진을 찾아 서울에 온 응웬 띠 랑을 김남철과 함께 돌보며 친구를 위해 헌신합니다.

4-4. 네, 그런가 하면 이찬진의 연적으로 차재천 중위가 등장한다고요?

– 네, 차재천 육군 중위는 주월한국군사령부 첩보국 응웬 띠 랑의 직속상관입니다. 육군사관학교를 우등으로 졸업하고 미국 정보학교 유학을 다녀온 엘리트 장교인데, 랑에게 청혼했다가 거절당하지만 포기하지 않고 끈질기게 줄다리기를 합니다. 파리 평화회담이 조인되어 우방이 모두 철수한 뒤에도 랑의 사랑을 얻기 위해 자원해서 월남 정부군 정보고문단으로 남습니다. 그러나 회의에 참석하러 가는 도중에 헬기가 추락, 하반신 불구가 되고 맙니다. 그때부터 랑은 우정으로 그를 따스하게 감싸주지만 끝내 자살하고 마는 불운의 장교입니다.

4-5. 인물 하나하나가 참 슬프네요.

– 끝으로 응웬 반 지안(Nguyen Van Gian)씨가 있는데요, 월남 공화국 외무성 고위 관리이죠. 파리에서 유학을 했지만, 정작 아세아 국가에 정통한 엘리트입니다. 주 한국 월남대사관에서 오래 근무했죠. 민족해방전선 게릴라에게 아내와 아들을 잃고 딸 랑과 단둘이 살고 있습니다. 국가의 멸망은 점점 눈앞에 다가오고, 유일한 혈육인 딸의 목숨을 살리기 위해 아버지로서 눈물겨운 결심을 하게 되죠. 바로 차재천 중위와 결혼을 시켜 한국으로 보낸다는 계획을 세웁니다.

5. 그 결말은 또 어떻게 됐을지 궁금한데요.

오늘은 이렇게 다섯 명의 주요 등장인물을 통해 소설 '엽흔'의 큰 줄기를 설명해 주셨는데, '엽흔'이 2권까지 된 장편소설이라 다음 시간에 구체적인 내용 설명이 더 필요할 것 같습니다?

– 네, 다음 시간에 '엽흔'을 계속해서 소개해 드리도록 하겠고요. 오늘 마무리로 청취자 여러분과 공유하고 싶은 소설의 한 대목이 있습니다. 분단국가인 우리의 현실과 베트남전쟁을 겪고 있는 두 주인공이 나누는 대화인데요. 함께 들어보시면 좋을 것 같습니다.

5-1. 네, 성우 000님이 낭독을 해주시겠습니다.

(낭독) – 랑이 바다를 쳐다보며 혼잣말로 중얼거렸다.

"막상 전쟁이 끝난다고 해도 수많은 사람이 이념의 덫에 걸려 또 죽을 거라고 하니…, 그놈의 혁명이니 이념이니 하는 게 도대체 뭔지!"

"래기(랑의 애칭)도 알겠지만, 저들이 말하는 혁명이란 프롤레타리아 혁명을 말하는 거야! 무산계급, 즉 하층 민중이라는 노동자들이 중심이 되어 그들의 적대자인 유산계급을 타파하고 모든 생산수단과 자본을 집단화나 국유화하겠다는 거지! 그래서 궁극적으로 지배계급과 피지배계급을 없애버림으로써 노동자들을 해방시킨다는 거야! 이때 조금이라도 반대하는 자는 반동분자로 몰아 가차 없이 처단해버리는데, 알고 보면 가족을 잃은 래기나 나도 다 이념의 희생자인 셈이지! 이런 희생은 이념구현에 광분하는 자들이 있고, 그들이 휘두르는 폭력에 꼭두각시처럼 놀아나는 눈먼 자들이 있는 이상, 앞으로도 계속 생겨나게 돼 있어!"

"그럼 부르주아 혁명이라는 것도 다 그런 거예요?"

"그렇지 않아! 사회혁명인 프롤레타리아 혁명과 달리 부르주아 혁명은 일종의 정치혁명이야! 프랑스혁명 같은 거! 하지만 반대파를 숙청하는 건 둘 다 마찬가지지. 부르주아 혁명의 특징은 정치형태는 바뀌지만 사회 생산수단은 그대로 유지된다는 거야. 더 이상 자세히 알려고 하지 마. 전쟁 중에 이데올로기를 말하는 건 위험해! 안 믿어지겠지만, 전쟁이 끝난 지 한참 된 우리나라에서도 이데올로기만큼은 아직도 함부로 입에 담지 못하니까! 아무튼, 난 너희 나라는 우리처럼은 안 됐으면 좋겠어!"

"무슨 말이죠?"

"어떻게 하든 이번 기회에 통일이 되어야 한다는 거지. 우리나랄 봐. 삼 년간의 전쟁에서 수많은 걸 잃고도 달라진 게 아무것도 없어. 너무 억울해! 그러니 너희만은 어떻게든 통일이 돼서 온 민족이 함께 웃으며 자유롭고 행복하게 살았으면 해! 있으면 있는 대로, 없으면 없는 대로 서로 나눠 먹으며 오순도순 살길 진심으로 바래! 난 이것이 어떤 이념보다도 소중하다고 봐!"

MC: 너희만은 통일이 되어, 있으면 있는 대로, 없으면 없는 대로 서로 나눠 먹으며 오순도순 살길 바란다… 전쟁의 아픔과 상처를 겪은 세대들이 우리들에게 해줄 수 있는 메시지가 아닌가 싶네요. 차 작가님, 오늘은 여기까지 하고, 남은 이야기는 다음 시간에 계속 이어가겠습니다. (인사)

〈수요 문학, 전쟁과 사람 이야기〉 소설가 차인숙 작가와 베트남전쟁을 소재로 한 김현진의 소설 '엽흔' 그 첫 번째 시간을 함께하셨습니다.

매주 수요일, 여러분을 문학세계로 초대합니다.
〈수요 문학, 전쟁과 사람 이야기〉
쉰여섯 번째 시간, 김현진의 '엽흔'-2
인터뷰 : 차인숙 작가

MC: **유능한 안보 튼튼한 국방**… 국방FM 〈국방광장〉
12월 11일 수요일… 순서 함께 하고 계시고요. 매주 수요일 여러분을 문학세계로 초대합니다. 〈수요 문학, 전쟁과 사람이야기〉, 소설가 차인숙 작가님 준비하고 계십니다. 안녕하세요? (인사)

1. 지난 시간에 김현진의 소설 '엽흔'을 소개해주셨는데, 오늘 이어지는 거죠?

– 네, 엽흔 작품을 이어가기에 앞서, 김현진 작가에 대해서 조금 더 소개를 해 드리고 싶은데요. 김현진 작가는 많은 작품을 발표하고 또 문학상도 수상하는 등 겉으로 보기엔 화려한 활동을 펼친 분이지만 사실은 어려운 병을 앓으셨어요.

(그래요?) 네, 1979년 봄에, 금방 숨이 멈출 것 같은 불안감에 전신이 오그라드는 이상한 병이었다고 하는데요, 병원에서는 '불안성 신경쇠약'이라고 했답니다. 그래서 다니던 직장을 그만두고 삶의 터전을 일부러 생활이 복잡한 서울로 옮겨 혼자만의 투병을 했다는데요, 그렇게 십여 년을 보낸 뒤, 1992년 단편소설『유리상자』를 가까스로 써서 충현신문 창간기념호에 발표하고는 다시 펜을 놓았고, 병세는 더 악화되고, 집안 경제 사정도 나빠지는 극한 상황에 놓이게 됩니다.

그러다 나이 만 50이 되던 1998년 여름, 이래죽으나 저래죽으나 마찬가지라는 심정으로 책상에 앉아 다시 원고지를 잡고선, 10개월이 채 안 되어 200자 원고지 3,000여 매로 초고를 탈고한 것이 바로 '엽흔'입니다. 다행히 글을 쓰는 동안 실제 몸이 굳는 일은 일어나지 않았고, 오히려 초고를 탈고한 후 자신의 정신에 대해 어느 정도 자신감이 생겼다고 합니다. 작품에 모든 것을 쏟아 낸 머릿속은 텅 빈 듯했지만, 예전 같은 불안감은 거의 사라지고 없었구요, 최종 퇴고에서 총 2,500매 1, 2부로 완성한 소설 '엽흔'을 두고, 김현진 작가는 소설 쓰기가 바로 제대로 된 정신 힐링(healing)이었다, 이렇게 고백하고 있습니다.

2. 그런 과정을 거쳐 탄생한 소설 '엽흔'을 오늘 수요 문학에서 이렇게 만나고 있습니다.

차 작가님이 지난주에는 주요 등장인물을 통해 작품 줄거리를 들려주셨는데요, 남자주인공이 이찬진 병장이었죠. 지나치게 양심적으로 행동하려는 의지가 강한 인물이었는데, 이찬진이 그토록 지키려고 애썼던 양심과 이성이 전쟁터에서 어떻게 허물어져 가는지, 그 이야기를 이어 들려주신다고요.

– 참전 과정에서 이찬진은 몇 차례 죽음과 직접 맞닥뜨리게 되는데요, 매복 나가서 처음으로 죽음과 맞닥뜨리게 됩니다. 매복에 걸려 든 적을 크레모아로 공격한 뒤 전과를 확인하는 과정에서 두 다리가 날아가 버린 채 바위에 기대앉아 전방을 향해 총을 겨누고 있는 나이 많은 베트콩과 맞닥뜨리게 됩니다. 그 순간 이찬진은 갑자기 피를 울컥울컥 토하며 죽어가던 판돌이 아저씨의 환영을 떠올리고는 바로 사살하지 못하고 멍하게 쳐다보고만 있습니다. 그러자 그 베트콩이 총을 쏘았고, 이찬진은 총알이 어깻죽지를 스쳐가는 상처를 입게 됩니다. 그 베트콩

은 단 한 발을 쏘고 옆으로 쓰러지며 죽습니다. 마치 대창에 찔린 판돌이 아저씨처럼.

– 두 번째는, 작전 중에 적에게 납치돼 처형된 양 병장 전우의 죽음입니다. 양 병장은 사지가 절단된 채 마치 오징어를 말리듯 나뭇가지에 주렁주렁 매달려 있었습니다. 바로 십여 분 전에 휴식을 취하며 이찬진과 담배를 나누어 피웠는데 말입니다.

– 그다음은, 내무반 바로 옆 연병장에서 처절한 죽음과 맞닥뜨리게 되는데요, 행정반으로 가는 도중 갑자기 옆 막사에서 튀어나온 어떤 병사와 부딪쳐 이찬진은 길가 물도랑에 처박힙니다. 그때 뒤따라온 총을 든 병사가 이찬진을 훌쩍 뛰어넘어가서 먼젓번 병사를 무차별 난사해 죽입니다. 그러고는 큰소리로 웃으며 주머니에서 수류탄을 꺼내 안전핀을 뽑은 뒤 다시 주머니에 넣고 죽은 병사 위에 엎드려 자폭합니다. 이때 이찬진은 자신의 존재의미에 대해 심각한 물음을 던집니다.

2-1. 네, 그 본문을 한 번 들어보시겠습니다.

(낭독1) – '두 사람은 어떤 사이였을까? 무슨 잘못을 저질렀기에 친구한테 총을 맞아 죽어야 했을까? 그리고 왜 수류탄으로 자폭까지 해야만 했을까? 나와 부딪쳤을 때 내 대신 그가 도랑에 넘어졌더라면 어떻게 되었을까? 그들이 살아서 마지막 만난 사람은 난데, 나는 왜 그들의 목숨을 구해 주지 못했을까? 나는 애당초 그들의 생명과는 무관한 존재였단 말인가? 그렇다면 나는 무엇 때문에 마지막 그 순간 거기 있었고, 그들과 부딪치게 되었을까?'

사람들이 웅성웅성 모여들기 시작했다. 두 사람은 형체도 거의 알아보기 힘들었다. 매캐한 화약 냄새와 피비린내가 흙먼지에 섞여 얼마 동안 연병장을 맴돌았다. 따갑게 내리쬐는 햇볕 속에서 그것은 숨을 턱턱 막히게 했다.

2-2. 장면 장면들이 정말 숨 막히고 처절하고 고통스럽네요.

– 그렇습니다. 다음으로 이찬진이 맞닥뜨린 죽음은 사이공 출장 때입니다. 오랜만에 이찬진을 만난 랑은 그를 오토바이에 태우고 해변으로 피크닉을 갑니다. 오토바이를 길가 숲속에 세워놓고 바닷가 백사장에서 즐겁게 놀다 올라와 보니 오토바이에 부비트랩이 설치돼 있었습니다. 부비트랩은 아주 정교해서 이찬진도 해체할 수가 없었습니다. 할 수 없이 오토바이를 포기하고 오는데 두 소년을 만납니다. 이찬진은 베트남 말을 못 해 랑한테 오토바이가 위험하니 건드리지 말라고 소년한테 주의를 주라고 부탁합니다. 랑은 이찬진 말대로 소년들한테 주의를 주었는데요, 그런데 소년들은 이를 어기고 오토바이를 만지다 폭탄이 터져 그만 죽고 맙니다. 이찬진은 자신의 배려가 외려 소년들을 죽게 했다며 심한 자책에 빠집니다.

– 그러나 이때까지만 해도 이찬진의 이성은 양심의 상처에도 불구하고 그런대로 전쟁의 비이성적 상황을 받아들여 타협하고 있었다고 볼 수 있습니다. 이찬진의 부대가 있는 퀴논에서 700킬로미터나 되는 먼 사이공에서 응웬 띠 랑이 편지로, 육성으로 쉼 없이 보내주는 사랑이 있었기 때문에 가능했던 거죠.

3. 그런데 이런 이찬진의 이성을 완전히 무너뜨려 버리는 순간이 또 다시 그를 찾아온다면서요?

– 바로 한국군 참전 이래 가장 치열했다는 안케패스 전투가 터진 건데요. 이찬진도 이 전투 지휘부 상황실에 인사상황 병으로 참가합니다. 이 과정에서 이찬진은 인사참모 지시로 연대본부에 심부름을 가게 됩니다. 그런데 그날 아침 한국 포병이 실수로 월남 민가에 포를 쏴 돼지 몇 마리를 죽이는 사고를 일으킵니다. 이에 주민들이 배상을 요구하며 군사요충지 19번 도로를 점거하고 농성을 벌이고 있는 현장에 연대본부로 가던 이찬진의 지프가 도착해 멈춰섭니다. 이를 본 주민들이 지프를 향해 달려듭니다. 지프는 2차선 좁은 도로에서 일시에 방향을 틀 수 없어 후진으로 도망치는 수밖에 없었는데요, 괭이, 낫, 톱 등으로 무장한 성난 군중과의 거리는 점점 가까워지고, 뒤에 타고 있던 허 병장이 놀라 '본보기로 맨 앞에 선 놈을 쏴 죽이라!'고 외칩니다. 그러나 이찬진은 민간인을 쏠 수 없다며 계속 공포만 쏩니다. 운전병이 차 방향을 틀기 위해 길가 옥수수밭으로 지프 꽁무니를 밀어 넣고 전진하려는데 바퀴가 진창에 빠져 헛돌기만 합니다. 그사이 달려온 군중은 차를 에워싸고 농기구로 차를 부수기 시작합니다. 놀란 허 병장과 운전병이 어서 한 놈을 쏘아 죽이라고 고함을 질러대지만 그래도 이찬진은 공포만 계속 쏠 뿐 사람을 쏘지 못합니다. 이윽고 정신을 차린 운전병이 가까스로 차를 빼내 탈출에 성공합니다. 차는 엉망으로 망가졌지만 그래도 한숨 돌린 이찬진이 무심코 뒤를 돌아보고 그만 까무러칩니다. 허 병장이 목에 낫이 박힌 채 쓰러져 있었기 때문입니다. 차를 급히 세우고 뒷자리로 넘어간 이찬진은 허 병장을 끌어 안고 울부짖습니다. 내가, 내가, 너를 죽였다! 제발 죽지 마라, 허 병장! 네 말대로 그놈들을 내가 먼저 죽였어야 했는데, 미안하다! 허 병장! 제발 눈 좀 떠봐라, 울부짖던 이찬진은 그길로 완전히 넋을 잃게 되고 결국 한국으로 후송됩니다.

4. 전쟁 중의 참상을 들으니 가슴이 참 먹먹해 오는데요.

작가님, 여기서 이찬진이 끝까지 붙들고 있는 그의 양심이 구체적으로 어떤 것인지, 설명을 해주시겠어요?

– 네, 전사자 신원확인 장면에 이찬진의 양심을 적나라하게 묘사해 놓은 부분을 들어보시면 이찬진이 붙들고 있던 양심이 무엇이었는지, 짐작해볼 수 있으실 텐데요. 바로 이 대목입니다.

(낭독2) – 연병장에는 헬기가 떨어트려 놓고 간 영현백이 들녘 거름무더기처럼 쌓여 있었다. 영현백은 건드릴 때마다 하나같이 참기 어려운 악취를 풍겼다. 안에 들어있는 살점이 상해 생긴 노리끼리한 추깃물이 지퍼 틈 구멍으로 질금질금 새나왔고, 뒷간의 오곡충보다 더 실하게 생긴 구더기들이 덕지덕지 붙어서 꾸물거리고 있었다.

고무장갑과 두 겹 세 겹의 마스크로 무장한 위생병이 첫 번째 영현백의 지퍼를 죽 열었다. 그러자 속에 고여 있던 썩은 물과 구더기들이 질퍽하게 쏟아졌고, 위생병이 '욱!'하는 신음소리를 내며 옆으로 펄쩍 뛰어나갔다. 위생병뿐만 아니라 모두가 다 고개를 돌리며 왝왝거렸다.

… 전사자 신원확인이 끝나고도 이찬진은 몸 씻는 일을 서둘지 않았다. 서둔다고 될 일도 아니었다. 한두 번의 샤워로 몸에 밴 시체 냄새가 없어지는 게 아니라는 걸 그는 이미 경험으로 알고 있었다. 한 번 몸에 밴 냄새는 몇 시간 동안 몸을 물에 불려가며 수없이 비누로 씻어내야 하고, 그러고도 한 이삼 일은 지나야 없어졌다.

하지만 찬진은 맘 같아서는 단 한 차례의 샤워도 하고 싶지 않았다. 냄새를 역겨워하며 몸에서 씻어내려고 하는 것이 왠지 죽은 자들에게 미안했기 때문이었다. 이런 마음은 그가 처음 전사자 신원확인을 했던 날도 마찬가지였다. 그날도 그는 처참하게 죽어간 전우들의 시신을 보고 말짱하게 살아있는 자신이 자꾸만 미안하게 느껴졌다. 그리고 자신처럼 살아있는 자들이 죽은 자들의 냄새를 역겨워하는 것은 죽은 전우들에 대한 모독이라는 생각마저 들었다. 하지만 내무반 친구들은 그렇게 생각하지 않았다. 그의 몸에서 냄새가 난다며 강제로 샤워장으로 끌고 가서는 돌멩이로 살갗이 벗겨질 정도로 박박 문질러댔던 것이다.

– 그리고, 또 다른 장면에서도 이찬진의 면면을 알 수 있는 대목이 있는데요, 이찬진이 주간 관망대 보초를 설 때입니다. 철조망으로 다가오는 노루를 쫓아내기 위해 총을 쏘았는데 그만 앞다리 하나를 절단하고 만 것입니다. 이 부분에도 이찬진의 양심적 고뇌가 잘 드러납니다.

4-1. 네, 그 부분도 들어보시겠습니다.

(낭독3) – 노루는 도망가는 대신 그 자리에 풀썩 쓰러졌다. 찬진은 노루가 넘어진 곳을 향해 총을 계속 겨냥하고 있었다. 마지막 발악이라도 하면 철조망을 건드리기 전에 완전히 사살해야 했기 때문이었다. 다행히도 녀석은 난동은 부리지 않았다. 하지만 얼마 후, 녀석이 넘어졌던 부근의 수풀이 개울 쪽을 향해 조금씩 움직이는가 싶더니 물가에 그놈이 나타났다. 그 녀석은 죽지 않았던 것이다. 그렇다고 털끝만 살짝 스친 것도 아니었다. 오른쪽 앞다리 반을 잃어버린, 그래서 산 것도 죽은 것도 아닌 몸이 되어 쓰러질 듯 뒤뚱거리며 어렵게 개울을 건너 밀림 속으로 사라져갔다. 순간, 찬진은 망연자실했다. 까마득한 절벽 밑으로 떨어져 내리는 걸 느꼈다. 풀도 뜯지 못하고 절룩이며 다니다 어느 날 풀숲에서 혼자 외롭게 죽어갈 노루를 생각하자 한방에 죽이지 못한 자

신이 악마 같이 느껴졌다.

5. 네… 이렇게 여리고 순진한 이찬진의 영혼은 전쟁의 참혹함을 이겨내지 못하고, 끝내 허물어지고 마는 것으로 그려지고 있다면서요?

– 네, 본국으로 후송되어 의병제대를 한 뒤에도 그의 양심은 죄의식에 사로잡혀 헤어나지 못하고 전국을 유랑하며 스스로 자신의 손가락을 돌로 찧어 피를 흘리는 자학의 길로 들어서지요. 그런 한편, 사이공에 남은 랑은 아빠의 낙태 강요에 이렇게 항변합니다.

"아빠! 전 저에게 가장 소중한 아이를 위해 끝까지 싸워 이길 거예요! 이것이 바로 찬진 씨와의 사랑을 지키는 길이고, 또 왜 우리가 수십 년도 넘게 피를 흘리며 동족전쟁을 하는지, 그 물음에 대한 답이기도 하니까요!"

이렇듯 전쟁 중에서도 온갖 고난을 헤치고 이찬진의 아이를 낳은 응웬 띠 랑은 반신불수가 된 차재천 중위의 부탁으로 그를 부축해 한국에 들어와 차 중위 집에서 함께 머물게 됩니다. 그러면서 대사관 직원을 통해 이찬진의 향방을 수소문하지만 작은 단서 하나도 찾지 못합니다.

– 다른 한편에서는 강상욱과 김남철이 제대 후 과거를 청산하고 합심하여 방직회사를 차린 뒤, 이찬진을 찾아 나섭니다. 그러나 1년 넘도록 전국 곳곳을 찾아 헤매지만, 이찬진의 행방은 묘연하기만 합니다. 그러던 중 우연히 차 대위와 동거하고 있는 랑을 만나게 되고, 랑의 아이를 차 대위 아이로 오해한 강상욱은 랑을 거칠게 원망합니다.

– 그러다 알코올중독자로 병원에 입원해 있는 이찬진을 가까스로 찾아내고 강상욱과 랑이 병원으로 달려가지만, 이찬진은 이미 심인성 기억상실증에 걸려 두 사람을 전혀 알아보지 못합니다. 그때부터 랑은 병원 자

원 도우미로 자청해 이찬진 옆에서 그를 돌보기 시작합니다. 1975년 5월, 월남이 곧 패망할 거라는 뉴스를 듣고 랑은 아버지를 만나러 가기 위해 김포공항에서 출국 수속을 밟습니다. 그런데 바로 그때 김남철과 강상욱이 기억을 되찾은 이찬진을 데리고 달려옵니다. 에필로그는 이렇습니다.

(낭독4) – *다음날 아침, 사이공 대통령궁이 함락되었다. 긴 전쟁은 끝이 났고 베트남은 공산국가로 통일되었다. 랑은 비행기를 다시 탈 수 없었다.*

이찬진은 그날 이후 다시 심한 우울증에 시달리기 시작했다. 상욱과 남철이가 서둘러 정신과 치료를 받게 했지만 쉽게 치유되지 않았다. 그러나 화상처럼 따갑고 쓰라린 이찬진의 아픔도, 언젠가는 엽흔(葉痕)같은 상처 자국을 남기며 조금씩 아물어 갈 것이다. 춥고 긴 겨울밤을 이겨낸 랑의 사랑이 그와 함께 있을 테니까!

6. 매번 작품을 대할 때마다 느끼는 것이지만, 전쟁 속에 피어난 사랑은 유독 아름답게 승화한 사랑으로 다가옵니다. 그만큼 처절한 진흙 속에서도 진실한 사랑은 이 모든 것을 이겨낼 수 있기 때문이겠죠?

– 네, 그래서 우리는 이찬진이 랑을 만나 순수와 진실, 그리고 용기에 대해 이야기하는 장면을 귀 기울여 들어보셔야겠습니다. 독자들은 이 구절을 '순수성 예찬(純粹性禮讚)'이라 이름 붙인 장면입니다.

6-1. 네, 함께 들어보시죠.

(낭독5) – "도투락 곱게 땋은 소꿉친구를 떠올리게 하는 곳도, 강낭콩 꽃잎만큼 서럽게 살다 떠난 사람들을 생각나게 하는 곳도, 다 영혼이 순수해질 수 있는 '있어 온 세계' 속에서이지. 해거름 녘 산속 호숫가에 앉아 미늘창 같은 산 그림자에 찔려 내지르는 호수의 아픈 신음소리를 듣고 있을 때나, 밤새 안개비를 호흡으로 들이마신 숲들이 이른 아침에 피워내는 골안개 속에 우두커니 서있을 때, 아지랑이 아련한 밭두렁에 팔베개하고 누워 나풀거리는 나비들의 날갯짓을 무심히 바라보고 있을 때, 우리는 순수와 진실에 가장 가깝게 다가갈 수 있는 거야. 이렇게 순수와 진실과의 만남에 익숙해지고 나면 곧 '있어 온 세계'가 얼마나 위대한 스승인가를 깨닫게 되지. 그리고 이러한 깨달음은 '있어 온 세계'와 '있게 한 세계'의 차이점을 단숨에 꿰뚫어 볼 수 있는 지혜를 주고, 그때마다 우리의 영혼은 조약돌처럼 조금씩, 조금씩 다듬어져 가. 삶에 있어 순수보다 아름답고 진실보다 더 큰 가치가 어디 있겠어? 순수와 진실 속에서의 영혼은 물에 뜬 오리처럼 자유롭지. 그렇게 다듬어진 영혼은 양심이라는 거울이 되어 우리의 모든 행동을 지배하게 되는데 거기까지 승화되지 못한 순수와 진실은 아무런 가치가 없어. 대부분의 위선이 그렇게 승화되지 못한 순수와 진실이거든! 하지만 그렇게 승화된 양심일지라도 조금만 게을리하면 청동거울처럼 쉽게 녹이 슬어버리기 때문에 끊임없이 갈고 닦아야만 해. 그래야 항상 살아서 반짝반짝 빛나게 되고 그런 양심만이 진실을 만났을 때 공명진동을 일으킬 수 있으니까! 끊임없이 양심을 갈고 닦는 일, 그것은 우리의 영혼을 끊임없이 순수와 진실 곁으로 다가가게 하는 일이고, 그 길이 바로 '있어 온 세계' 로의 여행이지!"

MC: 끊임없이 양심을 갈고 닦는 일, 그것이 우리 영혼을 끊임없이 순수와 진실 곁으로 다가가게 하는 일이라는 이 대목이, 이 소설 전체의 주제이자, 독자들에게 던지는 메시지가 아닌가 싶네요.

전쟁과 사랑과 우정, 그리고 주인공 이찬진의 허물어지지 않으려는 양심의 처절한 몸부림까지.

김현진의 소설 '엽흔'을 통해 만나봤습니다. 차 작가님, 오늘도 잘 들었습니다. (인사)

〈수요 문학, 전쟁과 사람 이야기〉 소설가 차인숙 작가와 함께 김현진의 소설 '엽흔'을 함께 감상하셨습니다.

〈단편소설〉

미투안(MyThuan) 전투

발표 PEN문학 2007년 여름호

1

초승을 갓 넘긴 눈썹달이 하늘에 걸려 있었다. 울울한 밀림 속까지 뚫고 들기에는 아직 그 빛이 너무 여렸다. 그렇지만 어쩌다 나뭇잎 사이사이로 반사돼 흩어져 내리는 그 희미한 빛도 앞사람 발자국을 따라 걷는 데 조금은 도움이 되었다.

양태식 병장은 벌써 세 시간 째 앞선 강 병장의 발꿈치만 쳐다보며 걷고 있었다. 밀림을 생으로 뚫고 가야 하는 기습 야간침투는 말 그대로 지옥의 행군이었다. 산짐승이 다니는 소로라도 만나면 그나마 조금 나은 편이었지만, 그렇지 않은 곳에서는 선두가 정글도(Jungle刀)로 나뭇가지를 쳐서 길을 내면 뒷사람은 앞사람만 졸졸 따라가야 했다.

– 어딜 가느라고 이 쌩고생을 해?

갑자기 누가 불쑥 나타나 태식이한테 시비를 걸었다.

'미투안에 가잖아!'

– 미투안엔 왜?

'못 들었어? 적 수중에 있는 전우 시체 찾아오라는 명령!'

– 적이 누군데?

'누구긴 누구야! 베트콩 새끼들이지!'

– 그럼 베트콩의 적은 너 같은 따이한(한국군) 새끼들이겠네? 적은 상대적 개념이니까!

'너, 도대체 무슨 말이 하고 싶은 거야?'

태식이는 버럭 화를 내고 앞선 강 병장과의 거리가 멀어지는 것을 막기 위해 발걸음을 재촉했다. 그리고 몇 걸음을 떼다가 문득 목소리의 주인공이 바로 자신의 내면에서 튀어나온 다이몬이라는 것을 알고 깜짝 놀랐다.

태식이가 다이몬(Daimon)에 대한 이야기를 처음 들은 것은 군에 입대하기 전 대학 강의실에서였다. 다이몬은 소크라테스 내면에서 들리는 목소리의 주인공 이름으로, 소크라테스의 본능적 충동에 대해 사사건건 이성적이고 양심적인 목소리로 간섭함으로써 소크라테스가 철학자로 성공하는 데 지대한 영향을 미쳤다고 했다. 하지만 태식이는 이 다이몬 이야기를 듣고 처음에는 별로 대수롭잖게 생각했다. 왜냐하면, 양심이란 누구나 다 가지고 있는, 인간을 인간답게 만드는 형벌성(刑罰性) 바이러스 같은 것이라고 믿고 있었기 때문이었다.

인간을 숙주 삼아 인간한테만 기생하는 무형의 바이러스. 어떠한 고성능 현미경으로도 형체를 볼 수 없을 뿐만 아니라, 약으로 죽일 수도, 수술로 떼어 내버릴 수도 없는 바이러스. 그런데도 늘 시퍼렇게 살아 꿈틀대며 수시로 인간을 괴롭히는 것이 바로 양심이라고 그는 생각하고 있었다. 그래서 인간이 양심이라는 바이러스의 고통에 한 번 갇히게 되면 벗어나는 길은 숙주인 육체를 죽이는 길밖에 없는데, 그런 의미에서 태식이는 자살을 가장 용기 있는 행위라고 믿고 있었다.

그런 다이몬이, 아니, 엄격히 말해 아직 이름 붙여지지 않은 자신의 내면의 목소리가 갑자기 자신을 적으로 몰아붙이자 울컥 화가 났던 것이다. 그러나 진짜 양태식 병장이 화가 난 이유는 여태껏 자신의 적이 누군지만 알았지, 자신이 바로 누구의 적이라는 사실은 미처 깨닫지 못

하고 있었다는 점이었다.

전쟁터에서 적은 죽여야 하는 존재다. 내가 살기 위해서다. 따라서 내가 누구의 적이라는 것은 누구로부터 죽임을 당해야 하는 존재를 뜻한다. 이 얼마나 소름끼치는 일인가!

태식이는 적이라는 개념을 올바로 깨우쳐준 녀석에게 이름을 붙여주고 싶었다. 그는 우선 소크라테스의 다이몬과는 이름이 달라야 한다고 생각했다. 그래서 먼저 다이몬이라는 소크라테스의 수호신 이름을 뒤집어 몬다이라고 붙여봤다. 하지만 이내 별 의미가 없다는 생각이 들었다. 잠시 뒤 태식이는 안티노미(Antinomie)를 떠올리고는 안티노(Antino)로 이름 붙이는 게 좋겠다고 생각했다.

언제나 이성적이고 양심적인 상태를 고집하는, 그래서 소크라테스가 본능적이고 충동적일 때만 모습을 드러내는 다이몬과 달리, 자신 내면의 녀석은 자신이 이성적이고 양심적이면 본능적이고 충동적인 모습으로 시비를 걸고, 반대로 자신이 본능적이고 충동적이면 다시 이성적이고 양심적인 모습으로 변해 공격함으로써 자신과는 늘 적대적 관계를 이루기 때문에 이율배반적이고 자가당착을 뜻하는 '안티노미(Antinomie)'의 안티노야 말로 정말 녀석에게 딱 들어맞는 이름이었다.

'넌 이제부터 안티노다!'

– 몬다이든 안티노든 난 상관없어! 하지만, 넌 근본적으로 틀려먹은 놈이야! 전우 시체를 적 수중에다 남겨놓고 오다니! 그게 생사를 함께 하는 전우가 할 짓이냐?

'네가 몰라서 그래! 내가 지금 이렇게 살아 있는 것만도 기적이야 기적! 낮에 있었던 전투를 봤다면 절대 그런 소리 못해!'

태식이는 앞선 강 병장의 발뒤꿈치에서 눈을 떼지 않은 채 아까 낮에 벌어졌던 전투를 떠올렸다. 정말 지독한 전투였다.

2

〈제11 중대는 미투안(MyThuan) 계곡을 탐색하되 작전 지경선을 넘지 말고 종좌표 48선 이남에 칩거하고 있는 적을 소탕하라.〉

이것이 어젯밤 태식이 중대에 내려진 작전명령이었다.

미투안은 월남 빈딩성 고보이평야 부근 푸캇산 기슭에 있는 계곡 이름이었다. 베트콩 E-2B 대대 본거지에 접근할 수 있는 유일한 길목으로 피아간에 매우 중요한 군사요충지였다. 이 계곡은 남쪽 입구를 제외한 동쪽과 서쪽, 그리고 북쪽이 모두 해발 500여 미터의 산등성이로 에워싸여 있었는데 산에는 울창한 밀림과 험준한 바위들이 뒤섞여 있었다. 따라서 방어하는 쪽에서는 공격지점을 자유자재로 선택할 수 있어 천혜의 요새인 반면, 계곡으로만 진격할 수밖에 없는 공격자에게는 매우 불리한 지형이었다. 그래서 항불전쟁 때 호치민 군이 프랑스군을 대파한 이후로 '죽음의 계곡'으로 불리기도 하는 곳이었다.

11중대는 작전명령대로 미투안을 탐색하기 위해 오늘아침 07시에 야영지 호이록(HoiLoc)을 출발했다. 태식이가 속한 맹호 기갑연대 11중대 3소대는 중대장을 기준으로 오른쪽에 배치되어 개천을 따라 북상하면서 베트콩이 있을 만한 촌락이나 사탕수수밭을 샅샅이 뒤졌다. 그러나 기대했던 적은 없었다. 11시가 조금 지나 목표 지점인 미투안 계곡 입구에 도착했을 때는 이미 태양이 공중 높이 떠서 작열하고 있었다. 소대원들은 비 오듯 흘러내리는 땀으로 기진맥진했다. 이때 중대장으로부터 긴급 명령이 떨어졌다.

“2소대 앞에 적 출현! 3소대는 지체없이 2소대 동쪽으로 이동하여 전방의 적을 포위하라!”

2소대는 당시 중대장 왼편에서 수색하고 있었다. 3소대는 중대장의 지시에 따라 즉시 2소대가 있는 뉘손라이(NuiSonRai)산 기슭을 향해 서남쪽으로 방향을 틀어 갈대밭을 헤치며 전진했다. 태식이는 첨병인 최상병과 함께 맨 앞에서 자신의 키보다 더 큰 갈대숲을 헤치며 한발 한발 전진했다.

소대가 약 1킬로미터 정도 전진했을 때 우측에서 갑자기 땅! 하는 소총 소리가 울렸다. 태식이는 재빨리 몸을 낮추고 사방을 두리번거렸지만, 어느 쪽에서 총탄이 날아왔는지 알 수가 없었다. 그러나 서너 발짝 앞서가던 최 상병이 어느새 적을 발견하고 납작 엎드리며 앞쪽을 향해 손가락질했다. 최 상병이 가리키는 갈대숲 사이로 뒤를 힐끔힐끔 돌아보며 도망치고 있는 서너 명의 적이 보였다. 거리는 대략 100여 미터 정도 돼 보였다. 태식이는 손짓으로 뒤따르는 소대원들에게 적의 위치를 알렸다. 그러자 일렬로 늘어서서 뒤따르던 소대원이 일제히 걸음을 멈추고 갈대밭에 쭈그리고 앉았다. 숨소리마저 뚝 끊어지고 고요가 엄습했다. 간간이 바람에 부딪히는 갈댓잎 소리만 들렸다.

소대장이 조심스럽게 갈대를 헤치며 앞으로 다가왔다. 최 상병이 가리키는 전방의 적을 확인한 소대장이 즉시 추격명령을 내렸다. 소대장의 명령에 소대원들은 금방 용기 충천했다.

소대원들은 사흘 동안 수색에서 허탕만 쳤기 때문에 모두 무료해 있었고, 작전을 지겨워하고 있던 터였다. 그래서 적이 나타났다는 말에 물 만난 고기처럼 다들 얼굴에 생기가 돌았다. 눈빛에는 광채가 나고 어떤 소대원한테서는 벌써부터 살기가 느껴졌다. 누군가가 나직이 소리쳤다.

"씨팔, 이제야 한 놈 때려잡게 생겼군!"

태식이는 그런 소대원들의 분위기를 이해할 수가 없었다. 적을 만나는 게 뭐가 그리 좋은지! 그리고 한 번도 만난 적 없는 낯선 사람을 왜 때려잡지 못해 안달을 하는지! 그러나 소대원들은 앞 다퉈 적을 향해 총을 쏘아댔다. 몇몇 소대원이 용감하게 갈대숲을 뛰쳐나가 적을 향해 돌진했다. 그 기세에 놀란 적이 더욱 빠른 걸음으로 물러났다. 그럴수록 소대원들의 사기는 충천했고, 달아나는 적을 향해 마구 총을 쏘며 돌진했다. 그러나 적은 산토끼처럼 요리조리 깡충깡충 뛰며 총탄을 피해 잘도 도망쳤다. 어느새 소대원들은 작전명령을 어기고 전투지경선을 넘어 골짝 깊숙이 적을 쫓아 들어갔다.

소대원들이 적을 쫓아 들어간 곳은 미투안 계곡 남쪽에 있는 뉘손라이 산기슭의 조그마한 분지로, 남동쪽 입구 폭은 100여 미터도 채 안 되지만 안쪽은 5-600 미터 정도가 되는 항아리 모양을 하고 있었다. 따라서 사방 어느 곳에서든 분지 중앙까지 소총 사거리가 미칠 뿐만 아니라 유일한 통로인 남쪽 입구만 차단하면 그야말로 독 안에 든 쥐 꼴이 되는 셈이었다. 적은 가파른 바위틈이나 밀림 속에 숨어 있고 소대원은 풀 한 포기 없는 허허벌판에 그대로 노출된 상태였다.

소대장은 주위 지형의 불리함을 깨닫고 멈칫했다. 뒤따르던 중대장도 위험을 눈치채고 재빨리 3소대를 퇴각시키기 위해 무전기를 들었다. 하지만 3소대 무전병이 중대장의 호출을 받고 수화기를 드는 순간, 땅! 하는 에이케이 소총소리와 함께 펄썩 쓰러졌다. 옆에 있던 소대장이 서둘러 무전병을 부축하며 중대장과 교신을 했다. 중대장이 다급한 목소리로 외쳤다.

"3소대, 빨리 퇴각하라! 적의 유인 포위망에 걸린 것 같다! 어서 물러나라!"

소대장은 즉시 후퇴명령을 내리기 위해 앞서나간 2분대장을 불렀다. 하지만 그때는 이미 2분대의 무전기도 적탄에 박살난 상태라 통신이 불가능했다.

대원들이 퇴각할 기미를 보이자 지금까지 단발로 사격하던 적들은 자동화기로 집중사격을 퍼부었다. 2분대장 옆에 있던 이 병장이 맨 먼저 적탄을 맞고 쓰러졌다. 순식간에 소대는 질서가 무너지고 우왕좌왕하며 사방으로 흩어졌다. 태식이도 어디 몸을 숨길만한 곳을 찾아 밭고랑을 이리저리 뛰었지만 엄폐물이라고는 작은 바위 하나 눈에 띄지 않았다. 그는 뛰기를 포기하고 조금 깊어 보이는 밭고랑에 몸을 처박았다. 그리고 유일한 총알 막이인 철모를 앞으로 당겨 얼굴을 가리려고 하는데 10여 미터 앞에서 분대장 윤 하사가 하늘을 향해 피를 확 뿜으며 쓰러지는 모습이 시야에 들어왔다. 태식이는 자신도 모르게 "윤 하사님!"하고 고함을 지르며 몸을 일으켰다. 그런데 그 순간 바로 옆에서 또 누군가가 윽! 하며 꼬꾸라졌다. 태식이는 방금 자기 옆에 쓰러진 전우가 파월 동기인 이 상호 상병이라는 것을 알고는 깜짝 놀랐다. 그는 머뭇거리지 않고 이 상병을 끌어다 옆에 눕혔다. 이 상병은 태식이의 손을 꽉 움켜쥐고 무슨 말인지 하려고 입을 달싹거렸다. 그때마다 그의 입에서는 그렁그렁 피거품이 뿜어져 나왔다. 태식이는 이 상병의 총 맞은 가슴 부위를 손바닥으로 꽉 누르며 소리쳤다.

"이 상병! 괜찮아! 조금만 참아! 이제 곧 헬기가 올 거야! 정신 차려, 이 상병!"

"양, 양 병장님, 집에, 집에 가고 싶어요!"

"그래, 그래! 집에 가자! 내가 꼭 데려다줄게! 그러니 암말 말고 조금만 참아! 이봐, 이 상병! 정신 차려! 죽으면 안 돼! 제발, 제발!"

그러나 이 상호 상병은 더 이상 버티지 못하고 이내 숨을 거두었다.

멀리 허공을 더듬던 눈동자도 어느 한순간 영원히 멈춰버렸다. 태식이는 이 상병의 시신을 흔들어대며 오열했다.

"야, 이 새끼야! 여서 죽으면 어떡해? 상호야! 상호야! 제발 정신 좀 차려!"

두 사람은 본국에서 함께 훈련 받고 함께 배타고 파월한 동기였다. 본국에서 훈련 받을 때 이 상병이 전쟁터에 가는 게 두렵다며 탈영하려고 하는 것을 태식이가 말리고 달래서 함께 왔고, 같은 소대에 배치돼 지금까지 7개월째 잘 견디고 있었다.

"야, 임마! 양 병장! 너 이 새끼 지금 뭐하는 거야? 어서 후퇴해!"

적을 향해 사격을 하며 뒷걸음질로 후퇴하던 소대 향도 김 하사가 태식이를 발견하고는 버럭 고함을 질렀다. 태식이는 그때서야 정신을 차리고 밭고랑에서 벌떡 몸을 일으켰다. 그리고 이 상병의 시신을 운반하려고 손을 대는 순간 적탄이 날아와 툭툭 소리를 내며 이 상병의 몸뚱이에 박혔다. 태식이는 깜짝 놀라 자신도 모르게 밭고랑에 다시 몸을 처박았다. 조금 떨어진 곳에서 적을 향해 열심히 총질을 해대던 김 하사가 힐끗 쳐다보고는 재빨리 달려와 태식이의 목덜미를 잡아끌었다.

적은 항아리 같은 분지 속에 대원들을 가둔 채 조금씩 압박해 들어왔다. 교활한 적은 아군이 시체를 수습하기 위해 접근하면 기다렸다는 듯이 조준사격을 가해 왔다. 해는 어느새 산등성이 너머로 사라졌고 계곡에는 산그림자와 함께 저녁 이내가 서멀거리며 피어나고 있었다. 시간을 더 지체하다가는 어둠을 맞아 소대원 전원이 몰살당할 처지가 되었다.

아군 포병의 포격 지원도 별 소용이 없었다. 적들이 은폐해 있는 서남쪽 바위너설은 포격 방향의 사각이었기 때문에 아무리 포탄을 퍼부어도 적들의 공세는 멈춰지지 않았다. 자칫하면 오히려 아군 포에 아군이 다칠 형편이었다.

소대 향도 김 하사와 오 상병이 퇴로를 차단하고 있는 적진을 향해 돌진해 순식간에 몇 명을 사살했다. 그러나 그도 얼마 못 견디고 적의 집중사격을 받아 온몸에 적탄을 맞은 채 쓰러지고 말았다. 뒤따르던 오 상병도 이내 쓰러졌다. 태식이는 분대원들의 엄호를 받으며 김 하사와 오 상병의 시체를 옮기려 했지만 적의 공격이 워낙 드세 여의치가 않았다. 그때 악에 받친 중대장의 목소리가 들렸다.

"전사자 수습은 일단 포기한다! 어두워지기 전에 여기를 벗어나야 한다! 2개 소대 엄호 하에 1개 소대씩 퇴각한다! 먼저 1소대와 2소대가 엄호하고 3소대는 즉각 퇴각하라!"

중대장의 명령에 태식이는 어쩔 수 없이 시체수습을 포기했다. 그리고 중대장의 목소리가 들린 쪽으로 몇 걸음을 뛰는 순간, 옆에서 뛰던 1소대 정 하사와 최 병장이 동시에 비명을 지르며 쓰러졌다. 그때 태식이는 자신에게로 쓰러지는 정 하사의 몸에 부딪쳐 함께 밭고랑에 넘어졌다. 태식이는 자신도 총탄에 맞은 줄 알았다. 그는 쓰러진 채 하늘을 올려다보며 '아. 여기서 이렇게 죽는구나!'하고 처음으로 죽음을 생각했다. 순간적으로 어머니의 얼굴이 떠오르고 뒤이어 전우들 얼굴이 눈앞을 스치고 지나갔다. 그때 바로 옆에서 끙끙거리는 최 병장의 신음소리에 태식이는 정신이 번쩍 들어 고개를 들었다. 최 병장은 턱뼈가 반쯤 떨어져 너덜거리는 큰 부상을 입고 있었다. 태식이는 자기도 모르게 "위생병! 위생병!"하고 소리쳤다. 그러나 위생병이 옆에 있을 턱이 없었다.

산에서 내려와 들판을 가로질러 다가오고 있는 적의 모습이 태식이의 눈에 들어왔다. 태식이는 어쩔 줄을 몰라 잠시 허둥댔다. 그러다 무조건 최 병장을 들쳐업고 뛰기 시작했다. 총탄이 날아와 폭폭 소리를 내며 땅바닥에 박혔다. 최 병장의 얼굴에서 쏟아지는 뜨거운 피가 태식이의 목덜미를 흔곤하게 적시며 가슴으로 흘러들었다. 태식이는 어느 한 순간 허벅지가 인두로 지지듯 화끈거리는 것을 느꼈다. 총알이 스치고 지나간 것이 분명했다. 하지만 그는 이를 악물고 계속 뛰었다. 얼마나 뛰었을까, 누군가가 어서 뛰라는 손짓을 하며 뒤쪽을 향해 엄호사격을 해주는 것을 보고서야 비로소 태식이는 전우들 속에 들어왔다는 사실을 깨달았다.

적은 아예 요절을 내버리겠다는 듯이 악착같이 뒤를 추격해왔다. 이미 예닐곱 명이 죽고 대여섯 명이 부상당한 상황에서 태식이가 속한 소대는 완전히 전투력을 상실하고 말았다. 적에 대항해 싸우기보다는 어떻게 하면 한 사람이라도 덜 희생시키고 이 사지를 벗어나느냐가 문제였다.

적은 정말 교활하고 영리했다. 시간차 공격으로 아군을 서서히 입구 쪽으로 몰아붙여 한 방에 날려버릴 심산인 것 같았다. 대원들이 지금 막 퇴각하고 있는 분지 남쪽 입구는 폭이 병목처럼 좁아지는 곳이기 때문에 이곳에서 적의 의중대로 집중사격을 받는다면 정말 상상하기조차 무서운 결과가 벌어질 판이었다. 바로 그때 분지 상공에 대대장 지휘헬리콥터가 나타났다. 중대장은 즉시 포병연막차단을 지원했다.

잠시 뒤 쉭쉭거리며 날아온 포탄이 터지고 자욱한 연막이 골안개처럼 번지기 시작했다. 그리고 순식간에 분지 입구를 방향도 가늠할 수 없을 정도로 짙게 뒤덮어버렸다. 그러자 적의 사격이 주춤해졌다. 그 틈에 중대원들은 재빨리 죽음의 분지를 빠져나와 전투지경선인 미투안 계곡 앞 개천을 건넜다. 하지만 최 병장을 등에 업은 태식이는 연막 속을 채 빠져나오기도 전에 그만 기력이 다해 쓰러지고 말았다. 입에서 화기가 푹푹 나고 정신이 가물가물했다. 누군가가 태식이를 부축해 일으켰다.

"최 병장은, 최 병장은 어때?"

태식이는 끌려가면서도 있는 힘을 다해 최 병장의 안부를 물었다.

"걱정 마! 위생병이 데리고 갔으니까 괜찮을 거야!"

그러나 태식이는 얼마 안 돼 위생병을 만나보고 그 친구가 거짓말 했다는 것을 알았다. 최 병장은 과다 출혈로 태식이 등에 업힌 채 이미 숨져 있었다고 했다.

중대는 안전지대로 빠져나오기는 했지만 모두가 반쯤 넋이 나가 있었다. 한순간에 많은 전우를 잃어버린 충격 때문인지 어느 누구도 살아났다는 기쁨을 드러내는 사람이 없었다. 오로지 무거운 침묵과 비통함만이 중대를 짓누르고 있었다.

중대원들은 죽은 전우의 소총을 어깨에 메고 완전히 패잔병 꼴이 되어 느릿느릿 야전 시피로 돌아왔다. 땅거미가 서서히 들녘을 덮기 시작할 무렵이었다.

중대 시피에 돌아와서도 누구 한 사람 저녁 먹을 생각을 안했다. 작전에 나가지 않고 시피에 잔류했던 병사들이 자신의 비상식량 중에서 맛있는 것만 골라 장병들에게 갖다 권했지만 대부분 장병들은 입에도 대지 않았다. 오늘 아침까지만 해도 함께 뒹굴며 웃고 떠들던 전우가 지금은 곁에 있지 않다는 사실이 중대원 모두를 가슴 메이게 했다. 특히 3소대원들의 허탈감은 말할 수 없이 컸다.

태식이도 이 상병의 얼굴이 눈앞에 어른거려 아무것도 먹을 수가 없었다. 집에 가고 싶다던 이 상병의 마지막 말이 귓가에서 떠나지 않았다. 강원도 교육장에서 탈영하려고 했을 때 그냥 못 본 체하고 내버려두지 않은 게 후회되었다. 세계평화가 어떻고, 자유의 십자군이 어떻고 하며 명예로운 참전의 길에 같이 가자고 설득한 자신이 미웠다. 적이 이 상병을 죽인 것이 아니라 자신이 이 상병을 죽였다는 자괴감을 떨쳐버릴 수가 없었다.

그 시각, 맹호5호 작전 지휘소에서는 사단장이 대대장급 이상 지휘관들을 모아놓고 호통을 치고 있었다.

"기갑연대장은 들으시오! 미투안 탐색을 맡았던 11중대의 상황이 매우 위급했다는 점은 수긍이 가오. 그러나 전사자의 영현을 적 수중에 그대로 두고 왔다는 것은 도저히 용납할 수 없소! 오늘 밤 안으로 당장 영현을 회수하시오! 지휘관으로 부하의 시신을 적 수중에 놓아두고 어떻게 밥을 먹고 잠을 잘 생각을 하시오?"

"이 일은 단순히 시체 몇 구를 방치하는 차원이 아니오! 전 장병의 사기에 커다란 영향을 미칠 수 있는 중차대한 문제요! 그러니 무슨 일이 있어도 오늘 밤 안으로 영현을 탈환해 오시오! 대신 주의할 점이 있소! 적은 틀림없이 우리가 영현을 되찾기 위해 다시 올 것이라는 것을 알고 만반의 대비를 하고 있을 것이오. 그러니 미투안 계곡으로 바로 침투하지 말고 니타이 산을 우회해 적의 배후를 치고 들어가 허를 찌르시오!"

"중대병력으로 안 되면 대대병력으로, 대대병력이 안 되면 연대병력을 동원해서라도 꼭 탈환하시오! 그래도 안 되면 내가 사단 병력을 끌고 가서라도 영현을 반드시 찾아오겠소!"

그로부터 2시간 뒤, 양 태식 병장 중대에 다음과 같은 명령이 하달되었다.

〈작전명령〉

11중대는 지금 즉시 미투안으로 야간 침투하여 적을 격파하고 전사자의 유해를 탈환하라.

가. 침투경로 ; 니타이(NuiTiai)산을 우회하여 적의 배후를 공격할 것.
나. 무장은 경장(輕裝)하되 탄약 1기수와 야전식량 1식분을 휴대할 것.
다. 제9중대는 호이록 지역을 차단하여 11중대를 엄호하라.
라. 제10중대는 빈푸(VinPhu)로 이동하여 즉시 투입 태세를 갖추고 대기하라.

중대장이 작전명령을 읽어 내려가는 동안 대원들이 웅성거리기 시작했다. 사지에서 어난 지 얼마 안 된 데다 대부분 병사들이 아직 저녁도 제대로 못 먹었기 때문이었다.

"나도 무리인 줄 안다! 여러분들이 지금 얼마나 피로에 지쳐있는지도 잘 안다! 그래서 나는 대대장님과 연대장님께 작전을 내일로 미루자고 건의를 했다! 하지만 사단장님의 특명이라서 연대장님도 어쩔 수 없다고 했다. 여러분! 내가 앞장서겠다! 어서 가서 우리 전우의 시신을 찾아오자! 얼마 전까지만 해도 함께 둘러앉아 밥 먹던 전우고, 우리의 목숨을 지켜주기 위해 싸우다 죽은 전우들이 아닌가? 그 전우들의 시신이 지금 적의 수중에 있다! 자, 어서 준비해서 출발하자!"

중대장의 말에 누군가가 '가자! 가서 우리 전우의 원수를 갚자!'하고 외쳤다. 그러자 와! 하는 함성과 함께 대원들이 일제히 자리를 박차고 일어나 서둘러 군장을 꾸리기 시작했다. 중대원들은 순식간에 작전명령에 지시된 대로 실탄과 식량을 챙겨 대열을 지었다. 그리고 상대의 얼굴에 위장 흙칠을 해주며 서로 용기를 북돋우고 격려했다.

태식이는 소대원들의 눈동자에 번뜩이는 적개심과 복수심을 보고 자기도 모르게 섬뜩함을 느꼈다. 그러나 이 상병의 마지막 허공을 향하던 눈빛을 생각하자 덩달아 불같은 복수심이 치솟았다.

모든 준비를 끝낸 대원들은 화기소대를 뺀 3개 소대로 편성되어 중대장 인솔 하에 22시 정각에 주둔지를 출발했다. 악전고투 끝에 사지에서 간신히 살아나온 지 겨우 3시간 만에 중대는 다시 몇 배 더 험난한 야간 침투 작전에 나선 것이다.

대원들은 먼저 미투안 계곡 반대쪽인 남쪽으로 내려와 니타이 산을 왼쪽으로 반쯤 돌아선 뒤 그때부터 산등성이를 타고 오르기 시작했다.

3

산마루로 향할수록 길은 더욱 험악해졌다. 촘촘하게 들어선 가시덤불을 간신히 통과하고 나면 거물처럼 얽히고설킨 넝쿨들이 목과 발목을 잡았고, 그걸 정글도로 치고 겨우 빠져나가면 또다시 하늘을 가린 밀림이 울타리처럼 앞을 막고 나타났다. 그래도 대원들은 불평 한마디 않고 서로를 격려하며 쉬지 않고 한발 한발 앞으로 나갔다. 그런 중에도 안티노는 태식이 옆에 붙어 서서 끊임없이 중얼거렸다.

– 전쟁은 스포츠가 아니야! 정해진 규칙도 없고 감시하는 심판도 없어! 그러니 한번 지고 나면 그만이야! 상대방이 규칙을 어겼으니 무효다, 다시 하자, 하는 따위의 말은 안 통해! 내 목숨을 옆 전우한테 맡기고, 전우 목숨을 내가 담보해야 하는 처절하고도 긴박한 순간의 연속, 이것이 바로 전쟁터의 참모습이란 말이야! 그러니 어떡하든 먼저 죽여! 적을 먼저 죽여야만 너도 살고 전우도 산단 말이야!

– 전우의 죽음 앞에서 복수심을 느끼지 않는다면 그건 인간이 아니야! 1차대전 때, 미국 오벌린 대학 학장이던 도스워스라는 얼간이가 전쟁을 하더라도 기독교적 박애정신으로 부상 입히고 마음속 저주 없이 살해해야 한다고 했는데, 그게 도대체 말이나 되는 소리야? 저주나 미움 없이 어떻게 사람을 죽여? 인간이 어디 쇳덩이로 만들어진 로봇이냐? 그리고 정말 박애정신을 부르짖는다면 전쟁은 왜 하고, 사람은 왜 죽여? 전쟁은 이성이나 박애정신과는 거리가 먼 복수심 싸움이라고! 내 말이 틀렸으면 어디 한번 그렇게 박애정신으로 전쟁해보라지! 적을 만나면 웃는 얼굴로 인사하고, 먹을 것도 나눠주고, 적이 총을 겨누면 점잖게 손을 내젓고, 어디 그렇게 한번 해 보라지! 뒈지고 싶으면 무슨 짓을 못해!

– 전쟁에 관한한 정의의 검은 언제나 승자의 몫이지! 패자의 목소리에는 아무도 귀 기울이지 않아! 2차대전을 봐! 미국을 주축으로 한 연합군 측이 승리했기 때문에 지금 그들의 목소리가 정의가 되어 정사(正邪)를 재단하고 있잖아! 전쟁에 패한 독일이나 일본이 전쟁에 대해 어디 입이라도 뻥긋하는 거 봤어?

– 우리 6·25는 달라. 한마디로 한국전쟁은 무승부야! 그렇기 때문에 어느 한쪽도 정의의 검을 쥐지 못했지! 그래서 지금까지 남북이 서로 자신의 말이 정의라며 바락바락 악을 쓰고 있는 거야! '승자가 정의의 검을 쥔다!' 이것이 바로 전쟁에서 승자가 갖는 가장 큰 전리품이고, 이 전리품이 있는 한 그 어떤 전쟁에 관한 성격 규정도 진실과는 먼 거야! 그러니 뭣도 모르면서 전쟁에 대해 이러쿵저러쿵 주절대지 말라고!

알겠어?”

시계는 자정을 넘어 02시를 가리키고 있었다. 벌써 네 시간 째 계속되는 강행군이었다. 태식이는 안티노가 지껄이는 소리를 묵묵히 들으며 앞만 보고 걸었다. 시비를 걸거나 반박할 기력도 없었다. 하지만 속으로는 최면에 걸린 사람처럼 계속 고개를 끄떡거리고 있었다.

태식이가 밀림지역을 겨우 벗어나 깎아지르듯 한 바위절벽 부근에 이르렀을 때 현 위치에서 잠시 휴식을 취한다는 중대장의 지시가 앞쪽에서 전달돼 왔다. 태식이는 너무 반가워 그냥 그 자리에 털썩 주저앉았다. 그리고 배낭을 등받이 삼아 뒤로 비스듬히 기대는 순간 갑자기 몸이 아래로 주르르 미끄러져 내렸다. 깜짝 놀란 나머지 얼른 손을 뻗쳐 무엇을 잡으려고 했지만 아무것도 잡히지 않았다. 태식이는 순식간에 10여 미터를 미끄러져 내려가다가 턱이 진 바위 끝을 간신히 잡고 허공에 매달릴 수 있었다.

태식이는 자신도 모르게 살려달라고 고함을 질렀다. 야간침투작전에서 고함을 지른다는 것은 적에게 위치가 노출되기 때문에 자살행위나 다름없었다. 하지만 태식이는 그런 걸 따질 여유가 없었다. 위쪽에서 뭐라고 웅성대는 소리가 들렸지만 태식이는 무슨 말인지 알아들을 수가 없었다.

몸이 흔들릴 때마다 팔 힘이 조금씩 빠져나갔다. 등에 멘 배낭이 팔 힘을 더욱 빠르게 소모시켰다. 태식이는 배낭을 벗어던져버리고 싶었지만 바위에서 손을 뗄 수가 없어 그러지도 못했다.

눈썹달은 이미 어디론가 사라져버렸고, 희미한 별빛 아래 눈에 보이는 거라곤 희뜩희뜩한 바위와 끝없이 이어진 검은 밀림뿐이었다. 발아래가 얼마나 깊은 낭떠러진지는 알 수 없었지만 떨어지면 죽는다는 생각에는 의심의 여지가 없었다.

태식이는 몸이 가급적 흔들리지 않도록 균형을 유지하려고 애썼다. 그리고 눈을 감은 채 정신을 두 손에 집중하고 손가락을 조금씩 움직여 무뎌져가는 손목 신경을 계속 자극했다. 그래도 이제 곧 팔 힘이 다 빠져 그냥 떨어져 죽을 거라는 공포심은 떨쳐버릴 수가 없었다. 잠시 모습을 보이지 않던 안티노가 불쑥 나타났다.

– 그냥 손을 놔버리지 그래? 어차피 이놈의 전쟁터에서 살아가지 못할 건데!

'안 돼! 난 살아가야 해! 이 개 같은 전쟁에서 개처럼 죽을 순 없어!'

– 하지만 너 그 팔로 언제까지 버틸 수 있을 것 같나? 괜히 고통스럽게 그래 있지 말고 이쯤에서 포기해! 그냥 손만 놔버리면 모든 게 다 깨끗이 끝나잖아? 총알 맞을까 겁낼 필요도 없고, 죽어가는 전우 지켜보는 고통 다시 겪지 않아도 되고, 얼마나 좋아?

'아니야! 난 이 상병을 고향으로 보내줘야 해! 죽어도 그래놓고 죽을 거야! 우리는 전우를 절대로 그냥 내버려두지 않아! 나도 전우들이 반드시 구해 줄 거야! 조금만, 조금만 더 참으면 돼! 난 우리 전우들을 믿어!'

그때 위쪽에서 흙 부스러기 같은 것이 떨어지며 누군가가 바위를 타고 내려오는 기척이 났다. 그리고 잠시 뒤 낮익은 박 병장의 목소리가 소곤거리듯 들렸다.

"양 병장, 나야. 조금만 기다려!"

"팔에 힘이 없어. 곧 떨어질 것 같아!"

"그래, 그래. 힘내서 조금만 참아! 이제 거의 다 됐다!"

줄을 타고 내려온 박 병장이 다른 줄로 태식이의 겨드랑이를 두어 번 감아 묶었다. 그리고 가랑이 사이로 한 번 더 돌려 묶은 뒤 등을 툭 치며 말했다.

"휴! 이제 됐다. 손 놔도 돼!"

그러나 태식이는 불안해서 손을 쉽게 놓을 수가 없었다. 박 병장이 태식이를 껴안다시피 하고는 밧줄을 흔들어 위에다 신호를 보냈다. 그러자 태식이의 몸이 조금씩 위로 끌려올라갔다. 그때서야 태식이는 바위 잡았던 손으로 박 병장의 손을 더듬어 꽉 잡았다. 박 병장도 태식이의 손을 힘주어 잡았다. 박 병장이 흰 이를 내놓고 장난스럽게 말했다.

"지금 담배 피운다고 위에서 밧줄 놔버리진 않겠지?"

"좋은 생각이다! 한대 줘!"

박 병장과 태식이는 서로 몸을 웅크려 담배에 불을 붙인 뒤 손바닥으로 불빛을 가려가며 시원스럽게 담배연기를 빨았다.

새벽 05시경 중대원들은 니타이 산을 돌아서 적의 배후 능선에 도착했다. 시피를 출발한 지 꼭 7시간 만이었다.

어둠 속에서 서서히 모습을 드러나는 새벽 원시림은 평화 그 자체였다. 불그스름하게 밝아오는 동쪽 하늘의 여명을 배경으로 부드러운 새벽안개가 비단결처럼 흐르고 잠에서 막 깨어난 온갖 새들이 청아한 목소리로 지절대는 밀림의 아침은 전쟁터라기보다는 천국의 어느 숲속처럼 아름답고 신비스러웠다.

대원들은 중대장의 지휘 하에 능선에 숨어 앉아 분지에 잠복해 있을 적의 동태를 살폈다. 그러나 이른 새벽인데다 밀림이 욱어져 있어 상황판단이 불가능했다.

중대장의 보고를 들은 연대에서 포사격 후에 진입하라는 지시가 내려왔다. 대원들은 그때서야 약간의 여유를 갖고 아침식사를 하기로 했다.

비상식량으로 아침 요기를 하는 동안 아군의 포사격이 시작되었다. 포탄이 날아와 터지기 시작하자 지금까지 천국처럼 평화롭던 산골짝이 대번에 지옥의 아수라장으로 변해버렸다. 불그스름한 동녘 햇살은 치솟는 화염에 묻혀버렸고, 골짝을 찢을 듯 할퀴고 지나가는 폭탄소리에 산짐승들은 혼비백산하여 숨을 죽였다. 태식이는 마치 자신이 지금 천국의 언저리에서 지옥을 내려다보고 있는 것 같은 생각에 몸을 부르르 떨었다. 그러자 안티노가 기다렸다는 듯이 핀잔을 주었다.

– 네깐 게 천국과 지옥을 알기나 하냐? 천국과 지옥은 말이야, 하늘과 땅 속으로 멀리 떨어져 있는 게 아니고 바로 눈앞에 나란히 펼쳐져 있다고! 그 사이엔 힘들게 넘어야 할 경계도 없어. 보라고! 지금 네가 새소리 들으며 두 발 딛고 서 있는 여긴 천국이고, 조 앞에 바로 보이는 저곳은 지옥이란 말이야! 그러니 넌 지금 천국에서 지옥으로 걸어가고 있는 중이라고! 그런데도 갈 거야?

이윽고 포격이 멎고 화약연기가 사라지자 분지가 훤히 내려다보였다. 전우들의 시신은 어제 그대로 있었다. 대원들은 중대장의 명령에 따라 천천히 골짝으로 침투하기 시작했다.

태식이는 소대장의 지시를 수신호로 전달받으며 박 병장과 함께 조심조심 소리 내지 않고 전진했다. 그렇게 10여분 쯤 전진했을 때 갑자기 소대장으로부터 정지 신호가 내렸다. 태식이는 이때다 싶어 지금까지 참고 참았던 소변을 보기 위해 재빨리 바지 단추를 풀었다. 그리고 성기를 꺼내 오줌소리가 나지 않게 옆 나무 기둥에 바짝 갖다 대고는 오줌을 누기 시작했다. 오줌보가 빠근할 정도로 참았던 터라 오줌은 나무껍질을 벗겨버릴 듯이 힘차게 쏟아져 나왔다.

태식이가 한참 소변을 보고 있는데 앞을 노려보고 있던 박 병장이 총구로 태식이의 궁둥이를 쿡쿡 찔렀다. 태식이가 돌아보자 급하게 전방을 향해 손가락질을 했다. 박 병장이 가리키는 곳을 본 태식이는 그만 오줌발이 뚝 멈춰졌다. 10시 방향 20여 미터 앞에 총을 옆에 세워둔 채 바위틈에 몸을 숨기고 분지를 내려다보고 있는 두 명의 적을 향해 소대원 두 명이 살금살금 다가가고 있는 모습이 눈에 들어왔기 때문이었다. 소대원은 3분대의 강 하사와 김 병장이었다. 소리 없이 적을 처치하라는 명령을 받은 듯 두 사람 다 총 대신 대검을 손에 쥐고 있었다. 태식이는 즉각 사타귀를 정리하고 사격자세를 취했다. 그러고는 눈앞에 벌어지는 광경을 숨을 죽이고 쳐다봤다.

한발 한발 다가가던 강 하사와 김 병장이 적 바로 뒤에 이르렀을 때 기척을 들은 적이 뒤를 휙 돌아봤다. 그리고 놀라 입을 쫙 벌리며 옆에 세워둔 총을 얼른 집어 들었다. 총 없이 대검만 들고 접근하던 강 하사와 김 병장이 주춤하며 몸을 웅크렸다. 몸을 날려도 대검으로 찌르기에는 거리가 너무 멀어보였다. 적이 강 하사와 김 병장을 향해 총을 겨누는 일촉즉발의 순간, 태식이는 망설이지 않고 방아쇠를 당겼다. 적막을 깨뜨리는 총성과 함께 총을 겨누던 적이 단번에 바위 너머로 훌러덩 쓰러졌다. 뒤이어 박 병장의 사격에 옆에 있던 적도 푹 꼬꾸라졌다. 김 병장과 강 하사가 동시에 태식이 쪽을 돌아보고 손을 번쩍 들어 고마움을 표했다. 그 순간, 태식이는 그들의 손짓에서 전류처럼 전달되는 자릿한 전우애를 느끼고 몸을 부르르 떨었다. 하지만 안티노도 가만히 있지 않았다.

– 어떻게 생면부지의 사람을 눈도 깜짝 않고 죽여 버려? 무슨 원수가 졌다고!

'이 새끼야, 안 그랬음 우리 강 하사와 김 병장이 죽었어!'

총소리에 배후 침투가 탄로 난 대원들은 더 이상 망설일 필요가 없었다. 중대장의 진격 명령에 따라 그침 없이 분지로 내달았다. 그리고 신호탄을 올리자 그때까지 주위를 맴돌고 있던 헬기가 즉시 착륙했다.

1소대와 2소대가 사주경계를 하는 가운데 3소대는 전우의 시신을 운반해 헬기에 싣기 시작했다. 태식이는 이 상병의 시신을 맨 먼저 찾아 수습했다. 시신은 더위 때문에 이미 상해서 허물어져가고 있었다. 어디 몸이 떨어져나간 부위는 없는지 다시 한 번 사지를 꼼꼼히 살펴본 뒤 영현 백에 담아 헬기에 실었다.

그때까지 허를 찔려 당황하던 적이 어느 정도 정신을 차렸는지 단발로 사격을 가하기 시작했다. 그때마다 경계를 맡은 1소대와 2소대가 적탄이 날아오는 곳을 향해 집중사격을 퍼부어 적의 예봉을 꺾었다. 우왕좌왕하던 어제와는 판이했다. 가슴에 적개심으로 가득 찬 대원들이라 무서움 없이 적을 향해 맞섰다. 대원들의 이런 공격에 적은 감히 나서지 못하고 바위 뒤에 웅크리고 앉아 단발로 응사했다. 하지만 적도 만만치 않았다. 음흉한 적은 사람을 목표로 하지 않고 헬기를 목표로 공격을 가했다. 그들로서는 헬기 한 대 추락시키면 영웅이 되기 때문에 당연한 노릇이었다. 적의 공격은 유효했다. 몇 발의 총탄이 연달아 헬기 조종석 밑을 관통했다. 그러자 깜짝 놀란 미군 조종사가 그만 헬기를 이륙시켰다. 그때까지 대원들은 3구의 시신밖에 싣지 못했다. 아직 서너 구의 시신이 더 남아있었다. 박 병장이 하늘로 날아오르는 헬기를 향해 소리쳤다.

"야, 이 겁쟁이 양키새끼야! 어서 돌아오지 못해! 아직 우리 전우가 여기 있단 말이야! 어서 내려와!"

그러나 헬기는 까마득하게 날아올라 산등성이 너머로 유유히 사라져 버렸다. 대원들은 난감했다. 헬기가 사라져버리자 적의 공격도 대원들에게 집중되었다. 이쪽에서 아무리 용맹스럽게 공격해도 적은 엄폐되어 있는 상태라 쉽게 무너지지 않았다. 중대장이 외쳤다.

"경계를 맡은 1소대와 2소대는 적을 최대한 압박 엄호하고 3소대는 빨리 시신을 안전장소로 이동시켜라!"

태식이는 중대장의 목소리를 듣는 순간 재빨리 전우 시신 한 구를 들쳐 메고 골짝 입구로 보이는 곳을 향해 뛰기 시작했다. 그러자 박 병장이 뒤따르며 소리쳤다.

"그래! 이 친군 우리가 맡자! 무거우면 날 줘!"

"좋아! 그런데 이쪽이 맞는 거야?"

태식이는 엉겁결에 내달은 터라 방향이 맞는지 알 수가 없었다.

"뛰기나 해! 우선은 여기서 벗어나는 게 급선무야! 이리 줘! 내가 좀 멜게!"

"아니. 아직 괜찮아!"

두 사람은 시신을 번갈아 메가며 쉬지 않고 뛰었다. 한참을 뛰어 남쪽 입구까지 거의 다 왔을 때였다. 힘이 빠진 태식이가 전우 시신을 박 병장 등에 막 옮겨주는 순간, 땅! 하는 단발 총소리와 함께 박 병장이 앞으로 푹 꼬꾸라졌다. 태식이는 깜짝 놀라 얼른 시신을 옆으로 밀쳐낸 뒤 박 병장을 끌어안았다.

"어디 봐! 박 병장, 어디야 어디?"

"더럽게 재수 없군! 내가 맞다니!"

박 병장이 옆구리를 움켜쥐며 내뱉었다. 옆구리에서 군복을 시커멓게 물들이며 피가 배어나오고 있었다.

"걱정마! 크게 다치진 않은 거 같으니까!"

태식이는 우선 박 병장을 부축해서 적 사격권이 아닌 산기슭 바위 밑으로 자리를 옮겼다. 그리고 배낭에서 수건을 꺼내 상처부위에 대고 힘껏 눌렀다.

"이 정도면 담배 피워도 연기 안 새겠다!"

"짜식! 그래, 한번 시험해 보자!"

"하지만, 아까운 담배만 버리는 거 아냐?"

태식이가 웃으며 담배에 불을 붙여 박 병장에게 물려주고는 분지 입구 쪽으로 달려가고 있는 소대원들을 소리쳐 불렀다. 분대장이 태식이의 목소리를 듣고 위생병과 분대원 몇을 데리고 달려왔다. 위생병이 박 병장을 응급처치하는 동안 태식이는 나뭇가지를 잘라 와 윗도리를 벗어 깔고는 들것을 만들었다. 그리고 동료와 함께 박 병장을 담아 들고 뛰기 시작했다. 분대장이 뒤에서 엄호를 하며 시신을 메고 따라왔다.

적은 대원들이 분지를 빠져나가지 못하게 입구길목에다 맹렬하게 사격을 가했다. 그러나 대원들은 어제만큼 나약하지 않았다. 위급한 상황 속에서도 질서를 무너뜨리지 않고 축차적으로 후퇴를 해 분지를 무사히 빠져나왔다.

11중대는 다섯 명의 부상자를 낸 가운데 전우 영현탈환작전을 성공적으로 끝마쳤다. 어젯밤 22시 중대 CP를 출발한 지 꼭 12시간 만이었고, 미투안 탐색작전 개시 27시간 만이었다.

박 병장을 실은 병원 헬기가 흙먼지를 일으키며 하늘로 날아오르는 모습을 지켜보며 태식이는 윈스턴 담배를 피워 물었다.

'시팔, 이런 더러운 전쟁을 도대체 왜 하는 거야!'

그러자 어느새 나타났는지 안티노가 냉큼 받았다.

– 왜 하긴 왜 해. 그냥 하는 거지! 수만 년 전부터 하루도 그치지 않

고 계속돼 온 게 바로 전쟁이야! 앞으로도 인간이 존재하는 한 애들 놀이처럼 전쟁도 끊이지 않고 영원히 계속될 거라고!

'그런 인간들, 벌도 안 받나?'

– 벌 받아야 마땅하지! 전쟁은 인간이 저지를 수 있는 가장 큰 죄악이니까! 그렇지만 지금까지 신이 용서한 최대의 관용이 바로 전쟁이기도 해! 전쟁 일으킨 사람이 신의 벌을 받았다는 소리 들어봤어?

'그게 바로 신이 없다는 증거 아냐?'

– 그럴지도 모르지! 신이 아무 데나 있는 건 아니니까! 달나라에, 화성에, 신이 있을 것 같나? 천만에! 인간 없는 곳엔 신도 없어! 그러니 신에 너무 연연하지 마! 어차피 우리가 죽으면 신의 세계로 가는 것이 아니고 인간이 없는 세계로 가는 거니까! 그건 그렇고, 넌 이 상병의 죽음에 대해 어떻게 책임질래? 아까 이 상병의 그 마지막 눈빛 봤지? 네가 뭔데 이 상병의 인생에 끼어들어 그렇게 개죽음을 시켜?

〈단편소설〉

용서의 조건

제35회 한국소설문학상 수상작품

1

지난해 가을, 나는 특별한 여자 한 분을 만난 적이 있다. 그 귀한 손님은 내가 임시로 잠시 머물고 있는 산청 법물의 외딴집까지 직접 찾아왔다. 늦가을 햇살이 대나무 숲속에서 사금파리처럼 반짝이고 있는 해거름 무렵이었다.

처음 개 짖는 소리를 듣고 나는 도토리를 주우러 온 아랫마을 사람들이겠거니, 하고 대수롭잖게 생각했다. 그런데 계속해서 으르렁거리는 개 소리에 누군가가 우리 집 울안으로 들어왔다는 것을 깨닫고 귀를 기울였다. 아니나 다를까 잠시 뒤,

"신예합니다!"

하는 웬 여자의 혀짤배기소리가 멀찍이서 들렸다.

'신예가 아니라 실례겠지.'

나는 속으로 중얼거리며 방문을 열고 밖으로 나왔다. 흐드러지게 꽃을 피우고 있는 코스모스 덤불 앞에서 대학생쯤 되어 보이는 젊은 남녀 두 사람이 집지킴이 진돗개한테 제지를 당하고 있었다.

두 사람 다 가무잡잡한 피부에 코끝이 살짝 눌러진 얼굴이 한눈에 봐도 한국 젊은이들이 아니었다. 순간적으로 나는 의아한 생각과 함께 경

계심을 느꼈다. 내가 머물고 있는 곳이 서울에서 자동차로 다섯 시간도 더 걸리는 먼 곳인 데다, 마을에서도 한참 떨어진 외딴 곳이기 때문이었다. 외지인이, 더구나 피부색이 다른 이방인이 찾아올 만한 곳은 절대 못 되었다. 하지만 나는 일단 그들을 위협하고 있는 개부터 물리쳤다.

"됐다. 이제 그만 비켜라!"

내 명령에 진돗개가 슬며시 물러나 뒤란으로 돌아가자 그때서야 두 사람이 안심하는 얼굴로 마당으로 들어섰다. 마당 중간쯤에서 청년이 쓰고 있던 모자를 벗어들며 조심스럽게 물었다. 조금 전 아가씨와는 달리 능숙한 한국말이었다.

"혹시, 도들 선생님 계시는지요?"

"내가 도들이요. 그런데 무슨 일로?"

"아, 예. 안녕하세요? 처음 뵙겠습니다."

청년이 다시 머리를 깊숙이 숙이며 인사를 했다. 하지만 나는 그때까지도 이 낯선 방문객들의 정체를 몰라 멀뚱히 쳐다만 보고 있었다.

인사를 한 청년이 뒤쪽을 향해 뭐라고 하자 코스모스 덤불 뒤에서 또 다른 한 중년 여인이 모습을 드러냈다. 산뜻한 양장차림에 파라솔을 접어 손에 들고 나타난 여자 역시 한국 사람이 아니었다. 나는 난데없이 나타난 방문객들을 어떻게 대해야 할지 몰라 잠시 망설였다. 그러나 이내 '어쨌든 내 집에 찾아온 손님인데' 하고는 마루로 안내해 자리를 내주었다. 그때까지도 내 손에는 조금 전 방안에서 정리하던 원고자료와 볼펜이 들려있었다.

"바쁘신데 이렇게 불쑥 찾아와서 죄송합니다. 제 이름은 '웬 빤 록'입니다. 베트남 하노이 대학을 졸업하고 지금 서울 K 대학에서 경영학을 공부하고 있습니다. 올해로 6년 됐습니다. 그리고 이 여자 친구는 제 후배로 이제 한국에 온 지 4개월 됐습니다. 아직 어학연수 중입니다."

청년이 제법 길게 자신을 소개한 뒤 중년여인을 쳐다봤다. 두 눈을 살며시 내리깔고 차분하게 앉아있던 여자가 나를 한 번 흘깃 쳐다보고는 청년에게 뭐라고 이야기를 했다. 자태만큼이나 목소리도 산드러지고 조용조용했다.

셋이서 잠시 이야기를 나눈 뒤 록이라는 청년이 나에게 충격적인 이야기를 했다. 그의 말은 대충 이랬다.

– 이 분은 우리 양어머니이신 '래피 순 란' 여사다. 지금 하노이에서 고아원을 운영하고 있는데 우리도 그 고아원 출신이다. 우리 어머니는 조국해방전쟁에 간호병으로 참전했던 전쟁영웅이다. 그런데 지난 1969년 봄, 한국군에게 포로로 잡혔다. 한국군은 우리 어머니를 포로로 잡자마자 몹쓸 짓을 했다. 여러 명이 돌아가며 윤간을 했다. 우리 어머니는 피를 많이 흘려 기절까지 했다. 며칠 뒤 포로 심문 장교가 그 사실을 알고는 병원에 데려고 가서 치료를 잘해주어 상처가 나았다. 그 뒤 우리 어머니는 남부 베트남 정부군에 인계되어 5년 동안 포로수용소 생활을 하다가 조국이 해방되자 풀려났다. 그런데 그때 한국군한테 입었던 상처로 우리 어머니는 영원히 아이를 낳지 못하는 여자가 되어버렸다. 세 번을 결혼했는데 다 쫓겨났다. 모두 다 아이를 못 낳는다는 이유 때문이었다. 그래서 그때부터 결혼을 포기하고 우리처럼 불쌍한 고아들을 데려다 키우는 일을 했다. 우리 어머니가 키워낸 고아는 수백 명이다. 그러나 우리 어머니는 늘 슬픔에 잠겨있다. 그때 한국군한테 당한 아픔이 날이 갈수록 더 짙어지기 때문이다. 그 아픔을 치유하기 위해 오늘 선생님을 찾아왔다. 몇 번을 망설이다 용기를 내 찾아왔으니 제발 좀 도와 달라.

나는 청년의 생급스런 이야기에 그만 멍해져버렸다. 처음에는 한 여자의 가련한 운명에 처절함을 느끼기도 했지만 그 아픔을 치유받기 위해 날 찾아왔다는 말에는 어이가 없었다. 아닌 밤중에 홍두깨라지만 이런 홍두깨는 있을 수 없는 일이었다.

나는 황당하기 이를 데 없는 속내를 애써 감추고 자리에서 일어나 내가 평소 즐겨 마시는 죽엽차를 만들어 대접했다. 그러나 손님들은 내가 아무 대답을 하지 않아서 그런지 차에는 관심을 보이지 않고 내 얼굴만 쳐다봤다. 나는 계속 입을 다물고 있을 수가 없었다.

"당신 어머니가 겪은 일은 나로서도 가슴이 아픕니다. 하지만, 아직도 나는 당신들이 왜 날 찾아왔는지, 이해가 잘 안 되는군요."

내 말을 청년이 여자에게 전했다. 그때부터 청년의 통역으로 나와 중년여인과의 대화가 시작되었다.

"내 목적은 그때 나를 욕보인 한국군을 찾는 것이다. 그 도움을 받기 위해 선생님을 찾아왔다."

"그렇다면 잘못 찾아왔다. 나는 그 사람들에 대해 아는 게 전혀 없다."

"물론 선생님이 알거라고는 나도 생각지 않는다. 하지만 지금 선생님이 그때 한국군 최고 지휘관이던 C 장군 회고록을 쓰기 위해 자료를 정리하고 있는 것으로 안다."

"그건 사실이다. 그런데 그 일과 무슨 상관이 있나?"

"그 사건은 대단히 큰 범죄행위였다. 지휘관한테 분명히 보고가 되었을 것이다."

"…?"

"그렇다면 그 근거가 남아있지 않겠나? 그런데 우리로서는 그 근거에 접근할 수 있는 힘이 없다. 하지만 선생님은 C 장군한테 직접 물어

볼 수도 있고, 아니면 재판에 관련된 서류를 열람할 수도 있다고 생각한다.”

“불가능하다. 40년 전 일이다.”

“근거가 없어도 매우 큰 사건이었기 때문에 C 장군은 기억하고 있을 것이다. 제네바협정 12조에 의하면 ‘포로는 적국의 권력 내에 있는 것으로, 그들을 체포한 개인이나 군부대의 권력 내에 있는 것이 아니다. 억류국은 있을 수 있는 개인적 책임에 관계없이 포로에 부여하는 대우에 관하여 책임을 진다.’ 라고 되어있다. 당시 C 장군은 한국을 대신하는 최고지휘관이었다.”

나는 그 말에 멈칫했다. 나도 모르게 여자의 얼굴을 쳐다봤다. 여자는 조금도 흥분한 기색이 없었다. 내가 잠시 말을 않고 있자 여자가 흘러내린 머리카락 몇 올을 귀 뒤로 감아 넘기며 다시 조용조용 입을 열었다. 청년도 그 속도에 맞춰 천천히 내게 말했다.

“한국에는 참전전우단체가 많이 있는 것으로 알고 있다. 처음엔 그런 단체를 통해 그 사람들을 찾아보려고 했다. 그런데 그런 곳에 가서 이런 이야기를 하면 욕만 얻어먹는다고 P 목사가 말렸다. 그러면서 선생님을 찾아가보라고 권했다. 지금 C 장군의 회고록을 쓰기 위해 자료를 정리하고 있으니 어쩌면 관련 서류를 찾을 수 있을지 모른다고 했다.”

P 목사는 한국에 나와 있는 베트남인들, 특히 노동자나 유학생 같은 힘없는 자들의 애로사항을 듣고 도와주는 선교목사로 전우단체에서도 잘 알려진 사람이었다.

“P 목사 말이 맞다. 당신이 지금 이러고 다닌다는 걸 전우단체에서 알면 이로울 게 하나도 없다. 나도 그 전쟁에 나갔던 참전용사 중의 한 사람이다. 제네바협정을 이야기했지만, 전쟁은 운동경기처럼 규칙을 지켜가며 하는 게 아니다. 죽고 사는 마당에 살아남기 위해서는 무슨 짓이든 다 할 수 있는 게 전쟁이다. 그래서 우리 모두가 전쟁은 절대 해서 안 된다고 하지 않나? 당신이 입은 상처는 나도 가슴이 아프지만 내가 도와줄 수 있는 일이 아닌 것 같다. 그만 돌아가 다오."

나는 수십 년이 지난 지금에 와서, 그것도 전쟁 통에 일어난 과거사를 들추고 다니는 여자의 의도가 의심스러워 냉정하게 잘라 말한 뒤 내 찻잔을 들고 먼저 자리에서 일어서버렸다. 그러자 세 사람도 아무 말 못하고 얼밋얼밋 자리에서 일어섰다. 삽짝을 나서다 여자가 코스모스 꽃을 어루만지며 무슨 말인지 혼잣말로 중얼거렸다. 청년이 가만히 내게 말했다.

"우리 어머니는 그 사람들을 용서하기 위해 왔다는 것을 선생님이 알아주시면 고맙겠다고 말씀하십니다. 지금 우리 어머니의 건강은 매우 좋지 않습니다. 다시는 한국에 못 오실지도 모릅니다."

"이제 와서 새삼스럽게 무슨 용서를 하고 말고가 있겠나? 만나면 다 아문 생채기만 다시 들쑤시는 결과밖에 없을 텐데!"

"생각이 바뀌시면 여기로 연락 좀 주십시오. 어머니는 앞으로 한 일주일 서울에 계실 겁니다."

"기대하지 말게. 생각이 바뀌고 안 바뀌고를 떠나 나로서도 알아볼 수 있는 방법이 없으니까! 아무튼 어머니에게 건강이나 잘 돌보시라고 전하게."

그러면서도 나는 청년이 준 전화번호 쪽지를 받아 주머니에 넣었다.

2

방문객들이 남기고 간 여운은 쉽게 가시지 않았다. 나는 일부러 자료를 열심히 챙기며 그들을 잊으려고 노력했지만 그러면 그럴수록 자괴심이 가슴을 따짝따짝 긁었다.

외딴 곳이라 숙소와 차편이 불편한 줄 뻔히 알면서도, 그것도 저녁나절이 다 된 시간에 내 집에 찾아온 손님을 얀정머리 없이 내쳤다는 미안감도 시간이 흐를수록 커져갔고, 당돌하게 생각했던 여자의 행동도 차츰 아무나 할 수 없는 큰 용기로 인식되었다. 여자로서 가장 수치스러운 일을 당하고도 당당하게 사과를 받겠다며 상대방을 찾아 나선 그 용기는, 그동안 양심 졸가리 하나는 갖고 산다고 자부하던 나를 형편없는 비겁자로 낙인찍으며 냉소 짓게 만들었다.

결국 나는 더 견디지 못하고 사흘째 되는 날부터 그 여자와 관련된 서류를 찾기 시작했다. 그러나 라면상자 다섯 개가 넘는 서류더미를 일일이 뒤적이며 찾아봤지만 그 여자에 관한 서류는 없었다. 모두 작전이나 전투, 군 지휘관으로서의 외교활동, 주요 인사들과의 면담 내용 등에 관한 것뿐이었다. 나는 즉시 서울로 올라와 C 장군을 찾아갔다.

"장군님, 장군님이 주신 서류에는 제가 원하는 게 없습니다. 혹시 다른 서류는 없습니까?"

"그래? 어떤 자료가 필요한데?"

"장군님의 인간적인 면면을 볼 수 있는 자료들이 하나도 없데요. 가족에 대한 이야기나 부하 장병들의 잘못을 처벌하면서 느끼신 인간적인 감정 같은 거 말입니다."

"그런 걸 써야 할 필요가 있을까?"

"반드시 써야 합니다. 장군님은 이미 군인으로는 세계적으로 잘 알려져 있습니다. 하지만 일반 사람들은 군인이 아닌, 한 인간의 장군님 모습을 더 보고 싶어 합니다. 반드시 그런 면이 기록에 포함되어야 합니다."

"글쎄. 그럼 너무 분량이 많지 않겠나?"

"그러니까 중요한 것만 골라 넣어야죠. 자료를 주시면 제가 정리해드리겠습니다."

"좋아. 어디 한번 찾아보지. 낼 다시 들러주게."

"알겠습니다. 장군님."

그렇게 해서 다음날 나는 큼직한 서류상자 하나를 더 받아 왔다. 그 상자에는 대부분 틀이 잡히지 않은 무형식의 보고서들이 들어있었다. 어떤 것은 노트 쪼가리에, 또 어떤 것은 편지지에 그대로 볼펜이나 연필로 쓴 메모들도 있었다.

C 장군은 알려진 대로 정말 꼼꼼하게 하찮은 자료들까지 다 보관하고 있었다. 심지어 부인 앞으로 들어온 명절선물까지 명세서를 만들어 소상하게 남겨 놓고 있었다. 하지만 나는 재판이나 사건에 관련된 자료가 아니면 대충대충 보고 옆으로 밀쳐놨다. 그렇게 해서 거의 바닥 부분에서 드디어 각종 사건에 관련된 보고서 뭉치를 찾아냈다. 보고서는 32절 갱지에 헌병참모가 만년필로 직접 쓴 보고서로 대부분이 장교들의 비리를 조사한 내용이었다.

몰래 피엑스 물건을 빼내 팔아먹은 장교, 무기를 암시장에 빼돌리다 구속된 하사관, 쿠폰 불법거래, 전투가 겁나 탈영하다 붙잡힌 신참 소대장 등, 그 종류도 가지각색이었다.

나는 온 신경을 '포로'나 '강간'이라는 글자를 찾는 데 집중하며 보고서를 한 장 한 장 살폈다. 그러다 어느 순간, 나는 나도 모르게 숨을 탁 멈추었다. 맨 먼저 눈에 들어와 박힌 글자는 '집단윤간'이었다. 그리고 바로 그 밑에 있는 '포로 심문'이라는 글자가 심장을 팍 찔렀다. 보고서는 이렇게 작성되어 있었다.

수신: 사령관

건명: 집단윤간사건 인지보고

일시: 69. 3. 11. 21:00 (인지일시)

장소: 준마부대 MIG 포로 심문소

피의자: 1) 준마부대 3대대 병장 11**48** 강문태(23). 구속

2) 소속 상동, 일병 11**02** 조몽신 (24). 구속

3) 소속 상동, 상병 11**92** 이달구 (23). 구속

피해자: 소속: 투이호아 V.C 1군 병원

성명: 래피 순 란 (18세. 여). 간호원

내용: 1. 상기 피의자들은 69. 3월 준마작전에 참가, 동년 3월 4일 12:20경 휴엔성 휴성군 호아촌면 흥능 계곡에서 피해자를 V.C 용의자로 생포하여 인근 평탄지로 옮겨놓고 감시하던 중,

2. 피의자들은 욕정을 느낀 나머지 상기 2)피의자가 소지 중이던 판초우의를 지면에 깔고 정면으로 피해자를 눕힌 다음, 피의자 1)이 피해자의 옷을 벗기고는 엠-79 유탄을 피해자의 음부에 삽입, 15회 가량 회전시켜 음부를 파열시켜 출혈시킨 후,

3. 상기 1)피의자가 먼저 피해자의 음부에 음경을 삽입 정사하고, 2) 3) 피의 자가 계속하여 같은 방법으로 간음 윤간한 사실임.

인지경위: 69. 3. 11. 포로 심문관이 심문도중 피해자가 계속 하혈을 하고 있다는 사실을 발견, 사유를 캐물은 결과 윤간당한 사실을 진술하였음.

조치 및 의견: 피해자는 연대의무중대에서 치료 후 현재 포로수집소에 수용 중이며, 1) 2) 3) 피의자는 구속조사 후 의법처리 위계임. 끝.

1969. 3. 12.

헌병참모 대령 강OO

나는 보고서를 다 읽고도 한참 동안 종이에서 눈을 떼지 못했다. '엠79유탄' '음부파열' '윤간' 하는 단어들이 며칠 전에 찾아왔던 그 여자의 단아한 모습과 함께 떠오르며 유리조각처럼 가슴을 파고들었기 때문이었다.

평소 나는 전쟁터 군인들의 섹스문제에 대해 대체로 진보적인 생각을 갖고 있었다. 그래서 한국이 월남전에 처음 파병을 결정했을 때 위안부를 모집해 데려가는 문제를 국회 차원에서 검토했다는 비화를 듣고도 별반 놀라지 않았다. 월남 민간 여자들의 피해를 줄일 수 있는 좋은 방법이라고 생각했기 때문이었다.

전쟁터에서 군인들이 겪는 죽음의 공포는 일반인들의 상상을 초월한다. 죽음의 그림자는 유령의 망토처럼 초조와 불안을 부채질하며 병사들의 영혼을 끊임없이 괴롭힌다. 그래서 병사들은 틈만 나면 이런 공포로부터 탈출하기 위해 본능적으로 행동하는데, 이때 쉽게 빠져드는 행위가 섹스다. 섹스야말로 한순간에 모든 것을 잊게 하고, 또 최고조의 해방감을 가져다주기 때문이다. 그래서 전쟁이 일어나면 제일 먼저, 그리고 가장 많이 피해를 보는 사람이 여자들이다. 하지만 아무리 전쟁터라고 해도 폭력과 강압에 의한 섹스가 인간의 존엄을 기조로 하는 이성을 초월해 용서받을 수 있는 행동으로 간주될 수는 없다.

나는 문득 이들 세 사람의 현재 모습이 궁금했다. 40년이 지난 지금 모든 것을 까맣게 잊어버린 채 그저 아무렇지도 않게 살고 있는지, 아니면 이들도 양심의 가책을 받아 '래피 순 란' 여사만큼 고통스럽게 살고 있는지, 궁금증은 시간이 갈수록 더해갔다. 나는 더 참지 못하고 다음날 결국 이들을 찾아보기 위해 집을 나섰다.

먼저 보고서에 적힌 인적사항을 토대로 병무청에 들러 본적지와 주민등록번호를 알아낸 후 너나들이로 지내는 경찰서장을 찾아갔다.

"안 돼! 그건 불법이야! 말년에 누구 영창 보낼 일 있어?"

현주소를 좀 알아봐 달라는 내 말에 정년을 코앞에 둔 친구가 정색을 하며 소리를 질렀다.

"야, 높은 자리 있을 때 한번 봐주라. 너 나 잘 알잖아? 절대 나쁜 뜻은 없다!"

"아무튼 곤란해! 지금은 마누라 치마 속도 조심할 때야!"

"너 정말 이럴래? 옛 전우 소식이 궁금해서 찾아보려는 건데, 뭐가 큰 죄짓는 거라고 그래?"

"어쨌든, 개인정보 유출은 위법이야!"

"좋아! 너 이 자리 그만 둔 뒤에도 내 얼굴 두 번 다시 안 볼 모양인데, 그래 너 알아서 해라! 난 여기 놔두고 갈 테니까!"

나는 책상 위에 메모 쪽지를 휙 던져놓고 그대로 사무실을 나와 버렸다. 결국 친구는 그날 퇴근시간이 되기 전에 연락을 해왔다. 이달구는 경기도 수원에, 강문태는 강원도 원주에, 그리고 조몽신은 주소불명이라고 했다.

나는 바로 록이라는 대학생한테 전화를 걸었다. 에멜무지로 알아봤던 주소가 정작 손에 들어오자 다시 한 번 여자를 만나 진심이 뭔지 알아보고 싶은 호기심을 뿌리칠 수가 없었다.

다음 날 오후 용산 삼각지 부근 한식집에서 일행과 다시 만나 청년의 통역으로 대화가 시작되었다. 나는 사람을 찾았다는 말은 하지 않고 여자가 아직도 그 사람들을 만날 용기가 있는지부터 확인했다.

"정말 후회 안 하겠나?"

"절대 안 한다."

"언제부터 만나야겠다고 생각했나?"

"우리나라와 한국이 국교정상화가 된 뒤부터다. 10년도 훨씬 넘게 다짐한 일이다!"

"이해가 안 된다. 만나봐야 피차 아픈 상처만 들추게 되고, 또 까딱하면 무슨 일이 벌어질 수도 있는데!"

"일은 무슨 일이 생기겠나. 나는 시비를 걸려고 온 사람이 아니고 용서하러 왔다."

"용서? 용서라면 그냥 혼자 맘속으로 용서하면 되지, 왜 굳이 거북스런 상대를 만나야 되나? 그리고 그 사람들은 이미 법에 의해 처벌을 받은 사람들 아닌가?"

"용서는 일방적인 게 아니다."

여자는 끝까지 차분하고 냉정했다. 그럴수록 나는 조금 흥분되었다.

"무슨 뜻이냐?"

"지난 40년 동안 나는 하루도 빠짐없이 용서하자고 다짐을 했다. 하지만 그 용서는 공허한 메아리로만 그칠 뿐, 내 가슴의 한은 조금도 풀리지 않았다. 상대의 사과가 없는 일방적인 용서였기 때문이다. 일방적인 용서는 용서가 아니고 체념이다. 체념은 구원이 아니라 파멸이다. 나는 그 파멸의 고통 속에서 40년을 살았다. 그 고통을 이해하겠는가?"

"어느 정도, 이해할 것 같다."

나는 확실한 대답을 못했다. 지금까지 용서에 대해 절실하게 느껴본 적이 없기 때문이었다.

"또 이미 처벌을 받았다고 했는데, 설령 그들을 사형시켰다 해도 내 용서와는 아무 상관이 없다. 나에게는 사형보다 그들 스스로 '미안합니다. 잘못했습니다.' 하는 말 한마디가 더 낫다."

나는 여자의 말에 뜨끔했다. 진정으로 여자가 바라는 것이 어떤 것인지, 그들로부터 듣고 싶어 하는 말이 무엇인지, 확연히 깨달았다. 그리고 가슴에 용암처럼 이글거리는 분노를 품고 어떻게 저렇게 담담한 표정을 지을 수 있는지, 그동안 누구에게도 말 못하고 홀로 참고 견디며 지내왔을 인고의 세월이 눈에 선해 가슴이 저렸다.

나는 더 이상 뜸들이지 않고 여자를 그들과 만나게 해주기로 결심했다. 서로 멱살잡이를 해서 전우사회에 풍파를 일으키는 등, 내 입장이 곤란해질 수도 있다는 걱정은 더 이상 안 하기로 했다.

"만약 그들을 만난다면 많은 시간이 필요한가?"

"아니다. 내가 듣고 싶은 말은 딱 한마디 뿐, 이삼 분이면 충분하다."

"그렇다면 좋다! 사실은,"

나는 지금까지의 조사내용을 간략하게 설명해주고 힘주어 말했다.

"일단 내일 가까운 수원에 있는 이달구 씨부터 만나러 가자!"

3

다음날 일찍 나는 내 차에 일행을 태우고 수원으로 내려갔다. 그날따라 비거스렁이로 기온이 뚝 떨어지고 겨울날씨처럼 쌀쌀했다. 추위에 익숙지 않아 옹송그리고 앉은 여자를 위해 나는 차의 히터를 켰다.

나는 일행에게 내가 적당한 자리를 만들 때까지 절대 먼저 나서지 말라고 주의를 주었다. 일이 일인지라 어쭙잖게 나섰다가 무슨 봉변을 당할지 모르는 일이기 때문이었다.

내비게이션 안내에 따라 이달구가 사는 집 주소 부근 골목에 이르렀을 때 많은 사람이 119 구급차를 에워싼 채 길을 막고 있었다. 나는 앞으로 더 나아갈 수가 없어 차를 길옆에 세우고 가게 주인한테 물어보았다.

"무슨 일이죠? 누가 다쳤습니까?"

"이 반장님 모친이 고마 농약을 마 다 아입니꺼!"

"농약을요? 왜요?"

"와는 와요! 아들 죽고 혼자 산깨 외로바서 그랬것제예!"

얼추 마흔 중반쯤 되어 보이는 여자가 심한 경상도 억양으로 대꾸를 해놓고는 이상했던지 나를 물끄러미 쳐다봤다. 나는 옆자리에 앉은 록을 데리고 차에서 내려 가게로 들어갔다. 냉장고에서 음료수 두 병을 꺼내 나눠 마시며 일부러 언구럭을 부렸다.

"오랜만에 왔더니 동네가 많이 변했네요. 아무리 외로워도 참고 살아야지, 목숨이 얼마나 귀한 건데!"

"그래야 되는대 오디 그 양반 사는 형편이 그래야지예. 하나 있는 아들이 열흘 전에 고마 덜컥 죽어 다 아입니꺼! 그런대 우찌 살맛이 나겠십니꺼?"

"아들은 왜 죽었는데요?"

"오래 전부터 아팠다 아입니꺼. 머 자기 말로는 월남에서 공도 많이 세웠다카더만, 그라모 머 합니꺼? 고엽제 후유증인가 머인고 병에 걸려 갖고는 이날 이때까지 죽도록 고생만 했는대! 마누라도 옛날애 도망 가삐고!"

"뭐, 월남 갔다 왔다고요? 그 사람 이름이 뭔데요?"

나는 여자의 말에 얼핏 이상한 예감이 들어 다그치듯 물었다.

"이달구 아입니꺼. 아저씨 나이 또래쯤 을 낍니더! 죽는 그날 낮에도 여 와서 막걸리 한잔 묵고 고리 신세타령을 해 터만, 밤새 안녕이라꼬 고마 그날 저녁에 죽어삔 기라예! 참 사람 맘도 곱고 좋았는대!"

나는 나도 모르게 그만 마시던 음료수 병을 툭 떨어트렸다.

"정말 죽은 사람 이름이 이달굽니까?"

"아이고, 내가 그 사람 이름도 모를까예! 죽기 전까지도 우리 반장님이었는대! 근대, 와 그랍니꺼? 아는 사람입니꺼?"

"아 아닙니다. 그냥, 나도 월남 갔다 왔거든요!"

첫밗부터 이상하게 꼬여간다는 생각이 들었지만 나는 더 이상 거기서 있을 필요를 느끼지 못했다. 죽은 이 반장이라는 사람이 우리가 찾는 이달구씨가 분명했기 때문이었다. 옆에서 지켜본 록도 나와 같은 생각을 하는 눈치였다. 나는 음료수 값을 지불하고 차로 돌아왔다.

록이 뒷자리에 타서 제법 길게 설명을 했지만 여자는 눈을 감은 채 깊은 한숨만 한번 내쉬었을 뿐 일언반구 대꾸가 없었다. 나는 운전석에 앉은 채 어떻게 해야 할지 몰라 백미러를 통해 록을 눈짓으로 불렀다.

"원주 가려면 여기서 바로 가는 게 빠르니까, 한번 여쭤보게. 서울 갔다가 낼 갈 건지 아니면 지금 갈 건지."

내 말에 세 사람이 잠시 뭐라고 이야기를 나누더니 록이 내 어깨너머까지 얼굴을 바짝 들이대고는 말했다.

"선생님만 괜찮으시다면 두 번째 사람을 만나러 가자십니다."

"그래?"

나는 여자가 한을 풀 수 있도록 최대한 도와주기로 진작 맘먹은 터이기에 두 말 않고 원주를 향해 차를 몰았다.

수원에서 원주는 그리 많은 시간이 걸리지 않았다. 점심때가 조금 지나 원주에 도착했다. 세 사람에게 춘천막국수로 점심을 대접한 뒤 나는 강문태가 사는 동네를 찾아갔다.

목적지 부근에 이르렀다는 내비게이션 안내를 듣고 나는 일단 차를 세우고 부근에 있는 공인중개사 사무소에 들어갔다. 지도를 보고 집을 확인하기 위해서였다.

70세 안팎으로 보이는 혈기 좋은 사람이 책상 앞에 앉아 신문을 보고 있다가 나를 흘깃 한 번 쳐다보고는 단박 '집 찾는 사람'임을 알아봤는지 그냥 고개를 돌려버렸다.

나는 벽에 붙은 커다란 지도에서 집을 먼저 확인한 뒤, 혹시나 싶어 부동산 사장에게 강문태라는 사람을 아냐고 물어보았다. 그런데 사장이 뜻밖의 대답을 했다.

"그 사람을 왜 찾아? 좀 전에도 여기 들렀다 갔는데."

그러고는 덧붙였다. 개인택시를 하는데 쉬는 날이면 부동산에 나와 곧잘 100원짜리 화투를 친다고 했다. 나는 그와 월남참전 전우라고 한 뒤 한번 만나봤으면 싶다며 연락을 부탁했다.

"직접 가보지 뭘 그래. 바로 저기 저 골목 안인데. 조금 전에 점심 먹으러 들어가는 걸 봤으니까 지금 집에 있을 거요."

"갑자기 집으로 불쑥 찾아가기가 뭣해서 그러니 사장님이 연락 좀 해주세요."

"연락은 무슨, 좀 있음 나올 텐데!"

"그럼 여기서 잠시 기다리면 안 될까요?"

"안 되긴. 저 의자에 앉으시오."

"고맙습니다. 그럼 잠깐만."

나는 밖으로 나와 내 차에서 기다리는 일행에게 그대로 차에 앉아 있으라고 한 뒤 부동산 사무소로 다시 들어갔다.

"그 사람 전우들과 자주 어울리나 보죠?"

"어울리는 걸 본 적은 없지만, 입만 열었다 하면 월남 이야기를 하니까!"

"주로 어떤 이야기를 합니까? 전투 이야깁니까?"

"전투이야기도 종종하지만, 거개가 월남 여자들하고 오입한 이야기지 뭐, 허허! 제일 신나는 건 포로로 잡은 여자 베트콩들 조지는 거였다나?"

"아니, 그런 얘기도 해요?"

나는 부동산 사장의 말을 듣고 어이가 없었다. 자신의 행위에 조금이라도 죄책감을 느끼고 있다면 절대 그럴 수는 없는 일이었다. 그런 사람에게 용서니 머니 하는 것 자체가 어불성설이라는 생각이 들었다. 정신병자가 아닐까 하는 생각도 들었다. 나는 사장에게 양해도 구하지 않고 정수기에서 냉수 한 컵을 따라 한꺼번에 쭉 마셨다.

"그런 것도 자랑이라고, 나 원 참!"

"그러게 말이요!"

사장이 담배에 불을 붙여 물며 갑자기 언성을 높였다.

"나도 6·25 때 분대장으로 압록강까지 갔다 온 사람이지만, 그때도 그런 짓 하는 사람 많이 봤어! 총으로 팍 쏴죽이고 싶었지!"

그러고는 다시 담배를 몇 모금 빽빽 빤 뒤 허탈하게 말했다.

"하긴 전쟁이 다 그렇고 그렇지 머! 안 그렇소? 선생도 월남에 갔었다니 볼 거 못 볼 거 다 봤겠구먼! 올해 몇이나 됐소?"

"예. 이제 막 환갑 지났습니다."

"허허. 나 보다 딱 10년 아래군! 저기 강 씨는 나 보다 8년 밑인데."

"한참 선배시군요."

"그런데 강 씨랑은 월남 동기요?"

"파월 동기가 아니고, 그냥 참전전웁니다."

나는 문득 부동산 사장한테 내가 찾아온 이유를 모두 말해버릴까 하는 생각을 했다. 그리고 함께 화해를 붙이면 일이 좀 쉽게 풀릴 것 같은 생각도 들었다. 하지만 나는 이내 그 생각을 접었다. 한 사람이라도 더 알게 되면 여자 쪽은 몰라도 강문태 쪽은 더 곤란해질 수 있기 때문이었다. 어떻든 이런 일은 가급적 다른 사람들 몰래 단 둘이 해결하는 게 가장 좋다고 생각했다.

내가 잠깐 생각에 젖어있는데 사장이 문을 열고 뛰쳐나가며 소리를 질렀다.

"어이, 강 씨! 나 좀 보세!"

나는 나도 모르게 자리에서 벌떡 일어나 밖을 내다봤다. 홀쭉하니 여윈 몸에 얼굴이 희멀건 사내가 이쪽으로 걸어오고 있었다. 부동산 사장이 그의 손을 잡고 나를 갈마보며 소개 아닌 소개를 했다.

"여기 자넬 찾는 손님이 있네. 그리고 자, 이분이 바로 강문태라는 사람이지."

"안녕하세요. 도들입니다. 저도 월남참전용삽니다."

나는 강문태와 악수를 하며 일부러 고개까지 푹 숙여보였다. 처음 어리둥절한 표정을 짓던 그가 월남참전용사라는 말에 단박 얼굴을 폈다.

"아, 그래요? 몇 년도에 갔다 왔소?"

"전 좀 늦게 갔습니다. 71년도 갔습니다. 선배님은?"

"난 69년도, 준마부대로 갔다 왔소."

강문태는 나이에 비해 깨끗한 얼굴이었다. 순진해 뵈는 두 눈이 잔주름을 만들며 가늘게 웃고 있었다. 젊었을 때는 미남이라는 소리를 많이 들었을 것 같았다. 속으로 나는 이런 자가 어떻게 그런 포악한 짓을 저질렀을까 하고 잠깐 생각했다.

"그런데 무엇 때문에 날 찾아왔소? 날 아시오?"

"아닙니다. 누구한테 얘길 듣고, 드릴 말씀이 좀 있어서요. 저, 한 십여 분만 시간 좀 내주시겠습니까? 선배님."

"선밴 무슨, 기껏 2년 차인데. 그건 그렇고, 무슨 이야긴지, 어디 한번 들어봅시다."

"여기선 좀 곤란하고, 잠깐 나가시죠. 바로 요 옆에 찻집이 있던데,

제가 차 한 잔 대접하겠습니다."

나는 강문태의 대답을 듣지 않고 그냥 밖으로 나와 버렸다. 그러자 그도 어쩔 수 없이 나를 따라 나왔다. 나는 차에 타고 있는 일행에게 손짓으로 기다리라고 한 뒤 강문태를 데리고 찻집으로 갔다.

4

찻집에는 오후 새때라 그런지 손님이 하나도 없었다. 나는 먼저 생강차를 세 잔 시켜 한잔은 부동산 사장에게 갖다 주라고 한 뒤 구석에 꾸며진 방으로 들어가 강문태와 마주보고 앉았다. 그리고 단도직입적으로 본론을 꺼냈다. 이런 일은 머뭇거리면 더 힘들어지니 만나자마자 바로 본론으로 들어가야 한다고 처음부터 나는 속으로 다짐하고 있었던 것이다.

"선배님, 69년 3월 초에 있은 준마작전에 참가했지요?"

"그렇소. 준마작전까지 아는 거 보니까 월남전에 훤한 모양이네?"

"예. 지금 C 장군 회고록 준비로 월남전에 관한 전반적인 자료를 수집하고 있거든요."

"아, 그 이야기는 나도 들었소. 이렇게 만나다니, 반갑습니다."

그는 차를 마시려다 말고 다시 손을 내밀어 악수를 청했다. 나는 그의 손을 잡은 채 슬쩍 웃으며 물었다.

"그때 여자 포로 하나 잡았죠? 베트콩 간호병 말입니다."

"하, 그것도 알아요? 대단하네! 고년 진짜 예뻤지!"

'고년'이라는 말에 속에서 뭔가 욱 치밀어 올랐지만 나는 꾹 눌러 참았다.

"오늘 제가 선배님을 찾아온 건 소개시켜 줄 사람이 있어서입니다."

"소개? 누굴요?"

"방금 선배님이 예뻤다고 말씀하신 바로 그 여잡니다."

"그 여자라니, 어떤 여자?"

"그때 잡았던 그 포로 말입니다."

"에이, 설마?"

"정말입니다. 그때 그 처녀, 정확히 말해 당시 열여덟 살로 투이호아 베트콩 1군 병원 소속 간호병으로 작전 중 한국군에게 포로로 잡혔던 '래피 순 란' 이라는 여잡니다."

내 말에 강문태가 재미있다는 표정을 지었다.

"아니, 진짜 그 여잘 볼 수 있단 말이오? 아까 복덕방 사장한테 이야기 듣고 장난하는 거 아니요?"

"왜 제가 한 번도 만난 적 없는 선배님한테 장난을 치겠습니까? 제 차에 있으니까 지금 부르죠! 하실 말이 많을 테니까!"

나는 록에게 전화를 걸어 어머니를 모시고 오라고 했다.

내가 전화하는 걸 보고도 히죽히죽 웃던 강문태가 정작 여자 일행이 찻집으로 들어서자 웃음이 싹 가신 굳은 표정으로 멀뚱히 쳐다봤다.

나는 내 자리를 여자에게 양보해 강문태와 마주보고 앉게 했다. 그리고 일행이 모두 자리를 잡자 방문을 닫아 우리 이야기가 밖으로 새나가지 않게 했다. 방문이 닫히자 강문태의 얼굴이 더욱 굳어졌다. 그는 두려움이 역력한 눈빛으로 자신을 에워싸고 있는 사람들을 하나하나 쳐다봤다. 나는 그가 두려움을 느낀 나머지 흥분하는 일이 생기지 않도록 웃음 띤 얼굴로 그의 시선을 받았다. 그리고 가급적 내가 자신의 편이라는 생각을 갖도록 애쓰며 서로를 소개했다.

"먼저 선배님, 여기 이 여자 분이 바로 그때 그 간호병인 '래피 순 란' 여삽니다. 지금은 하노이에서 큰 고아원을 운영하고 있답니다. 그리고 이 젊은이들은 이분이 운영하는 고아원 출신 양아들과 양딸로 현재 하노이 대학을 졸업하고 서울에서 유학하고 있습니다. 그런데 래피 순 란 여사님은 우리 한국말을 못 하시기 때문에 이 젊은이가 통역을 할 것입니다."

나는 여기서 잠시 말을 멈추고 강문태의 표정을 살폈다. 그는 의자 팔걸이를 꽉 움켜잡은 채 말없이 나와 일행들의 얼굴을 번갈아 쳐다봤다. 아직도 믿기지 않는다는 표정이었다.

"그리고 래피 순 란 여사님, 앞에 앉은 이 분이 바로 그때 세 사람 중 한분인 강문태 씹니다. 그럼 이제 두 분이 직접 말씀들 나누세요."

나는 소개를 마치고 의자를 뒤로 조금 빼서 물러나 앉았다. 내가 할 수 있는 역할은 다한 셈이었다. 이제 두 사람이 문제를 해결해야 할 순간이었다.

잠시 동안 침묵이 흘렀다. 여자는 눈을 아래로 내려뜬 채 조용히 있었지만 두 주먹을 꼭 쥐고 있는 모습이 치솟는 격정을 억누르는 기색이 역력했다. 젊은이들도 그런 여자의 눈치를 보느라 쉽게 입을 열지 못하고 있었다. 그러나 강문태는 조금 전 긴장했던 것과 달리 어느새 태연하게 변해있었다. 마치 남들 이야기 자리에 있는 듯 얼굴을 빳빳이 들고 야지랑스럽게 주위를 두리번거렸다. 그러다 갑자기 허리를 쭉 편 뒤 다리를 척 포개며 냉랭하게 쏘아붙였다.

"그래, 내가 그때 제일 먼저 그 짓을 한 강문태요! 어쩔 거요?"

나는 그의 말에 깜짝 놀랐다. 그처럼 쉽게, 또 배짱 좋게 나올 거라고는 예상을 못했기 때문이었다. 나는 여자를 두려운 마음으로 쳐다봤다. 하지만 여자의 표정은 아까와 별반 달라지지 않았다.

또 잠시 동안 침묵이 흘렀다. 문제의 골갱이를 배짱 좋게 내뱉은 강문태도 아늠만 실룩거릴 뿐 더 이상 입을 열지 않았다. 나는 조마조마한 맘으로 여자를 쳐다봤다. 고개를 숙인 채 입술을 달막거리고 있던 여자가 뜻밖에도 한국말로 입을 열었다. 착 가라앉은 차분한 목소리였다.

"그럼, 당신은 그동안 맘이 편안했습니까?"

여자의 능숙한 한국말에 나는 깜짝 놀랐다. 강문태도 흠칫 놀라며 나를 흘깃 쳐다봤다. 한국말을 못 한다고 했잖느냐, 하는 눈치였다. 내가 나도 몰랐다는 표정을 짓자 포갰던 다리를 슬쩍 펴 자세를 곧추앉으며 툭 내뱉었다. 아까보다 기가 죽은 목소리였다.

"못 편할 게 뭐가 있소? 다 전쟁 통에 일어난 일인데!"

강문태의 말에 여자의 얼굴이 처음으로 찡그러졌다. 눈썹도 꿈틀했다. 치솟는 울분을 속으로 억눌러서 그런지 얼굴이 벌겋게 달아올랐다. 나는 나도 모르게 신경이 바짝 곤두섰다. 하지만 여자는 끝까지 신중함을 잃지 않고 조용하게 말했다.

"그렇다면 당신은 사람이 아닙니다."

"사람이 아니면, 그럼 뭐요? 내 보기엔 당신도 똑 같구먼! 부끄럽지도 않소?"

강문태는 끝까지 밀어붙이기로 작심을 한 듯 이번에는 대놓고 면박을 주었다. 그러나 여자는 강문태의 공격에 말려들지 않았다.

"당신은 내 인생을 완전히 망쳐놓은 사람입니다. 당신은 큰 죄를 지었습니다. 지난 사십 년간 나는 당신 때문에 단 하루도 마음 편안한 날이 없었습니다. 그런데도 당신은 조금도 후회하지 않고 이렇게 큰소리를 치니, 당신은, 당신은, 사람이 아니고,"

"누가 머 후회도 안 한다고 했나! 전쟁 때매 생긴 일라고 했지!"

갑자기 한 발짝 물러서듯 하는 강문태의 말에 여자가 눈을 크게 뜨고 빤히 쳐다봤다.

"후회를 한다고요? 그럼 잘못을 인정합니까?"

"전쟁 통이긴 했지만, 그래도, 잘 한 거는, 하나도, 없구먼!"

강문태의 목소리는 어느새 떨리고 있었다. 모두가 숨을 죽이고 그의 다음 말을 기다렸다. 강문태가 고개를 돌려 방구석을 쳐다보며 혼잣말처럼 중얼거렸다.

"나도 괴로웠소. 처음엔 몰랐는데, 결혼하고 나서부터, 그 때 일이 자꾸 떠올라…, 40년이, 다, 돼가는, 지금까지도…."

강문태는 이윽고 코까지 훌쩍거리며 간신히 말을 이었다.

"진작에 용서를, 빌고, 싶었지만, 만날 수가 없어서…. 미안합니다, 참말로! 잘못, 했으니, 용서해주세요!"

그러고는 고개를 푹 숙였다. 그 순간, 여자가 갑자기 두 손으로 얼굴을 가리며 흑! 하고 오열했다. 그리고 이내 엉엉 소리 내 울기 시작했다. 여자의 얼굴과 손바닥은 금세 눈물범벅이 되었다. 40년 동안 질긋질긋 참아 온 가슴속의 응어리가 한꺼번에 터져 쏟아지는 통한의 눈물이었다. 백일홍 붉은 꽃잎을 하얗게 만든다는 백일통곡도 그녀의 오늘 회한을 달래기에는 부족할 것만 같았다. 옆에 앉은 두 젊은이도 부끄러운 줄 모르고 눈물을 줄줄 흘렸다.

"다트, 다트! 깜언, 다트!(용서한다, 용서한다! 고맙다, 용서한다!)"

여자는 울면서 계속 중얼거렸다. 나는 가슴 찡하게 밀려오는 격한 감정을 억누를 수가 없어 그만 자리에서 일어나 밖으로 나왔다. 아무것도 모르는 찻집 아가씨가 내 팔에 매달리며 아양을 떨었다. 나는 제일 비싼 과즙 주스 다섯 잔을 추가로 주문했다.

잠시 뒤, 찻집 아가씨가 주스를 가지고 들어갈 때 나도 뒤따라 들어갔다. 방 안 분위기는 많이 가라앉아 있었다. 하지만 숙연함은 여전히 짙게 깔려있었다. 빈 찻잔이 치워지고 새 주스 잔이 앞에 놓였지만 아무도 손을 대지 않았다. 앞에 놓인 잔을 멀거니 쳐다보고 있던 강문태가 갑자기 생각난 듯 나를 보고 조그맣게 물었다.

"이제 내가 어떻게 하면 되지?"

그의 말에 나도 얼른 대답할 말이 떠오르지 않아 록을 쳐다봤다. 촉빠른 록이 금방 내 눈치를 알아채고 여자에게 무슨 말을 소곤거렸다. 여자가 고개를 몇 번 끄떡거리더니 자리에서 일어섰다. 그리고 강문태를 내려다보고 또렷하게 말했다.

"더 이상 아무것도 필요 없습니다. 당신은 잘못을 인정했고, 나는 당신의 잘못을 용서했습니다. 이것으로 우리 사이의 원한은 없어졌습니다!"

그러고는 횡허케 방을 나갔다. 두 젊은이도 얼른 뒤따라 나갔다. 나는 나도 모르게 안도의 숨을 푹 내쉬며 강문태의 손을 덥석 잡았다.

"선배님, 잘하셨습니다!"

"이게 꿈인지 생신지…."

강문태가 문 쪽을 멍하게 쳐다보며 중얼거렸다.

"언젠가 한번은 겪어야 할 일이었습니다."

"그렇소! 사실 난 지금까지 너무 괴로웠소. 마누라하고 그 짓도 잘 못하는 성불구자요. 마누라 옆에만 가면 피투성이가 된 그때 그 모습이 떠올라서 도저히,"

말을 하다 말고 그는 부끄러운 듯 손바닥으로 얼굴을 쓱쓱 문질렀다. 나는 강문태의 말을 듣고 비로소 그가 지금도 그때의 일을 자랑삼아 떠벌리고 다니는 이유를 어렴풋이 알 수 있을 것 같았다. 그것은 바로 자신의 고통을 극복하기 위한 처절한 자기싸움이었던 것이다. 나는 또 한 사람의 전쟁피해자를 보는 것 같아 연민의 정을 느꼈다.

"이제 모두 털어버리고 힘내세요. 다 좋아질 겁니다."

"그렇게만 되면 얼마나 좋겠소! 아무튼 오늘 일은, 정말 고맙소. 휴…."

"고맙긴요. 선배님이 처신을 잘하신 거죠! 그런데 조몽신 전우는 자주 만납니까?"

"아니요. 그 친군 팔팔 올림픽 끝나고 뉴질랜드로 이민 갔소. 이달구도 만난 지 그러구러 십 년 쯤 됐고."

나는 그때서야 조몽신의 주소가 불명인 까닭을 알았다.

"이달구 전우는 열흘 전에 돌아가셨습니다."

"어떻게 알아요?"

"수원 이달구 씨 집엘 들렀다 오는 길입니다."

나는 오전에 있었던 일을 대충 말했다. 내 이야기를 듣고 강문태가 중얼거렸다.

"달구도 죽기 전에 저 여자를 만났어야 하는데…."

서울로 오는 차 속에서도 여자는 한 시간 넘게 꺽꺽 울어댔다. 소리는 삼키고 창자만 비틀어 빼내듯 하는 슬픈 울음이었다. 두 젊은이도 여자를 양쪽에서 부둥켜안고 흐느꼈다. 나는 일부러 차를 얌전히 천천히 몰았다. 여자가 편하게 실컷 울도록 도와주고 싶기도 했지만, 내 눈도 티가 들어간 것처럼 자꾸 아렸기 때문이었다.

차가 동부고속도로를 벗어나 경부고속도로에 들어서자 여자가 안정을 되찾았다. 나는 서름한 분위기를 바꿔볼 심산으로 웃으며 여자한테 물었다.

"한국말을 잘하시던데, 왜 절 속였습니까?"

"…내 입으로 차마, 부끄러운 이야기를, 할 수가 없어서…. 죄송합니다."

"죄송하긴요! 아무튼, 일이 잘 풀려서 다행입니다."

그리고 백미러로 눈을 맞추며 진심으로 위로했다.

"이제 모든 거 다 잊고 여생은 행복하게 사십시오."

한 달 뒤 록이 래피 순 여사의 편지를 가지고 나를 찾아왔다.

– 의사는 제 간이 돌덩이처럼 굳어버려 앞으로 두세 달도 못 버틸 거라고 합니다. 하지만 저는 지금 매우 평온합니다. 한을 다 풀고 편안히 죽을 준비를 끝냈기 때문입니다. 모두 선생님 덕분입니다. 고맙습니다. 저승에는 더 이상 전쟁이 없겠지요?

<단편소설>

사이공 엘레지

1

<사람을 찾음>

이름 M. 한국인. 56세. 1971년 8월 베트남 해방전쟁에 맹호부대로 참전. 1972년 10월 현지 제대 후 미국 회사 J&R 경비로 근무. 1975년 4월 초 귀국.

연락처. 응 득. 이메일 ***@***

2

낮게 깔린 구름 탓일까, 2월 초순 서울 거리는 생각보다 우중충하고 을씨년스러웠다. 금방이라도 눈발이 흩날릴 태세다. 린은 코트 깃을 세워 목덜미의 찬기를 감쌌다. 옷 속을 파고드는 추위가 송충이처럼 소름을 돋게 했다.

'녹음 다방'은 강동구청 옆 건물 지하에 있었다. 이메일 약속대로 갈색 코트에 노란 목도리를 한 남자가 난로 가에 앉아 신문을 보고 있었다. 머리가 희끗희끗한 중년 신사였다.

"저, 혹시 최 선생님 아니신지요?"

"그렇습니다만, 누구시죠?"

신사가 신문을 손에 든 채 엉거주춤 일어서며 린을 쳐다봤다.

"베트남 호치민에서 온 웬 반 린이에요."

"아, 예. 반갑습니다. 최진현입니다. 자, 이리 앉으시지요."

린이 자리에 앉으며 얕은 기침을 몇 번 했다. 최진현이 웨이터가 가져온 물컵을 린 앞으로 밀어주며 말했다.

"여기선 감기 조심해야 합니다. 따뜻한 월남과 달리 추운 데니까요. 서울 처음입니까?"

"아뇨. 이번이 세 번짼데…, 겨울은 처음입니다."

린이 따끈한 물컵을 두 손으로 감싸 쥐고 조심스럽게 한 모금 마셨다.

"우리말을 잘하시네요. 어디서 배웠습니까?"

"호치민 대학 동양학부 한국학과를 졸업했어요. 학교 졸업하고는 한국관광공사 호치민 사무소에 잠시 근무했고요. 메일로 말씀드렸듯이 지금은 프리랜서로 관광 가이드를 하고 있습니다."

"이제보니 한국전문가셨군요! 그런데 응 득이라는 사람은 같이 안 왔어요?"

"사실은, M을 찾는 사람이 응 득이라는 분이 아니고 W라는 여자예요."

"뭐, 여자라고요?"

린의 말에 최진현이 어이없다는 듯이 멀근히 쳐다봤다. 그러다 커피잔을 내려놓으며 물었다.

"그 여자, 뭐하는 사람인데요?"

"옛날, 해방전쟁 때 M과 사귀던 여잡니다."

"해방전쟁이라면 베트남전쟁 말입니까?"

"예. 난데없이 베트남 여자가 찾는다는 소문이 나면 M의 입장이 곤란해질 것 같아 우리 친구 아빠 이름을 댔어요. 죄송해요, 선생님. 본의 아니게 거짓말을 해서….”

“그건 그렇다 치고. 그런데, 이제 와서 왜 M을 찾는대요? 한두 해 지난 것도 아니고, 수십 년이 됐는데?”

“딸이 하나 있나 봐요. 스물 여덟아홉쯤 된.”

“그래요? 허참, 이거 원! 그런 다 큰딸이 있다니,”

최진현이 린을 쳐다보고 싱긋 웃었다. 웃는다기보다는 어이없다는 표정에 더 가까웠다. 린이 약간 기죽은 목소리로 말했다.

“그래서 하는 말인데요, 선생님만 아시고 M한테는 말 않는 게 좋을 것 같아요. 가족들한테는 더더욱 그렇고요. 가족들이 알면 얼마나 황당하겠어요?”

“우선은 그래야지, 머. 나중에야 어떻게 되던! 아무튼 M부터 만나봅시다. W가 찾는 사람이 맞는지.”

“고맙습니다. 선생님. 그런데 그분은 바로 만날 수 있나요?”

“예. 그저께 전화해서 오늘 만나자고 했습니다. 당신들이 몇 시에 도착할지 몰라 시간약속은 못했고요. 이따 전화하면 됩니다. 아니, 지금 전화해보지요.”

최진현이 커피를 마시려다 말고 핸드폰을 꺼내 전화를 걸었다. 전화 신호음이 울리자 린은 괜히 긴장이 되었다. 통화음이 좋지 않은지, 최진현이 자리에서 일어나 밖으로 나갔다가 잠시 뒤 돌아왔다.

“어제 보훈병원에 입원했답니다. 병원으로 가봐야 할 것 같습니다.”

“아니, 어디가 아프대요?”

“고엽제 환자라네요. 고혈압에 당뇨, 거기다 피부병까지 있답니다.”

“우리나라도 고엽제 때문에 고생하는 사람들이 많은데….”

“월남 고엽제 피해는 우리도 잘 알고 있습니다. 특히 2세들 피해가 많다면서요?"

"예. 전 사진으로만 봤는데 정말 끔찍했어요."

"한국도 수만 명의 전우들이 고엽제 때문에 고생하고 있습니다. 그동안 죽은 전우도 많고요."

"우리 해방전쟁에 한국군이 많이 참전했다는 걸 학교서 배웠습니다. 지금은 이렇게 서로 잘 지내고 있지만, 그땐 미국과 마찬가지로 죽기살기로 싸운 원수였다죠? 우리 아버지도 해방전쟁에서 많은 공을 세운 전쟁영웅이에요. 그렇지만 내가 세 살 때 미군이 묻어둔 지뢰를 밟고 그만 돌아가시고 말았죠. 어머닌 병으로 돌아가시고."

"저런! 그럼 가족이 아무도 없습니까?"

"예. 하지만 절 입양해 키워주신 할머니가 계셔요. 절 끔찍이 사랑해주시죠."

"다행이네요. 그런 할머니가 있다니. 자, 이만 병원으로 가볼까요?"

"그러죠. 그런데 병원이 머나요?"

"그렇게 멀진 않습니다. 택시 타면 한 30분이면 충분합니다."

두 사람은 자리에서 일어섰다. 린은 막상 M을 만난다고 생각하자 조금 흥분되었다. W가 민족을 배신하면서까지 사랑했던 사람이 도대체 어떤 사람인지, 또 삼십 년 가까이 지난 지금, W의 이야기를 듣고 어떤 반응을 보일지, 한편으로는 궁금하면서도 다른 한편으로는 시험답안을 맞출 때처럼 마음이 조마조마했다.

'M한테 무슨 말을 어떻게 하지?'

린은 택시 창밖으로 스치는 서울 거리를 내다보며 속으로 궁리했지만 마땅한 말이 얼른 떠오르지 않았다.

린이 M을 찾아 나선 것은 순전히 할머니 때문이었다.

6개월 전, 할머니는 낡고 헤진 두툼한 노트 한 권을 린에게 주면서 읽어보라고 했다. W라는 여자의 일기장이었다. 멋모르고 읽기 시작한 린은 책장을 넘길 때마다 걷잡을 수 없는 분노를 느꼈다. W의 미색에 홀려 혁명 동지들을 배신한 반동분자의 말로와 미 제국주의 앞잡이들이 벌이는 저속한 사랑놀음이 고스란히 기록돼 있었기 때문이었다. 린은 다 읽은 뒤 일기장을 북북 찢어버렸다. 그리고 할머니한테 왜 그런 사상불량자를 고발하지 않느냐고 따졌지만, 할머니는 아무 대꾸도 안 했다.

그런데 며칠 뒤 할머니는 린을 데리고 시 변두리에 있는 조그만 병원으로 가서 W를 직접 소개까지 해줬다. 할머니 말로는 해방전쟁 시절 고향에 살 때 친자매처럼 가깝게 지내던 사람이라고 했다. 린은 W를 쳐다보기도 싫었지만 할머니 때문에 어쩔 수 없이 인사를 했다. W는 파랗게 핏줄이 드러난, 야윌 대로 야윈 손으로 린의 손을 거머쥐고 펑펑 울었다. 린을 보니 어릴 때 떠나보낸 딸 생각이 난다고 했다. 린은 W의 눈물이 역겨워 당장 손을 뿌리쳐버리고 싶었지만, 옆에서 덩달아 눈물을 흘리고 있는 할머니 때문에 꾹 참고 창밖만 쳐다보고 있었다. 한참 동안 울고 있던 W가 코를 훌쩍이며 애원하듯 말했다.

"어려운, 부탁인 줄, 알지만, 우리 딸애 아버지, 좀, 찾아줄 수 없겠니?"

린은 W의 말에 깜짝 놀라 자신도 모르게 손을 휙 뿌리치며 소리쳤다.

"이 아줌마 아직도 정신을 못 차렸네! 조국해방전쟁 때 죽어간 혁명동지들한테 부끄럽지도 않습니까?"

"미안, 해요. 아가씨! 마지막 부탁, 이에요. 제발, 좀…."

"싫어요! 당신은 우리 조국과 혁명동지를 배신한 사람이에요! 죽을 때까지 반성해도 모자랄 판에 무슨! 할머니, 우리 그만 돌아가요!"

린이 W를 한번 노려본 뒤 돌아서 나오는데 할머니가 린의 소매를 확

잡아당기며 소리를 꽥 질렀다.

"이런 못된 년! 이리 오지 못해?"

갑작스런 할머니의 고함소리에 린이 움찔하며 쳐다봤다.

"…?"

"너처럼 야박한 년 첨 본다! 성한 사람도 아니고, 네 눈으로 보기에 이 여자가 앞으로 얼마나 더 살 것 같으냐? 그래, 이런 불쌍한 사람이 마지막 소원이라며 애걸하는데, 고처럼 야박하게 뿌리쳐야 속이 시원하겠냐? 이놈아!"

"할머니, 전 그게 아니고,"

"그게 아니고는 뭐가 아니야? 난 네가 입만 열면 나불대는 그 혁명이니 뭐니 하는 거 잘 모른다. 하지만 사람이라면 측은지심이 있어야 한다는 거는 안다. 네가 이 여자의 부탁을 못 들어주겠다면 오늘부터 집에 들어오지도 말아라! 난 너처럼 인정머리 없는 놈을 입양해서 키운 적 없다!"

린은 생전 처음 당하는 할머니의 호통에 깜짝 놀랐다. 잠시 머뭇거리던 린이 기가 푹 죽어 말했다.

"알았어요, 할머니. 화 푸시고 어서 집에나 가요."

그렇게 해서 린은 다음날부터 한국 관광객을 상대로 M을 수소문하기 시작했다. 그즈음 베트남 해방전쟁에 참전했던 한국군들은 자신들이 죽음을 무릅쓰고 싸웠던 전적지를 무슨 성지순례 하듯 줄을 지어 방문하고 있었다.

서너 달이 지나자 M을 찾는다는 이야기는 한국 참전전우들 사이에 소문이 났고, 전우 인터넷사이트에 사연도 소개됐다. 그리고 다시 서너 달쯤 지난 바로 그저께, 서울에서 참전전우 관련 인터넷사이트를 운영하는 최진현이라는 사람으로부터 M을 찾았다는 메일이 왔다. 린의 이야기를 전해들은 할머니가 당장 가서 확인해보고 오라는 통에 린은 떠밀려 서울행 비행기를 타야만 했다.

서울보훈병원은 린이 생각했던 것보다 훨씬 크고 시설도 깨끗했다. M은 뜻밖에도 일반 병실이 아닌 5층 중환자실에 입원해 있었다. 카운터에서 한참 동안 간호사와 이야기를 하고 온 최진현이 곤혹스런 표정을 지었다.

"이거 참 곤란하게 됐네요. 면회가 안 된답니다."

"왜요?"

"그게 글쎄. 저, 잠깐 저쪽으로 좀 갈까요?"

최진현이 린을 데리고 복도 끝 창가로 갔다. 그리고 길게 놓인 벤치에 털썩 주저앉으며 말했다.

"지금 코마 상태랍니다."

"코마?"

"예. 의식불명, 즉 혼수상태라는 거죠."

"아니, 그렇게 심각해요?"

린은 깜짝 놀랐다. 전혀 생각지 못했던 일이었다.

"그럼 이야기도 못 하겠네요?"

"이야기는커녕 가족 허락 없인 병실 출입도 안 된답니다."

"어쩌다 그렇게 됐대요?"

"저혈당 쇼크로 쓰러지면서 머리를 다쳤답니다."

"저런! 쯧쯧. 언제쯤 깨어날까요?"

"글쎄. 그걸 아무도 장담 못 해요. 이따 오늘이라도 깨어날 수 있고, 아니면 몇 달 몇 년이 갈지, 또 저대로 그냥 영영 못 깨어날 수도 있고."

린은 그만 멍해져 버렸다. 당장 어떻게 해야 할지, 얼른 생각이 떠오르지 않았다. 막무가내 병실로 들어가 인사불성 환자를 붙잡고 이런저런 사람이 맞느냐고 물어볼 수는 없는 노릇이었다. 그렇다고 무작정 깨어날 때까지 기다리기에는 친구에게 맡겨 놓고 온 가이드 일도 그렇고, 가지고 온 경비도 턱없이 부족했다.

린의 낭패스런 표정을 쳐다보고 있던 최진현이 조심스럽게 말했다.

"혹시 체류경비 문제라면, 우리 인터넷사이트 전우들이 도와줄 수 있는데."

"고맙습니다만, 괜찮습니다. 오늘 하루 지나보고 낼 결정하죠."

"그래요. 너무 걱정하지 마셔요. 무슨 수가 있을 겁니다. 여기까지 와서 얼굴도 못 보고 가는 건 말이 안 되죠."

"잘 부탁드려요. 최 선생님."

두 사람은 엘리베이터를 타지 않고 계단을 걸어서 천천히 내려왔다. 바깥에는 그새 눈발이 날리고 있었다.

호텔로 돌아온 린은 호치민에 있는 약혼자 창 반 쿤에게 전화를 걸었다. 누군가와 이야기를 하지 않고는 답답해 견딜 수가 없었다.

쿤은 하노이 대학을 졸업한 뒤 당의 배려로 프랑스에서 유전공학을 전공하고 돌아와 지금 호치민 대학 연구소에 근무하고 있었다. 쿤의 집안은 할아버지가 호치민 주석 밑에서 함께 일하며 조국해방전쟁에 평생을 바친 쟁쟁한 혁명영웅 집안이었다.

"아, 린이구나! 왜 이제야 전화해? 목소리 듣고 싶었는데!"

"경황이 없었어. 미안해요."

"언제 올 거니?"

"글쎄, 잘 모르겠어. 오늘 계획했던 일이 잘 안 됐거든."

"뭐가 잘못 됐는데?"

"있잖아, 만나야 할 M이 지금 병원에 누워 있어. 말도 못 하는 상태로 말이야!"

"그래? 그것 참 난처하게 됐군. 그럼 아직 아무것도 확인 못 한 거야?"

"응. 확인은커녕 사람도 만나지 못했는걸. 중환자라 면회도 안 시켜 줘."

"쯧쯧, 서울까지 가서 그게 뭐람. 그러게 내가 사전에 확실히 알아보고 가랬잖아!"

"그러지 마, 쿤. 나 지금 속상해 죽겠어. 괜히 남의 일 봐주다 시궁창에 빠진 기분이야!"

"미안, 미안! 하지만, 너무 걱정마. 방법이 있으니까."

"방법? 어떻게?"

"그 남자가 W의 딸 아버지인지 아닌지만 확인하면 되는 거잖아? 그렇지?"

"그래 맞아!"

"그럼 간단해. 그 남자와 이야길 못 해도 몇 가지만 준비해 오면 내가 증명해줄게."

"무슨 소리야? 네가 거기서 뭘 증명해준다는 건데?"

"아무 소리 말고 내 말 잘 들어. 우선 네가 준비해 올 게 있어. 뭐냐면 그 남자의 디엔에이를 분석할 수 있는 시료를 채취해 오는 일이야."

"아, 디엔에이 검사를 통해 친부확인을 하자는 거구나?"

"그래, 맞아. 전에 우리 디엔에이 프로필 만들 때 봤지? 각 좌위 마다 두 개의 대립유전자가 있었잖아? 그게 하나는 친모, 다른 하나는 친부로부터 유전된 거야. 그러니까 M의 디엔에이 프로필을 W의 딸 것과 비교해보면 친부, 즉 찾는 사람이 맞는지 금방 알 수 있어. 그러니까 넌 M의 혈액이나 머리카락만 구해오면 돼. 단, 머리카락은 반드시 모근이 붙어있어야 해."

쿤의 말에 린은 비로소 답답하던 가슴이 조금 시원해지는 걸 느꼈다. 3개월 전, 유럽에 다녀온 쿤의 제안으로 두 사람은 디엔에이 프로필을 만들어 놓았다. 선진국에서는 비상시를 대비해 가족 디엔에이 프로필 만드는 것이 유행이라고 했다. 쿤은 결혼해서 아이가 태어나면 아이 것도 미리 만들어 두자고 했다. 당시 린은 쿤의 제안에 말없이 따르긴 했지만, 속으로는 '이런 디엔에이 분석 같은 게 도대체 어디에 필요하단 말인가' 하고 떨떠름하게 생각했다. 그런데 지금 보니 참으로 유용하다는 생각이 들었다.

"그런데, 쿤. 시료를 어떻게 구하지? 사람을 만날 수도 없는데!"

"그거야 서울에 있는 네가 해결해야지! 거기 협조자가 있다며? 인터넷사이트 운영잔가 뭔가 하는 사람."

"그러잖아도 그분을 낼 다시 만나기로 하긴 했는데…. 어떻게 될지 모르겠어."

"너무 걱정 말고 머리카락 몇 올만 구할 수 있도록 잘 부탁해봐."

"알았어. 쿤. 고마워. 일 끝나는 대로 바로 갈게. 사랑해."

린이 전화를 끊고 막 돌아서는데 호텔 전화벨이 울렸다. 최진현이었다.

"방금 M 부인한테 면회 허락받았습니다. 환자 사진을 인터넷에 올려 전우들한테 도움을 청하겠다고 했더니 좋다고 했습니다. 그러니 내일 오전 열 시까지 병원으로 오십시오."

"어머, 잘됐네요! 최 선생님 정말 고마워요. 낼 뵐게요!"

다음날 린은 최진현을 만나자마자 쿤과의 전화 내용을 솔직하게 다

이야기하고 도움을 청했다. 그러자 최진현도 좋은 방법이라며 기꺼이 도와주겠다고 했다.

최진현은 병실에 들어가 사진을 몇 장 찍은 뒤 린에게 눈을 찡긋해 보이고는 M의 부인을 데리고 창가로 가서 시야를 가린 채 이야기를 나누기 시작했다. 린은 침대로 다가가 환자를 보살피는 척하며 몇 차례에 걸쳐 머리카락 시료를 충분히 채취했다.

3

늦어도 사흘이면 나온다던 디엔에이 분석 결과는 닷새가 지나도 소식이 없었다. 린이 전화를 할 때마다 쿤은 조금 더 기다리라고 했다. 그러다 열흘 째 되는 날 저녁, 쿤이 린을 불러냈다. 약속 장소인 모벤픽 호텔 스탠드바로 린이 나갔을 때 쿤은 혼자 술잔을 기울이고 있었다.

"뭐해? 혼자서 마시는 거야?"

"응, 린이구나. 뭘 할래?"

"같은 걸로 줘."

"진인데? 넌 진 안 마시잖아?"

"아냐. 오늘은 너랑 같은 걸로 마실래."

"좋아."

쿤이 잔을 죽 비운 뒤 웨이터에게 넘겨주며 말했다.

"여기 진 두 잔."

그러고는 고개를 돌려 린의 얼굴을 찬찬히 들여다보았다. 마치 처음 보는 사람처럼. 린이 눈웃음을 지으며 물었다.

"왜 그런 눈으로 봐? 결관 나왔어?"

"응. 그런데,"

쿤이 말을 하려다 말고 갑자기 술잔을 집어 입에 톡 털어 넣었다. 그러고는 지폐 몇 장을 꺼내 카운터에 놓은 뒤 막무가내 린을 끌고 밖으로 나와 택시에 태웠다.

"왜 그래? 쿤. 난 아직 술 입에도 안 댔단 말이야."

"안반투 공원, 아니지. 거긴 시끄러워. 저기, 타오 단 공원 갑시다!"

쿤은 린의 말에는 대꾸도 않고 택시기사한테 명령하듯 말했다. 뭔가 조급해하는 기색이 역력했다. 린은 무슨 영문인지 몰라 쿤의 옆얼굴만 멀뚱히 쳐다봤다. 택시가 웬 반 트로이 사거리를 지나 무슬림 사원 앞에 이르렀을 때 쿤이 입을 열었다. 조금 전과 달리 많이 침착해진 목소리였다.

"M을 어떻게 만났지? 면회도 안 된다고 했잖아?"

"최 선생님이 부인한테 이야기해서 만났어."

"머리카락은? 그 사람 것 확실해?"

"그럼 확실하고말고! 내가 직접 뽑았는데!"

"할머니한텐? 뭐라니까 머리카락을 갖다 주던?"

"쿤이 한 이야길 그대로 다 했지, 머. 직접 만나 이야길 못해도 디엔에이 검사만 해보면 다 밝혀진다고. 그런데, 쿤. 왜 그래? 뭐가 잘못됐어?"

"아니야. 잘 못 된 거 없어. 이따가 이야기하자."

쿤은 차 유리를 내리고 담배를 피워 물었다. 말은 안 했지만 속으로 뭔가를 심각하게 생각하는 있는 듯했다. 린은 쿤의 태도를 이해할 수 없었다. 택시가 디엔 벤 푸 사거리를 지나 네 블록을 더 가자 타오 단 공원이 나타났다. 쿤은 컬럼비아 메디컬센터 앞에서 차를 세웠다.

공원 안은 시내와 달리 서늘한 숲 바람이 선들선들 불고 있었다. 끈적끈적한 땀이 금세 식으며 기분이 한결 상쾌해졌다. 쿤은 사람들이 많은 곳을 피해 한갓진 곳에 자리를 잡고 린에게 말했다.

"W 일기 봤다고 했지?"

"응."

"그 여자에 대해 이야기 좀 해봐."

"갑자기 그 여잔 왜?"

"글쎄. 이윤 나중에 말해줄게."

"오늘따라 너 참 이상하다?"

린이 쿤을 한번 흘깃 쳐다본 뒤 무릎을 감싸 안으며 이야기를 시작했다.

W는 1974년 말 M과 동거를 시작했다. 그러나 5개월도 채 안 된 1975년 초, 해방군이 사이공을 곧 점령한다는 소식이 전해지면서 남부 베트남에 있는 외국인들이 앞다투어 철수하기 시작했다. 미군과 한국군을 비롯한 참전군인들은 파리 평화협정 이후 이미 다 철수하고 민간인들만 남아있었다. W는 M에게 애원했다.

"귀국하지 말고 우리 아무도 없는 곳으로 도망가 함께 살아요."

그러나 M은 한마디로 거절했다.

"그렇게는 살 수 없어. 돌아갔다가 정국이 좀 잠잠해지면 다시 돌아올게. 그때 정식으로 결혼해서 우리 영원히 함께 살자."

그러고는 새벽녘에 도망치듯 공항으로 떠났다. M이 떠나고 열흘쯤 지난 1975년 4월 30일, 북베트남군은 월남 대통령궁을 점령하고 공산 통일을 이루었다.

그때부터 세상은 달라졌다. 미국회사에 근무했다는 사실 하나만으로 W는 매국자로 지탄받는 신세가 되고 말았다. 그런 데다 적국인 한국 군인과 연애까지 했으니 자칫하면 폭도들에 맞아 죽을 수도 있었다. 하지만 W는 앞으로 어떤 고통이 닥쳐도 끝까지 참고 살아남아야 한다고 굳게 다짐했다. 이미 몸속에서 자라고 있는 M의 아이 때문이었다. M을 다시 만날 때까지 아이를 무사히 지키는 것이 자신이 이제부터 할 일이라고 생각했다. 그렇지만 이미 사이공은 어제의 사이공이 아니었다. 공산주의 붉은 깃발은 사이공이라는 도시 이름마저 호치민시로 바꿔버렸고, 시민들도 그 변해버린 도시의 이름만큼 빠르게 사이공 시민에서 호치민 시민으로 변해갔다. 지금까지 최고의 가치로 추종하던 자본주의는 매국의 상징이 되어 지탄의 대상이 되었다. 좋은 옷, 맛있는 음식, 즐거운 노래는 반민족적 반동의 표상이 되었고, 그동안 헐벗고 굶주렸던 하층 민중들이 하루아침에 애국자가 되고 혁명의 주체가 되어 거리를 활보했다. 점령군으로 지배권을 행사하기 위해 내려온 북베트남 사람들은 굶주린 이리떼처럼 남쪽의 풍요를 약탈했다. 라디오 자전거 텔레비전 등은 물론이고 자동차와 주택도 마음대로 몰수해갔다. 심지어 젊고 예쁜 여자까지 전리품 챙기듯 짓밟았다. 그들의 막된 행동을 저지하는 사람은 아무도 없었다. 그동안 남쪽 사회를 지배하던 지도층 인사 수십만 명을 정신개조 훈련이라는 명목으로 모두 다 잡아가 버렸기 때문이었다.

지금껏 W를 부러워하던 이웃 사람들도 언제 그랬냐는 듯이 멸시의 손가락질을 하기 시작했다. 심지어 아는 체도 하지 않고 무슨 흉물을 보듯 고개를 돌려버렸다. 그런 틈바구니에서 W는 더 이상 견딜 수가 없어 사이공을 떠나 고향인 중부 빈딩 성 빈케로 돌아갔다.

고향에 온 W는 처음엔 이웃 사람들의 따뜻한 한영을 받았다. 고향 사람 너나없이 지난날 W의 도움을 많이 받았기 때문이었다. W가 사이공에서 구한 미국 물건들을 고향집에 보내주면 W의 어머니는 그것을 혼자 쓰지 않고 마을 사람들과 골고루 나눠 가졌다. 그때마다 W의 어머니는 입에 침이 마르도록 딸 자랑을 했다. 그러니 마을 사람들이 W를 고마워할 수밖에. 하지만 하노이 공산당 통치가 조금씩 체계를 잡아가자 시골 사람들도 서서히 변하기 시작했다. 나이 든 사람들은 대부분 옛날 그대로 W를 대했지만 젊은 사람들은 W를 매국노 앞잡이라며 당장 처치해야 한다고 사람들을 선동했다. 그런 중에도 W의 배는 점점 불러와 이윽고 임신이 탄로 났고, 따라서 위험은 더욱 커졌다.

어느 날 저녁, 마을 청년연맹 지도자 동무가 W를 찾아왔다. W가 고향에 돌아온 날부터 틈만 나면 달라붙어 무슨 꼬투리라도 잡아내려는 듯이 요리조리 살피고 치근대던 놈이었다. 그는 W의 하얀 얼굴과 불룩한 배를 힐끗힐끗 쳐다보며 말했다.

"아무리 봐도 우리 혁명 영웅 자식은 아닌 것 같고, 틀림없이 미 제국주의자의 씨가 분명해! 어때? 나한테 솔직히 이야기해봐! 내가 도와줄 테니까!"

그러면서 고개를 턱밑까지 디밀고 W의 살내를 킁킁 맡았다. W는 아무 말도 할 수가 없었다. W가 가만히 있자 그가 화를 버럭 냈다.

"그래, 내 말이 저기 지나가는 똥개 짖는 소리보다 못하다, 이거지? 좋아! 네년 그 상판때기가 언제까지 그렇게 곱상하게 남아 있는지 어디 한번 보자고! 내가 자아비판 때 다 공개하고 상부에도 보고해서 반드시 강제노동에 처해지도록 하고 말 테니까!"

그 말에 W는 몰골이 송연했다. 하지만 어떤 대책도 떠오르지 않았다. 방법이라면 놈이 원하는 대로 몸을 허락하는 것인데 그 짓은 죽으면 죽었지, 할 수 없었다.

청년지도자 동무는 다음날 바로 W를 마을 사람들 앞에 불러 세워놓고 뱃속의 애 아버지가 누구인지 밝히라고 윽박질렀다. 마을 사람들도 덩달아 고함을 지르며 W를 핍박하기 시작했다. 마을을 더럽힌 여자라며 몽둥이로 때려죽여야 한다는 소리까지 나왔다. 마을 사람들의 동조에 기가 살아난 청년지도자 동지가 W의 머리채를 휘어잡고 땅바닥에 패대기를 쳤다. 그러고는 군중을 향해 고래고래 소리를 질렀다.

"더러운 미제 앞잡이 년을 처단해서 우리 마을의 명예를 드높이자!"

마을 사람들도 어쩔 수 없이 하나 둘 앞으로 나서서 W를 발로 차기도 하고 흙을 뿌리며 욕을 해대기 시작했다. W는 허리를 잔뜩 구부리고 배를 두 손으로 끌어안아 몸속의 아이를 보호했다.

시간이 갈수록 마을 사람들의 행동은 거칠어졌다. W는 입술이 터져 피까지 흘리기 시작했다. 그때, 어디서 갑자기 호루라기 소리가 휘익! 하고 들려왔다. 그 소리에 마을 사람들은 깜짝 놀라 멈칫했고, 그 틈에 지프 한 대가 군중들 앞에 나타났다. 경찰 한 사람이 먼저 내려 지프 문을 열어주자 인민복을 말쑥하게 차려입은 젊은 사람이 내렸다. 마을 사람들 모두 다 숨을 죽이고 그 사람만 쳐다보고 있었다. W도 간신히 고개를 들고 그 사람을 쳐다봤다. 그 순간, W는 그만 간이 쿵 떨어졌다. 그 사람은 바로 W가 미국회사 J&R에 근무할 때 같은 사무실에서 근무했던 차오 친 영이라는 사람이었기 때문이었다. 그는 W와 M과의 사이를 누구보다도 잘 알고 있었다. 당시 친 영은 복도 같은 데서 W를 만날 때마다 조용하면서도 근엄한 목소리로,

"왜 외국 남자와 사귀느냐? 부끄럽지도 않나?"

하면서 M과의 관계를 끊으라고 요구했다. 그때마다 W는,

"남이야 외국 사람과 사귀든 말든 댁이 웬 간섭이죠? 흥!"

하면서 핀잔을 주었다. 그랬던 사람을 사지에서 저승사자처럼 덜컥 만났으니, W의 놀라움은 이만저만이 아니었다.

W가 속으로 '이제 꼼짝없이 죽었구나!' 하고 모든 걸 포기하고 있는데, 친 영이 사람들을 향해 뚜벅뚜벅 걸어와 위엄 있게 말했다.

"나는 빈딩 성 인민위원회 감찰부장 차오 친 영이라는 사람이요. 이

여자는 여러분들이 생각하는 것처럼 매국노 반동분자가 아니오. 이 여자의 신원은 내가 보장하오. 오늘은 인민위원회에서 몇 가지 알아볼 일이 있어 데려가니 오늘 이후부터는 이 여자의 가족을 괴롭히지 마시오!"

그러고는 W한테 다가와 아주 작은 소리로

"이제 걱정 말아요."

하고는 두 손으로 부축해 일으켰다.

W는 친 영의 뜻밖의 친절에 영문을 몰라 어리둥절했지만, 우선은 살아났다는 안도감에 그에게 고개를 숙여 고마움을 표했다. 하지만 그는 아무런 대꾸도 않고 W를 차에 태워 어디론가 데리고 갔다. 차 안에서 친 영은,

"몇 달을 찾았어! 교화소로 끌려가 죽은 줄 알았지!"

하고는 입을 꾹 다물었다.

친 영이 W를 데리고 간 곳은 퀴논 시내에 있는 한 깨끗한 집이었다. 해방 전 어떤 부르주아가 살았던 것으로 보이는 2층 양옥집이었는데, 거기서 아이를 낳을 때까지 지내라고 했다. 그 대신 위험하니 함부로 바깥에 나가 돌아다니지 말 것을 명령했고, 그 명령을 지키기 위해 감시자까지 두었다.

친 영은 사흘이 멀다하고 린에게 들러 이것저것 보살펴주었다. 하지만 그가 탐욕스런 눈길로 접근할 때마다 W는 온몸에 벌레가 스멀거리듯 불쾌했다. 그러나 W는 그런 속내를 드러낼 수가 없었다. 웃는 얼굴로 만삭을 핑계 대며 그의 요구를 피해나갔다. 하지만 아이를 낳을 때가 다가오자 W는 초조해지기 시작했다. 아이가 태어나면 친 영이 어떤 해코지를 할지 알 수가 없었기 때문이었다. 어느 날 W는 용기를 내어

친 영을 불러놓고 담판을 지었다.

"그동안 잘 대해준 데 대해 감사하게 생각해요. 앞으로 태어날 아이에 대해서도 모든 것을 안전하게 책임지겠다고 약속해 주셔요. 그러면 나도 당신을 믿고 내 인생을 맡기겠습니다."

"좋소. 지금 당신이 한 말이 진정이라면 나도 아이를 책임지겠소. 아이의 장래를 위해서 따이한(한국군)의 아이가 아니라 우리 혁명열사의 아이로 키워주겠소."

"어떻게요?"

"아이가 태어나는 대로 당이 운영하는 탁아소에 맡기도록 하겠소. 거기서 몇 년을 키운 뒤 적당한 사람을 찾아 입양시키면 될 거요. 어떻소?"

"좋아요. 아이의 안전과 장래를 약속해 준다면, 나도 당신의 아내로 새 출발을 하겠어요. 하지만 아이한테 무슨 일이 생기면 나도 언제든지 당신을 배신할 거예요. 내 말 헛되이 듣지 마셔요. 난 아이를 위해서라면 언제든지 내 목숨을 버릴 각오가 돼있으니까요!"

"걱정마시오. 난 약속은 지키는 사람이오."

이렇게 W는 친 영으로부터 확실한 약속을 받고 나서야 겨우 안심할 수 있었다. 그해 12월, W는 여자 아이를 낳았다. 그리고 6개 월 후 약속대로 아이는 국가가 운영하는 탁아소에 보내졌다. W는 아이를 떠나보내는 것이 창자를 도려내는 아픔이었지만 아이의 장래를 위해 참고 견뎌야만 했다. 사랑하는 사람의 아이를 온갖 천대와 멸시를 받는 라이따이한(한국군 2세)으로 자라게 할 수는 없었으니까.

아이를 탁아소에 맡긴 뒤 친 영은 W를 데리고 하노이로 갔다. 그때쯤 W는 친 영에 대해 모든 걸 알았다. 친 영은 원래 퀴논 출신이었지만 일찌감치 하노이 공산당에 가입한 당원으로, 당의 지령에 따라 미국회사에 위장취업을 했던 것이다. 당이 그에게 부여한 임무는 회사에 들고나는 무기부속품에 관한 정보를 파악해 당에 보고하는 것이었다. 그는 그 임무를 성공적으로 수행했고 혁명통일이 이루어지자 중앙당으로 자리를 옮기게 된 것이었다. 그런 친 영이 반동분자 중에서도 죄질이 극히 나쁜 W를 사랑하게 된 것은 어쩌면 피할 수 없는 그의 운명이었는지도 모른다. 반면에 W로서는 확실한 방아쇠를 손에 쥐게 된 셈이었다. 자신의 말 한마디로 언제든지 친 영을 파멸의 구렁텅이로 떨어트릴 수 있게 되었으니까.

하노이로 올라간 W는 이미 옛날 W가 아니었다. 친 영이 그 사이 W의 신분을 완벽하게 바꾸어 놓았다. 이름도 바뀌었고, 출신지도 완전히 달라졌다. 지난날의 행적도 적국인 미국회사에 근무하면서 인민의 피를 빨아먹은 반동분자가 아니었다. 시골의 한 이름 없는 농촌 처녀로서 북쪽에서 내려온 해방군전사들을 알게 모르게 도와준 숨은 혁명가로 탈바꿈되어 있었다.

W는 백팔십도 달라진 자신의 과거가 역겨웠지만 다른 선택의 여지가 없었다. 친 영의 아내로 여러 사람과 만나면서 하루 이틀 지내는 동안 W는 자신의 의지와 상관없이 점점 진짜 친 영의 여자가 되어갔다. 그러면 그럴수록 가슴에 오롯이 살아나는 M과 아이에 대한 그리움은 밤마다 그녀를 남모르게 눈물짓게 만들었다. 그때마다 W는 M한테서 배운 노래 '아리랑'을 몰래 부르며 슬픔을 달랬다.

'아리랑 아리랑 아라리요 아리랑 고개를 넘어간다. 나를 버리고 가시는 임은 십 리도 못 가서 발병이 난다.'

그렇게 5년, 또 10년 세월이 흘렀다. 그러나 W에게는 친 영의 아이가 생기지 않았다. W는 그것이 하느님의 도움이라고 생각했다. 자신은 M의 아이 하나면 족했다. 친 영은 그래도 W를 미워하거나 원망하지 않고 처음처럼 W를 극진히 대했다. 그런 탓에 W도 친 영한테 정이 들어 그럭저럭 부부로서의 새로운 삶을 살게 되었다. 하지만 W의 운명은 그녀를 그대로 놔두지 않았다. 친 영의 젊음에 불타는 혁명 혈기는 나이 든 동료들의 기분을 자주 상하게 했고, 결국 주위 사람들로부터 미움을 받게 되었다. 그렇게 되자 그는 입에 대지 않던 술을 마시게 되었고 행동도 날이 갈수록 거칠어졌다. 그러던 어느 날 친 영은 술김에 W의 과거에 대한 이야기를 흘리게 되었고, 꼬투리를 잡은 당이 뒤를 조사해 그를 체포해 버렸다. 처음 재판에서 친 영은 처형언도를 받았다. 당을 속이고 혁명가로서 씻을 수 없는 죄를 지었기 때문이었다. 하지만 해방전쟁 중의 공적이 참작되어 20년 감옥 형과 강제노동에 처해지는 것으로 마무리 되었다. W도 공범으로 잡혀 10년 감옥 형을 받았다. 그 뒤 친 영은 8년 만에 감옥에서 병사했고, W는 10년을 다 채운 뒤 풀려났다. 딸을 만나겠다는 일념 하나로 10년 감옥살이를 질긋질긋 참아냈지만 이미 그녀는 회복하기 힘든 중병에 걸려있었다.

4

"결국 그렇게 된 거군!"

린의 이야기가 끝나자 쿤이 담배를 피워 물며 한숨을 쉬듯 말했다.

"그렇게 된 거라니, 쿤! 무슨 말이니?"

"흥분하지 말고 잘 들어. 사실은 말이야,"

쿤이 담배를 한꺼번에 몇 모금 빽빽 빨고는 구둣발로 비벼 끄며 말했다.

"M과 W의 딸은 아무 관계가 없어. 디엔에이가 하나도 일치하지 않았으니까. 그런데 그보다 더 놀라운 일은…,"

"…?"

"두 사람 디엔에이 프로필을 비교하던 중에 이상한 걸 발견했어."

"이상한 거? 그게 뭔데?"

"M의 디엔에이 프로필이 어딘지 눈에 많이 익은 것 같더라고. 그래서 며칠을 생각하다가 문득 네 프로필을 떠올리고는 서로 비교해봤지. 그랬더니,"

"그랬더니?"

"한쪽이 일치했어."

"그럴 리가?"

린의 눈이 동그래졌다.

"그뿐 아니야. 네 프로필의 다른 한쪽은 할머니가 갖다 준 그 머리카락 디엔에이와 일치했어."

"그건 또 무슨 소리니? 내 것이 그들과 같다니!"

린이 쿤의 팔을 확 잡아 재끼며 날카롭게 부르짖었다. 하지만 쿤은 조금도 흔들리지 않고 차분하게 또박또박 끊어 말했다.

"무슨 말이냐면…, 생물학적으로, 넌…, M과 W의, 딸이란 뜻이야!"

"미쳤어? 쿤!"

린이 벌떡 일어서서 금방이라도 쿤의 뺨을 후려칠 듯이 노려봤다. 쿤이 침착하게 일어나 린의 두 어깨를 잡았다.

"진정해. 린! 나도 믿을 수가 없어 두 번 세 번 확인해 봤지만 결과는 마찬가지였어. 물론 우연이라고 생각할 수도 있겠지만 이럴 경우 우연일 확률은 몇 십만 분의 일이야. 그래서 하는 말인데,"

"…?"

"내 생각엔 할머니가 네게 갖다 준 머리카락이 W의 딸 것이 아니라 W의 머리카락인 것 같아."

"아니야, 아니야, 쿤! 난 해방전쟁 영웅의 딸이지 그런 배신자들의 딸이 아니야! 그럴 리 없어! 네가 뭘 잘못 본 거야! 그렇지? 쿤!"

"…"

"제발 그렇다고 말 좀 해줘, 응? 쿤! 제발!"

그래도 쿤이 아무 말 않고 가만히 있자 린이 쿤의 가슴을 쥐어박으며 그만 엉엉 소리 내어 울기 시작했다. 쿤이 린의 머리를 쓰다듬으며 조용조용 말했다.

"그래, 린. 나도 지금 황당하긴 마찬가지야. 뭐가 뭔지 혼란스럽기만 해! 그러니 우리 할머니한테 가서 물어보자. 그리고 W도 만나보자. 틀림없이 그들은 진실을 알고 있을 거야."

"싫어, 싫어! 난 아니야. 그런 더러운 자들의 딸이 아니야! W 같은 여잔 쳐다보기도 싫어! 그럴 리 없어! 쿤이 뭘 잘못 안 거야! 으흐흑…."

린의 할머니 말은 간단명료했다.

"W는 내 딸이고, 너는 W의 딸이다. 네 어미와 이 할미는 네 친아버지의 얼굴을 한번이라도 보여주는 게 소원이었다. 그런데, 쿤이 들어 지금껏 숨겨온 모든 게 다 탄로 나고 말았구나. 지금처럼 실체도 없는 영웅의 딸로 살든지, 아니면 천륜을 인정하고 M과 W의 딸로 살든지, 그건 네가 알아서 해라."

며칠 뒤, 린이 충격에서 채 벗어나기도 전에 최진현 선생으로부터 M이 돌아갔다는 메일이 왔다. 린은 병상에 누워있던 M의 얼굴을 떠올려 보려고 노력했지만 끝내 떠오르지 않았다. 스무날 넘게 연락이 닿지 않던 쿤이 전화를 했다.

"린, 우리 이제 더 이상 안 만나는 게 좋겠어."

"…?"

"미안해."

"그래…, 알았어. 쿤…. 어머니 찾아줘서, 고마워…!"

에피소드로 읽는

베트남전쟁 이야기

김현진 지음

발 행 처 · 도서출판 청어
발 행 인 · 이영철
영　　업 · 이동호
기　　획 · 천성래
편　　집 · 방세화
디 자 인 · 이수빈 | 김영은
제작이사 · 공병한
인　　쇄 · 두리터

등　　록 · 1999년 5월 3일
(제1999-000063호)

1판 1쇄 발행 · 2022년 11월 30일

주소 · 서울특별시 서초구 남부순환로 364길 8-15 동일빌딩 2층
대표전화 · 02-586-0477
팩시밀리 · 0303-0942-0478

홈페이지 · www.chungeobook.com
E-mail · ppi20@hanmail.net
ISBN · 979-11-6855-081-0(03810)